世界文学视野中的浙江文

U0668259

世界文学

与浙江散文诗歌戏剧创作

◆

方爱武 著

ZHEJIANG UNIVERSITY PRESS
浙江大学出版社

总　序

有人将文化比作一条来自老祖宗而又流向未来的河,这是说文化的传统,通过纵向传承和横向传递,生生不息地影响和引领着人们的生存与发展;有人说文化是人类的思想、智慧、信仰、情感和生活的载体、方式和方法,这是将文化作为人们代代相传的生活方式的整体。我们说,文化为群体生活提供规范、方式与环境,文化通过传承为社会进步发挥基础作用,文化会促进或制约经济乃至整个社会的发展。文化的力量,已经深深熔铸在民族的生命力、创造力和凝聚力之中。

在人类文化演化的进程中,各种文化都在其内部生成众多的元素、层次与类型,由此决定了文化的多样性与复杂性。

中国文化的博大精深,来源于其内部生成的多姿多彩;中国文化的历久弥新,取决于其变迁过程中各种元素、层次、类型在内容和结构上通过碰撞、解构、融合而产生的革故鼎新的强大动力。

中国土地广袤、疆域辽阔,不同区域间因自然环境、经济环境、社会环境等诸多方面的差异,建构了不同的区域文化。区域文化如同百川归海,共同汇聚成中国文化的大传统,这种大传统如同春风化雨,渗透于各种区域文化之中。在这个过程中,区域文化如同清溪山泉潺潺不息,在中国文化的共同价值取向下,以自己的独特个性支撑着、引领着本地经济社会的发展。

从区域文化入手,对一地文化的历史与现状展开全面、系统、扎实、有序的研究,一方面可以藉此梳理和弘扬当地的历史传统和文化资源,

1

繁荣和丰富当代的先进文化建设活动,规划和指导未来的文化发展蓝图,增强文化软实力,为全面建设小康社会、加快推进社会主义现代化提供思想保证、精神动力、智力支持和舆论力量;另一方面,这也是深入了解中国文化、研究中国文化、发展中国文化、创新中国文化的重要途径之一。如今,区域文化研究日益受到各地重视,成为我国文化研究走向深入的一个重要标志。我们今天实施浙江文化研究工程,其目的和意义也在于此。

千百年来,浙江人民积淀和传承了一个底蕴深厚的文化传统。这种文化传统的独特性,正在于它令人惊叹的富于创造力的智慧和力量。

浙江文化中富于创造力的基因,早早地出现在其历史的源头。在浙江新石器时代最为著名的跨湖桥、河姆渡、马家浜和良渚的考古文化中,浙江先民们都以不同凡响的作为,在中华民族的文明之源留下了创造和进步的印记。

浙江人民在与时俱进的历史轨迹上一路走来,秉承富于创造力的文化传统,这深深地融汇在一代代浙江人民的血液中,体现在浙江人民的行为上,也在浙江历史上众多杰出人物身上得到充分展示。从大禹的因势利导、敬业治水,到勾践的卧薪尝胆、励精图治;从钱氏的保境安民、纳土归宋,到胡则的为官一任、造福一方;从岳飞、于谦的精忠报国、清白一生,到方孝孺、张苍水的刚正不阿、以身殉国;从沈括的博学多识、精研深究,到竺可桢的科学救国、求是一生;无论是陈亮、叶适的经世致用,还是黄宗羲的工商皆本;无论是王充、王阳明的批判、自觉,还是龚自珍、蔡元培的开明、开放,等等,都展示了浙江深厚的文化底蕴,凝聚了浙江人民求真务实的创造精神。

代代相传的文化创造的作为和精神,从观念、态度、行为方式和价值取向上,孕育、形成和发展了渊源有自的浙江地域文化传统和与时俱进的浙江文化精神,她滋育着浙江的生命力、催生着浙江的凝聚力、激发着浙江的创造力、培植着浙江的竞争力,激励着浙江人民永不自满、永不停息,在各个不同的历史时期不断地超越自我、创业奋进。

悠久深厚、意韵丰富的浙江文化传统,是历史赐予我们的宝贵财富,也是我们开拓未来的丰富资源和不竭动力。党的十六大以来推进浙江新发展的实践，使我们越来越深刻地认识到，与国家实施改革开放大政方针相伴随的浙江经济社会持续快速健康发展的深层原因，就在于浙江深厚的文化底蕴和文化传统与当今时代精神的有机结合，就在于发展先进生产力与发展先进文化的有机结合。今后一个时期浙江能否在全面建设小康社会、加快社会主义现代化建设进程中继续走在前列，很大程度上取决于我们对文化力量的深刻认识、对发展先进文化的高度自觉和对加快建设文化大省的工作力度。我们应该看到，文化的力量最终可以转化为物质的力量，文化的软实力最终可以转化为经济的硬实力。文化要素是综合竞争力的核心要素，文化资源是经济社会发展的重要资源，文化素质是领导者和劳动者的首要素质。因此，研究浙江文化的历史与现状，增强文化软实力，为浙江的现代化建设服务，是浙江人民的共同事业，也是浙江各级党委、政府的重要使命和责任。

2005年7月召开的中共浙江省委十一届八次全会，作出《关于加快建设文化大省的决定》，提出要从增强先进文化凝聚力、解放和发展生产力、增强社会公共服务能力入手，大力实施文明素质工程、文化精品工程、文化研究工程、文化保护工程、文化产业促进工程、文化阵地工程、文化传播工程、文化人才工程等"八项工程"，实施科教兴国和人才强国战略，加快建设教育、科技、卫生、体育等"四个强省"。作为文化建设"八项工程"之一的文化研究工程，其任务就是系统研究浙江文化的历史成就和当代发展，深入挖掘浙江文化底蕴、研究浙江现象、总结浙江经验、指导浙江未来的发展。

浙江文化研究工程将重点研究"今、古、人、文"四个方面，即围绕浙江当代发展问题研究、浙江历史文化专题研究、浙江名人研究、浙江历史文献整理四大板块，开展系统研究，出版系列丛书。在研究内容上，深入挖掘浙江文化底蕴，系统梳理和分析浙江历史文化的内部结构、变化规律和地域特色，坚持和发展浙江精神；研究浙江文化与其他地域文化的异同，厘清浙江文化在中国文化中的地位和相互影响的关系；围绕浙江生动的当代实践，深入解读浙江现象，总结浙江经验，指导浙江发展。在研究力量上，通过课题组织、出版资助、重点研究基地建设、加强省内外大院名校合作、整合各地各部门力量等途径，形成上下联动、学界互动的整体合力。在成果运用上,注重研究成果的学术价值和应用价值,充分发挥其认识世界、传承文明、创新理论、咨政育人、服务社会的重要作用。

我们希望通过实施浙江文化研究工程,努力用浙江历史教育浙江人民、用浙江文化熏陶浙江人民、用浙江精神鼓舞浙江人民、用浙江经验引领浙江人民,进一步激发浙江人民的无穷智慧和伟大创造能力,推动浙江实现又快又好发展。

今天,我们踏着来自历史的河流,受着一方百姓的期许,理应负起使命,至诚奉献,让我们的文化绵延不绝,让我们的创造生生不息。

2006 年 5 月 30 日于杭州

总　序

GENERAL PREFACE

赵洪祝

　　浙江是中国古代文明的发祥地之一,历史悠久、人文荟萃,素称"文物之邦",从史前文化到古代文明,从近代变革到当代发展,都为中华民族留下了众多弥足珍贵的文化遗产。勤劳智慧的浙江人民历经千百年的传承与创新,在保留自身文化特质的基础上,兼收并蓄外来文化的精华,形成了具有鲜明浙江特色、深厚历史底蕴、丰富思想内涵的地域文化,这是浙江人民共同创造的物质财富和精神财富的结晶,是中华文化中的一朵奇葩。如何更好地使这一文化瑰宝为我们所用、为时代服务,既是历史传承给我们的一项艰巨任务,也是时代赋予我们的一项神圣使命。深入挖掘、整理、探究,不断丰富、发展、创新浙江地域文化,对于进一步充实浙江文化的内涵和拓展浙江文化的外延,进一步增强浙江文化的创新能力、整体实力、综合竞争力,进一步发挥文化在促进浙江经济、政治和社会建设中的作用,具有重要的现实意义和深远的历史意义。

　　改革开放以来,历届浙江省委始终高度重视社会主义文化建设。早在 1999 年,浙江省委就提出了建设文化大省的目标;2000 年,制定了《浙江省建设文化大省纲要》;2005 年,作出了《关于加快建设文化大省的决定》,经过全省上下的共同努力,浙江文化大省建设取得了显著成效。

　　浙江文化研究工程是浙江文化建设"八项工程"的重要内容之一,也是迄今为止国内最大的地方文化研究项目之一。该工程旨在以浙江人文社会科学优势学科为基础,以浙江改革开放与现代化建设中的重大理论、现实课题和浙江历史文化为研究重点，着重从"今、古、人、文"四个方面，梳理浙江文明的传承脉络，挖掘浙江文化的深厚底蕴，丰富与时俱进的浙江精神，推出一批在研究浙江和宣传浙江方面具有重大学术影响和良好社会效益的学术成果，培养一支拥有高水平学科带头人的学术梯队，建设一批具有浙江特色的"当代浙江学术"品牌，进一步繁荣和发展哲学社会科学，提升浙江的文化软实力，为浙江全面建设惠及全省人民的小康社会和实现社会主义现代化，提供强大的精神动力、正确的价值导向和有力的智力支持，为提升浙江文化影响力、丰富中华文化宝库作出贡献。

浙江文化研究工程开展三年来，专家学者们潜心研究，善于思考，勇于创新，在浙江当代发展问题研究、浙江历史文化专题研究、浙江名人研究、浙江历史文献整理等诸多研究领域都取得了重要成果，已设立10余个系列400余项研究课题，完成230项课题研究，出版200余部学术专著，发表大量的学术论文，产生了广泛而深远的社会影响。这些阶段性成果，对于加快建设文化大省提供了新的支撑力和推动力。

党的十七大突出强调了加强文化建设、提高国家文化软实力的极端重要性，并对兴起社会主义文化建设新高潮、推动社会主义文化大发展大繁荣作出了全面部署。为深入贯彻落实党的十七大精神，浙江省第十二次党代会提出"创业富民、创新强省"总战略，并坚持把建设先进文化作为推进创业创新的重要支撑。2008年6月，省委召开工作会议，对兴起文化大省建设新高潮、推动浙江社会主义文化大发展大繁荣进行专题部署，制定实施了《浙江省推动文化大发展大繁荣纲要(2008—2012)》，明确提出：今后一个时期我省兴起文化大省建设新高潮、推动文化大发展大繁荣的主要任务是，在加快建设教育强省、科技强省、卫生强省、体育强省的同时，继续深入实施文明素质工程、文化精品工程、文化研究工程、文化保护工程、文化产业促进工程、文化阵地工程、文化传播工程、文化人才工程等文化建设"八项工程"，着力建设社会主义核心价值体系、公共文化服务体系、文化产业发展体系等"三大体系"，努力使我省文化发展水平与经济社会发展水平相适应，在文化建设方面继续走在前列。

当前,浙江文化建设正站在一个新的历史起点上,既面临千载难逢的机遇,也面对十分严峻的挑战。如何抓住机遇,迎接挑战,始终保持浙江文化旺盛的生命力,更好地发挥文化软实力的重要作用,是需要我们认真研究、不断探索的重大新课题。我们要按照科学发展观的要求,全面实施"创业富民、创新强省"总战略,以更深刻的认识、更开阔的思路、更得力的措施,大力推进浙江文化研究工程,努力回答浙江经济、政治、文化、社会建设和党的建设遇到的各种新问题,努力回答干部群众普遍关心的热点问题,努力形成一批有较高学术价值和社会效益的研究成果。

继续推进浙江文化研究工程,是一件功在当代、利在千秋的事业。我们热切地期待有更多的优秀成果问世,以展示浙江文化的实力,增强浙江文化的竞争力,扩大浙江文化的影响力。

2008 年 9 月 10 日于杭州

序

GENERAL PREFACE

王福和

《世界文学视野中的浙江文学》是一项规模较大的文化研究工程。

在比较文学领域中,本工程属于"世界文学——中国文学——中国区域文学"之研究范畴,是关于"世界文学——中国文学——中国区域文学"关系的研究,是关于世界文学背景下 20 世纪浙江文学发生、发展和繁荣状况的研究。

2004 年,作为"浙江省哲学社会科学规划课题研究成果",我们出版了《世界文学与 20 世纪浙江作家》,第一次运用比较文学"影响研究"的理论和方法,通过"导论:走向世界文学的 20 世纪浙江作家"、"鲁迅:走向世界文学的先行者"、"周作人:走向世界文学的彷徨者"、"茅盾:走向世界文学的创新者"、"郁达夫:走向世界文学的探险者"、"徐志摩:走向世界文学的领悟者"、"丰子恺:走向世界文学的播种者"、"夏衍:走向世界文学的开拓者"、"施蛰存:走向世界文学的尝试者"、"戴望舒:走向世界文学的寻梦者"、"艾青:走向世界文学的吟游者"、"穆时英:走向世界文学的求索者"和"余华:走向世界文学的后继者"等十余个角度,以个体的浙江作家为点,以 20 世纪浙江文学发展史为面,对世界文学背景下的 20 世纪浙江文学进行了初步梳理,对世界文学与 20 世纪浙江文学的关系进行了起步意义的尝试。

我们发现,尽管上述作家在一定意义上均为 20 世纪浙江文学的佼佼者,但并非 20 世纪浙江文学的全部。因为文学是一个综合性的概念,在走向世界文学的 20 世纪浙江作家的行列中,不仅有小说家、剧作家、诗人和散文家,还应当包括文学批评家、文学理论家和文学翻译家。

1

将文学创作、文学批评和文学翻译三支队伍聚合在一起,方能构成 20 世纪浙江文学的全部阵容。借助于《世界文学与 20 世纪浙江作家》的成功尝试,借助于这本著作所引发的对 20 世纪浙江文学的整体思考,我们申报了"浙江省文化研究工程项目",以"世界文学视野下的浙江文学"为题,试图对世界文学这个大屏幕下的 20 世纪浙江文学进行全方位的探索和研究。

本工程所涉及的"文学",专指 20 世纪浙江作家、批评家和翻译家在世界文学的影响下所创作的、所评述的、所翻译的文学。应当包括如下范畴:(1)文学创作:小说、诗歌、戏剧、散文等。(2)文学批评:评论文章、理论著作、杂文、随笔等。(3)文学翻译:小说、诗歌、戏剧、散文、翻译家和翻译理论等。

本工程所理解的"20 世纪浙江文学"应当包括如下范畴:(1)祖籍为浙江的作家所创作的文学。(2)出生在浙江的作家所创作的文学。(3)出生在浙江且在浙江工作和生活过的作家所创作的文学。(4)祖籍不在浙江,但在浙江工作和生活过的作家所创作的文学。

本工程以"20 世纪浙江文学"为切入点,有如下考虑:(1)在 20 世纪的中国文学史上,浙江作家曾创造过光辉的业绩。(2)在 20 世纪中国文学史上,浙江作家、理论家和翻译家占据了近三分之一的江山,是 20 世纪中国文学的生力军。(3)20 世纪的浙江文学不但与世界文学的发展紧密接轨,而且在世界文学的影响下收获颇丰,硕果累累。

本工程之所以选择这一研究领域,有如下原因:(1)以世界为大背景研究 20 世纪浙江文化与文学的成果不多,零星的相关成果所涉猎的范围十分有限,尚谈不上真正意义上的"世界文学与 20 世纪浙江文学研究"的成果。(2)以世界文学为大背景研究 20 世纪浙江文学的成果也多限于我们的《世界文学与 20 世纪浙江作家》。里面虽然涉及 20 世纪浙江文学的一些代表性作家,但缺少文学批评和文学翻译,离货真价实的"世界文学视野中的 20 世纪浙江文学研究"尚有一定距离。(3)20 世纪浙江文学是中国的,同时也是世界的,在"世界文学与 20 世纪浙江文学"的研究中尚有相当大的领域有待开发。

从这个角度上看,本工程就具备了如下意义:

2

——它是站在世界文学的角度上全方位阐述 20 世纪浙江文学创作的研究。

——它是站在世界文学的角度上全方位审视 20 世纪浙江文学翻译的研究。

——它是站在世界文学的角度上全方位梳理 20 世纪浙江文学理论和文学批评的研究。

作为一项关于"世界文学——中国文学——中国区域文学"关系的研究,《世界文学视野中的浙江文学》当属比较文学"影响研究"的范畴。因此,我们在研究中重点采用了"影响研究"的方法。并根据不同的研究内容,采用不同的研究方法,既涉及影响方式理论的运用,也涉及影响类型理论的运用;既有流传学研究,也有渊源学研究;既有接受研究,也有译介学研究。另外,在具体的操作和实施的过程中,将根据不同的研究实际,适量采用"平行研究"的理论和方法。

本成果是集体智慧的结晶,也是我们这个由浙江工业大学教师组成的团队精诚合作的结果。从论证、申报、撰写,直至完成,历时 3 年多的时光。比较文学与世界文学、外国语言文学、中国现当代文学和文艺学的同行们克服了极大的困难,付出了巨大的辛苦。

《世界文学视野中的浙江文学》共由 4 部著作构成,它们分别是:《世界文学与浙江小说创作》、《世界文学与浙江散文诗歌戏剧创作》、《世界文学与浙江文学批评》、《世界文学与浙江文学翻译》。这部《世界文学与浙江小说创作》是本课题的研究成果之一。该著作对世界文学与鲁迅、许杰、鲁彦、许钦文、郁达夫、茅盾、施蛰存、穆时英、徐訏和余华等 20 世纪浙江作家的小说创作进行了主要论述,对相关作家进行了概要论述。

真诚期待我们的成果能为中国比较文学和中国现当代文学的研究贡献微薄之力!

真诚期待我们的成果能为世界文学和中国区域文学研究提供有益的尝试!

真诚期待我们的成果能为中国的文学翻译和翻译文学研究添砖加瓦!

2011 年 8 月于西子湖畔

目　录

CONTENTS

第一章　走向世界的浙江散文、诗歌戏剧创作

在中国文学现代化的发展历程中,中国新文学都存在一个向外看的问题,也就是说中国新文学无论是小说、诗歌,还是散文、戏剧,在它们各自的发展历程中都一定程度地存在着对外国文学的模仿与借鉴。可以毫不夸张地说,没有对西方文学的参照,中国新文学的发展将会迟缓很多。当然,在中国文学普遍向外看的背景之下,中国文学对于外来文学因素的吸纳也存在着一定的问题,或食洋不化,或全盘西化等等。因此,在如今全球化的视野之下着意探讨中国文学与西方文学之间的关系问题,对于中国文学的未来发展来说应该是一个常新的论题。

在中国现代文学发展的历程中,"据统计,'现代'期知名浙籍作家多至 130 余位,其中特别杰出的作家亦有 20 余人。而且,现代浙籍作家不独以队伍壮观取胜,尤以阵容整齐、精粹迭出见长。其显著特点是:数量可观的浙籍作家在现代中国文坛居于重要的地位,往往是他们领导着中国现代文学新潮流。"[①]中国现代新文学的发展显然与浙籍作家关联深切。几乎在中国现代文学发展的每一个领域都有着浙籍作家开拓性的影响,以鲁迅为代表的小说创作自不必说,在散文、诗歌与戏剧领域也都有着标杆性的浙籍作家出现。这些作家一般学贯中西,大都具有留洋的经历,视野开阔,学养深厚,因此对于他们文学的观照、对于他们的文学创作与世界文学的关联问题的研究,就显得意义深远。在中西文化大融合的背景之下,他们很多的文学理论探讨与文学创作实绩对于中国现代文学的后续发展具有一定的观照与借鉴意义。

---

① 　浙江省文学志编纂委员会:《浙江省文学志》,北京:中华书局,2001 年,第 167 页。

一　向外凝望:浙籍作家创作的理论借鉴

任何文学的发展都离不开理论的引导、规约与研究,在中国新文学之初,如何发展刚刚创立的白话文学,文学先导者们纷纷把目光投向了异域,他们大量借鉴来自西方的各种文学理论思潮来发展中国新文学的文学理论与创作,在此方面,浙籍现代作家的很多探索影响深刻,意义非凡。

在中国现代文学发展史上,散文创作的成就历来是最为引人注目的,鲁迅就曾经说过:"散文小品的成功,几乎在小说戏曲和诗歌之上。"①而在中国现代散文发展的这一领域,浙籍作家的探索成就尤为突出。他们在中西文化交融的背景之下开辟了中国现代散文发展的诸多文体,而且还以他们的理论探讨与借鉴推动了中国现代散文创作的走向前进。在中国新散文的发展历程中,如何发展我国的散文艺术,浙籍作家在"五四"东西方文化大交汇这一历史时期,积极向外寻觅,努力为中国散文的发展寻求有益的并切合我们自己发展境遇的外援,试图在散文创作领域里拉近中国文学与世界文学的距离。这其中以周氏兄弟的探索最为夺目。郁达夫曾说:"中国现代散文的成绩,以鲁迅周作人两人最丰富最伟大。"②作为中国现代散文创作鼻祖的周氏兄弟,他们在中国新散文发展初期的理论探索对中国现代散文的发展可谓影响深远,其中最显著的就是周氏兄弟对小品文的理论探讨与对外借鉴。1921年周作人发表了著名的《美文》一文,他说:"外国文学里有一种所谓论文,其中大约可以分为两类。一批评的,是学术性的。二记述的,又称作美文。这里边又可以分出叙事与抒情,但也很多两者夹杂的。……在现代的国语文学里,还不曾见有这类文章,治新文学的人为什么

---

①　鲁迅:《小品文的危机》,见《鲁迅杂文集》(卷4),沈阳:春风文艺出版社,1997年,第260页。

②　郁达夫:《中国新文学大系·散文二集·导言》,见《二十世纪中国文学史精华·散文卷》,张俊才等选编,石家庄:河北教育出版社,2000年,第135页。

不去试试呢？……给新文学开辟出一块新的土地来,岂不好么?"①周作人对美文这一文体的倡导显然借鉴于国外,而且影响了其后很多作家的创作。随后鲁迅在1925年译介了厨川白村的《出了象牙之塔》一书,仔细探讨了小品文的习性,人们争相阅读争相转引,反响极大。可以这样说,"五四"时期小品散文的流行与周氏兄弟的理论倡导是分不开的,而这种倡导的"因"显然来自世界文学。杂文领域的理论探讨主要归功于鲁迅,"鲁迅根据当时中外杂文家和自己杂文写作的经验,把短评、杂感发展成为不拘格式而内容上和艺术上有一定规定性的杂文文体,并在理论上时加阐述。"②譬如鲁迅的《华盖集·忽然想到(四)》与《热风·题记》等就是在世界文学背景之下探讨杂文艺术的文章,而且鲁迅还曾翻译过日本作家鹤见佑辅的《思想·山水·人物》中的《说幽默》一文来阐释杂文中幽默的运用,对杂文艺术的发展均起到了一定的影响。除了小品文与杂文外,在现代散文的其他创作领域,浙籍作家的提倡与推动也是十分醒目且影响深远的,他们的理论倡导都是极具现代性的。譬如在传记领域,郁达夫《传记文学》《什么是传记文学》的发表,就是借鉴西方传记文学手法,在中国文坛率先提倡传记文学的理论倡导,由此创造出一种新的传记文学文体。在报告文学领域,茅盾的出现更是意义非凡。茅盾的《关于〈报告文学〉》、《不要误解了报告文学》等文章就是在西方理论的背景之下对报告文学体式从起源到形式特点等诸方面都做了系统论述的报告文学的理论文章,为报告文学文体的确立与发展做了正本清源的工作,并呼吁大家重视这一文体的创作。浙籍作家于散文领域里的这些首创性的提倡影响自是极大。

　　至于中国现代新诗的发展,浙籍作家的理论探讨与借鉴也有着不俗的成绩,其中尤以徐志摩、戴望舒、艾青与穆旦的理论探索最为突出。徐志摩诗歌创作起于剑桥,英国的诗歌创作理论对他影响深远,特别是英国浪漫派的诗歌,雪莱与拜伦的诗歌,以及哈代的诗歌等等。徐志摩

---

①　周作人:《美文》,见《中国现代散文理论经典》,周红莉编,苏州:苏州大学出版社,2008年,第52—53页。

②　俞元桂:《中国现代散文史》,济南:山东文艺出版社,1997年,第28页。

虽然没有系统的诗歌理论著作,但我们从他在 20、30 年代所写的一些散文中,是很能窥探西方文学创作理论对于他的影响,以及他的力求构筑他的诗歌理论的努力,譬如《近代英国文学》、《艺术与人生》、《话》、《济慈的夜莺歌》、《汤麦司哈代的诗》、《厌世的哈提》等等。在中国现代派诗歌创作中,戴望舒与穆旦的成绩尤为显著,虽然戴望舒的《望舒诗论》(1932)与《诗论零札》(1944)只是随感式的诗歌理论探讨之作,但就在这短短的诗行当中,外来诗人的影响被鲜明地呈现了出来,那就是戴望舒对于外来诗歌韵律的喜爱与推介以及对于诗歌创作思想的重视。穆旦的诗歌理论主要集中在他现代期的两篇文章《他死在第二次》与《慰劳信集——从〈鱼目集〉说起》,以及当代期的与郭保卫的十几封通信之中,在穆旦的诗歌理论中,艾略特与奥登应该是他提得最多的诗人,穆旦对于艾略特的知性诗歌理论与奥登的“发现的惊异”的博大诗境大为赞叹,行文之中无不流露出欣赏与效仿之意。在浙江现代诗人中,唯一有着系统的诗歌理论建树的就是艾青了,艾青的《诗论》就是他诗歌美学思想的完整表达。在艾青的诗歌理论之中,外来影响的痕迹也是鲜明的,艾青曾说:“无论我写诗,还是他作画,都共同感到法国的存在。……在我们钢笔和画笔的笔尖上,也散发出来自法兰西文学艺术之花的阵阵芳香。”[①]不仅如此,在艾青的诗歌理论中,世界现实主义思潮的影响也是很明晰的,艾青就其根本来说就是一位伟大的现实主义诗人。

在中国现代文学的发展历程中,相比于小说、诗歌与散文,虽然以话剧为主体的戏剧的创作成就较为逊色,但就浙籍作家来说,他们的一些探索对于中国现代话剧的发展也有着一定的影响。譬如中国早期话剧的开拓者之一、著名浙籍作家李叔同的对于中国早期话剧艺术的探索在浙江乃至中国现代戏剧史上都写下了浓重的一笔,此外还有王钟声、鲁迅、茅盾等也都写过相关的理论文章。在浙籍作家的话剧理论探索中,比较突出的两位浙籍作家是陈大悲与夏衍。1921 年,陈大悲融

---

① 艾青:《在授勋仪式上的答词》,见《艾青全集》(第 5 卷),石家庄:花山文艺出版社,1991 年,第 306 页。

外国戏剧理论与自己的实践经验于一炉,提出了"人的戏剧"的命题(《爱美的戏剧》),奠定了陈大悲在中国现代话剧史上的地位。而夏衍则在契诃夫、狄更斯、高尔基等的影响下,用自己的一些理论(主要是一些后记与跋)及其创作,把中国现实主义话剧创作推进到了新的高度。

在中国现代散文、诗歌与戏剧的创作中,浙籍作家的很多理论探索对每类文学的发展都起着引导性的作用,而他们的理论探索又无不是在西方文化艺术的浇灌之下完成的。他们的理论探讨显示出了中国散文、诗歌与戏剧发展的博大视野与恢弘气势,同时也表露出我国现代文学发展敢于放眼外看的胸怀与气魄。

二　铸就风格:浙籍作家创作的风格提炼

在中国现代文学的发展过程中,理论的借鉴只能起到引导的作用,文学的创作实绩还是要以作品为证的,浙籍作家在这方面的表现也毫不逊色。在浙籍作家中,绝大多数都是以创作见长的,他们的创作在对西方文学的借鉴与吸纳中,开始形成自己个性化的独特风格。我们就以世界文学潮流中的三大思潮为纲来探讨浙籍作家于此的探索及其风格的形成。

在 20 世纪的中国,现实主义一直是中国作家非常推崇的一种文学思潮,这种文学思潮最早被引进是浙籍作家胡愈之在《近代法国文学概观》中的介绍。现实主义是西方作家比较重视的一股创作潮流,契诃夫曾经断言:"最优秀的作家都是现实主义的"①,这话虽然有些武断,但是却道出了现实主义在西方的显性存在。所谓现实主义,别林斯基的解释是:"在全部赤裸和真实中复制生活,忠实于生活的现实性的一切细节、颜色和浓淡色度。"别林斯基认为现实主义的特质是"对现实的忠

---

① 转引自胡尹强:《现实主义在二十世纪西方文学中的历史命运》,见《西方文艺思潮论丛·二十世纪现实主义》,柳鸣九主编,北京:中国社会科学出版社,1992 年,第 2 页。

实性;它不改变生活,而是把生活复制、再现"。① 对于现实主义创作方法的思考,鲁迅、周作人与茅盾结合世界文学背景都有过一定的探索与译介,中国现实主义发展到 30、40 年代是对西方自然主义与苏联社会主义现实主义等的大量译介。在散文、诗歌与话剧领域,浙籍作家对世界现实主义思潮的吸纳主要体现在诗歌与戏剧创作方面,并形成了自己的独特风格。譬如在诗歌领域,同是以现实主义创造风格为主,以俞平伯、沈雁冰、周作人等为代表的"五四"白话现实主义新诗和以殷夫为代表的普罗诗歌等都是风格各具的,特别是艾青的现实主义诗歌的出现,把中国现实主义诗歌创作推向了新境。在戏剧领域,夏衍的出现则同样把来自于契诃夫、狄更斯与高尔基的现实主义话剧创作推向了成熟。总之,在中国现代文学发展的向外看的大视野里,浙籍作家结合自己自身的特点,借鉴吸收来自于西方的思想启迪,在现实主义创作领域,展现了自己愈来愈成熟的风格。

浪漫主义文学思潮发端于 18 世纪末的西欧,在西欧各国流行近半个世纪。"浪漫主义的兴起标志着人的自由达到了一个新的阶段。在这一阶段,'自由'不再停留思想的层次,已深入到了情感领域,浪漫主义者眼中的世界于是不再是一个客观自在的世界,而是一个可以任主观情思纵横驰骋的所在,一切外在的界限都已不复存在,主体精神成了宇宙的主宰,人获得了全身心的解放。"②在西方,浪漫主义思潮虽然没有现实主义文学思潮那么持久,却也是影响中国作家比较大的一股创作思潮,浙籍很多作家的创作特别是诗歌创作深受此股思潮的冲击。在创作方法上,鲁迅的《文化偏至论》与《摩罗诗力说》等文,是介绍西方浪漫主义文学思潮的著名文献,在 20 年代的中国反响甚大。郁达夫也曾在《文学概说》中热情介绍这一思潮,说它"是热情的、空想的、传奇的、破坏的。这一种倾向在文学上的表现,就是浪漫主义。"③西方浪漫

① 别林斯基:《论俄国的中篇小说与果戈理君底中篇小说》,见《别林斯基选集》(第 1 卷),满涛译,上海:上海译文出版社,1979 年,第 177—264 页。
② 陈国恩:《浪漫主义与 20 世纪中国文学》,合肥:安徽教育出版社,2000 年,第 3 页。
③ 郁达夫:《文学概说》,见《郁达夫全集》(第 5 卷),杭州:浙江文艺出版社,1992 年,第 363 页。

主义文学思潮非常切合"五四"时期盛行的思想启蒙运动,因此在浙籍作家中影响深远。体现在诗歌领域成就最为突出,譬如杭州湖畔的四位诗人浪漫的爱情诗写作、徐志摩热情洋溢的爱情与理想的咏唱,以及戴望舒、穆旦的早期诗歌创作等都受其影响,他们都是在西方浪漫主义思潮的引导之下开启了自己的诗歌创作之路,并形成了各自不同的吟唱:湖畔诗人的浪漫热情、徐志摩的轻灵飘逸,以及戴望舒与穆旦的那心怀天下的忧郁等等。

现代主义思潮又称现代派思潮,是盛行于 20 年代的一股比较浩大的文学潮流,它包含有象征主义、表现主义、存在主义、未来主义等等。现代主义文学思潮对中国现代文学影响巨大,可以这样说,没有西方现代主义思潮对于中国现代文学的影响,中国现代文学的发展也许要逊色很多。现代主义的思想理论基础有叔本华的唯意志论、尼采的超人哲学、柏格森的生命哲学、克罗齐的直觉主义、萨特的存在主义等等,它主要强调的是个人价值观、非理性与潜意识,体现在创作中主张内容上的强烈主观性与形式上的标新立异,象征主义与表现主义是它的两大思潮。在浙籍作家中,鲁迅是对现代主义文学思潮介绍比较早的作家,早在 1924 年前后,鲁迅就译介了一些有关表现主义的著作,如片山孤村的《表现主义》、有岛武郎的《关于艺术的感想》、山岸光宣的《表现主义的诸相》等等;胡愈之也曾发表《戏剧上的表现主义运动》一文对表现主义非常关注;此外,茅盾、郁达夫、孙席珍、章克标等也都是现代主义文学的热心倡导者。体现在创作中,就散文来说,鲁迅极具个人风格的散文诗集《野草》就是一部西方现代主义思潮中国化的典范作品,它代表着中国现代散文诗创作的最高成就。就诗歌创作来说,浙江籍诗人戴望舒诗歌创作风格的形成就与对这一思潮的吸纳密不可分;还有穆旦,在艾略特与奥登等的牵引之下,他收获了自己诗歌创作的"新的抒情"风格的确立,以及诗歌艺术表现上的极度现代感。现代主义创作思潮体现在戏剧领域,浙籍作家的贡献不是特别突出,但也有此方面的探索,譬如陈楚淮(浙江瑞安)的《骷髅的迷恋者》、苏雪林的《鸠那罗的眼睛》、袁牧之的《爱神的箭》、宋春舫的《盲肠炎》等等,只不过反响不大,但也风格各具。

三　影响互见：浙籍作家创作的世界关注

　　探讨世界文学视野中的浙江文学，我们不应把目光仅停留在我们对外来理论及思潮的引进与吸纳上，我们要更为关注的是我们作家的创作有没有置身于一个无限的世界文学的背景之下，而不是仅仅借助于外来理论与思潮来装饰与表现自己有限的创作，唯有这样我们才有可能让我们的文学走出去，而不仅仅让对方走进来。现在我们正处在一种全球化的文化视野当中，在这样一种语境之下，西学东渐与东学西渐不应还存有相当大的逆差。在这方面，很多浙籍作家的探索无疑是颇具启示的。在现代浙籍作家的创作中，无论是诗歌、散文还是戏剧，有相当部分的作家把他们的创作视野投向异域，翻译并写下了很多有关异域题材的作品，他们的作品也正愈来愈受到更多的世界性关注。

　　浙籍作家对外国作品的译介。我们可以这样说，大多数浙籍作家都有游学海外的经历，他们很多人的创作有的就直接起于海外，如鲁迅、徐志摩、艾青等等，因此在他们的创作中，译介通常占了很大部分，与他们自己的创作相得益彰。有的浙籍作家同时又身兼着翻译家的身份，譬如鲁迅、夏衍、穆旦等等。就拿穆旦来说，他有两种身份，一种是诗人，另一种是翻译家。穆旦的诗歌创作深受西方浪漫派等的影响，20世纪 50 年代，穆旦先后翻译了英国浪漫派的很多作品，如《唐璜》、《拜伦诗选》、《济慈诗选》、《雪莱抒情诗选》、《布莱克诗选》、《英国现代诗选》，但穆旦的视野又不仅仅限于此，他在关注英国现代诗的同时，他还关注苏俄文学，曾翻译过《普希金抒情诗选》、《普希金叙事诗选》以及《欧根·奥涅金》、《丘特切夫诗选》等等。博大的阅读与借鉴视野从而使穆旦的诗歌创作焕发出卓越的生命力，从现代期一直延伸到当代期。

　　浙籍作家对异域题材的关注。浙籍很多诗歌与散文作家在自己的创作生涯中，曾经写下过很多异域题材的作品，这些创作显示了浙籍作家广博的创作视野与博大的人道主义精神，这些创作使得我们的现代文学距离世界文学的更近了，因为从这些作品中我们不禁发现世界原来就在我们身边。这方面的代表,就现代期来说是徐志摩。徐志摩的艺术创作生命萌生于康桥,因此,在徐志摩的很多诗文中,他一再歌咏那给了他"爱、自由和美"的人生幻梦的理想圣地,如《康桥,再会吧》、《我所知道的康桥》、《吸烟与文化》、《再别康桥》等等,这是物的歌咏;还有人,也很让他难忘,如《罗素与中国》、《哀曼殊斐儿》、《汤麦司哈代的诗》、《谒见哈代的一个下午》、《读雪莱诗后》等等,展现了他与英国文人之间深厚的交往以及他对于他们的崇敬之心。这方面的代表,就当代期来说,艾青是最特别的。作为诗人,艾青的人格魅力显然不仅体现在对于本民族人民痛苦的关注上,还表现在诗人有着一颗非凡的关怀人类苍生的人道情怀,譬如对巴黎的关注与表达就贯穿了其一生的创作,从早期的《巴黎》、《马赛》到后来的《欧罗巴》、《哀巴黎》、《悼罗曼·罗兰》再到新时期的《巴黎》、《香榭丽舍》、《红色磨坊》、《巴黎·我心中的城》、《敬礼·法兰西》等,对异域的执著关注显现了艾青创作中朴素而动人的另一面。在艾青的创作生涯中,国际题材的诗作占据了一定的比例与位置,深刻展示出了艾青心怀天下的高大人格与宽广心胸,特别是当代,他的很多诗作如《一个黑人姑娘在歌唱》、《古罗马的大斗技场》、《在智利的海岬上》、《大西洋》等等都是传唱一时的名篇。

浙籍作家在世界文学里的影响。我们关注世界文学,同时也希望世界文学能关注我们,希望我们作家的作品也能在异域被传播与被研究,只有这样,我们才能真正融入到世界文学之林中去,而不仅仅是在中西文学交流中只有我们单方面的情有独钟。在这方面浙籍作家的创作以及他们在海外的被关注或许能够给其他作家以有力的参照。浙籍作家正是由于具备着广博的视野与动人的感怀,他们常常立足本土,融会贯通,在创作中展现出他们那不一般的眼界与胸襟,所以他们的作品才易于被世界所接受。譬如鲁迅、茅盾、郁达夫、艾青等等,他们的作品在世界范围内的翻译率是非常之高的;在海外研究他们的出版物也是数不胜数,比较知名的有《鲁迅的世界》(日)、《郁达夫传——诗、爱情与日本》(日)、《中国诗歌》(俄)等等。举个具体的例子,就作家来说,在诗歌创作领域,艾青的诗作在海外非常知名,他的诗歌已经被译成俄语、英语、法语、德语、意大利语、西班牙语、希腊语、日语和马来语等在世界范围内传播,正如俄国著名的汉学家切尔卡斯基所说,艾青的作品已成为世界文化的不可分割的一部分。[①] 新西兰诗人路易·艾黎在《赠艾青》曾如此评说艾青:"感谢您的诗使我深受教育,/如同它感动过读者万千,/一位诗人能够闻名天下,/只因为他写下了不朽的诗篇。"[②]这种评价显然并非溢美之词,这种动情的诗句显示出他对艾青的发自内心的接近与喜爱。

"世界文学视野中的浙江文学"这个课题在如今全球化的文化视野里是具有一定的当代意义的,在世界文学走向我们的大背景之下,我们的作家应如何借鉴利用先进的文化成果来发展我们的文学,我们的作家在创作时应具备怎样的创作视野与创作情感才能与世界文学真正相融,我们的文学应如何走出去等等,这些问题是我们所必须面对的。在这方面,浙籍作家的很多探索都具有一定的标杆意义,无论在散文、诗歌还是戏剧方面。所以我们的这项研究也就显得很有价值,且任重道远。

---

① 切尔卡斯基:《艾青:太阳的使者》,宋绍香译,北京:中国文史出版社,2007年,第283页。
② 转引自周红兴:《艾青传》,北京:作家出版社,1993年,第532页。

第二章　周作人的散文创作与世界文学

　　周作人的文学世界是与世界文学紧密相连的：周作人曾在《中国新文学的源流》一文中自述自己的文学之路就是在阅读世界文学的背景之下开启的；"五四"时期他的初登文坛则是以翻译家的身份出现的，周作人曾经出版过多种译著，他的这种从事翻译的热情一直延续到了建国后；而他的影响现代文学至深的"人的文学"的倡导，正如钱理群所说的，那就是"东方文明古国对西方文化起源地希腊哲人呼唤的一个历史性的回应"；①至于他的散文创作也显见对于世界文学借鉴与模仿的因素，正如朱自清所说，周作人的小品散文"所受的'外国的影响'比中国的多"。② 周作人曾在谈到中国文学的外来影响时曾说"我们欢迎欧化是喜得有一种新空气，可以供我们的享用，造成新的活力"，且又说："人不能改变本性，也不能拒绝外缘。"③但同时周作人又强调借鉴外缘"并不是注射到血管里去，就替代血液之用。"（《自己的园地·国粹与欧化》）"创作不宜抹杀自己去模仿别人，个性是个人唯一的所有，而又与人类有根本上的共通点。"④事实也是如此，周作人为发展自己的散文艺术，在与自己艺术体验与创作感知心心相契的基础之上自觉或不自觉地借鉴了很多外来的影响，而这一切外来因素的汇聚都为了使他更好地塑造自己的"个人的艺术"，那就是："正当的方法是听凭各种派别思想自由流行，去吸收同性质的人，尽量的发展……，取放任态度：各走他的个性所分付他去走的路。"⑤

----

　　①　钱理群：《周作人正传》，南京：江苏文艺出版社，2010 年，第 25 页。
　　②　朱自清：《〈背影〉序》，《朱自清全集》（第 1 卷），南京：江苏教育出版社，1988 年，第 32 页。
　　③　周作人：《国粹与欧化》，见《自己的园地》，止庵校订，石家庄：河北教育出版社，2002 年，第 13 页。（本文所有周作人散文原文的引用未标明出处处均引自《周作人自编文集》，止庵校订，石家庄：河北教育出版社，2002 年。后文不再一一标注。）
　　④　周作人：《个性的文学》，《新青年》，第 8 卷第 5 号，1921 年 1 月 1 日。
　　⑤　周作人：《文艺的讨论》，载 1922 年 1 月 20 日《晨报副刊》。

在中国 20 世纪散文创作史上,周作人以他惊人的散文创作量、他的把写作当作自己生命存在方式的写作姿态等在现代中国散文发展史上无疑都是显著的。尤其是他的小品美文的倡导则更是影响深远,影响了一代又一代作家,致使小品散文的创作成为了中国现代散文创作中不可替代的一道亮丽而悦目的风景线,正如钱理群所说的:"周作人的散文有'浮躁凌厉'与'平和冲淡'两体。前者的思想意义与社会作用显然更加积极,因此常为论者所引述;但真正显示了周作人创作个性,并成为他对中国现代散文艺术独特贡献,而且在实际上影响更大的,却是后者。"①本章所探讨的主要是周作人的小品散文创作与世界文学间的关联。

一　文类先导:英国散文的启迪

1928 年周作人在谈到中国新散文时曾说"中国新散文的源流我看是公安派与英国的小品文两者所合成。"②1935 年周作人又在中国新文学大系散文导论中这样总结新散文的发展:"我相信新散文的发达成功有两重的因缘,一是外援,一是内应。外援即是西洋的科学哲学与文学上的新思想之影响,内应即是历史的言志派文艺运动之复兴。"③周作人把中国新散文的发展与世界文学相联显然是有着切身的创作感受的。1921 年处在"五四"思想前端的周作人在发表了引领文学潮流的《人的文学》、《平民文学》等文章之后,又发表了关于散文创作的经典论著《美文》:

　　外国文学里有一种所谓论文,其中大约可以分作两类。
　　一批评的,是学术性的。二记述的,是艺术性的,又称作美文,

---

① 周作人:《周作人研究二十一讲》,北京:中华书局,2004 年,第 17 页。
② 周作人:《〈燕知草〉序》,见《知堂序跋》,钟叔和编,长沙:岳麓书社,1987 年,第 318 页。
③ 周作人:《中国新文学大系散文一集·导言》,上海:上海良友图书印刷公司,1935年,第 10 页。

这里边又可以分出叙事与抒情，但也很多两者夹杂的。这种美文似乎在英语国民里最为发达，如中国所熟知的爱迭生，兰姆，欧文，霍桑诸人都做有很好的美文，近时高尔斯威西，吉欣，契斯透顿也是美文的好手。读好的论文，如读散文诗，因为他实在是诗与散文中间的桥。中国古文里的序，记与说等，也可以说是美文的一类。但在现代的国语文学里，还不曾见有这类文章，治新文学的人为什么不去试试呢？……他的条件，同一切文学作品一样，只是真实简明便好。我们可以看了外国的模范做去，但是须用自己的文句与思想，不可去模仿他们。①

从这段话里我们不难看出，在 20 世纪 20 年代初，在中国新文学发展的初创阶段，周作人号召大家去借鉴英国的散文创作模式来发展中国的新散文，但这借鉴不同于机械地模仿，必须要融汇自己的特色与风格。在周作人看来，英国这一派散文的特色是"要说自己的话，不替政治或宗教去办差……英法曰 Essay，日本曰随笔，中国曰小品文皆可也。"（《再谈俳文·药味集》）而这也正是周作人特别欣赏英国散文的缘由，因为周作人所有的文学倡导指向的都是属于个人的艺术——自己的园地：

> 所谓自己的园地，本来是范围很宽，并不限定于某一种：种果蔬也罢，种药材也罢——种蔷薇地丁也罢，只要本了他个人的自觉，在他认定的不论大小的地面上，尽了力量去耕种，便都是尽了他的天职了。……以个人为主人，表现情思而成艺术，即为其生活之一部，初不为福利他人而作，而他人接触这艺术，得到一种共鸣与感兴，使其精神生活充实而丰富，又即以为实生活的基本；这是人生的艺术的要点，有独立的艺术美与无形的功利。我所说的蔷薇地丁的种作，便是如此。（《自己的园地·自己的园地》）

---

① 周作人：《美文》，《晨报》副刊，1921 年 6 月 8 日。

文艺以自己表现为主体,以感染他人为作用,是个人的而亦为人类的,所以文艺的条件是自己表现,其余思想与技术上的派别都在其次。(《自己的园地·文艺上的宽容》)

我始终承认文学是个人的,但因"他能叫出人人所要说而苦于说不出的话",所以我又说即是人类的。然而在他说的时候,只是主观的叫出他自己所要说的话,并不是客观地去体察了大众的心情,意识的替他们做通事,这也是真确的事实。(《自己的园地·诗的效用》)

众所周知,英国是小品文发达的国家。虽然小品文的开创性写作是源于法国人蒙田,而英国人培根对小品文创作的热衷却致使这种文体在英国文坛开始定居并繁衍,自 17 世纪中叶以来,英国散文由此确立了以个性与平易为主导的风格,18 世纪有艾狄生、斯威夫特等的拓展,到了"十九世纪英国散文家获得了一种前所未有的巨大的情感力量,而使自己开始关注个人和个人的表达"[1],涌现出了如兰姆、赫兹利特、德·昆西等大家。纵览英国近现代散文创作不难发现它似都有一个共同点,那就是执著于从个人视角来品味人生世况,作品充满着典型的个人印记与现实意味。譬如周作人所提到的查尔斯·兰姆(Charles Lamb),他被公认为是英国最杰出的小品散文作家之一,是"一个杰出的絮语散文的开拓者。"[2]他的代表著作《伊利亚随笔》集可谓是英国文学的代表作之一。兰姆的作品通常就是用最平实亲切的语言与文风在与你谈城市中的街景与市声、现实生活中平凡的人群以及自己最真切的闲思遐想,题材广泛,文情繁茂,平易亲切,同时又充满着一些苦涩味,而这正是周作人欣赏的情调,恰如论者所言:"兰姆一脉英国散文家给予中国散文理论家的惊喜,在于他们发现'人的文学'的主张终于可以非常恰切地落在了人生的细微处,而不仅仅停留在精神吁求的层

---

① 蔡江珍:《论英国 ESSAY 与中国散文现代性理论的关系》,《福建论坛》,2007 年第 3 期。

② 艾克斯纳:《论随笔》,见《外国作家论散文》,傅德岷编著,乌鲁木齐:新疆大学出版社,1994 年,第 28 页。

面。"①因为这恰恰呼应了周作人"人的文学"与"平民文学"的个人的艺术主张。

　　周作人的欣赏英国散文还与自己固有的闲适心态不无关系：那就是平和冲淡。早在 1924 年周作人就说"我现在的快乐只想在闲时喝一杯清茶，看点新书，……都足以使我感到人生的欣幸。"（《雨天的书·死之默想》）而且又说："我们于日用必需的东西以外，必须还有一点无用的游戏与享乐，生活才觉得有意思。我们看夕阳，看秋河，看花，听雨，闻香，喝不求解渴的酒，吃不求饱的点心，都是生活上必要的——虽然是无用的装点，而且是愈精炼愈好。"（《雨天的书·北京的茶食》）于是，20 年代初期的周作人常常于黑暗的现实中忙里偷闲，苦中作乐，在喝茶、闲谈、会友、怀想过去之际，"在不完全的现世享乐一点美与和谐，在刹那间体会永久。"（《雨天的书·喝茶》）并极力声明"我觉得睡觉或饮酒喝茶不是可以轻蔑的事，因为也是生活之一部分。"（《雨天的书·上下身》）而在大革命失败之后的周作人则更是发出《闭门读书论》："趁现在不甚适宜于说话做事的时候，关起门来努力读书，翻开故纸，与活人对照，死书就变成活书，可以得道，可以养生。"（《永日集·闭门读书论》）固有的闲适心态使得周作人更加偏爱平易的英国小品文，同时在自己的创作中也热情地去从事这一类文体的写作。

　　受英国散文的影响，周作人的小品美文取材散化，内容广博。在周作人的散文创作中，无论是早期还是后期，日常社会生活的内容观照极为普遍地呈现在他的作品中，致使他的作品内容展现出如兰姆般的广博，如这里有对吃喝的评论（《喝茶》、《谈酒》等）；有对自然的体认（《鸟声》、《北平的春天》等）；有对故乡的回忆（《乌篷船》、《故乡的野菜》等）；有对往事的追怀（《初恋》、《娱园》等）；有对故友的思恋（《志摩纪念》、《半农纪念》等）；有对自己的表白（《两个鬼》、《自己的文章》等）；有对人生的思考（《自己的园地》、《死之默想》等）；有对生活的发现（《生活之艺术》、《山中杂信》等）；有对社会的评价（《碰伤》、《关于三月十八日的死者》等）等等，周作人"将自己真切的关怀投注到了普通生活的各个角

---

① 　蔡江珍：《论英国 ESSAY 与中国散文现代性理论的关系》，《福建论坛》，2007 年第 3 期。

落,在人们熟视无睹的地方,发掘出了许许多多'人人笔下所无'的好文章。他的这种关怀和表达,是不避琐屑的。"①他的散文因此很少有那种剑拔弩张的氛围与繁复的文采,而是常常流露出平淡的格调与从容不迫的气韵。周作人在闲适中生活与思考,任心闲话,个性表达,虽然他曾自谦地表示"我并不想这些文章会于别人有什么用处,或者可以给予多少怡悦;我只想表现凡庸的自己的一部分,此外并无别的目的。"②但他的这些来自凡常题材的心灵诉说,常常在平淡悠闲之中给人以深切的思考。

在周作人小品散文中,文风的闲适还体现为结构散化。所谓结构的散化,就是结构的素无定法,这种结构方法其实就是一种典型的谈话风式的章法。周作人的散文内容大多就来自于我们日常生活中的点点滴滴,他写文章就如同在与故友聊天畅谈,想说什么就说什么,自己的语言依着自己的个性与心灵在游走;他的作品没有固定的思维与结构模式,自己的心灵在尽情地跑着野马。周作人自己也曾说自己很渴慕在阴沉的雨天,能"在江村小屋里,靠玻璃窗,烘着白炭火钵,喝清茶,同友人谈闲话,那是颇愉快的事。不过这些空想当然没有实现的希望。"(《雨天的书·自序一》)因此他就常常把写文章想象成在寻求想象的友人,在与他们倾心交谈:"我自己知道这些文章都有点拙劣生硬,但是还能说出我所想说的话:我平常欢喜寻求友人谈话,现在也就寻求想象的友人,请他们听我的无聊赖的闲谈。"③因此读周作人的散文,我们"不觉得拘谨,不感到板滞,好像是与老朋友在一起毫无拘束而又极有兴味的闲谈,在不知不觉中,或即触着某种妙理,使你反复去咀嚼体味,甚而会长留在记忆之中。"④这点也与兰姆的絮语文风非常近似。

周作人小品散文的谈古论今,挥洒自如,自然与他的博识不无关联,也就是说在周作人的散文中,他的知识也呈现出散化的趋势。周作

---

① 刘绪源:《解读周作人》,上海:上海书店出版社,2008年,第101页。
② 周作人:《自己的园地·旧序》,见《苦雨斋序跋文》,上海:天马书店,1934年,第23页。
③ 周作人:《自己的园地·旧序》,见《苦雨斋序跋文》,上海:天马书店,1934年,第23页。
④ 张菊香:《序言》,见《周作人散文选集》,张菊香编,天津:百花文艺出版社,1987年,第9页。

人是一个杂学家,博古通今,学贯中西,40 年代他就曾写了一篇文章《我的杂学》仔细梳理了自己的阅读经历与感受。周作人嗜爱读书,在20 年代末就曾公开提倡闭门读书,发掘读书之乐。从古典到现代,从中国到国外,从文学到杂学,周作人的阅读范围是广泛的,他常在阅读中思考,在阅读中写作。在泛爱阅读这点上周作人与兰姆不谋而合。兰姆也爱书如痴,他"依恋着他那些心爱的书籍,正如他依恋着他那些好友。"[①]兰姆自己也曾说道:"我把相当大一部分时间用来读书了。我的生活,可以说是在与别人思想的神交中度过的。我情愿让自己淹没在别人的思想之中,除了走路,我便读书,我不会坐在那里空想——自有书本替我去想。"[②]因此周作人的散文与兰姆的随笔都具有一个共同点,那就是内容的博杂。于是在小品散文中时常展现自己的阅读优势就成了周作人散文创作的显著特色,而这一特色在 30、40 年代愈来愈显著。譬如他谈《苍蝇》(《泽泻集》),从日常生活起笔,谈到古希腊的《苍蝇颂》,希腊的关于苍蝇的传说,然后又说到中国《诗经》里和日本俳谐中关于苍蝇的句子等等,视野开阔,知识性强,立意也很新奇,着重于苍蝇的固执与大胆来阐述,别有情趣。由阅读而积累的知识在周作人的作品中俯拾皆是,但"知识在他的文章里,已经化成了一种材料,它们和其他材料一起,经过知堂老人的语言文字,调制成了一种截然不同于黑暗现实的恬静闲适的情调,他正是以此来驱遣侵入自己内心的黑暗的。……知堂小品虽包含有大量名物知识,却毕竟还是文学艺术作品,它们所提供的主要是审美,而不在于知识的传递。"[③]显然,没有一定的知识积累周作人不可能在作品中旁征博引,纵谈古今。此外在散文中适当展现一定的知识性在某种程度上还可以提高散文的品位与厚重感以及广博性,这可谓是周作人小品散文创作的显要特色。但是周作人散文的知识性发展到后期愈演愈烈,由此而形成了一类独创文体——

---

① 沃尔特·佩斯:《查尔斯·兰姆》,见《伊利亚随笔选》,刘炳善译,北京:三联书店,1987 年,第 434 页。

② 兰姆:《读书漫谈》,见《伊利亚随笔选》,刘炳善译,北京:三联书店,1987 年,第 286—287 页。

③ 刘绪源:《解读周作人》,上海:上海书店出版社,2008 年,第 102 页。

"夜读抄",这是"一种前无古人后亦未必有来者的文体:即一篇之中主要是大段抄引古书的文体,所谓'文抄公'的文体。"①这主要表现在他30、40年代时期的散文作品中。对于周作人这一时期的作品,笔者非常赞同倪墨炎先生在《中国的叛徒与隐士:周作人》中对此的评价:

> 他在这个时期的绝大部分作品,都是连篇累牍地抄书。抄古人洋人的书尤嫌不足,还大段大段抄自己的书——后来的文章抄前些时为期不远的文章,似乎抄书已成癖,到了"无抄不成文"的地步。也有一些散文是可读的佳作,像前面介绍的《北平的春天》《怀东京》等等,但也抄书,只是抄得还不太使人生厌罢了。连篇累牍地抄书,还怎么"抒发性灵"呢?还怎么"表现自我"呢?当然也更谈不上什么艺术性了。周作人的散文创作就这样进入了它的末路。②

虽然周作人后期的这些类似《夜读抄》的作品"连类抄录,亦颇有致",但比起20年代的创作,在文章的灵动与个性上确实尤显不足。周作人在中国现代散文领域里的影响显然还是主要集中在20世纪20年代,笔者的论述也主要是以周作人这一时期的小品散文为重。

周作人曾说:"我们平日写文章,本来没有一定写法,……总之只是有话要说,话又要说得好,目的如此,方法由个人自己去想,其结果或近欧化,或似古文,故不足异,亦自无妨。"③周作人创作散文非常注重个人的独特性,他的来自于自己个人生活所经历的题材、他的与好友闲谈的文风、他的跑野马似的写作思路等铸就了他小品散文闲适的个性与个性的闲适。周作人20年代的小品散文正如兰姆的随笔一样,"是个性毕露、披肝沥胆的,作者拉住读者,谈自己的一切,'说到哪里算哪里';抒情、记事、议论互相穿插;文言、白话,秾丽、简古,交互使用,怎么方便就怎么写;有话即长,无话即短,跌宕多姿,妙趣横生。这是一种具

---

① 程光炜:《周作人评说80年》,北京:中国华侨出版社,2000年,第391页。
② 倪墨炎:《中国的叛徒与隐士:周作人》,上海:上海文艺出版社,1990年,第343页。
③ 周作人:《春在堂杂文》,见《周作人文类编·本色》,钟叔河编,长沙:湖南文艺出版社,1998年,第456—457页。

有高度艺术性的散文。"①周作人小品散文平和冲淡风格的形成标明在小品散文创作这一领域,属于周作人自己的个人艺术已经铸成。

二 审美倾向:蔼理斯思想的感悟

众所周知,在中国现代文学史上,周作人是以一个中庸主义者的面目为我们所熟知的。1925 年周作人曾在文章中这样概括自己:

> 我实在可叹,是一个很缺少"热狂"的人,我的言论多少都有点游戏态度。我也喜欢弄一点过激的思想,拔草寻蛇地去向道学家寻事,但是如法国拉勃来(Rabelais)那样只是到"要被火烤了为止",未必有殉道的决心。好像是小孩踢球,觉得是颇愉快的事,但本不期望踢出什么东西来,踢到倦了也就停止,并不预备一直踢到把腿都踢折,——踢折之后岂不还只是一个球么? ……我并非绝对不信进步之说,但不相信能够急速而且完全地进步……我也愿出力,但是现在还不想拼命。(《雨天的书·与友人论性道德书》)
>
> 我自己虽没有兴致踢球,但为保障踢球的人们的缘故而被骂被打,我是愿意的。②

这种自由主义者的思想体现在他的创作中就是中庸节制审美观的生成。然而周作人中庸思想的形成不是与生俱来的,它有一个逐渐演化的过程,这其中除了受中国传统文化的影响之外,外国作家的影响因素也是显见的。

在"五四"文坛,周作人本来一直是站在时代社会思想风潮的最前端的,他的《人的文学》、《平民文学》、《思想革命》、《论黑幕》、《中国小说里的男女问题》等系列文学思想的倡导在当时具有引领社会的意义。

---

① 刘炳善:《兰姆及其〈伊利亚随笔〉(译序)》,见《伊利亚随笔选》,查尔斯·兰姆著,刘炳善译,北京:三联书店,1987 年,第 13 页。

② 周作人:《答张崧年先生书》,《京报副刊》,1925 年 8 月 21 日。

这一时期的周作人无疑是奋勇前行的,体现在创作上由此诞生了很多带有浮躁凌厉之气的散文,如《祖先崇拜》(1919)、《思想革命》(1919)等,鲜明地指向着外部世界,展开着他犀利的社会批评与文化批判。然而"五四"落潮之后,在动荡且无法左右的社会里,周作人生命中的理想之光开始变得暗淡,他开始对社会现实与未来充满了失望,个性由热勇而转为平和,思想的裂变由此形成:"我已明知我过去的蔷薇色的梦都是虚幻。"①在现实的血雨腥风与黑暗阴霾里,周作人开始放弃主义与理想,1926 年周作人曾听着城外的炮声,在《艺术与生活》论文集自序中悲观地说道:

> 一个人在某一时期大抵要成为理想派,对于文艺与人生抱着一种什么主义。我以前是梦想过乌托邦的,对于新村有极大的憧憬,在文学上也就有些相当的主张。我至今还是尊敬日本新村的朋友,但觉得这种生活在满足自己的趣味之外恐怕没有多大的觉世的效力,人道主义的文学也正是如此。
>
> (《艺术与生活·自序》)

面对文学对于现实的无济于事,周作人的失望之情是沉重的,一种强烈的无所作为的慨叹困扰着他:"省悟自己原来是个'游民',肩上只抗着一把锄头,除了农忙时打点杂之外,实在没有什么工作可做。"(《雨天的书·元旦试笔》)大革命失败以后,1930 年周作人更是宣布自己"由信仰而归于怀疑,这是我的'转变方向'了。"②于是周作人开始转向书本、转向书斋,"总之在现今这个奇妙的时代,特别是在中国,总觉得什么话都无可说……以后当应努力,用心写好文章。莫管人家鸟事,且说草木虫鱼。"(《苦茶随笔·后记》)于是 20 年代中后期以后的周作人"对于政治丧失信心,对于时局与统治者也不再品评,……他把不介入也作为反抗的一种表示。………因而宁可两耳不闻窗外事,躲到苦雨斋中写他的美文,做他的学问。这无疑是他的自我保全之策。"③因此

---

① 周作人:《自己的园地·旧序》,见《苦雨斋序跋文》,上海:天马书店,1934 年,第 23 页。
② 周作人:《艺术与生活·自序二》,见《苦雨斋序跋文》,上海:天马书店,1934 年,第 55 页。
③ 刘绪源:《解读周作人》,上海:上海书店出版社,2008 年,第 55—57 页。

周作人不再向前瞭望或向上仰望,而是低头俯视生活的细微与凡俗,
"越是苦闷的时候,他越是想从凡俗的民间找到精神避难的处所。"①于
是他开始大量书写短小怡情的小品文,恰如阿英所说:"到了一九二四
年以后,他的努力与发展,却移向另一方面——小品文的写作;这以后,
周作人的名字,是和'小品文'不可分离地被记忆在读者们的心里,他的
前期的诸姿态,遂为他的小品文的盛名所掩。"②也因之他的思想开始
由凌厉浮躁转向中庸平和,创作也开始呈现出非常鲜明的平和冲淡的
色彩。"平和冲淡"一般就是我们给予周作人小品散文的评判,但"平和
冲淡之美究其实质是注重节制和均衡。这里最重要的是人情与物理的
节制与均衡。"③也就是说,当文学对社会产生不了变动的效应时,周作
人开始节制自己的情感,把自己的表达寄托在简单而凡俗的叙述之中。
而在这一时期前后一个外国作家在周作人视野中的出现,则更加坚定
了他的这种文学审美追求,这个外国作家就是英国思想家蔼理斯。

　　蔼理斯是周作人最为敬佩的一个思想家,他给予周作人的影响也
最大。周作人 20 至 40 年代撰写了一系列文章介绍蔼理斯,主要有《猥
亵论》(1923)、《文艺与道德》(1923)、《蔼理斯的话》(1924)、《蔼理斯〈感
想录〉抄(译文)》(1925)、《蔼理斯的诗》(1927)、《性的心理》(1934)、《关
于读圣书》(1934)、《蔼理斯的时代》(1935)、《蔼理斯的思想——我的杂
学之十二》(1944)等等。周作人曾说:"蔼理斯(Havelock Ellis)是我所
最佩服的一个思想家。……看了他的言论,得到不少利益,在我个人总
可以确说,要比各种经典集合起来所给的更多。"(《雨天的书·蔼理斯
的话》)在蔼理斯的思想体系中,他的讲究节制与均衡的思想对周作人
影响甚远,周作人在读蔼理斯的《性心理研究》时非常认可蔼理斯对节
制的倡导(《雨天的书·蔼理斯的话》);在读蔼理斯《随想录》时盛赞蔼
理斯的在艺术与科学间的均衡态度(《自己的园地·猥亵论》)。在周作
人看来,蔼理斯的思想本质就是一种讲求节制与平衡的中庸:

---

① 刘绪源:《解读周作人》,上海:上海书店出版社,2008 年,第 220 页。
② 阿英:《周作人》,见《阿英文集》,北京:生活·读书·新知三联书店,1981 年,第 111
－114 页。
③ 胡辉杰:《周作人中庸思想研究》,长沙:湖南大学出版社,2010 年,第 128 页。

蔼理斯的思想我说他是中庸,这并非无稽,大抵可以说得过去,因为西洋也本有中庸思想,如在希腊,不过中庸称为有节。……蔼理斯的文章里多有这种表示,……又云,生活之艺术,其方法只在于微妙的混和取与舍二者而已。(《蔼理斯的思想·我的杂学之十二》)

可见,蔼理斯的讲究节制与均衡的思想是深得周作人的欣赏的,1924 年周作人曾在文章中明确表示:"中国现在所切要的是一种新的自由与新的节制,去建造中国的新文明,也就是复兴千年前的旧文明,也就是与西方文化的基础之上希腊文明相合一了。"(《雨天的书·生活之艺术》)周作人显然在蔼理斯这里找到了自己思想的对接:那就是追求感情的节制与均衡,体现在创作中便是中庸节制的审美,即用平淡冲和来包裹自己的凌厉浮躁。

然而作为从"五四"走过来的开辟社会风潮的周作人虽然在 1925年时曾说:"我近来作文极慕平淡自然的境地"(《雨天的书·自序二》),但实际上他又并不能够完全做到淡然于世,享受闲适。细读他的小品散文不难发现其文处处还闪耀着别一般的涩味,周作人自己也曾说:"拙文貌似闲适,往往娱人,唯一二旧友知其苦味,废名昔日文中曾约略说及,近见日本友人议论拙文,谓有时读之颇感苦闷,鄙人甚感其言。"[1]1925 年已倾心于平淡自然之境的周作人曾如此感慨:"像我这样褊急的脾气的人,生在中国这个时代,实在难望能够从容镇静地做出平和冲淡的文章来。我只希望,祈祷,我的心境不要再粗糙下去,荒芜下去,这就是我的大愿望。"(《雨天的书·自序二》)1936 年已经经历了创作裂变的周作人终于发现:"总之闲适不是一件容易学的事情,不佞安得混冒,自己查看文章,即流连光景且不易得,文章底下的焦躁总要露出头来,然则闲适亦只是我的一理想而已。"(《瓜豆集·自己的文章》)关于自己的寻觅闲适但又不能安于闲适的思想,周作人还是从蔼理斯这里找到了很好的解答。周作人说:"戈尔特堡(Isaac Goldberg)批评

---

① 周作人:《序》,见《药味集》,北京:新民印书馆,1942 年,第 3 页。

蔼理斯(Havelock Ellis)说,在他里面有一个叛徒与一个隐士,这句话说得最妙:并不是我想援蔼理斯以自重,我希望在我的趣味之文里也还有叛徒活着。我毫不踌躇地将这册小集同样地荐于中国现代的叛徒与隐士们之前。"(《泽泻集 过去的生命·序》)因此周作人常自称心头住着两个鬼,一是绅士鬼,一是流氓鬼,它们指挥着周作人的一切言行,而周作人则像一个钟摆在这中间摇摆:

> 流氓平时不怕绅士,到得他将要撒野,一听绅士的吆喝,不知怎的立刻一溜烟地走了。可是他并不走远。只在弄头弄尾探望,他看绅士领了我走,……我对于两者都有点舍不得,我爱绅士的态度与流氓的精神。……我为这两个鬼所迷,……这总算还是可喜的。(《谈虎集·两个鬼》)

因此,周作人文章中闲适性的出现显然是绅士鬼的主宰,而文章中涩味的流露无疑就是自己流氓鬼习性的表达,叛徒气息的流露。可见两个鬼是我们读懂周作人及其散文的真正切入点。也就是说,处于平淡闲适创作时期的周作人,一直在现实与创作、焦躁与闲适、入世与出世间寻找一种平衡。舒芜在研究周作人的小品文时曾说:"周作人的小品文的清冷苦涩,并不是'郊寒岛瘦'那一流,相反地,这种清冷苦涩又是腴润的,……所谓腴润,首先是内容方面的,就是作者胸襟气度的宽厚,对生活的广泛兴趣和广博知识,对他人特别是对平民百姓、妇人孺子的理解和同情,在审美标准上不刻薄,不峻削,不杀风景。"[①]这种评价显然把握到了周作人小品散文的真正本质。也就是说周作人写闲适并没有流于庸俗与决然超脱于世,他写凡俗是力争从凡俗中提升人生积极的享用与意义,"我终于是一个中庸主义的人,我很喜欢闲话,但是不喜欢上海气的闲话,因为那多是过了度的,也就是俗恶的了。"(《谈龙集·上海气》)周作人的多虑与懦弱的个性使他不能做到绝对的入世,但传统儒家精神的影响却也不能让他做到绝对的出世,所以在周作人的很多小品散文中,在平和冲淡的外衣之下始终流露着一定的人间烟

---

① 　舒芜:《周作人的是非功过》,北京:人民文学出版社,1993 年,第 23 页。

火气:"中国是我的本国,是我歌于斯哭于斯的地方,可是眼见得那么不成样子,……在这种情形里平淡的文情那里会出来? 手底下永远是没有,只在心目中尚存在耳。"(《瓜豆集·自己的文章》)在躲进十字街头的小塔里自成一统的同时,周作人又常常不忘世间,时不时发出几声犀利之声,这就是他中庸的生存姿态:

> 我在十字街头久混,到底还没有入他们的帮,挤在市民中间,有点不舒服,也有点危险,(怕被他们挤坏我的眼镜,)所以最好还是坐在角楼上,喝过两斤黄酒,望着马路吆喝几声,以出胸中闷声,不高兴时便关上楼窗,临写自己的《九成宫》,多么自由而且写意。(《雨天的书·十字街头的塔》)

对于周作人的这种中庸节制的审美观,钱理群概括得非常形象生动:

> 周作人所面临的"入世"则无能为力、心有所惧和"出世"则不肯甘心、心所不愿的矛盾,就找到了一个中庸的解决法:以入世的精神出世,或以出世的精神入世,既入世又非入世,既出世又非出世。总体上躲在苦雨斋里过着逃避现实的隐逸生活,仿佛不食人间烟火;偶尔又从苦雨斋里伸出头来,看看人间,发几句牢骚,仿佛仍是世间人。你说他逃避现实吗? 他还关心着世事;你说他热衷于仕途吗? 他又悟彻一切,不过处处顺其自然,想谈风说月就谈风说月,原呵佛骂祖就呵佛骂祖。谈风说月自然心平气顺,呵佛骂祖,出口鸟气,气顺自然心平:各有各的妙用。[①]

这样我们就很可以理解在极度彰显周作人绅士气的谈吃讲喝、吟风看云、宣扬读书调和的小品美文中为何常会出现一些有关社会人事的评论,而且一以贯之,从 20 年代初期一直延伸在他的创作历程中,譬如这里有对中国专制时代黑暗的愤懑(《雨天的书·黑背心》)、对中国假道学盛行的批判(《雨天的书·净观》)、对"三一八"惨案的揭示(《泽

---

① 钱理群:《周作人研究二十一讲》,北京:中华书局,2004 年,第 291 页。

泻集·关于三月十八日的死者》)、对社会的《偶感》(《谈虎集》)、对《妇女问题与东方文明等》的思考(《永日集》)、对中国世道衰微的揭示(《看云集·哑巴礼赞》)、对中国现实的隐忧(《看云集·麻醉礼赞》)等等。不仅如此,周作人还曾在文中呼吁:"中国之未曾发昏的人们何在,为什么还不拿了'十字架'起来反抗?"(《雨天的书·净观》)可显见他的流氓精神,正如周作人在《谈虎集·序》中所说:"我这些小文,大抵有点得罪人得罪社会。"①即便是在纯粹闲谈生活的平和之作中有时也蕴藏着一定的流氓习气,如在大谈茶食的《北京的茶食》中作者也不失时机地表达着他对于社会的不满与批判:"可怜现在的中国生活,却是极端地干燥粗鄙,别的不说,我在北京彷徨了十年,终未曾吃到好点心。"(《雨天的书·北京的茶食》)即便是在 30 年代高论《闭户读书论》与《草木虫鱼小引》,发表文学无用论时,文中也渗透着深重的苦涩味,控诉时代的不自由等,譬如在《闭户读书论》中,周作人就这样说道:"除非你是在做官,你对于现时的中国一定会有好些不满或是不平。这些不满和不平积在你的心里,正如噎嗝患者肚里的'痞块'一样,你如没有法子把他除掉,总有一天会断送你的性命。"(《永日集·闭户读书论》)

平和冲淡是周作人一直向往的文学之境,因而他时时担心自己的文章看起来"实在太积极了"(《苦茶随笔·后记》),于是在创作中不断地在绅士与流氓之间调节着平衡,力图把自己对社会的控诉包裹在不动声色、漫不经心的叙述与揭示之中,他的愤是节制而婉约的,他的小品散文创作体现出了鲜明的中庸节制的审美观。

三　内在神韵:日本文学的亲近

在中国现代文学史上,周作人可谓是一个地地道道的日本通。周作人一生与日本关联深切,多年留日的生活使他对日本、日本文化与文学了解深厚,对日本的生活有种天然深切的亲近感。周作人曾不止一

---

① 　周作人:《谈龙谈虎集序》,见《苦雨斋序跋文》,上海:天马书店,1934 年,第 58 页。

次地热衷于表达他对日本的好感:"老实说,我在东京的这几年留学生活,是过得颇为愉快的。"①"照事实讲来,浙东是我的第一故乡,浙西是第二故乡,南京是第三,东京是第四,北京第五。但我并不一定爱浙江。……以上五处之中常常令我怀念的倒是日本的东京以及九州关西一带的地方。"(《雨天的书·与友人论怀乡书》)"日本是我所怀念的一个地方。……我对于日本常感到故乡似的怀念。"(《苦茶随笔·日本管窥》)周作人一生很大一部分事业倾注在对日本文化的研究上,他曾开设了"日本研究小店",正如有的研究者指出的:"周作人在他所接触到的世界文学中,总是对日本文学,特别是对于自己的文学活动产生过影响的日本明治时代的文学更是倍感亲近。……论对日本文学的修养,国内学者恐怕没有谁能超过他了。周作人完全有条件编写出一部'日本文学史'。"②周作人一生写过很多有关日本的书及文章,从说日本的衣食住行(如《周作人论日本》),到论日本的民俗与宗教(如《周作人论日本》),再到议日本的国民性(如《日本的人情美》),以及日本文化(如《谈日本文化书》)与日中关系(如《日本与中国》)等等,充分显示了他对于日本了解的广度与深度。周作人还先后翻译过一大批日本文学,如《古事记》、《狂言十番》、《平家物语》、《枕草子》、《如梦记》等。

对于自己的散文创作,周作人也从不讳言自己对日本文学的喜爱与借鉴:"我总觉得日本文学于我们中国人也比较相近,如短歌俳句以及稍有富日本趣味的散文与小说也均能多少使我们了解与享受,这是我们想起来觉得很是愉快的。"(《苦茶随笔·与谢野先生纪念》)"前几天从东京旧书店买到一本书,觉得非常喜欢,虽然原来只是很普通的一卷随笔。这是永井荷风所著的《日和下驮》,一名《东京散策记》。"(《苦茶随笔·东京散策记》)又说:"外国的作品,如英吉利法兰西的随笔,日本的俳文,以及中国的题跋笔记,平素也稍涉猎,很是爱好,不但爱诵,也想学了做。"(《过去的工作·两个鬼的文章》)此外小林一茶、森瓯外和夏目漱石等等对他的散文创作影响也很大。

---

① 周作人:《结论》,见《知堂回想录》(上),合肥:安徽教育出版社,2008年,第131页。
② 李景彬、邱梦英:《周作人评传》,重庆:重庆出版社,1996年,第207页。

日本文学对周作人散文创作的影响首先体现在简素风格的确立之上。周作人曾在《知堂回想录》中说自己对于日本的印象"五十年来一直没有什么变更或是修正。简单的一句话,是在它生活上的爱好天然,与崇尚简素。"①五十年如一日的对日本的这种印象显然对周作人的人生与创作不无影响。周作人一贯崇尚简单的生活与生活之乐,不喜是那种惊天动地的丰富生活,这种思想体现在创作中便是表现出对简单素朴的文字的喜爱。1925年周作人在《〈茶话〉小引》中说道:"我只吃冷茶,如鱼之吸水。标题茶话,不过表示所说的都是清淡的,如茶余的谈天,而不是酒后的昏沉的什么话而已。"②可见周作人确不是一个旺热的人,他追求的是清淡的生活,清淡的文字,一切都是简简单单的。1928年周作人曾在《〈燕知草〉跋》中论说小品文的创作"必须有涩味与简单味,这才耐读。"③明确强调文章的简单特性。其后周作人曾多次反复在文章中力倡文章的简单作法,他说:"写文章没有别的诀窍,只有一字曰简单。"(《本色·风雨谈》)"简单是文章的最高标准。"(《希腊的神与英雄·译后附记》)显然在这里,周作人他所说的简单就是本色,就是不加修饰的事物的本来面目,周作人一贯反对写作的装腔作势与高谈阔论。

周作人这种主张简单写作的思想体现在创作中具体表现为:一是题材方面,那就是表现为对日常生活题材的钟情。周作人在文章中大谈初恋,论喝茶,议苍蝇,回忆故乡的野菜,品味北京的茶食等等,他并没有从这些平凡的题材中去挖掘深意,他写平凡,意欲从平凡的生活中发现一种恬静的生活姿态与生活感悟,正如他自己所说:

> 但我到底不是情热的人,……所以我的意见总是倾向著
> 平凡这一面,在近来愈益显著。我常同朋友们笑说,我自己是
> 一个中庸主义者,……没有一家之言可守,平常随意谈谈,对

① 周作人:《最初的印象》,见《知堂回想录》(上),合肥:安徽教育出版社,2008年,第123页。

② 周作人:《〈茶话〉小引》,见《周作人研究资料》(上),张菊香、张铁荣编,天津:天津人民出版社,1986年,第172页。

③ 周作人:《〈燕知草〉跋》,见《燕知草》,俞平伯著,北京:开明出版社,1994年,第122页。

于百般人事偶或加以褒贬,只是凭著个人所有的一点浅近的常识,这也是从自然及人文科学的普通知识中得来,并不是怎么静坐冥想而悟得的。[①]

因此在他的散文中,没有繁复的笔法,没有冗长的句式,没有华丽的辞藻,更没有深刻隽永的寓意,一切都是平和冲淡的,有的只是清隽的韵味让人回想悠长,正如他自己所说的写文章"须得更充实一点,意思要诚实,文章要平淡,庶几于读者稍有益处"。(《苦茶随笔·后记》)周作人这类题材的散文创作成就了他散文美文创作的声望,同时也变革了中国散文自古以来言必载道的传统,在20年代初期的影响意义自是不言而喻的。

二是表达方面,就是将情感做一定的淡化处理。在周作人的文章中我们找不到那种如徐志摩散文中表达出的浓得化不开的情愫,再深切再浓密再悠远的情感在周作人的笔下都是那么舒缓有致与水波不兴,这显然与周作人一贯提倡的节制说有着必然的关联。无论是对于自己的初恋(如《初恋》),还是对于自己的故乡(如《故乡的野菜》),以及对于社会上的人事(如《唁辞》《死法》),周作人都惯于收敛自己澎湃的情愫,刻意将浓情化淡,将直白变为含蓄,使自己的文章在简短中蕴含诗般的回味。譬如在《故乡的野菜》一文中,周作人在一开头便说:"我的故乡不止一个,我住过的地方都是故乡。故乡对于我并没有什么特别的情分",但是我们往下看时,在作者娓娓叙来的故乡的种种野菜中,在作者所列举的儿歌声中,我们分明感受到了作者对故乡记忆的深刻以及沉醉回忆的那份热情,这难道不就是一种对于故乡的情分?只不过作者刻意把它暗藏在自己的字里行间罢了。

日本文学对周作人散文创作的影响其次体现在情趣风味的确立之上。周作人曾经说过他创作所受的外来影响,"大抵从西洋来的属于知的方面,从日本来的属于情的方面为多。……我看日本文的书,并不专是为得通过了这文字去抓住其中的知识,乃是因为对于此事物感觉有

---

① 周作人:《〈谈虎集〉后记》,见《周作人研究资料》(上),张菊香、张铁荣编,天津:天津人民出版社,1986年,第177页。

点兴趣,连文字来赏味,有时这文字亦为其佳味之一分子,不很可以分离。"①所以周作人关于日本的杂览多以情趣为主。"情趣说"可谓是周作人受日本文学影响最深刻与持久之处。

周作人本来就是一个嗜爱情趣的人,特别当理想与主义都褪色之后,他开始在现实生活"被容许的时光中,就这平凡的境地中,寻得些须的安闲悦乐,即是无上的幸福。"(《死之默想·雨天的书》)显然这种生活姿态体现在创作中就使周作人的创作呈现出种种苦中作乐的情感取向,"这种欲求促使周作人随遇而安,见到任何事物都可以变幻出一些安闲悦乐来,他可以一口一口地啜着苦茶,看着院子里花条虾蟆戏水,直至最后专心致志地细数草木虫鱼,泛谈鬼神道佛,这是一种士大夫的闲适情趣。"②于是,日本文学中描写人情与情趣的作品就深得他的喜爱与赞赏,且对他的创作产生着潜移默化的影响。语丝时期,周作人曾翻译了《古事记》、《日本狂言》等日本古代名著,反映出周作人对于日本古典文学的挚爱,日本古典文学牧歌式的润泽心情的审美、趣味性的表达等让他陶醉与慨叹。周作人曾在《日本人的人情美》中肯定了日本学者评论《古事记》的结论,那就是"《古事记》中的深度的缺乏,即以此有情的人生观作为补偿。《古事记》全体上牧歌的美,便是这润泽的心情的流露。缺乏深度即使是弱点,总还没有缺乏这个润泽的心情那样重大。"周作人最后感叹:"这里心情正是日本最大优点,使我们对于它的文化感到亲近的地方。"(《雨天的书·日本的人情美》)有研究者发现,"日本文学传统与中国的一个最明显的区别,是她极善于从那些找不到多少意义的自然万物与琐细的日常生活中寄托情感和趣味。《源氏物语》就是这样一部巨著,中国和欧美的读者常会因其在最接近政治的地方一点不谈政治而感到不解。"③周作人作为一个对日本文化与日本文学极有研究的人,对于这他显然是心领神会的。

在寻觅与表达作品的情趣方面,周作人与很多日本作家心有相契。

---

① 周作人:《拾遗(巳)》,见《知堂回想录(下)》,合肥:安徽教育出版社,2008年,第487页。
② 范培松:《中国散文史》,南京:江苏教育出版社,2000年,第179页。
③ 刘绪源:《解读周作人》,上海:上海书店出版社,2008年,第177页。

日本作家小林一茶是周作人在文章中多次提到的作家,作者对他的喜爱正是由于他善于表达人情的这一面:"后人称他作俳句界中的彗星,他善用俗语入诗,又用诙谐的笔写真挚的情,所以非常巧妙,又含有人情味,自有不可及的地方。"(《艺术与生活·日本的诗歌》)日本散文家永井荷风也是周作人喜爱的一位作家,周作人喜欢永井荷风的是他的带有着浓郁情趣的散文与随笔,曾多次研读与介绍永井荷风的《日和下驮》、《冬天的蝇》与《江户艺术论》等。此外周作人还曾赞美日本作家森瓯外和夏目漱石两家之文"清淡而腴润",有"低徊趣味","一样的超绝"(《谈龙集·森瓯外博士》)。对"情趣"的关注使周作人偏爱日本文学的这一类,并热衷于翻译与介绍这一类的日本文学,同时在自己的作品中加以提倡并实践:

> 即是不把文章当作符咒或是皮黄看,却只算做写在纸上的说话,话里头有意思,而语句又传达得出来,这是普通说话的条件,也正可以拿来论文章。我就是这一派看法的,许多传世的名文在我看去都不过是滥调时髦话,而有些被称为平庸或浅薄的实在倒有可取,因为他自由意思,也能说得好,正如我从前所说有见识与趣味这两种成分,我理想中好文章无非如此而已。[①]

周作人一步一步强化并反复宣扬着自己对于情趣的认同,致使"散文趣味论"成为了以他为代表的中国言志派散文最为突出的审美倾向。那么周作人所认可并强调的"趣味"到底所指为何呢?周作人曾说:"我很看重趣味,以为这是美也是善,而没趣味乃是一件大坏事。这所谓趣味里包含着好些东西,如雅,拙,涩,重厚,清朗,通达,中庸,有别泽等,反是者都是没趣味。……平常没人对于生活不取有一种特殊的态度,或淡泊若不经意,或琐琐多所取舍,虽其趋向不同,却各自成为一种趣味。"(《苦竹杂记·笠翁与随园》)早在1933年章锡琛先生就曾在《周

---

① 周作人:《春在堂杂文》,见《周作人文类编·上下身》,钟叔河编,长沙:湖南文艺出版社,1998年,第454页。

作人散文钞·序言》中充分肯定了周作人散文创作的这一妙处:"周岂明先生散文的美妙是有目共赏的;他那枝笔宛转曲折,什么意思都能达出,而又一点儿不啰嗦不呆板,字字句句恰到好处。最难得的是他那种俊逸的情趣,那却不是人人可学的。"①显然周作人所倡导的"趣味说"并不专制好玩与乐趣,它还涵盖一种更为广阔的人生的情味、人生的情调与气味,"是一种人生态度与审美趣味的统一,是人生价值评定与审美追求的统一,是为人的风格与作文的风格的统一。"②

周作人的"趣味说"体现在创作思想上就是强调要有一颗宽阔而博大的宽容之心,去发现人生的情味与趣味,而不是只将自己的创作视野仅局限于某一领域与某一题材。周作人一生主张宽容,认为"宽容是文艺发达的必要的条件"(《自己的园地·文学上的宽容》),是维护文艺个性自由发展的重要因素,体现在创作中就是对存在的一切人情物趣的寻觅。周作人渴慕追求这样一种境界:"要在文词可观之外再加思想宽大,见识明达,趣味渊雅,懂得人情物理,对于人生与自然能巨细皆谈,虫鱼之微小,谣俗之琐碎,与生死大事同样的看待,却又当作家常话的说给大家听,庶乎其可矣。"(《秉烛谈·谈笔记》)周作人曾一再在文章中引述日本散文家永井荷风《江户艺术论》一书中有关日本民间绘画浮世绘鉴赏的一段话:

> 呜呼,我爱浮世绘。苦海十年为亲卖身的游女的绘姿使我泣。凭倚竹窗茫茫然看着流水的艺妓的姿态使我喜。卖宵夜面的纸灯,寂寞的停留着得河边的夜景使我醉。雨夜啼月的杜鹃,阵雨中散落的秋天树叶,落花飘风的钟声,途中日暮的山路的雪,凡是无常,无告,无望的,使人无端嗟叹此世只是一梦的,这样的一切东西,于我都是可亲,于我都是可怀。③

在这里,周作人所体会到的是作者的一颗博大的感怀之心:闲适与忧患,这显然是周作人所喜欢与欣赏的一种写作境界。周作人后来说:

---

① 章锡琛:《章序》,《周作人散文钞》,章锡琛编注,上海:开明书店,1932年,第1页。
② 钱理群:《周作人研究二十一讲》,北京:中华书局,2004年,第100页。
③ 周作人:《结论》,见《知堂回想录》(上),合肥:安徽教育出版社,2008年,第131—132页。

"这一节话我引用过恐怕不止三次了。我们因为是外国人,感想未必完全与永井氏相同,但一样有的是东洋人的悲哀,所以于当做风俗画看之外,也常引起怅然之感,古人闻清歌而唤奈何,岂亦是此意耶。"①所以对人与社会,周作人常怀有着一定的苦涩感与忧患意识——他称之为"东洋人的悲哀",他的散文《西山小品》(《一个乡民的死》与《卖汽水的人》)中就流淌着作者对于乡民生活的苦涩的悲哀感怀。而周作人更多的闲适小品中的涩味都是刻意隐藏着的忧患的因子,周作人曾说:"其实我何尝不希望中国会好起来? 不过看不见好起来的症候,所以还不能希望罢了。"(《谈虎集·代快邮》)于是,他只在闲适中安抚自己苦涩的情怀。在周作人的散文中,我们随处可见周作人感于万物的情怀,对于人与社会如此,对于物与自然也是如此。物趣的发掘同样需要一颗宽容博大而易动的心。周作人曾在《山中杂信》中感叹小林一茶的宽容,感叹小林一茶对于苍蝇虱子的态度,并说自己"在实际上却不能这样的宽大。……这种殊胜的思想,我也很以为美。"(《雨天的书·山中杂信》)在周作人看来,只有有了宽容与博大之心,我们才有可能在平凡中去发现不平凡,在忽视处寻找不应被忽视的所在。也许是受了小林一茶的影响,周作人用一颗宽容之心去观察苍蝇,写下了别具一格《苍蝇》一文,在文章中,作者首先承认"苍蝇不是一件很可爱的东西,但我们在做小孩子的时候都有点喜欢他。"在叙述完了儿童的苍蝇之乐与苍蝇所带给人们的恶感后,作者将笔锋一转,从另一面来发现苍蝇,"苍蝇的固执与大胆,引起好些人的赞叹"(《泽泻集·苍蝇》),趣味顿生。正是由于拥有了善感万物的宽容之心,周作人才能写出风格多样的作品。

　　周作人的"趣味说"体现在创作方法上就是于日常生活与凡俗中发掘不可言说的境界与美感。周作人的小品散文"建基于对于人情物理深刻洞悉和理解之上,有一种不可尽言之美,或是温柔敦厚、淡泊宁静之趣,或是思想宽大、见识明达之趣。"②而这种境界与美感的获取主要在于他把生活艺术化了,正如孙郁所说:"周作人视角中的自然、社会、

---

① 周作人:《拾遗(辰)》,见《知堂回想录》(下),合肥:安徽教育出版社,2008年,第482页。
② 胡辉杰:《周作人中庸思想研究》,长沙:湖南大学出版社,2010年,第152页。

人都被艺术化了,他撇开了交织在人世中一切阴郁的影子,试图在尘世中寻找最为单纯、最为和谐的精神乐趣。"①因此,我们平时最为常见的一些景象在周作人的笔下也能生出很多不寻常的意味来。譬如说"水"与"雨"是我们于日常生活中最司空见惯的自然现象,然而这两种自然现象在周作人的笔下却独具一份情韵与趣味。譬如在《苦雨》中,周作人写夜行乘船的感受:"卧在乌篷船里,静听打篷的雨声,加上欸乃的橹声,以及'靠塘来,靠下去'的呼声,却是一种梦似的诗境。"周作人用素朴的文字描绘出了一种浓浓的诗意与情趣,只有宁静素淡的心才能感受到这样一种荡涤人心的恬静与美妙。再如作者在《乌篷船》中写夜行船同是表达出这样一种相似的意境与悠远的人生体验:"你坐在船上,应该是游山的态度,看看四周物色,随处可见的山,黄昏时候的景色正是好看",这一切都是作者所喜欢的,而且也是颇为有趣味的。而当到了夜间,"睡在舱里,听水声橹声,来往船只的招呼声,以及乡间的犬吠鸡鸣,也都很有意思。雇一只船到乡下去看庙戏,可以了解中国旧戏的真趣味,而且在船上行动自如,要看就看,要睡就睡,要喝酒就喝酒,我觉得也可以算是理想的行乐法。"(《泽泻集·乌篷船》)平时看起来很平淡很乏味的行船在周作人的笔下横生出如此之意境与情味,没有一颗善于感怀趣味的心是写不出如此轻灵的文字的。

周作人的"趣味说"体现在创作目的上就是要调适自己、愉悦读者,有时还带有着一定的诙谐之气,这是他苦中作乐的乐感文化的体现之一。周作人曾在《苦茶随笔·后记》中说道:"我原是不主张文学有用的,不过那是就政治经济上说,若是给予读者以愉快,见识以至智慧,那我觉得却是很必要的,也是有用的所在。"因此周作人爱在文章中大谈茶道,描绘鸟声,钟情于平凡中乐趣的发掘。周作人曾这样解释我们日常生活中的吃茶:"茶道的意思,用平凡的话来说,可以称作'忙里偷闲,苦中作乐',在不完全的现世享乐一点美与和谐,在刹那间体会永久,是日本之'象征的文化'里的一种代表艺术。"(《泽泻集·吃茶》)在周作人看来吃茶不在止渴与果腹,意在享受与品味,这就是生活的艺术与情趣

---

① 孙郁:《鲁迅与周作人》,石家庄:河北人民出版社,1997年,第185页。

的体现,这也是周作人偏爱日本文化的原因之一。而喝酒对于周作人来说,不在酒的滋味,也不在醉后的陶然,而在入口的那份惬意,这也是情趣的体现:"所以照我说来,酒的趣味只是在饮的时候,我想悦乐大抵在做的这一刹那,倘若说是陶然那也当是杯在口的一刻吧。"(《泽泻集·谈酒》)生活永远不可能如我们理想中的如意,现实也有很多很难左右的存在,那么我们就要适时地愉悦自己,而不是将自己在现实中放逐与沉沦,因此周作人于文中所倡导的乐感文化是有着一定的意义的。但同时我们也应看到,周作人的这种文学取向正如有的评论者指出的,周作人是在"寻觅日本文化中精华的东西,在不愉快中发现光辉与美来,借以从灵魂深处追求纯真,否定现实,忘却现实。"①在风沙扑面、虎狼成群的动荡时代,显然我们是不能一味忘却现实,沉迷在个人恬静的世界里的,正如鲁迅所说的:"生存的小品文,必须是匕首,是投枪,能和读者一同杀出一条生存的血路的东西,但自然,它也能给人愉快的休息,然而这并不是'小摆设',更不是抚慰和麻痹,它给人的愉快和休息是休养,是劳作和战斗之前的准备。"②周作人后期散文创作生命力的衰退与他自己现生活中的附逆,都显示出他的文学观与社会观的某种不足。

在中国现代散文的发展历程中,周作人是饱受争议的带有一定复杂性的作家。从文学的角度上,我们肯定周作人的散文创作成就,但我们却不能因此而忽略对他的附逆的批判,周作人后期慢慢臻于成熟的文学价值观与社会发展观在一定程度上严重制约了他散文艺术的进一步发展,使他在走向书斋走向平和的同时丧失了一个知识分子应具有的鲜明而独特的精神感召力,"不管他的声音何等的优雅,在骨子里,还是脆弱的。"③但是,与此同时,我们也不能因为周作人后来的政治变节就断然否定他在中国现代散文史上出现的意义与影响,因为正如范培松所言,周作人散文的出现,"用情绪淡化的方式,抒写丰韵的情致,为

---

① 张铁荣:《周作人平议》,上海:上海远东出版社,2010年,第173页。
② 鲁迅:《小品文的危机》,《现代》,第3卷第6期,1933年10月,后收入《南腔北调集》。
③ 孙郁:《鲁迅与周作人》,石家庄:河北人民出版社,1997年,第168页。

现代散文的文体成熟以及多样化的发展提供了一个生动的范本。"①在中国现代散文史上,"周作人是现代散文的开山大师,到成长期为止,无论就作品数量和质量来说,他都是不争的领袖。"②在今天散文发展更加多元化的话语空间里,周作人的散文对于后来者的启迪与警醒意义还是很鲜明的。

---

① 范培松:《中国散文史》,南京:江苏教育出版社,2000 年,第 197 页。
② 司马长风:《中国新文学史》,台北:昭明出版有限公司,1980 年,第 179 页。

第三章　丰子恺的散文创作与世界文学

就丰子恺来说，无论是他的为人还是为文，中国传统文化对他的影响都是很深刻的。正如日本汉学家吉川幸次郎所说："我觉得，著者丰子恺，是现代中国最像艺术家的艺术家，这并不是因为他多才多艺，会弹钢琴、作漫画、写随笔的缘故，我所喜欢的，乃是他的像艺术家的直率，对于万物的丰富的爱，和他的人品、气骨。如果在现代要想找寻陶渊明、王维那样的人物，那么，就是他了吧。他在庞杂诈伪的海派文人之中，有鹤立鸡群之感。"①丰子恺一生追随弘一法师，他的小品散文很有明清小品散文的神韵，纵然如此，丰子恺与世界文艺间的联系还是很显见的。丰子恺从事过大量译介工作，他曾翻译过屠格涅夫的《初恋》与厨川白村的《苦闷的象征》等作品；他曾研究过西方绘画，出版过《西洋美术史》、《西洋画派十二讲》等论著，在一系列外国文艺的影响中，日本文艺于他的影响是最明显的。

丰子恺的艺术感悟与日本文化的影响密不可分，他的漫画创作得益于对日本漫画家技法的领悟；他的散文创作一方面与夏目漱石作品有着很多精神上的共通之处，另一方面又颇具日本漫画之神韵。十个月游学日本的经历虽然短暂，但它带给丰子恺关于异域文化的影响却是绵长的。丰子恺曾说："留学不过参仿外国之所长，非欲用夷变夏。"②丰子恺凭着睿智的洞察与思考，在日本积极汲取他所需要的一切为他所用，开创了自己散文与绘画创作的新天地。

---

① 转引自陈星：《艺术人生——走近大师·丰子恺》，杭州：西泠印社出版社，2004 年，第 121 页。

② 丰子恺：《中国文化之优越》，转引自《艺术人生——走近大师·丰子恺》，陈星著，杭州：西泠印社出版社，2004 年，第 117 页。

一　文学之心:日本文学的感召

1. 在阅读中感悟

丰子恺的艺术之路始于绘画,那是在浙江省立第一师范学校读书之时,他说:"在四年级的时候,我的兴味忽然集中在图画上了。"①毕业之后为了发展自己所热衷的爱好,提升自己的画技,丰子恺1921年东渡日本学艺,"一九二一年春,我搭了'山城丸'赴日本的时候,自己满望着做了画家而归国的。"②而丰子恺后来回国后的成就证明了他当初选择赴日的正确性,但令他没想到的是他在收获绘画方面感悟的同时,文学的兴趣也从这里开始生发了。对此丰子恺说道:"我的对于文学的兴味,是从这时候开始的。……我的正式求学的十个月,给了我一些阅读外国文的能力。"③丰子恺因为学习语言而爱上了阅读,而在阅读中他不知不觉对文学产生了浓厚的兴趣。在日期间,丰子恺把大量的时间消磨在"神田的旧书店,或银座的夜摊里了。"④丰子恺在旧书店与夜摊里进行着选择性的阅读,在书籍中寻求着自己对于文学的认识与感悟。他曾不无自豪地说:"照我当时的求学的勇气预算起来,要得各种学问都不难:东西洋知名的几册文学大作品,我可以克日读完;德文法文等,我都可以依赖各种自修书而在最短时期内学得读书的能力。"⑤

丰子恺在日期间的阅读主要侧重于读日本文和读英文,一些西方和日本的作家作品于是进入了他的阅读视野。而在西方文化与日本文化间丰子恺显然是亲近于日本文化的,他对日本及日本文化素有亲和

---

① 丰子恺:《我的苦学经验》,见《禅外阅世》,西安:陕西师范大学出版社,2008年,第6页。

② 丰子恺:《〈子恺漫画〉题卷首》,见《文坛画缘》,陈青生主编,哈尔滨:黑龙江人民出版社,1999年,第215页。

③ 丰子恺:《我的苦学经验》,见《禅外阅世》,西安:陕西师范大学出版社,2008年,第7－8页。

④ 丰子恺:《〈子恺漫画〉题卷首》,见《文坛画缘》,陈青生主编,哈尔滨:黑龙江人民出版社,1999年,第215页。

⑤ 丰子恺:《我的苦学经验》,见《禅外阅世》,西安:陕西师范大学出版社,2008年,第7页。

之感,为此他曾说道:

> 我是四十年前的东京旅客,我非常喜爱日本的风景和人民生活,说起日本,富士山、信浓川、樱花、红叶、神社、鸟居等都浮现到我眼前来。中日两国本来是同种、同文的国家。远在一千九百年前,两国文化早已交流。我们都是席地而坐的人们,都是用筷子吃饭的人民。所以我觉得日本人民比欧美人民更加可亲。……日本在世界上是文化发达最早的国家之一。……只有中日两国的文学,早就在世界上大放光辉,一直照耀到几千年后的今日。①

丰子恺迷恋日本的诗化般的风景和日本人民的风韵闲雅的生活,因而在日期间他拿出大量的时间,"听音乐会,访图书馆,看 Opera(歌剧)以及游玩名胜,钻旧书店,跑夜摊(Yomise)。因为这时候我已觉悟了各种学问的深广,我只有区区十个月的求学时间,决不济事。不如走马观花,呼吸一些东京艺术界的空气而回国吧。"②显然丰子恺非常注重从很多方面来感受日本的文化氛围与文化精神,意欲在两国相似又相异的文化精神中汲取自己所感兴趣的所在,而文学阅读自然成为了他汲取日本文化精华的一个重要的接受途径。

从丰子恺自己的追述文字中,我们发现他的亲近日本文化与文学并不是一味地亲日而忘宗,相反他通常能在日本文化中寻找与中国文化相通相近之处,寻找与自己精神相契合的作家,而不是一味地仰慕与崇拜。这一时期丰子恺选择性地阅读了日本旧时很著名的两部小说《不如归》与《金色夜叉》,他说:"现在连《不如归》和《金色夜叉》(日本旧时很著名的两部小说)都会读了。我的对于文学的兴味,是从这时候开始的。"③显然这两部作品引发了丰子恺对于文学的浓烈兴味,丰子恺之所以选择这两部小说阅读,一是它们在日本文学中的影响,二是因为

---

① 丰子恺:《我译〈源氏物语〉》,见《文坛画缘》,陈青生主编,哈尔滨:黑龙江人民出版社,1999 年,第 307 页。
② 丰子恺:《我的苦学经验》,见《禅外阅世》,西安:陕西师范大学出版社,2008 年,第 6 页。
③ 丰子恺:《我的苦学经验》,见《禅外阅世》,西安:陕西师范大学出版社,2008 年,第 7 页。

自己的喜好。也就是说他从这两部作品中发现了自己感兴趣的与被吸引的所在。

长篇小说《不如归》是日本作家德富芦花(1868－1927)的成名作，日本明治时期最受欢迎的小说之一。《不如归》讲述的是一个日本版的"孔雀东南飞"的故事，作者通过浪子结婚被弃而后黯然离世的故事的书写，表现出了深厚的人道主义情怀与强烈的批评锋芒。而《金色夜叉》则是日本明治时代小说家尾崎红叶(1867－1903)的作品，作者通过贯一和阿宫的爱情故事，写的是金钱对于爱情与灵魂的主宰，虽然是未完之作，但作品中所表达的对于资本主义社会金钱与物欲至上的批判以及对美好爱情的向往吸引并感动了很多人。显然这两部作品中所渗透出的作家的博爱与仁善的诗意情怀也吸引了丰子恺，这两部作品对丰子恺以后的散文创作有着一定的影响。正如陈星教授所言："他那博爱的观念和清新、朴质的文风或多或少也有这两部作品的影子。"①其实这两个作家与丰子恺间存有很多相似之处，譬如德富芦花的钟爱自然但又能把自然与人生相连，他的随笔《自然与人生》中所表现出的清醒与空灵等与丰子恺的散文何其相像！再如尾崎红叶作品中的对于人性人情描写的青睐等，我们都能在丰子恺的散文作品中找到延续与发展。

同样是在日本留学这一时期，丰子恺开始接触到了影响他至深的一个人物——夏目漱石，他说："Stevenson(斯蒂文生)和夏目漱石的作品，是我所最喜熟读的材料。"②在日本留学的这一时期，丰子恺通过阅读夏目漱石的作品，发现了作者与自己有很多文学思想上的相似之处，譬如超越的情怀、譬如对物质文明的厌弃、譬如对社会的批判意识等等。面对夏目漱石，丰子恺不由感叹：

> 夏目漱石真是一个最像人的人。今世有许多人外貌是人，而实际很不像人，倒像一架机器。这架机器里装满着苦

---

① 陈星：《丰子恺："知我者，其唯夏目漱石乎？"》，见《走向世界文学：中国现代作家与外国文学》，曾逸主编，长沙：湖南文艺出版社，1986年，第565页。
② 丰子恺：《我的苦学经验》，见《禅外阅世》，西安：陕西师范大学出版社，2008年，第12页。

痛、愤怒、叫嚣、哭泣等力量，随时可以应用。即所谓"冰炭满怀抱"也。他们非但不觉得吃不消，并且认为做人应当如此，不，做机器应当如此。……人生真乃意味深长！这使我常常怀念夏目漱石。①

丰子恺欣赏夏目漱石为人为文的存在姿态，以至于日后发出了"知我者，其惟夏目漱石乎"②的慨叹。可以说，在与夏目漱石的精神相契中，丰子恺一步一步感受着文学带给他的精神慰藉，并把这种影响植根于自己精神的深处。

十个月的游学是短暂的，但丰子恺的文学阅读并没有因为离开日本而中止，他对日本文学的关注也没有因为归国而结束。回国之后，丰子恺把读书当做了自己生活中的重要内容，在日期间养成的阅读习惯后来一直陪伴着他。归国之后丰子恺的境遇在不断发生着这样那样的变化，当绘画与音乐不能相伴左右之始，丰子恺说：

> 但我幸而还有一种可以自慰的事，这便是读书。……回顾我的正式求学时代，初级师范的五年只给我一个学业的基础，东京的十个月间的绘画音乐的技术练习已付诸东流。独有非正式求学时代的读书，十年来一直随伴着我，慰藉我的寂寥，扶持我的生活。③

丰子恺继续阅读与关注着日本文学，从他日后翻译夏目漱石、厨川白村与石川啄木的小说来看，他的有关日本文学的阅读一直在延伸，他在日本文学中继续寻找着与自己精神世界相契的发现。譬如对于《源氏物语》，丰子恺说"我执笔时，常常发生亲切之感。因为这书中常常引用我们唐朝诗人白居易等的诗句，又看到日本古代女子能读我国的古文《史记》、《汉书》和'五经'（《易经》、《书经》、《诗经》、《礼记》、《春秋》）；

---

① 丰子恺：《暂时脱离尘世》，见《禅外阅世》，西安：陕西师范大学出版社，2008年，第116页。

② 丰子恺：《塘栖》，见《文坛画缘》，陈青生主编，哈尔滨：黑龙江人民出版社，1999年，第315页。

③ 丰子恺：《我的苦学经验》，见《禅外阅世》，西安：陕西师范大学出版社，2008年，第8页。

而在插图中,又看见日本平安时代的人物衣冠和我国唐朝非常相似。所以我译述时的心情,和往年译述俄罗斯古典文学时不同,仿佛是在译述我国自己的古书。"①带着相亲相近的心情去接触作品,丰子恺便能够真正走进作品本身,去感悟这部早于中国《三国演义》、《水浒传》三四百年的世界文学的珍宝,并热忱地把它翻译成中文介绍给国内的读者。

因此我们可以这样说,丰子恺从阅读中了解着日本文化及文学,洞悉着世间万相,感悟着人生沧桑,进而寻找着自己的文学精神旨归。

2. 在译介中提升

丰子恺对日本文化的欣赏并没有止于阅读,归国后丰子恺在开创自己的文艺新天地的同时,为了让更多的中国读者了解与认识他所感悟的日本文化精神与他所欣赏的作家、画家,同时也为了能更好地提升自己对于他们的理解与感悟,丰子恺开始了译介工作,意图在译介中去进一步提炼与发展自己对于文学精神的思考。关于他的阅读与译介间的关系,丰子恺后来回忆说在日游学期间:

> 只要有钱买书,空的时候便可阅读。我因此得在十年的非正式求学期中读了几册关于绘画、音乐艺术等的书籍,知道了世间的一些些事。我在教课的时候,常把自己所读过的书译述出来,给学生们做讲义。后来有朋友开书店,我乘机把这些讲义稿子交他刊印为书籍。不期地走到了译著的一条路上。现在我还是以读书和译著为生活。②

在丰子恺所有关于艺术理论和文学作品的译著中有三分之一著作是日本作家的创作,譬如他先后翻译了上田敏的《现代艺术十二讲》、森口多里的《美术概论》、阿部重孝的《艺术教育》、夏目漱石的《旅宿》、石川啄木的小说、德富芦花的《不如归》与中野重治的《肺腑之言》,以及日本古典文学作品《源氏物语》、《落洼物语》、《竹取物语》、《伊势物语》等等,有的作品不太为人所知,有的作品译后并未出版,但不管怎么说,丰

---

① 丰子恺:《我译〈源氏物语〉》,见《文坛画缘》,陈青生主编,哈尔滨:黑龙江人民出版社,1999年,第309页。
② 丰子恺:《我的苦学经验》,见《禅外阅世》,西安:陕西师范大学出版社,2008年,第8页。

子恺一生译著日本文学及文艺方面的作品量是很大的,有人由此而称他为译介日本文化的功臣。① 这种论断显然是不为过的。

　　丰子恺文学译著起于在自日本归国的轮船上翻译英文版的屠格涅夫的《初恋》,这是丰子恺"文笔生涯的'初恋'"②,但丰子恺最早出版的译作却是 1925 年翻译的日本文学评论家厨川白村的《苦闷的象征》。"五四"时期,厨川白村的《苦闷的象征》是影响"五四"文学发展的一本重要的外国文学理论著作之一,1925 年鲁迅也出版过一本译本。丰子恺欣赏厨川白村的关于文艺是苦闷的象征一说,在该书出版一年之后随即翻译出了自己的译本,且在这本文艺论著中找到了与自己精神相契的理论,那就是对自由之境的文学之心的追寻。厨川白村在《苦闷的象征》中说道:

　　　　文艺是纯然的生命的表现;是能够全然离了外界的压抑和强制,站在绝对自由的心境上,表现出个性来的唯一的世界。忘却名利,除去奴隶根性,从一切羁绊束缚解放下来,这才能成文艺上的创作。必须进到那与留心着报章上的批评,算计着稿费之类的全然两样的心境,这才能成真的文艺作品,因为能做到仅被在自己的心思烧着的感激和情热所动,像天地创造的曙神所做的一样程度的自己表现的世界,是只有文艺而已。③

　　厨川白村的这种超越功利的文学表现说,显然是丰子恺所认同的。在丰子恺日后逐步形成的美学思想里就有类似于厨川白村超越说的著名的绝缘说,厨川白村对于他的影响被他逐渐深化与丰富了。丰子恺认为艺术的心是绝缘的,他说:

　　　　我已办到了一副眼镜。戴了这眼镜就可看见美的世界。……牌子名叫"绝缘"。戴上这副绝缘的眼镜,望出来

---

　　① 陈星:《丰子恺与日本文化》,《杭州师范学院学报》,1985 年第 2 期。
　　② 丰子恺:《〈初恋〉译者序》,见《丰子恺文集》(文学卷 1),丰陈宝等编,杭州:浙江文艺出版社、浙江教育出版社,1992 年,第 64 页。
　　③ 厨川白村:《苦闷的象征》,鲁迅译,北京:人民文学出版社,2007 年,第 16 页。

所见的森罗万象,个个是不相关系的独立的存在物。一切事物都变成了没有实用的、专为其自己而存在的有生命的现象……①

　　所谓绝缘,就是对一种事物的时候,解除事物在世间的一切关系、因果,而孤零地观看。使其事物之对于外物,像不良导体的玻璃的对于电流,断绝关系,所以名为绝缘。绝缘的时候,所看见的是孤独的、纯粹的事物的本体的"相"。……绝缘的眼,可以看出事物的本身的美,可以发现奇妙的比拟。②

丰子恺还认为儿童是尚未被尘世所蔽的,他们本来的心是从世外带来的,不是经过这世间造作后的心,因而他们对于人生自然的态度就是绝缘的,所以在丰子恺看来儿童就是天生的艺术家,他们都有一颗艺术的心,所以要细心呵护培养这纯洁之心,作者告诫天底下的母亲及一切人:

　　要培养孩子的纯洁无疵,天真浪漫的真心。使成人之后,能动地拿这心来观察世间,矫正世间,不致受动地盲从这世间的已成的习惯,而被世间所结成的罗网所羁绊。③

丰子恺认为儿童为游戏而游戏,不计利害,不分人我,他们是真的存在,美的存在,他们的心是天生的宗教心,是天生的艺术心。因为艺术也是非功利的,"艺术的工作,也是真心爱美,欲罢不能的,……这是艺术创作的最高原则。"④显然,丰子恺的要获得自由心境的艺术创作绝缘说显然要比厨川白村的超越说要细化具体得多,并且他的绝缘说在童心与宗教处找到了对接与发展。丰子恺的这些美学思想在其散文

---

① 丰子恺:《开展览会用的眼镜》,见《丰子恺文集》(艺术卷1),丰陈宝等编,杭州:浙江文艺出版社、浙江教育出版社,1990年,第300页。
② 丰子恺:《童心的培养》,见《丰子恺思想小品》,陈梦熊编,上海:上海社会科学院出版社,1997年,第47页。
③ 丰子恺:《告母性》,见《丰子恺思想小品》,陈梦熊编,上海:上海社会科学院出版社,1997年,第33—34页。
④ 丰子恺:《艺术修养基础·艺术的性状》,见《丰子恺文集》(艺术卷4),丰陈宝等编,杭州:浙江文艺出版社、浙江教育出版社,1990年,第88页。

创作中都有着进一步的体现与展示,譬如他的《缘缘堂随笔》中就有大量讴歌儿童之作与表现宗教意味的作品。

除此之外,在艺术根源来自于苦闷这点上,我们还能发现厨川白村与丰子恺的相类似的审美主张。厨川白村认为艺术不是凭空产生的,艺术来源于作家的内心,厨川白村说:

> "活着"这事,就是反复着这战斗的苦恼。我们的生活愈不肤浅,愈深,便比照着这深,生命力愈盛,便比照着这盛,这苦恼也不得不愈加其烈。在伏在心的深处的内底生活,即无意识心理的底里,是蓄积着极痛烈而且深刻的许多伤害的。一面经验着这样的苦闷,一面参与着悲惨的战斗,向人生的道路进行的时候,我们就或呻,或叫,或怨嗟,或号泣,而同时也常有自己陶醉在奏凯的欢乐和赞美里的事。这发出的声音,就是文艺。对于人生,有着极强的爱慕与执着,至于虽然负了重伤,流着血,苦闷着,悲哀着,然而放不下,忘不掉的时候,在这时候,人类所发出的诅咒,愤慨,赞叹,企慕,欢呼的声音,不就是文艺么?①

显然,在厨川白村看来,人的生命力在和时代与社会的抵抗中受了压抑而生的苦闷与呐喊乃是文艺产生的根底,在这方面丰子恺也深有同感。丰子恺曾经很详尽地阐释过他的艺术苦闷说,他认为:

> 人的心灵,向来是很广大自由的。孩子渐渐长大起来,碰的钉子也渐渐多起来,心知这世间是不能应付人的自由的奔放的感情的要求的,于是渐渐变成驯服的大人。……我们虽然由儿童变成大人,……所有的怒放的炽盛的感情的萌芽,屡被磨折,不敢再发生罢了。这种感情的根,依旧深深地伏在做大人后的我们的心灵中。这就是"人生的苦闷"的根源。……我们谁都怀着这苦闷,我们总想发泄这苦闷,以求一次人生的畅快,即"生的欢喜"。艺术的境地,就是我们大人所开辟以泄

---

① 厨川白村:《苦闷的象征》,鲁迅译,北京:人民文学出版社,2007年,第26—27页。

这生的苦闷的乐园，就是我们大人在无可奈何之中想出来的慰藉、享乐的方法。所以苟非尽失其心灵的奴隶根性的人，一定谁都怀着这生的苦闷，谁都希望发泄，即谁都需要艺术。①

比照厨川白村与丰子恺两人的苦闷说，不难发现，他们都认为人生的苦闷来自于外在世界的挤压，但在这两者之间，我们发现厨川白村的苦闷更多的是来源于人的创造力与生命力的被机械的法则、因袭的道德、拘束的法律、社会的艰难等等所遏制而产生的冲突，于是艺术便成了这苦闷感性显现的象征了，因而厨川白村的苦闷展现带有一定的力的色彩；而丰子恺的有关艺术的苦闷则更多的是带有一种宣泄、逃避与无奈的色彩。因此相对于厨川白村的极度外向性的艺术苦闷的象征，丰子恺的艺术的苦闷具有一种内向性的特色。或者也可以换句话说，即厨川白村的艺术的苦闷是一种"时代的苦闷，到了丰子恺那里便成了'人生的苦闷'"②了。丰子恺曾说他具有二重人格，即成人人格与孩童人格，这两种人格常常在心中交战，因此，他说："我的文章，正是我的二重人格的苦闷的象征。"③这是他与厨川百村同中有异的地方。

在丰子恺看来文学就是表现真正人的文学，它是美的心灵的艺术。因此他总是在与自己精神的契合处找寻着他钟爱的作家，除了夏目漱石、厨川百村，丰子恺还发现了石川啄木。丰子恺曾经翻译出版过《石川啄木小说集》，对石川啄木作出过很高的评价，说他是"二十世纪初头日本文坛的一位短命天才。他的生涯只有二十七年，但是作品丰富，对当时日本文坛有重大影响。"④丰子恺十分欣赏石川啄木的凡诗人必须具备三个条件之说，那即是"第一必须是人，第二必须是人，第三必须是人"，以及"诗应该是人的感情生活变化的最严密的报告，必须是真实的

---

① 丰子恺：《关于学校中的艺术科——读〈教育艺术论〉》，见《丰子恺文集》（艺术卷2），丰陈宝等编，杭州：浙江文艺出版社、浙江教育出版社，1990年，第225－226页。

② 余连祥：《丰子恺的审美世界》，上海：学林出版社，2005年，第25页。

③ 丰子恺：《读〈读缘缘堂随笔〉》，见《缘缘堂 车厢社会》，北京：当代世界出版社，2002年，第234页。

④ 丰子恺：《石川啄木的生涯与艺术》，见《文坛画缘》，陈青生主编，哈尔滨：黑龙江人民出版社，1999年，第299页。

日记。……我们必须埋头于'今日'的研究,努力作'明日'的考察"①等等说法。丰子恺一生致力于美育教育,是一位与时俱进的艺术教育家,他所研究关注的童心说、艺术美感说等目的就是为了警示于人,"使他们都具有圆满的人格,抱着热诚的教育心,学得正当的技术,深明艺术教育的大义,然后去担当国民的艺术科教师。这才可挽回三十年来艺术教育的颓运。"②可见丰子恺与石川啄木是有着相通相契之处的。因此,面对着石川啄木的早逝,丰子恺不无惋惜地说道:"假定社会制度良好,使石川生活安定,我相信他决不致在廿七岁的盛年夭逝,他的作品在数量上和质量上都会增进,他对当时日本文坛的贡献未可限量呢!"③

丰子恺一边阅读一边译介,在阅读中感悟,在译介中提升自己的有关文学的思考。丰子恺一生主张艺术心之说,那就是对于童心与宗教及人的本真生命的向往与追求,而丰子恺的这些有关文学的美学主张很显然与他阅读过译介过的日本文学是分不开的。

二　文学之悟:夏目漱石的偏爱

在日本文学中,对丰子恺影响最大的莫过于夏目漱石了。

夏目漱石(1867—1916)是日本近代文学史上最杰出的作家,在日本明治文坛占有极其重要的地位,在日本几乎是家喻户晓人人皆知,有学者断言"夏目漱石之于日本文学颇似鲁迅之于中国",④此言并不为过。夏目漱石一生生命短暂,只活了49岁,活跃在文坛上的时间只有短短的十几年,但却创作出了大量各种体裁的作品,有诗歌、小说、散文、文

---

①　丰子恺:《石川啄木的生涯与艺术》,见《文坛画缘》,陈青生主编,哈尔滨:黑龙江人民出版社,1999年,第303页。

②　丰子恺:《卅年来艺术教育之回顾》,见《丰子恺文集》(艺术卷4),丰陈宝等编,杭州:浙江文艺出版社、浙江教育出版社,1990年,第60页。

③　丰子恺:《石川啄木的生涯与艺术》,见《文坛画缘》,陈青生主编,哈尔滨:黑龙江人民出版社,1999年,第303页。

④　李光贞:《夏目漱石小说研究》,北京:外语教学与研究出版社,2007年,第1页。

艺评论、回忆录等,尤以小说的成就最高。夏目漱石不仅在日本享有崇高的声誉,在世界范围内,他也是最为人所熟知的日本作家。就中国而言,在20世纪20年代的中国文坛,受其影响的作家很多,他的作品也一再被翻译成中文为越来越多的中国读者所熟知。鲁迅就曾翻译过夏目漱石的短篇小说,并盛赞"夏目的著作以想像丰富,文词精美见称。早年所作,登在俳谐杂志《子规》上的《哥儿》《我是猫》诸篇,轻快洒脱,富于机智,是明治文坛上的新江户艺术的主流,当世无与匹者。"①巴金也曾说过:"我也有日本老师,例如夏目漱石……"②等等。

对于夏目漱石,丰子恺是最为欣赏与崇敬的,他曾经对尊称他为"艺术家"的日本学者说:"我看'艺术家'这顶高帽子,请勿套到我头上来,还是移赠给你们的夏目漱石、竹久梦二……"③丰子恺曾在不同时期的8篇文章中分别谈到夏目漱石:《秋》(1929年)、《我的苦学经验》(1930年)、《中国美术在现代艺术上的胜利》(1930年)、《新艺术》(1932年)、《敬礼》(1956年)、《我译〈源氏物语〉》(1962年)、《暂时脱离尘世》(1972年)、《塘栖》(1983年),充分表达了他与夏目漱石的相知与相契,并以知己相称夏目漱石。当然丰子恺与夏目漱石的交往仅仅限于神交,他们一个是诗人与小说家,一个是画家与散文家,因此丰子恺对于夏目漱石并不存在文学创作上的模仿与借鉴,夏目漱石对丰子恺的影响主要体现在艺术精神指向方面。

夏目漱石出生江户城(即东京)的一个名门望族之家,明治维新后不幸家道中落,夏目漱石出生后不久便被送人抚养,一直到10岁因养父母离异他才得以回到自己的家。缺少温暖的坎坷童年给予夏目漱石的影响是很大的,他对于人性与社会很早就有了自己的思考与审视。童年的经历虽然是不幸的,但作为日本明治社会的同龄人,夏目漱石却

---

①　鲁迅:《〈现代日本小说集〉附录 关于作者的说明》,见《鲁迅全集》(第10卷),北京:人民文学出版社,1981年,第216—217页。

②　巴金:《文学生活五十年》,《巴金选集》(第1卷),成都:四川人民出版社,1982年,第123页。

③　丰子恺:《读〈读缘缘堂随笔〉》,见《缘缘堂 车厢社会》,北京:当代世界出版社,2002年,第233页。

经历了比较系统的学校教育,"他是日本第一批正式地、系统地受到近代资产阶级学校教育的高级知识分子之一。"①他曾经留学英国,两年的英国之行使夏目漱石思想提升很快,他真切地感受到了西方文明的开化与危机,并认真反思了日本文化的现状,渴求能结合东西方文化的益处来推动日本社会的近代化进程。随着社会阅历与知识积累的增加,夏目漱石对日本社会的了解与认识也愈来愈深刻,他思考他忧虑,他说"我知道,既然生在这个世上就必须干点什么,但是干什么好呢?……与其希望从哪个方面射来一束日光,倒不如自己用聚光灯哪怕照出一条光也能靠它看清前方。……总想手里哪怕有一只锥子,我也会扎破一个地方。……心里不断地思考,终日过着心情阴郁的生活。"②

丰子恺显然是熟悉了解夏目漱石的,他在关于夏目漱石的第一篇文章《秋》中就把握住了夏目漱石的对于人生与社会的忧虑的情怀,他说:

> 夏目漱石三十岁的时候,曾经这样说:"人生二十而知有生的利益;二十五而知有明之处必有暗;至于三十岁的今日,更知明多之处暗亦多,欢浓之时愁亦重。"我现在对于这话也深抱同感。③

夏目漱石是在日本自然主义勃兴时期步入文坛的,然而他的作品与自然主义迥然不同。他有着对于国家与民族的强烈的责任感,他没有止于为国家为民族为自身而忧郁,而是期求用文学来正世道,益人心,发展自我,这从而使他的创作带上了很强烈的批判色彩。正是由于他了解社会的深切,夏目漱石一落笔便在作品中表露出浓郁的批判意识。正如夏目漱石在小说《从此以后》中所说的,"这个社会如今一团漆黑,他决心同面前的一切事物进行战斗。"④《我是猫》(1905)是夏目漱石小说创作的处女作,也是他的代表作之一,这部作品被称为是一篇日

---

① 何乃英:《夏目漱石和他的小说》,北京:北京出版社,1985年,第148页。
② 夏目漱石:《我的个人主义》,见《十夜之梦——夏目漱石随笔集》,李正伦、李华译,上海:华东师范大学出版社,2008年,第120—121页。
③ 丰子恺:《秋》,见《禅外阅世》,西安:陕西师范大学出版社,2008年,第127页。
④ 夏目漱石:《从此以后》,见《夏目漱石小说选》(上),陈德文译,长沙:湖南人民出版社,1984年,第427页。

本文学史上"独一无二的充满讽刺精神和幽默精神的阳刚文学。"[①]《我是猫》的主人公是中学教员苦沙弥家中的一只猫,作品通过猫的观察展开故事情节,揭示了日本知识分子与资本家的生活状况,作者在讽刺并同情日本中小资产阶级知识分子自身的弱点和局限的同时,将嘲弄、讽刺的矛头直指高利贷者、大资产阶级及其走狗帮凶,批判了资本主义社会人与人之间的虚伪冷漠与金钱至上,以及明治政府对知识分子的迫害与打击。《我是猫》以其辛辣的讽刺、深刻的批判精神而被称为是日本批判现实主义小说的里程碑之作,影响深远。

以《我是猫》为起点,夏目漱石走上了用文学来战斗的道路,他思维敏锐,笔触犀利,用他那充满了强烈社会批评与文明批评的作品,为日本近代文学建立了不朽的功绩。譬如1906年在《子规》杂志上发表的中篇《哥儿》,就是一部全面抨击日本教育弊端的作品,作者无情地嘲讽了日本教育界的黑暗和腐败现象,表达了对日本教育制度的强烈不满,反响甚大。《哥儿》在日本被誉为国民小说[②],是日本少男少女的必读书。再如《虞美人草》(1907)的惩恶扬善,还有他的"前爱情三部曲"——《三四郎》(1908)、《从此以后》(1909)和《门》(1910)中的于日本明治社会黑暗时期对知识分子道路的探索,以及"后爱情三部曲"——《春分之后》(1912)、《行人》(1913)与《心》(1914)中的以知识分子的恋爱追寻为题材的所引发的对于利己主义与个人主义的批判与思考等等,无不带有强烈的社会批判色彩。夏目漱石一生创作展现出鲜明的现实主义特色,他的作品直击了日本很多人生、社会与文化的方方面面。在日本近代文学中他一直担当着思想启蒙的角色,对日本近代文学的发展影响深远。

夏目漱石虽然有着强烈的对于国家与民族的责任感,但他绝不是一个国家主义者,他反对国家主义者,他期望能在个人主义与国家主义之间取得一种适度的平衡,他说:"国家到了危急关头,没有一个人不关

---

① 神山睦美:《夏目漱石论·序说》,李光贞译,东京:日本国文社,昭和55年,第161页。
② 李光贞:《夏目漱石小说研究·绪论》,北京:外语教学与研究出版社,2007年,第5页。

心国家安否的。"①但是夏目漱石反对那种"从早到晚国家国家地嚷个不休,仿佛被国家迷上了似的,……为了国家受命吃饭,为国家而洗脸,还有,为国家而去厕所,如果这样,那可不得了。"②在《我的个人主义》一文中夏目漱石就对日本推行国家主义、压制思想自由的伎俩进行了无情的讽刺和嘲弄。夏目漱石的如《我的个人主义》般的在小说创作之外的社会批评同样也是非常引人注目的,譬如他的《博士问题始末》、《美展和艺术》、《文艺委员是干什么的》等文,表达了比他在小说中更为直接的酣畅淋漓的社会批评。

即便夏目漱石备受争议的带有一定超脱性质的《旅宿》(即《草枕》),里面所蕴藏的社会批判倾向也还是很鲜明的。譬如在小说中,作者借"火车"所进行的文明批判尤为令人影响深刻,对于此丰子恺在《塘栖》一文中说道:

> 夏目漱石的小说《旅宿》(日文名《草枕》)中,有这样的一段文章:"像火车那样足以代表二十世纪的文明的东西,恐怕没有了。把几百个人装在同样的箱子里蓦然地拉走,毫不留情。被装进在箱子里的许多人,必须大家用同样的速度奔向同一车站,同样地薰沐蒸汽的恩泽。别人都说乘火车,我说是装进火车里。别人都说乘了火车走,我说被火车搬运。像火车那样蔑视个性的东西是没有的了。……"
>
> 我翻译这篇小说时,一面非笑这位夏目先生的顽固,一面体谅他的心情。在二十世纪中,这样重视个性,这样嫌恶物质文明的,恐怕没有了。有之,还有一个我,我自己也怀着和他同样的心情呢。③

丰子恺与夏目漱石心灵相通,丰子恺曾为谢绝20世纪的文明产物

---

① 夏目漱石:《我的个人主义》,见《十夜之梦——夏目漱石随笔集》,李正伦、李华译,上海:华东师范大学出版社,2008年,第138页。

② 夏目漱石:《我的个人主义》,见《十夜之梦——夏目漱石随笔集》,李正伦、李华译,上海:华东师范大学出版社,2008年,第137页。

③ 丰子恺:《塘栖》,见《文缘画缘》,陈青生主编,哈尔滨:黑龙江人民出版社,1999年,第313页。

火车,不惜工本地多花时间坐客船到杭州,实在并非顽固,而是为了能亲近自然,体验那江南春水碧于天,画船听雨眠的美感。丰子恺曾经这样概括他的艺术观:"我们现在抗战建国,最重要的是精诚团结。四万万五千万人大家重精神生活而轻物质生活,大家能克制私欲而保持天理,大家好礼,换言之,大家有艺术,则抗战必胜,建国必成。所以我敢说:'艺术必能救国。'"①从这段话中我们可以概括出代表丰子恺思想的几个关键词:轻物质,提倡精神生活,关注民族国家。而这些无一不暗合了夏目漱石的人生追求。难怪丰子恺对夏目漱石念念不忘,两人之间确实存有太多的心灵契合。

　　丰子恺曾在《艺术的展望》中明确指出:"我一向抱着一种信念:'艺术是生活的反映。'我确信时代无论如何变化,这道理一定不易。"②丰子恺一生追求艺术的至美境界,但他绝不是置艺术于人生与社会之外的,而是时刻关注着人生、社会及中国的抗战现实,并且努力用艺术来改造这人生与社会。但与夏目漱石主要运用小说作为自己的社会批评载体不同,丰子恺主要运用两种载体来追求他的关于艺术与人生的展望,一是漫画,一是散文。丰子恺一生先后出版的散文作品集主要有《缘缘堂随笔》(1931)、《随笔二十篇》(1934)、《车厢社会》(1935)、《缘缘堂随笔》(新版,1957)、《新缘缘堂随笔》(1962)、《缘缘堂续笔》(1972)等,"在现代散文园地里,树立了巍巍擎天的丰碑"。③郁达夫曾在评价丰子恺时说道:"人家只晓得他的漫画入神,殊不知他的散文,清幽玄妙,灵达处反远出在他的画笔之上。"④显然丰子恺的散文创作是他在漫画创作之外的一种思考文艺与人生、与社会、与民族之关系的重要途径。

---

　　① 丰子恺:《艺术必能建国》,见《丰子恺论艺术》,丰华瞻、戚志荣编,上海:复旦大学出版社,1985 年,第 30 页。
　　② 丰子恺:《艺术的展望》,见《丰子恺论艺术》,丰华瞻、戚志荣编,上海:复旦大学出版社,1985 年,第 74 页。
　　③ 台湾地区文学史家司马长风语,转引自葛乃福:《丰子恺散文选集·序言》,天津:百花文艺出版社,1991 年,第 2 页。
　　④ 郁达夫:《中国新文学大系·散文二集·导言》,见《二十世纪中国文学史文论精华·散文卷》,石家庄:河北教育出版社,2000 年,第 137 页。

在丰子恺的散文创作中,丰子恺如同夏目漱石一样,面对人生与社会常常感到忧虑,但是他不在忧虑中沉寂,而是在忧虑中揭示一切,如夏目漱石一般,丰子恺散文创作中的批评锋芒是直接而深刻的。丰子恺曾说:

> 我仿佛看见这世间有一个极大而极复杂的网。大大小小的一切事物,都被牢结在这网中,所以我想把握某一种事物的时候,总要牵动无数的线,带出无数的别的事物来,使得本物不能孤独地明晰地显现在我的眼前,因之永远不能看见世界的真相,……所以我想找一把快剪刀,把这个网尽行剪破,然后来认识这世界的真相。①

而世界的真相永远是丑陋的,因而丰子恺非常追慕与推崇孩童世界的圣洁。面对孩子们的天真,丰子恺忧虑他们的黄金时代的有限,现实终于要暴露的,所以他不由感叹:

> 我的孩子们! 憧憬于你们的生活的我,痴心要为你们永远挽留这黄金时代在这册子里。然这真不过像"蜘蛛网落花"略微保留一点春的痕迹而已。且到你们懂得我这片心情的时候,你们早已不是这样的人,我的画在世间已无可印证了! 这是何等可悲哀的事啊!②

因此,相对于孩童世界的透明与纯净,丰子恺鄙视成人世界的冷酷、虚伪、怯懦与金钱本位,"孜孜为利的商人,世间的大多数的人,每天的奔走、奋斗,都是只为洋钱。要洋钱是为要生命。但要生命是为要什么,他们就不想了。"③因而丰子恺非常厌恶春天,"每当万象回春的时候,看到群花的斗艳,蜂蝶的扰攘,以及草木昆虫等到处争先恐后地滋生

---

① 丰子恺:《剪网》,见《丰子恺散文选集》,葛乃福编,天津:百花文艺出版社,1991年,第18—19页。

② 丰子恺:《给我的孩子们》,见《丰子恺散文选集》,葛乃福编,天津:百花文艺出版社,1991年,第28页。

③ 丰子恺:《童心的培养》,见《丰子恺思想小品》,陈梦熊编,上海:上海社会科学院出版社,1997年,第47页。

繁殖的状态，我觉得天地间的凡庸，贪婪，无耻，与愚痴，无过于此了！……假如要我对于世间的生荣死灭费一点词，我觉得生荣不足道，而宁愿欢喜赞叹一切的死灭。对于前者的贪婪，愚昧，与怯弱，后者的态度何等谦逊，悟达，而伟大！"①虽然丰子恺的言论未免有些偏激，生荣毕竟是人类社会生命力的体现，而死灭是消极避世的，但丰子恺的对于人性丑陋与社会尔虞我诈的针砭无疑揭示出了现实最真实一面的存在。在丰子恺的散文中，如此这般对于人生与社会辛辣的揭露与锐利的批判俯拾皆是。譬如《吃瓜子》中由人们日常的消闲零食方式引发自己的担忧："将来此道发展起来，恐怕是全中国也可消灭在'格，呸'、'的、的'的声音中呢。"②《车厢社会》中悲叹"明明是一律平等的乘客，为什么会演出这般不平等的状态？"③《口中剿匪记》借拔牙写尽对那些贪赃枉法、作恶为非、危害国家、蹂躏人民的官匪的痛恨；而《伍元的话》中则通过伍元钱的视角来折射中国社会的变迁以及国人苦难的生活；还有如《旧上海》、《歪鲈婆阿三》与《算命》等文中对旧时代陋习的揭示；以及《代画》中表达出的在光明幸福的生活中对那些表面雅观而内心龌龊之人的龌龊行为的责斥等等。如此的社会人生批判一直贯穿在丰子恺建国前后不同时期的散文创作中。

　　丰子恺注重艺术关注现实，现实中的一切都是他散文创作观照的对象，譬如战争。夏目漱石曾说当战争已经爆发的时候，国家已经到了危急存亡之秋，人们"对这些问题不能不考虑的，那些人格高尚之人，一定自然而然地面对这个方向。……为国家效忠尽力，这当然是天经地义的事。"④丰子恺如同夏目漱石一样对于自己的民族与国家有着深厚的责任感与使命感，他曾说：

---

① 丰子恺：《秋》，见《禅外阅世》，西安：陕西师范大学出版社，2008年，第127页。
② 丰子恺：《吃瓜子》，见《丰子恺散文选集》，葛乃福编，天津：百花文艺出版社，1991年，第71页。
③ 丰子恺：《车厢社会》，见《丰子恺散文选集》，葛乃福编，天津：百花文艺出版社，1991年，第84页。
④ 夏目漱石：《我的个人主义》，见《十夜之梦——夏目漱石随笔集》，李正伦、李华译，上海：华东师范大学出版社，2008年，第138页。

我们中华民族因暴寇的侵略而遭困难,就好比一个健全的身体受病菌的侵害而患大病。一切救亡工作就好比是剧药、针灸和刀圭,文艺当然也如此。我们要以笔代舌,而呐喊"抗敌救国"!我们要以笔当刀,而在文艺阵地上冲锋杀敌。①

抗日战争期间,丰子恺曾举家逃难,他目睹了中国大地上侵略者的暴行、人民经受的苦难以及人们英勇的抗敌,作者怀着忧愤深广与昂扬乐观的心情写下了许多有关国家与民族的文字,表达了对于侵略者的仇恨与对于祖国的热爱。在《还我缘缘堂》中,作者面对自己居室缘缘堂的被日军轰炸愤怒地写道:"在最后胜利之日,我定要日本还我缘缘堂来!东战场,西战场,北战场,无数同胞因暴敌侵略所受的损失,大家先估计一下,将来我们一起同他算账!"②面对着侵略者肆意地侵略,丰子恺对我们抗战的胜利未来充满了信心:

中国就好比这一棵树,虽被斩伐了许多枝条,但是新生出来的比原有的更多,将来成为比原来更大的大树。中国将来也能成为比原来更强的强国。③

如丰子恺一样夏目漱石的社会批评与文明批评也都建立在爱国的前提之下,譬如他在《旅宿》中曾直截了当地说道:"恋爱是美的,孝行是美的,忠君爱国也是好的。"④但与丰子恺不同的是,夏目漱石的思想有着极大的局限性,他忠于天皇,他自己曾经说过:"夏目漱石写小说的目的实乃为了安天子之心,请天子令禁卫军赶走叮在我周围的苍蝇之徒。"⑤他曾经创作过诗歌如《从军行》等为日俄战争摇旗呐喊,虽然夏

---

① 丰子恺:《劳者自歌·粥饭与药石》,见《丰子恺思想小品》,陈梦熊编,上海:上海社会科学院出版社,1997年,第121—122页。

② 丰子恺:《思想小品》,见《丰子恺思想小品》,陈梦熊编,上海:上海社会科学院出版社,1997年,第127页。

③ 丰子恺:《中国就像棵大树》,见《丰子恺思想小品》,陈梦熊编,上海:上海社会科学院出版社,1997年,第129页。

④ 夏目漱石:《草枕》,见《哥儿·草枕》,陈德文译,福州:海峡文艺出版社,1986年,第109页。

⑤ 夏目漱石语,转引自《夏目漱石的政治倾向研究》,高宁著,《日本文学》,2000年第4期。

目漱石提倡在个人主义与国家主义之间取得一种适时的平衡,但很多时候他常不自觉得偏向于国家主义。他对待中国人态度矛盾,在同情与轻视之间游荡。就其根本说夏目漱石是一个思想相对比较狭隘的作家,他的眼里只有他的日本国。夏目漱石曾在游历满韩之后,得意忘形地说道:"游历满韩,觉得日本人的确是前途有望的国民。因此,无论去何处,都有面子,心情舒畅。见到中国人和朝鲜人,真觉得他们可怜。幸而生为日本人,实乃是幸福之事"。① 与夏目漱石相比,丰子恺将爱国情怀升华到了一种仁善的博爱境界,丰子恺所追寻的未来世界是"天下如一家,人们如家族,互相亲爱,互相帮助,共乐其生活,……这是多么可憧憬的世界!"②显然这未来世界不仅仅是中国的未来世界,它是属于全人类的。而对于战争,丰子恺反对侵略战争,主张以暴抗暴,他在《告缘缘堂在天之灵》中告慰缘缘堂:

> 我们是为公理而抗战,为正义而抗战,为人道而抗战。我们为欲歼灭暴敌,以维持世界人类的和平幸福,我们不惜焦土。你做了焦土抗战的先锋,这真是何等光荣的事。最后的胜利快到了!③

显然世界人类的和平与幸福是丰子恺现实关注的终极目标,如此正义而博大的胸怀显然是夏目漱石不能与之比肩的,这是丰子恺超越于他的精神知己的地方。

丰子恺一生对夏目漱石怀有特殊的感情,除了两人在瞩望现实方面有着一定的灵魂共通性之外,更多的是由于对夏目漱石所表达的超越尘世之心的同感上,而夏目漱石这种超脱情感的表达主要是通过《旅宿》这部作品来表达的。丰子恺自然对夏目漱石的作品《旅宿》(即《草枕》)甚是偏爱,他曾于1956年和1974年先后两次译完了这部作品,对

---

① 夏目漱石语,转引自《夏目漱石的政治倾向研究》,高宁著,《日本文学》,2000 年第 4 期。

② 丰子恺:《东京某晚的事》,见《丰子恺散文选集》,葛乃福编,天津:百花文艺出版社,1991 年,第 21 页。

③ 丰子恺:《告缘缘堂在天之灵》,见《丰子恺散文选集》,葛乃福编,天津:百花文艺出版社,1991 年,第 118 页。

夏目漱石为人和艺术风格倍加推崇。

《旅宿》这部被夏目漱石自称为"俳句式的小说",描写的是一个逃避现实的青年画家厌恶都市,去乡村寻找世外桃源的故事。在这部作品中,夏目漱石以一种超然物外的态度、浓烈的批判精神描绘了一个脱离现实,超越人情的美的世界。关于《旅宿》的写作意图,夏目漱石说道:"我只想表达一种感觉,只要在读者心中留下一个美好的感觉就行了。此外,我没有特别的目的,因此,这部小说情节简单,也没有事件的发展过程。"[①]《旅宿》虽然是一部小说,然而它确能够代表夏目漱石的艺术观而存在,那就是对非人情的余裕的美的文学的追求。在《旅宿》发表前夕,夏目漱石在写给友人的信中说:"代表我的艺术观以及部分人生观的小说即将出版。"[②]那么夏目漱石这体现着美的感觉的艺术观具体指向什么呢? 在小说的开头部分,画家就开宗明义指出艺术的目的在于"观察人世,解脱烦恼,出入清净界,建立不同不二的乾坤,荡除我私我欲的羁绊。"[③]而且还说"如果无法超越的世间是难处的,那么必须使难处的世间或多或少地变得宽余,使白驹过隙的生命在白驹过隙间变得好过。这是诗人的天职,是画家的使命。所有艺术之士因使人世变得悠然恬静,丰富人的心灵,所以受人尊敬。"[④]在夏目漱石看来,人们必须站在余裕的第三者的地位上,才能进入艺术的殿堂,达到真正的审美。夏目的这种超脱现实的审美观,实际上是一种非功利非人情的美学观。夏目漱石在其著作《文学论》中曾对"非人情"作了这样的阐述,他说:"可称为'非人情'者,抽取了道德的文学,这种文学中没有道德分子钻进去的余地。譬如,如吟哦'李白斗酒诗百篇,长安市上酒家眠',其效果如何? 诗意确实是堕落的,但并不能以此便断定它是不道德的,'我醉欲眠君且去,明朝有意抱琴来',这也许是有失礼貌的,然而并非不道德。即'非人情'从一开始就处于善恶界之外……吟哦与人事

---

① 夏目漱石:《我的草枕》,见《漱石文芸论集》,磯田光一编,东京:岩波书店,1996年,第283页。
② 夏目漱石:《漱石全集·书简集》(第14卷),东京:岩波书店,昭和41年,第436页。
③ 夏目漱石:《夏目漱石全集·草枕》,东京:岩波书店,1994年,第4页。
④ 夏目漱石:《夏目漱石全集·草枕》,东京:岩波书店,1994年,第3页。

人的一切生活,都可说是'宗教的'。"①丰子恺显然是崇尚艺术的宗教心的追求的,他说:"艺术的最高点与宗教相接近。……艺术的精神,正是宗教的"②等,一再表明自己那执著的宗教情怀。

在丰子恺的散文中于是常有浓厚的佛教思想的流露,丰子恺对佛学思想的参悟源自他的导师李叔同,他说:"弘一法师是我学艺的教师,又是我信宗教的导师。我的一生,受法师影响很大。"(《我与弘一法师》)李叔同的皈依佛门,对丰子恺震动极大,他开始对佛教思想产生浓厚的兴趣。1928 年 9 月,丰子恺在 30 岁生日那天举行仪式,从弘一法师皈依佛门,法名婴行。纵观丰子恺的一生,佛教信仰是不可忽视的人生重要内容,丰子恺把宗教生活看成是远远超出于物质与艺术之上的灵魂生活,他说:"我以为人的生活,可以分作三层:一是物质生活,二是精神生活,三是灵魂生活。物质生活就是衣食。精神生活就是学术文艺。灵魂生活就是宗教。"(《我与弘一法师》)而丰子恺自己所追寻的正是这最高境界的灵魂生活——宗教生活,"常常勉力爬上扶梯,向三层楼上望望。……故我希望:……学艺术的人,必须进而体会宗教的精神,其艺术方有进步。"(《我与弘一法师》)他的很多散文创作自然成了他表露自己这方面思想的很显在的体现,如《法味》、《渐》、《大账簿》、《梦耶真耶》、《两个?》、《佛无灵》等等,展示了作者渴求在佛理中解脱的情怀。

脱离尘世其实只是作者的一种自我安慰而已,完全地超脱于世显然不可能,关于这夏目漱石在《旅宿》中写道:"这梦一般的、诗一般的春天的山村中,若以为只有啼鸟、落花和涌出的温泉那就错了。现实世界会超山越海闯进这平家后裔所住的古老的孤村里来。染遍朔北旷野的血潮,其中的几万分之一,也许有一天会从这青年的动脉里迸出。也许从这青年腰间的长剑的尖端上,会迸出烟气来。"③夏目漱石后来在致朋友的信中对自己的这一"非人情"的文学观做了进一步的补充与完善,他说:

---

① 丰子恺:《艺术的逃难》,见《文坛画缘》,陈青生主编,哈尔滨:黑龙江人民出版社,1999 年,第 113 页。

② 丰子恺:《我与弘一法师》,见《文坛画缘》,陈青生主编,哈尔滨:黑龙江人民出版社,1999 年,第 149—150 页。

③ 转引自何乃英:《夏目漱石和他的小说》,北京:北京出版社,1985 年,第 75 页。

美的生活,诗人般的生活,就生活的意义来说,那不过是几分之一,是微小的一部分。像《草枕》中的主人公那样是不可以的……在现今的世界,想要达到善美之境,无论如何也必须有易卜生式的人物出现。……一旦发生问题,神经衰弱也罢、精神失常也罢,都应抱有无所畏惧的决心,否则便不能成为文学家。①

小说《旅宿》中画家虽然寻求的是一种"非人情"的世外桃源,但却走进了"人情"的世界,此外,《旅宿》中战争背景的不断显现,一切都在暗示着无论何时都不会真正有所谓的世外桃源。丰子恺也敏锐地觉察到了夏目漱石的脱离尘世的暂时性,他在《暂时脱离尘世》中写道:

夏目漱石的小说《旅宿》(日本名《草枕》)中有一段话:"苦痛、愤怒、叫嚣、哭泣,是附着在人世间的。我也在三十年间经历过来,此中况味尝得够腻了。腻了还要在戏剧、小说中反复体验同样的刺激,真吃不消。我所喜爱的诗,不是鼓吹世俗人情的东西,是放弃俗念,使心地暂时脱离尘世的诗。"……但请注意"暂时"这两个字,"暂时脱离尘世",是快活的,是安乐的,是营养的。②

夏目漱石一生行进在日本社会急剧变化的现实中,永远的脱离于世显然做不到,他说道:"华美的文章只能归结为过去学者所讥笑的那种闲适文学。爱好俳句即逍遥于这种闲适文学之中而自得其乐。然而沉浸在如此小天地中,毕竟不能撼动大世界。……我一面出入于俳谐文学之境,一面试图以维新志士出生入死一般的勇猛精神搞搞文学。"③所以他在写出《旅宿》的同一年中又写出了现实性极强的《哥儿》,也在继《旅宿》之后很快又恢复了大量的文明批评与社会批评的作品写作,譬如《疾风》、《矿工》等等作品。

---

① 夏目漱石:《漱石全集·书简集》(第14卷),东京:岩波书店,昭和41年,第349页。
② 丰子恺:《暂时脱离尘世》,见《禅外阅世》,西安:陕西师范大学出版社,2008年,第115—116页。
③ 何乃英:《夏目漱石和他的小说》,北京:北京出版社,1985年,第75页。

丰子恺也如是,完全沉静在超脱的世界里是不可能的,对此,丰子恺曾明确说过:"人生处世,功利原不可不计较,太不计较是不能生存的。……所以在不妨碍实生活的范围内,能酌取艺术的非功利的心情来对付人世之事,可使人的生活温暖而丰富起来,人的生命高贵而光明起来。"①丰子恺曾说他身上一直存有两种人格的不停斗争:

> 一方面是一个已近知天命之年的、三男四女俱已长大的、虚伪的、冷酷的、实利的老人(我敢说,凡成人,没有一个不虚伪、冷酷、实利);另一方面又是一个天真的、热情的、好奇的、不通世故的孩子。这两种人格,常常在我心中交战。虽然有时或胜或败,或起或伏,但总归是势均力敌,不相上下,始终在我心中对峙着。为了这两者的侵略与抗战,我精神上受了不少的苦痛。②

可见,超脱尘世只能暂时超脱,永远地逃避于世显然不可能。

其实,对于丰子恺而言,他的出世思想是一直夹杂着他的入世精神的。有论者将丰子恺一生散文的创作思想概括为"由早期的出世,到后来的忧世,直到新中国成立后的颂世。"③这大体上是准确的。然而同时我们必须看到在丰子恺早期的很多表露出世思想的散文创作中,他是以出世心在表达着他的入世情,他推崇的儿童世界与宗教世界无一不是针对现实世界而生的理想立足之地,丰子恺在彰显出自己追寻之意的同时,鞭笞现实的目的是不言自喻的,更何况在早期的《缘缘堂随笔》集中他还写出了很多有关现实题材的散文,中晚期就更不用说了。他的信佛固然有超越现实、实现个人价值的意义,但又不完全个人化,丰子恺说:"信佛为求人生幸福,我绝不反对。但是,只求自己一人一家的幸福而不顾他人,我瞧他不起。……但我们还要求比'生'更贵重的一

---

① 丰子恺:《艺术的效果》,见《丰子恺论艺术》,丰华瞻、戚志荣编,上海:复旦大学出版社,1985年,第43页。

② 丰子恺:《读〈读缘缘堂随笔〉》,见《缘缘堂 车厢社会》,北京:当代世界出版社,2002年,第234页。

③ 葛乃福:《丰子恺散文选集·序言》,见《丰子恺散文选集》,天津:百花文艺出版社,1991年,第8页。

种东西,……这东西是什么呢？平日难于说定,现在很容易说出,就是'不做亡国奴',就是'抗敌救国'。与其不得这东西而生,宁愿得这东西而死。"①多么深挚而动人的入世情怀！

　　丰子恺的漫画与散文创作中的很多领悟来自于日本文艺,他漫画的成功得益于日本漫画家竹久梦二的启悟,而且他在散文创作中也适时借鉴了一些漫画化的手法,这显示了日本文艺与中国文艺间的密切关联。但另一方面中国文学与日本文学之间也历来存有被借鉴与借鉴的痕迹,丰子恺视夏目漱石为导师,殊不知夏目漱石的文学创作却与中国传统文化渊源很深,夏目漱石曾经说过:"余少时好学汉籍,虽学之甚短,仍于冥冥里自左国史汉得到文学便是如此这般之定义。窃以为英文学亦必如此。既如此则穷毕生而学之,固无悔意。"②而且他一生写汉诗,他的则天去私的思想与中国道家思想不无关系,在夏目漱石的作品里多处直接提到禅或透着浓厚的禅的精神。此外,丰子恺的作品在日本也备受追捧,1940 年 4 月,日本创元社出版了由吉川幸次郎翻译的《缘缘堂随笔》日文本,并由谷崎润一郎撰写了评论文章,给予丰子恺很高的评价,彰显出丰子恺散文在海外一定的影响力,同时也表明中国文学与世界文学间的密切沟通,而这也正是文学发展的方向之一。诚如丰子恺所说:"今后的世界,定将互相影响,互相移化,渐渐趋于'大同'之路。"③文学的发展当然也如是,我中有你,你中有我,互相吸纳,共同向前,譬如丰子恺之于夏目漱石,譬如夏目漱石之于中国传统文学,莫不如是。

---

　　① 丰子恺:《佛无灵》,见《文坛画缘》,陈青生主编,哈尔滨:黑龙江人民出版社,1999 年,第 70—72 页。

　　② 夏目漱石:《文学论·序》,见《漱石全集》(第 18 卷),东京:岩波书店,1979 年,第 8 页。

　　③ 丰子恺:《二重生活》,见《丰子恺思想小品》,陈梦熊编,上海:上海社会科学院出版社,1997 年,第 199 页。

第四章　梁实秋的散文创作与世界文学

关于世界文学与中国文学间的关系，梁实秋曾如是说："欲救中国文学之弊，最好是采用西洋的健全的理论。"[①]同时，他还进一步表示："西洋文学介绍得还不够……西洋文学的理论与作品，分量重的，第一流的，很少人肯用心研究，细心介绍。今后大势所趋，国际间文学潮流必定要日益加甚，那是没法子阻遏的。……惟有受外来影响的激荡，新文艺才更容易发扬滋长。"[②]于此梁实秋也是身体力行地实践着，在清华读书期间，他就曾广泛阅览世界文学，"我那时看的东西很杂，进化论与互助论、资本论与安其那主义、托尔斯泰与萧伯纳、罗素与柏格森、泰戈尔与王尔德，兼收并蓄，杂糅无章。"[③]梁实秋的走上文坛就是伴随着世界文学的丰富滋养的。

在中国现代文学发展史上，梁实秋就是一个与世界文学联系密切的作家与文学批评家。他的后来形成于哈佛的来自于白璧德新人文主义的文学批评理论、他编撰的一部西欧文艺批评略史——《文艺批评论》、还有他的著名的莎士比亚翻译与研究等等，无一不在彰显着这位中国作家与世界文学间的紧密关联。但就梁实秋的散文创作而言，他的文艺批评与小品散文中的世界文学影响最为彰显。

---

　　①　梁实秋：《现代文学的任务》，见《新人文主义思潮——白璧德在中国》，段怀青编，南昌：江西高校出版社，2009 年，第 147 页。

　　②　梁实秋：《关于"文艺政策"》，转引自《潇洒才子梁实秋》，刘炎生著，武汉：湖北人民出版社，2006 年，第 185 页

　　③　梁实秋：《秋室杂忆·清华八年》，见《梁实秋文集》（第 3 卷），厦门：鹭江出版社，2002 年，第 35 页。（下文梁实秋原作引用除注明外均引自《梁实秋文集》此版本，不再一一作注）

一 文艺批评:白璧德新人文主义的承接

梁实秋一生文艺思想经历了从浪漫到古典的蜕变,在梁实秋的文艺批评观中,浪漫激情的文学追求是短暂的,而对古典的、新人文主义批评观的追求可以说贯穿了他一生主要的文艺批评活动。

梁实秋真正的文学活动起始于在清华读书的八年(1915—1923),他的主张浪漫主义的文艺思想也就是从那里开始显现的。在清华,梁实秋开始对文学发生兴趣,他说"我个人对中国文学的兴趣就是被这一篇演讲所鼓动起来的。"①这篇演讲指的是梁启超在清华所作的《中国韵文里表现的情感》,梁启超的充满情感的演讲给梁实秋留下了深刻的印象。在梁启超的影响下,梁实秋后来与几个同学组成了"清华文学社",再加之在"五四"时代激情的驱使之下,正值恋爱甜蜜时期的梁实秋于是开始了情感充沛的浪漫主义诗歌的创作,并开始了与高举浪漫主义大旗的创造社诸君的交往。这一时期梁实秋经常阅读与写作,对诗歌创作开始有了自己的文学主张,先后写下了如《冬夜评论》、《草儿评论》等,表达了自己推崇情感的文学审美观与批评观。梁实秋认为诗人绝不该赞颂理性,因此他指责《草儿》的作者"处处讲求实用,处处讲求经济",并力陈自己的诗歌创作观:

> 专以道德为骨子所构成的"诗",并无丰美的情感的分子在内,或凭理性为工具所敷成的"诗",并无微妙的想象成分在内,那么,这种作品绝不能算是诗,只可算是格言,或狭义的格言——座右铭。(《〈草儿〉评论》)

梁实秋指出文学的本质就是表现情感,他说:"诗人只知道写他的诗,抒他的情感,余非所问。"(《读〈诗底进化的还原论〉》)还说"我总觉得没有情感的不是诗,不富情感的不是好诗,没有情感的不是人,不富

---

① 梁实秋:《清华八年》,见《雅舍忆旧》,天津:天津教育出版社,2006 年,第 22 页。

情感的不是诗人，'概念诗是做不得的'。"①为此他批评冰心的诗歌理智多于情感，指责冰心是一位冰冷到零度以下的女作家，是一个冷若冰霜的教训者，由此，梁实秋断言"冰心女士是一个散文作家、小说作家，不适宜于诗。"②

除了推崇情感的表达之外，这一时期梁实秋的浪漫主义文学主张还表现在对唯美主义与纯艺术主义的追求。梁实秋曾在《对清华文学的建议》一文中饱含深情地呼吁道：

> 清华文学的修养，深藏蕴酿，将似火山之爆裂，一发而石破天惊，将似急湍洪流，一泄而万里汪洋。据我臆测，清华将要诞生的骄子，将要供献的牢飨，将要树植的大纛，这就是文学上的唯美主义，艺术上的纯艺术主义。

梁实秋认为艺术作品是通过自己的特有方式，即美感来影响读者的心灵的，为此他主张"艺术是为艺术而存在的；他的鹄的只是美，不晓得什么叫善恶；他的效用只是供人们的安慰与娱乐。"（《读〈诗底进化的还原论〉》）

这一时期，梁实秋浪漫主义文学主张的集中体现便是1924年创作的《拜伦与浪漫主义》一文，这篇论文是梁实秋前期文艺思想最集中而又最强烈的表露。在这篇文章中，梁实秋借着对拜伦登峰造极的反抗精神的赞美，表达了对欧洲浪漫主义诗歌运动的高度评价，他说：

> 自从浪漫运动实现之后，英国诗坛——更确切些，全欧诗坛，——凭空的显出中兴气象，奇才蔚出，这个原故便是因为浪漫主义容纳了一些从前认为'旁逸斜出''不登大雅之堂'的变态的天才。这些变态的天才受了多少年的拘束抑制，到了现在才天崩地裂似的腾跃起来，把全欧的文学史照耀得光芒万丈。③

---

① 梁实秋：《〈繁星〉与〈春水〉》，见《雅舍谈书》，陈子善编，济南：山东画报出版社，2006年，第30页。

② 梁实秋：《〈繁星〉与〈春水〉》，见《雅舍谈书》，陈子善编，济南：山东画报出版社，2006年，第32页。

③ 梁实秋：《拜伦与浪漫主义》，转引自《潇洒才子梁实秋》，刘炎生著，武汉：湖北人民出版社，2006年，第58页。

从注重情感的表达到崇仰极具情感与想象的变态天才,梁实秋的浪漫主义文学主张可谓极具浪漫色彩,很显然这一文学主张是很切合"五四"蓬勃的时代气象的。但梁实秋的浪漫主义文学主张提倡纯粹为艺术而艺术,而且把文学的功用定为只是供人们的安慰与娱乐,而置急剧变化的时代于不顾,这显然又是不完善的。因而当面对物质社会出现的一系列问题时,沸腾的情感与唯美的艺术并不能解决之时,梁实秋很快发现了浪漫主义的脆弱与不足,所以他的文学主张的转变就有了发生的可能。

1924 年秋,在美国留学的梁实秋从科罗拉多大学毕业后进入哈佛大学研究院攻读硕士学位,他选修了五门课程,其中一门课程对他影响深刻,那便是白璧德教授的《十六世纪以后之文艺批评》。在此期间,他系统地研读了白璧德的主要著作:《文学与美国大学》、《卢梭与浪漫主义》、《新拉奥孔》、《法国近代批评大师》、《民主与领袖》等。梁实秋自从在美国与白璧德偶遇,便被他的新人文主义思想所吸引,为此,梁实秋先后写过《白璧德及其人文主义》、《关于白璧德先生及其思想》等文章,力陈自己对于白璧德的尊崇,并一生矢志不渝地追随着他,对于此梁实秋曾说:

> 白璧德先生的学识之渊博,当然是很少有的,……我初步的反应是震骇。我开始自觉浅陋,我开始认识学问思想的领域之博大精深。(《关于白璧德先生及其思想》)
>
> 哈佛大学的白璧德教授,使我从青春的浪漫转到严肃的古典,一部分是由于他的学识精湛,一部分由于他精通梵典与儒家经籍,融合中西思潮而成为新人文主义,使我衷心赞仰。①

显然,正是白璧德的著作促使梁实秋的文学主张发生了重要转变,"从极端的浪漫主义,我转到了多少接近于古典主义的立场。"(《关于白

---

① 梁实秋:《"岂有文章惊海内"》,见《梁实秋杂文集》,北京:中国社会出版社,2004 年,第 274 页。

璧德先生及其思想》)使他从崇尚情感开始倾向于崇尚理性,开始反浪漫尊古典,轻形式而重伦理。直到 80 年代,梁实秋仍把白璧德的《卢梭与浪漫主义》列为影响自己的八本书之一,并且说道:"我读了他的书,上了他的课,突然感到他的见解平正通达而且切中时弊。我平夙心中蕴结的一些浪漫情操几为之一扫而空。……我在学生时代写的第一篇批评文字《中国现代文学之浪漫的趋势》就是在这个时候写的。随后我写的《文学的纪律》、《文人有行》,以至于较后对于辛克莱《拜金艺术》的评论,都可以说是受了白璧德的影响。"①显然,白璧德对于梁实秋的影响是深刻且长远的。

欧文·白璧德(Irving Babbitt,1865—1933),哈佛大学著名学者与批评家,新人文主义思想的代表人物,一生崇古典而反浪漫。面对世界大战给人们带来的社会与精神上的危机,面对资本主义社会畸形发展所带来的一切,白璧德认为这是培根所代表的科学主义与卢梭所代表的自然人性论泛滥的结果。他于是极力宣扬古典文化,强调理性和道德意志的力量,试图以理性来节制人欲以挽救文明,希望复活古代人文主义精神来解救社会危机,重新建立一种"人的法则"来克服现代社会的人欲横流与道德沦丧。因此白璧德所创立的"新人文主义"的核心就是古代人文主义中的善恶二元人性论,白璧德认为由于人性内部存在灵与肉,善与恶的"内战",于是才导致了社会的混乱和苦难,因此,他宣称"善恶之间的斗争,首先不是存在于社会,而是存在于个人。"②白璧德认为:"从古希腊开始,人文主义的目的就是力避过度,任何人要是打算有节制和均衡地生活,他就会发现,他需要使自己接受一种困难的纪律的约束,他的生活态度将必然是二元的,所谓二元的,就是说他要承认在人身上有一种能够施加控制的'自我'和另一种需要被控制的'自

---

① 梁实秋:《影响我的几本书》,见《雅舍谈书》,陈子善编,济南:山东画报出版社,2006年,第522页。
② 白璧德:《民主与领袖》,转引自《梁实秋与新人文主义》,罗钢著,《文学评论》,1988年第2期。

我'。"①正如罗钢教授所言:"这样,他就把全部社会的、政治的、精神的问题最终都归结到人性问题,归结为人性中的善恶争斗这一伦理学问题。"②因此,白璧德崇尚中庸平和的人生境界,他认为"人要成为一个人性的人,他就一定不能任凭自己的冲动和欲望泛滥,而是必须以标准法则反对自己正常自我的一切过度的行为,不管是思想上的,还是行为上的,感情上的。"③在文学方面,他崇尚人的道德想象和人文理性,反对功利主义的审美观。白璧德指出:"真正的人文主义者在同情与选择之间保持着一种正当的平衡。"④"人文主义者(正如我们从历史中所了解到的)在极度的同情与极度的纪律和选择之间游移,并根据他调节这两个极端的情况而相应地变得更加人文。"⑤总的说来,白璧德的新人文主义"乃内在的普遍的合于人性的规训与纪律,训练与选择,节制与判断。"⑥"体现了自荷马史诗,经《神曲》、《哈姆莱特》,至《浮士德》等经典作品中一以贯之的西方文化的人文主体。"⑦梁实秋在研读了白璧德的思想体系后不由感叹白璧德的"根本思想是一贯的,完全是立在人文主义的立场。"(《白璧德及其人文主义》)⑧"我渐渐领悟他的思想体系,我逐渐明白其人文思想在现代的重要性。"(《关于白璧德先生及其思想》)"他的人文主义是一套积极的主张,20年来始终不渝,这是可令人钦佩的。"(《白璧德及其人文主义》)梁实秋几乎无条件地接受了白璧德的新人文主义与古典主义,他的批评观是直承白璧德而来的,他的很多著作几乎"可以说是白璧德的文学理论与五四文学的批评实践相结合

---

① 白璧德:《文学与美国大学》,转引自《中国现代文学史》,郑万鹏著,北京:华夏出版社,2007年,第155页。

② 罗钢:《梁实秋与新人文主义》,《文学评论》,1988年第2期。

③ 欧文·白璧德:《卢梭与浪漫主义》,孙宜学译,石家庄:河北教育出版社,2003年,第11页。

④ 欧文·白璧德:《文学与美国的大学》,张沛等译,北京:北京大学出版社,2004年,第8页。

⑤ 转引自胡森森:《"新人文主义"再探讨》,《求是学刊》,2006年第1期。

⑥ 马玉红:《梁实秋人文主义人生艺术追求与实践》,北京:民族出版社,2006年,第19页。

⑦ 郑万鹏:《中国现代文学史》,北京:华夏出版社,2007年,第155页。

⑧ 梁实秋:《白璧德及其人文主义》,见《新人文主义思潮——白璧德在中国》,段怀青编,南昌:江西高校出版社,2009年,第98页。

的产物"。①

在哈佛期间,梁实秋在白璧德的指导之下完成了学年论文《王尔德的唯美主义》,这篇文章从六个方面批评了王尔德的唯美主义思想,认可文学作品中一种伦理的清健的观察点的存在。这篇文章的问世表明了梁实秋"告别了唯美主义和极端的浪漫主义,改为信奉稳健的古典主义。"②他基本否定了自己之前所倡导的浪漫的文学主张,躬行着以前所反对的理性的约束。

白璧德的主张纪律与均衡的古典主义文艺批评观给了梁实秋很大的影响,梁实秋在《白璧德及其人文主义》中说道:"人文主义的文艺论即是古典主义的一种新的解释。……白璧德先生是古典主义者,……他所最低回向往的是希腊时代的古典主义,……白璧德先生所抨击的是浪漫的过度(Romantic Excess),凡是过度的都不能合于人文主义的精神。人文主义者要求的是人性之各个部分平衡的发展。……人道主义与人文主义是两个完全不同的东西。人道主义是同情心的扩张,人文主义要的是人性之收敛的纪律。"(《白璧德及其人文主义》)而且又说道:"人文主义倡导的节制的精神是现代所需要的。……它所代表的稳健思想却是人人可以接受的。在情感泛滥和物质主义过度发展的时代,主张纪律和均衡的一种主义该是一种对症的良药。"(《白璧德及其人文主义》)在细读与研究了白璧德思想后的梁实秋说"我开始醒悟,五四以来的文艺思潮应该根据历史的透视而加以重估。我在学生时代写的第一篇批评文字《中国现代文学之浪漫的趋势》就是在这个时候写的。"③在写于1926年的这篇文章中梁实秋第一次以古典主义与浪漫主义的批评标准来全面审视中国新文学,由一名曾经的"五四"新文学的创作者而转变为"五四"新文学的批评者,他的重古典反浪漫的文艺批评观由此形成。此外,他还写了《亚里士多德的〈诗学〉》、《亚里士多德以后之文学批评》等一系列文章,在中国第一次集中介绍了西洋古典主义的文

---

① 高旭东:《梁实秋 在古典与浪漫之间》,北京:文津出版社,2005年,第194页。
② 刘炎生:《潇洒才子梁实秋》,武汉:湖北人民出版社,2006年,第67页。
③ 梁实秋:《影响我的几本书》,见《雅舍谈书》,陈子善编,济南:山东画报出版社,2006年,第522页。

学理论,并于1927年8月出版了他第一本独立的文艺批评论集《浪漫的与古典的》。梁实秋在60年后谈这部集子时说:"这些文字都是我26岁以前的'少作',虽然思想尚未成熟,文字也嫌简洁,我的基本的文学观念已在这里开始建立,我的文字作风也在这里渐渐形成。"①

在《现代中国文学之浪漫的趋势》②文章中,梁实秋肯定地说:"古典的文学是凭理性的力量,经过现实的生活以达于理想;浪漫的文学是由情感的横溢,撇开现实的生活,返于儿童的梦境。"梁实秋否定"五四"文学中的浪漫主义倾向,认为"浪漫的即是没有纪律的",他说新文学就是从西方引进的文学,而且引进的是西方的不健康的文化,"从质量两方面观察,就觉得我们新文学运动对于情感是推崇过分。情感的质地不加理性的选择,结果是:(一)流于颓废主义,(二)假理想主义。"所以"新文学运动,就全部看,是'浪漫的混乱'。混乱状态亦时势之所不能免,但究非常态则可断言"。同时梁实秋指责新文学中的人道主义的同情心的泛滥,通过对新诗中的"人力车夫派"的分析,他进而否定新文学中带有情感色彩的人是平等的写作观念的不可行,梁实秋认为:

> 平等观念的由来,不是理性的,是情感的。重情感的浪漫主义者,因情感的驱使,乃不能不流为人道主义者。吾人反对人道主义的唯一理由,即是因为人道主义不是经过理性的选择。同情是要的,但普遍的同情是要不得的。平等的观念,在事实上是不可能的,在理论上也是不应该的。(《现代中国文学之浪漫的趋势》)

很显然,梁实秋的这种重节制反浪漫主义、反普遍的人道主义的倾向是直接来自于白璧德的,因为白璧德就曾"坚决反对卢梭式的天赋人权的民主学说,而拥护一种'人文主义的贵族的'民主。"③梁实秋的指

---

① 梁实秋:《浪漫的与古典的·序》,转引自《梁实秋——传统的复归》,徐静波著,上海:复旦大学出版社,1992年,第33页。
② 梁实秋:《现代中国文学之浪漫的趋势》,见《浪漫的与古典的》,北京:人民文学出版社,1988年,第26页。
③ 罗钢:《梁实秋与新人文主义》,《文学评论》,1988年第2期。

出新文学中的情感的泛滥虽不无偏颇之处,但却也揭示出了新文学创作中存在的不足,至于他的反人道主义的平等观的观点,则体现出了他那一派带有浓厚贵族化倾向的知识分子的自由心态与生活姿态,于中国新文学来说,局限性是明显的。

梁实秋运用白璧德的理性节制说的批评成果还体现在他《近年来中国之文艺批评》与《文人有行》中,这两篇文章与《现代中国文学之浪漫的趋势》一文一起被称为是梁实秋批判"五四"文学的"三部曲"。①在《近年来中国之文艺批评》一文中梁实秋指出中国文坛充斥着介绍的批评、纠正的批评、印象的批评、破坏的批评四种不得法的批评方式,由此他有力批评了中国批评界的浪漫的混乱,直言中国批评界必须"建设一个新的文学标准,否则不足以言于文学批评。"(《近年来中国之文艺批评》)而对于中国文人,梁实秋由浪漫期的崇尚变态的天才一变而为提倡文人的德行,他说:"第一流的大文学家往往都是健全的人,他们的生活常常是有规矩的不怪癖的"(《文人有行》),"人(无论是天才或是庸众)的行为,不应该放肆,感情的本身并不是美德,不羁的感情要系上理性的缰绳,然后才可以在道德的路上去驰骋。"(《文人之行》)

此后梁实秋写了一系列的文章进一步阐明他的文学的纪律说,观点日趋明朗。最有代表性是《文学的纪律》一文,在文章中梁实秋反复表达着他的观点:

> 文学的力量,不在于开扩,而在于集中;不在于放纵,而在于节制。……以理性与情感比较而言,就是以健康与病态比较而言。……情感不是一定该被诅咒的,伟大的文学者所该致力的是怎样把情感放在理性的缰绳之下。……伟大的文学的力量,不藏在情感里面,而是藏在制裁情感的理性里面。……文学的态度之严重,情感想象的理性的制裁,这全是文学最根本的纪律。②

---

① 高旭东:《梁实秋 在古典与浪漫之间》,北京:文津出版社,2005 年,第 194 页。
② 梁实秋:《文学的纪律》,见《浪漫的与古典的》,北京:人民文学出版社,1988 年,第117—214 页。

梁实秋的这一系列关于文学节制的批评主张,虽然有时论断流于泛泛而论、空洞甚至偏激,但总的来说对于"五四"文学特别是浪漫主义文学的主情主义倾向有着一定的纠偏的意义。而且难能可贵的是梁实秋在承接新人文主义的理性主张的同时,也没有一味把古典主义的理性奉为文学表现的终极追求,他说:"我们确信文学批评有超于规律的标准,凡以'理知主义'趋诸极端者,和'绝智主义'一样,同是不合于'人性'。"①"所以我屡次的说,古典主义者要注重理性,不是说把理性做为文学的唯一的材料,而是说把理性做为最高的节制的机关。"②也就是说梁实秋强调的是以理性驾驭情感,以理性节制想象,而不是理性取代情感与想象,那样生动的文学就成了干巴巴的说教文了。这是梁实秋对于白璧德古典主义节制说的鲜活的承接。这样我们也就理解了梁实秋在后来的与普罗文学的论争中为什么又倾向于文学的情感的表达了。

与文学理性的节制说紧密相连的是梁实秋的人性说,在评论"五四"文学时梁实秋常常提到的是人性的节制与收敛。在梁实秋深受白璧德影响的系列文艺思想中,人性论于梁实秋的影响是深刻而久远的。梁实秋曾说:"人文主义认定人性是固定的普遍的,文学的任务即在于描写这根本的人性。"(《白璧德及其人文主义》)而且在谈到人文主义者的批评方法时,梁实秋又说"文艺的目的在于描写普遍固定的人性,此人性当于常态的人生中去领会。"(《白璧德及其人文主义》)这是人文主义者批评的客观标准。鉴于人文主义的人性论说与写实主义、自然主义与浪漫主义之间的差别,梁实秋不由感叹:"白璧德先生能融会各家之长改造成为实用的哲学,对于任何民族任何时代都可以应用的。只消人性不变,人文主义便永不失效。"(《白璧德及其人文主义》)1926 年梁实秋在回顾中国新文学创作时认为,现在中国文坛被印象主义所支配,文学不是客观的模仿而都成为主观的印象了,进而他表明了自己的观点:

---

① 梁实秋:《文学的纪律》,见《梁实秋批评文集》,徐静波编,珠江:珠海出版社,1998年,第98页。
② 梁实秋:《文学的纪律》,见《梁实秋批评文集》,徐静波编,珠江:珠海出版社,1998年,第102页。

> 真实的自我，不在感觉的境界里面，而在理性的生活里。所以要表现自我，必要经过理性活动的步骤，不能专靠感觉境界内的一些印象。其实伟大的文学亦不在表现自我，而在表现一个普遍的人性。(《现代中国文学之浪漫的趋势》)

而针对新文学很多浪漫主义者所倡导的回归自然、所主张的独创的创作倾向，梁实秋说道：

> 我们可以赞成'皈依自然'，但是我们是说以人性为中心的自然，不是浪漫主义者所谓的自然。浪漫主义者所谓的自然，是与艺术立于相反的地位。我们也可以赞成独创，但我们是说在理性指导下去独创，不是浪漫主义者所谓叛离人性中心的个性活动。(《现代中国文学之浪漫的趋势》)

此后在梁实秋的一系列文章中，我们都能看到他与之相关的论述，譬如"文学作品之是否伟大，要看它所表现的人性是否深刻真实。文学的任务即在于表现人性，使读者能以深刻的了解人生之意义。"[①]譬如"文学发于人性，基于人性，亦止于人性。"[②]譬如"吾人要得一固定的普遍的标准必先将'机械论'完全撇开，必先承认文学乃'人性'之产物，而'人性'又绝不能承受科学的实证主义的支配。……人性根本是不变的。"(《文学批评辨》)如此等等。那么什么是人性呢？在《文学讲话》一文中，梁实秋试图给人性一个具体的定义："人性乃所以异于兽性。简单的饮食男女，是兽性；残酷的斗争和卑鄙的自私，也是兽性。人本来是兽，所以人带有兽性的行为。但是人不仅是兽，还时常是人，所以也常能表现比兽高明的地方。人有理性，人有较高尚的情操，人有较严肃的道德观念，这便全是我们所谓的人性。"[③]而且又认为："把人当成物，

---

① 梁实秋：《现代文学的任务》，见《新人文主义思潮——白璧德在中国》，段怀青编，南昌：江西高校出版社，2009 年，第 148 页。
② 梁实秋：《文学的纪律》，见《浪漫的与古典的》，北京：人民文学出版社，1988 年，第122 页。
③ 梁实秋：《文学讲话》，见《梁实秋批评文集》，徐静波编，珠江：珠海出版社，1998 年，第 222 页。

即泯灭了人性,而无限制发展物性,充其极即是过分的自然科学的进步,而没有人去适当的驾驭那些科学的成果,变成纯粹的功利主义。这科学的功利主义即是'自然主义'的一面,我们称之为科学的自然主义。"①显然,梁实秋的人性就在理性约束之下的情感与道德的体现,人性是有别于兽性与物性的。梁实秋的人性论显然来源于白璧德,白璧德曾说:"人之高于自然,其证明与其说在于他的行动能力,不如说在于他的克制行为的能力。"②这也就是说人是不同于兽与物的,因为人有控制情感的能力,兽性与理性,物欲与理智,构成了人性的两级,但"人之所以为人,就在于他能以理性战胜兽性,以理智节制物欲。"③虽然梁实秋的提倡是理性而理想化的,但问题是他在随后的文艺论争中强调人性论的表现只是人的喜怒哀乐的纯粹形式,"这就使他的人性论与动物性很难区别。"④而白璧德的人性论强调的却是人在"善恶二元冲突上的超越与统一。"⑤是典型的二元论,而梁实秋的人性论则流于一元论的单薄与狭隘。这是梁实秋与白璧德之间的差距所在。

梁实秋的人性论批评观在中国最有影响力的运用便是在于与鲁迅等左翼文人之间的激烈论战,以及对革命文学的批判上。在与鲁迅等左翼文人的论战中,梁实秋的人性批评观主要表现在两个方面:一是人性是永恒的,普遍的,且是不变的;二是文学没有阶级性,时代性,只有人性。对此,梁实秋说道:

> 伟大的文学乃是基于固定的普遍的人性,从人心深处流出来的情思才是好的文学,文学难得的是忠实,——忠于人性;至于与当时的时代潮流发生怎样的关系,是受时代的影

---

① 梁实秋:《关于白璧德先生及其思想》,见《梁实秋批评文集》,徐静波编,珠江:珠海出版社,1998年,第215页。

② Irving Babbitt:《The Laokoon: An Essay on the Confusion of the Arts》,Boston and New York: Houghton Mifflin Co.,1910,p.202.

③ 俞兆平:《古典主义文学思潮的历史定位与梁实秋》,见《梁实秋与中西文化》,高旭东编,北京:中华书局,2007年,第182页。

④ 高旭东:《论梁实秋人性论的性质及其演变》,见《理论学刊》,2004年第12期。

⑤ 于海冰:《白璧德与梁实秋的新人文主义批评之比较》,见《梁实秋与中西文化》,高旭东编,北京:中华书局,2007年,第120页。

响,还是影响到时代,是与革命理论结合,还是为传统思想所
拘束,满不相干,对于文学的价值不发生关系。因为人性是测
量文学的唯一的标准。(《文学与革命》)

基于此,梁实秋认为革命文学、大多数的文学、无产阶级的文学等
都是假概念,直言"我的主张是干脆的,我不承认文学有阶级性。"(《答
鲁迅先生》)因此他说无产阶级文学"错误在把阶级的束缚加在文学上
面。错误在把文学当做阶级争斗的工具而否认其本身的价值。"[①]"以
文学的形式来做宣传的工具",这"足以暴露无产文学之根本的没有理
论根据"。[②]因此,他认为"无产阶级的文学"是"不能成立的名词。"[③]梁
实秋的观点是文学之能成为文学与否:

> 不在其中有无某种思想之宣传或有某种之实用,无宣传
> 无实用并不能说即非文学,有宣传有实用有时亦能不妨其为
> 文学,文学的精髓在其对于人性之描写。……文学不能救国。
> 更不能御侮,惟健全的文学能陶冶健全的性格,使人养成正视
> 生活之态度,使人对人之间得同情谅解之联系。文学之任务,
> 如是而已。[④]

为了反对革命文学的政治化,梁实秋强调人性,而人类的情感表现
显然是人性之一部分,因此梁实秋在与左翼文人的论战中又开始强调表
现情感,而这却又正是他之前否定"五四"文学的因由,为此,梁实秋说:

> 凡是能完美的表现人生最根本的情感的作品,便是有最
> 高价值的作品;凡是不能完美的表现,或表现虽完美而内容不
> 是最根本的情感,便是价值较低的作品。简单说,文学既是人
> 性的产物,文学批评即以人性为标准。(《文学批评论》)

---

①② 梁实秋:《文学是有阶级性的吗?》,见《梁实秋批评文集》,徐静波编,珠江:珠海出
版社,1998 年,第 143 页。

③ 梁实秋:《文学与革命》,见《梁实秋批评文集》,徐静波编,珠江:珠海出版社,1998
年,第 135 页。

④ 梁实秋:《现代文学的任务》,见《新人文主义思潮——白璧德在中国》,段怀青编,南
昌:江西高校出版社,2009 年,第 148 页。

　　梁实秋在论战中一再撇开时代与阶级的印记固执强调人性的永恒性与纯粹性,因此遭到了左翼文人的激烈抨击。冯乃超批评梁实秋"不能明白没有生活全人类的生活的人绝对不会写全人类的人性。为什么呢? 因为梁教授的犯了在抽象的过程中空想'人性'的过失。人间依然生活着阶级的社会生活的时候,他的生活感觉,美意识,又是人性的倾向,都受阶级的制约。"①鲁迅也先后写了《文学与出汗》、《"硬译"与"文学的阶级性"》、《"丧家的""资本家的乏走狗"》等文章对梁实秋进行痛批,鲁迅认为:"人性是永久不变的么? 类人猿,类猿人,原人,古人,今人,未来的人,……如果生物真会进化,人性就不能永久不变。不说类猿人,就是原人的脾气,我们大约就很难猜得着的,则我们的脾气,恐怕未来的人也未必会明白。要写永久不变的人性,实在难哪。"②而且又说:"文学不籍人,也无从表示'性',一用人,而且还在阶级社会里,即断不能免掉所属的阶级性,无须加以'束缚',实乃出于必然。"③鲁迅等人的反驳无疑是深刻而有力的,但就文学创作与批评本身来看,唯阶级论与唯人性论都是片面的。梁实秋显然也认识到了自己的局限。对于文学的时代性与阶级性,后来他也认可了,但他强调在人性与时代性、阶级性而言,文学侧重表现的仍是前者:

　　　　喜怒哀乐的常情,并不限于阶级。文学的对象就是这超阶级而存在的常情,所以文学不必有阶级性,如其文学反映出多少的阶级性,那也只是附带的一点色彩,其本质固在于人性之描写而不在于阶级性的表现。(《论"第三种人"》)

　　　　我说文学有永久性,并不否认文学的时代性。我的意思是说,人生中各种变动里尚有不变劲者在。生活的形形色色,如风俗、习惯、思想之类尽管变动,而人性并不曾变。文学作

---

　　① 冯乃超:《冷静的头脑——评驳梁实秋的〈文学与革命〉》,见《新人文主义思潮——白璧德在中国》,段怀清编,南昌:江西高校出版社,2009 年,第 175 页。
　　② 鲁迅:《文学和出汗》,见《鲁迅杂文集》(卷2),沈阳:春风文艺出版社,1997年,第365－366 页。
　　③ 鲁迅:《"硬译"与"文学的阶级性"》,见《鲁迅杂文集》(卷3),沈阳:春风文艺出版社,1997年,第 128 页。

品可以有时代性,亦可以同时还有永久性。仅仅反映时代的
作品,便无永久价值;描写人性的作品,便有永久价值。一件
作品难的是纯粹作为时代之反映而不带有纯粹人性描写的,
同时一件作品亦很难纯粹是人性描写而不带有时代色彩。
(《新文学概论》)

梁实秋后期不断调整的思想相对于之前的论调要完善很多,因为
对于梁实秋而言,唯人性论的主张与唯浪漫论及唯古典论一样,片面地
强调本身就是一种过度。所以,对于文学的表现抗战,梁实秋在 1938
年 12 月接编《平明》副刊时就曾在《编者的话》中表示了接受:

现在抗战高于一切,所以有人一下笔就忘不了抗战。我
的意见稍为不同。于抗战有关的材料,我们最为欢迎,但是与
抗战无关的材料,只要真实流畅,也是好的,不必勉强把抗战
截搭上去。至于空洞的"抗战八股",那是对谁都没有益
处的。①

梁实秋思想的适时调整并没有得到社会的广泛认可,相反,他的这
番关于抗战文学的言论引来了猛烈炮轰,先后有宋之的、罗荪、老舍等
十余人先后写了 30 多篇文章斥责梁实秋的文学与抗战无关论,而断断
续续的批评之余音一直延续到 40 年代。在强大的批评舆论压力之下,
梁实秋一直坚守着自己的批评立场,那就是文学具有时代性与阶级性,
但文学最重要的是表现超越于时代的永恒人性,这样的文学批评观相
对于他之前的唯人性论已然日趋合理了,表明梁实秋已经开始把来自
于白璧德的新人文主义思想与中国具体的批评实践相结合了,而不是
凌驾于时代与阶级之上的机械地因袭。

从浪漫到古典,这是梁实秋一生文艺观的鲜明流变,然而在梁实秋
不同的人生阶段,处于不同时代浪潮中的他,面对种种文艺与文学现
象,有很多时候他的浪漫的或古典的文学主张并不是那么界限分明。

---

① 梁实秋:《〈平明〉副刊·编者的话》,转引自《潇洒才子梁实秋》,刘炎生著,武汉:湖北
人民出版社,2006 年,第 185 页。

梁实秋自己也曾说过古典派与浪漫派"这两种势力是永远存在的,有时在一国的文学里,在一时代的文学里,甚至在一个人的文学里,都可以看出一方面是开阔的感情的主观的力量,一方面是集中的理性的客观的力量,互相激荡。……理性与情感不是对峙的名词,就和'浪漫的'与'古典的'不是对峙的名词一样。"①因此,在梁实秋的文艺批评观里,浪漫的与古典的不是永远对立的,他总是在情感与理性之间游走,力图走着一条中庸之路,梁实秋曾说:"吾人欲表现理想,若不于人性之普遍的方面着手,实别无良法。……凡普遍者,即为中庸者。"(《亚里士多德的〈诗学〉》)而且又曾说过:"我向往民主,可是不喜欢群众暴力;我崇拜英雄,可是不喜欢专制独裁;我酷爱自由,可是不喜欢违法乱纪。"②而中庸却也正是其导师白璧德的思想核心所在。

因此表现在文学批评上,中庸的梁实秋所抨击的乃是文学中的偏激与一边倒现象,譬如在"五四"期间,很多文学作品中确实存在个性情感的兴盛,因而这一时期梁实秋呼吁用理性来约束情感,"他重点强调的是文学的客观永久性与伦理理性"③;而当文学由文学革命发展到革命文学之时,面对着普罗文学那种铺天盖地以科学著称的公式化批评与政治宣传批评时,梁实秋一再"强调批评的主观性、价值性与文艺的独立性和批评的个性。"④表面上看来梁实秋思想有时难免有相互矛盾之处,但其实他反对的是情感的泛滥与文学的过度附属于时代与政治。过度于情感,或过度于理性,这都不是理想的文学,但问题是在风沙扑面的时代,文学有时很难端坐于二者之间不温不火地表现那普遍的人性。就梁实秋自己而言,在硝烟过于激烈的文坛论战中,他有时也不自觉地一步步走向偏激与武断,论辩的情感化有些时候是胜于论辩的理性化的,譬如他在与鲁迅论辩时,过度的言语、人身的攻击等都不乏流露。而他自己提倡的节制说与人性说原本是为了避免文学情感的或理性的过

---

① 梁实秋:《文学的纪律》,见《浪漫的与古典的》,北京:人民文学出版社,1988 年,第113－118 页。
② 梁实秋:《岂有文章惊海内》,见《回忆梁实秋》,陈子善主编,吉林:吉林文史出版社,1992 年,第 3 页。
③④ 高旭东:《梁实秋 在古典与浪漫之间》,北京:文津出版社,2005 年,第 197 页。

度,但却不知自己同时也不免陷入另一种过度之中,譬如他的否定"五四"文学浪漫主义倾向的混乱不免过于武断,他的人性论的倡导难免过于空洞与狭隘等。梁实秋1977年在回顾自己的人性论时坦承道:"我对'人性'解释不够清楚,自己的认识不够彻底,也都是事实。"(《〈论文学〉序》)但究其本意来说,梁实秋其实希望倡导的是一种健全的文学,是一种能把理性与情感很好结合起来的文学,也即他自己所说的:

> 在理性指导下的人生是健康的常态的普遍的;在这种状态下所表现出的人性亦是最标准的;在这标准之下所创作出来的文学才是有永久价值的文学。①

这应是白璧德新人文主义思想反映在文学上的最理想的文学存在状态,毋庸置疑,无论是在过去政治激情燃烧的岁月中还是在现今物欲泛滥的时代里,梁实秋的文学主张虽然有着不尽完善之处,但它于文学的影响与意义是不容忽视的。

二　小品散文:源自外来影响的构建

1. 散文主旨:新人文主义思想的完善

在中国现代散文史上,梁实秋作为散文家地位的显现主要归凭于他的《雅舍小品》的创作。《雅舍小品》的创作始于1940年上半年,为了躲避战乱而入蜀的梁实秋开始在《星期评论》、《时与潮》副刊等刊物上陆续发表小品文,因此时身居"雅舍"而把这一时期所写的散文总题为"雅舍小品",但这样一种透露出清雅通脱、闲逸超然气息的作品未能在动荡而激变的大陆发表。1949年11月,梁实秋的《雅舍小品》终由台湾地区正中书局出版,此后梁实秋不断续作《雅舍小品》续集、三集及四集,出版了《雅舍小品》的合订本。《雅舍小品》出版后,广受读者欢迎,

---

① 梁实秋:《文学的纪律》,见《浪漫的与古典的》,北京:人民文学出版社,1988年,第122页。

一版再版,风行不衰,并扬名海外,"先后印出有300多版了,创中国现代散文著作发行的最高纪录。"①朱光潜曾评价《雅舍小品》对于文学的贡献在翻译莎士比亚的工作之上"。②对于《雅舍小品》的风行于世,梁实秋这样解释:"《雅舍小品》之所以蒙读者爱读,也许是因为每篇都很简短,平均不出两千字,所写均是身边琐事,即未涉及国是,亦不高谈中西文化问题。"③确是如此,在《雅舍小品》中我们很难找到那金戈铁马的时代之气象、那忧国忧民的悲愤之情怀以及那高深莫测的文化之宏论,有的只是一些人生的低吟浅唱,人生的一些小智小慧,但却能从另一方面抵达文学的本质,带给读者美的充满睿智的感悟。梁实秋入台以后仍然继续着他的散文创作,除了继续雅舍系列之外,梁实秋还有大量的杂文问世,如《秋实杂忆》、《实秋杂文》、《西雅图杂记》、《槐园梦忆》、《梁实秋札记》等等,他的这些散文创作显然都是他一贯主张的文艺批评思想在创作上的体现。

梁实秋一生倡导新人文主义,他的散文中自然多是对世间普遍的人性人情的揭示。梁实秋曾说:"人性是不变的,情感是没有新旧的,文学是有永久性的,这是铁一般的事实。"(《文学的永久性》)而"这人性是很复杂的(谁能说清楚人性包括的是几样成分),惟因其复杂,所以才是有条理可说,情感想像都要向理性低首。"(《文学的纪录》)且又说:"人文主义并非是一套浅显的文艺理论,而实在是一种人生观。……人文主义即是做人的一种态度,这态度可以应用在文学上、美术上、政治上、伦理上。"(《白璧德及其人文主义》)因此,在散文创作中,梁实秋常常通过日常与社会生活中的某些人生与社会现象来探讨他的新人文主义的文艺批评观,而在这其中人性的发掘是其表达的核心所在。在梁实秋的散文中,有关人性揭示的篇章又大致能分成两类,一类是贬抑揭示性的,而另一类则是提倡发掘性的。

---

① 刘炎生:《潇洒才子梁实秋》,武汉:湖北人民出版社,2006年,第203页。
② 梁实秋:《〈雅舍小品〉合订本后记》,见《雅舍谈书》,陈子善编,济南:山东画报出版社,2006年,第235页。
③ 梁实秋:《〈雅舍小品〉合订本后记》,见《雅舍谈书》,陈子善编,济南:山东画报出版社,2006年,第236页。

而这第一类贬抑揭示性的人性书写常常能发人深省,是有着鲜明的批判性与期待变革的可能性。梁实秋主要是从这样几方面入手来书写人性:

从人的类别上说人性。梁实秋曾经说过人性是永久不变的,因此他力图在《男人》、《女人》中发掘那永恒不变的普遍的人性。譬如女人在梁实秋的眼里通常具备这样的共性:她们爱虚荣,她们善变且善哭与善笑,不仅如此,她们还喜欢说话,她们胆小,她们聪明等等。在梁实秋看来,女人虽然有些缺点,但她们是可爱而伟大的,"她们是活水,不是止水。""女人的忍耐的力量是伟大的,她为了男人,为了小孩,能忍受难堪的委屈。"①而身为男人,梁实秋看到的却是男人们身上共存的通病,譬如脏、懒、馋、自私与长舌,"假如轮回之说不假,下世侥幸依然投胎为人,很少男人情愿下世做女人的。他总觉得这一世生为男身,而享受未足,下一世要继续努力。"(《男人》)这样的笔力是犀利的,当然男人并不会全如梁实秋所写的那么不堪,女人也不全是梁实秋笔下的那样虚荣且善变,但只要有部分通病的存在,这样的人生便不是和谐的。梁实秋说人性是永恒不变的,但在这里我们分明能感受到梁实秋期待于纠偏与改造人性的心理,因为梁实秋的写作实在不是一种赏玩。还有如《孩子》中梁实秋选取了很多实例意在指出现在父母在教育孩子方面的缺失,"孩子之中比较最蠢,最懒,最刁,最泼,最丑,最弱,最不讨人喜欢的,往往最得父母的钟爱。"(《孩子》)作者由是感叹:"谚云:'树大自直',意思是说孩子不需管教,小时候恣肆些,大了自然会好。可是弯曲的小树,长大是否会直呢? 我不敢说。"(《孩子》)可见人性是可以锻造的,梁实秋显然期待于孩子良好人性的从小铸造。还有如《暴发户》中通过写暴发户的有钱有闲,揭示其兴之暴而亡之速的可能;而《厌恶女性者》中则通过实例揭示出了厌恶女性者的虚伪与偏激等等。从梁实秋的散文中我们可看出人性固然有着普遍性的意义,但人性也绝非不可改变,男人女人弱点的改革,孩子性格的铸造,暴发户与厌恶女性者

---

①　梁实秋:《女人》,见《雅舍小品》,北京:解放军文艺出版社,2000 年,第 17 页。(下文梁实秋小品散文均选自《雅舍小品》此版本,不再——标注。)

的转变也不是没有可能,这也许就是梁实秋写作的意义所在,可见梁实秋的散文创作中渗透出的人性之主张远比他的理论来得完善与合理。

从世间百态上说人性。在梁实秋的系列散文中,我们还能看到大量的对于人间世相的嘲讽,在这些篇章里我们看到的是梁实秋如同他的论敌鲁迅一样对于国民劣根性有着深刻的鞭辟入里的揭示,但与鲁迅的"哀其不幸,怒其不争"相比,梁实秋更多的是感到一种无奈与悲哀,但无论如何期待于国民性的再造与重铸,也应该是梁实秋著文的目的所在吧。譬如《洋兵的天堂》里的国人的麻木,《谦让》中的国人的虚伪的客套,《脸谱》之下的国人趋炎与冷漠,以及中国那随处可见的《脏》与肆虐的《垃圾》,一切都是闹哄哄无序的。而在这纷乱中,很多中国的黎民百姓无一例外地都在展示着自己极度自私自利的心态与追求:"我们是礼仪之邦,君子无所争,从来没有鼓励人争先恐后之说。……我不太明白为什么到了陌生人聚集在一起的时候,便不肯排队,而一定要奋不顾身。"(《排队》)梁实秋揭示病态社会世相,显然不是赏玩,譬如对于中国人不排队,梁实秋如是说:"不要以为不受秩序、不排队是我们民族性,生活习惯是可以改的。"(《排队》)对于国人中那些旁若无人者的不文明,梁实秋说道:"一个人大声说话,是本能;小声说话,是文明。……大概文明程度愈高,说话愈不以声大见长。……逃避不是办法。我们只是希望人形的豪猪时常地提醒自己:这世界上除了自己还有别人,人形的豪猪既不止我一人,最好是把自己的大大小小的刺毛收敛一下,不必像孔雀开屏似的把自己的刺毛都尽量地伸张。"(《"旁若无人"》)对于民众那散乱而无真实意义的义愤,梁实秋认为我们要驱逐倭寇,收回失地,"假如我们把这种义愤积蓄起来,假如我们不亟亟的把橘瓣作为宣泄义愤的工具,假如我们能用一个更有效的方法使敌人感受一些真实的打击,那岂不是更好吗?"①显然,梁实秋期待于国民性的改善与提高,希望"通过婉讽调侃使人们在可晒可叹可憎可怨中反躬自省,从而约束调整自己的行为欲求使之趋向更健康更健全的人性境界。"②人性

---

① 梁实秋:《义愤》,见《雅舍遗珠》,济南:山东画报出版社,2009 年,第 31 页。
② 马玉红:《梁实秋人文主义人生艺术追求与实践》,北京:民族出版社,2006 年,第 149 页。

显然不可能永恒不变。

在梁实秋的散文中,还有一类是提倡发掘性的人性书写。梁实秋通过自己细致的观察、理性的分析带给读者善意的倡导与启示。这一类关于人性的述说包括这样几方面:

从人生阶段上说人性。人生在世,除了早逝者,一般都会经历自己的童年、青年、中年、老年的人生阶段,这和人的生老病死一样同属永久不变的人性,但对于一般人而言,童年与青年是理想与希望的所在,而人到中年便万事休了,老年则更是趋向黄土的所向,但中年与老年显然没有如此之悲观。对于中年,梁实秋也有青春离去与体力不济的感叹,然而他主张人生切不可中途弃权,他欣赏西谚的人的生活在四十才开始的说法,认为四十开始生活,不算晚,"中年的妙趣,在于相当的认识人生,认识自己,从而做自己所能做的事,享受自己所能享受的生活。科班的童伶宜于唱全本的大武戏,中年的演员才能担得起大出的轴子戏,只因他到中年才能真懂得戏的内容。"(《中年》)做好中年应该做的事,人到了年纪必然会面临退休,对于很多人惧怕的退休,梁实秋认为退休不一定就意味着无聊与枯寂,"理想的退休生活就是真正的退休,完全摆脱赖以餬口的职务,做自己衷心所愿意做的事。有人八十岁才开始学画,也有人五十岁才开始写小说,都有惊人的成就。"(《退休》)退休是与老年相生的,我们不必惧怕退休,更不必惧怕老年,对于老年,梁实秋认为那是人生的必经阶段,所以"老不必叹,更不必讳。花有开有谢,树有荣有枯,……活到老,经过多少狂风暴雨惊涛骇浪,还能双肩承一喙,俯仰天地间,应该算是幸事。……人生如游山。年轻的男男女女携着手儿陟彼高冈,沿途有无限的赏心乐事,兴致淋漓,也可能遇到一些挫沮,歧路踟蹰,不过等到日云暮矣,互相扶持着走下山冈,却正别有一番情趣。"(《老年》)因此老年自有老年的韵味,而且人处在老年并不意味着老年人的生活就一定如槁木死灰一般的枯寂。梁实秋如是说,便也如是做,晚年他在老伴意外离他先去之后,遇到了韩菁清便重焕青春激情谱写了一曲动人的人性篇章!

从情感性状上说人性。这类散文包含两个方面的意识,一是对浓郁亲情、师生情、友情、夫妻情、乡情的描绘与纪念,让人不想修悠无。

如《我的一位国文老师》、《谈徐志摩》、《谈闻一多》、《胡适先生二三事》、《槐园梦忆》、《故都乡情》等,梁实秋为我们勾勒出了这些老师和朋友灵动的人品与人性,譬如闻一多的捐狂、徐志摩的和气、胡适的宽厚等,这些都是人性生动而多彩的呈示。与此同时,梁实秋还在散文中为我们展示了那情意缱绻的夫妻之情与悲怆沉郁的思乡之情,那是梁实秋心中温暖的思念所在。妻子的意外亡故,北平的远在天边,晚年的梁实秋散文中流淌出的哀伤是深切而动人的。这是人性最真实与自然的流露。二是对普遍人情性状的抒写,其中折射出梁实秋明达的智慧与洞若观火的解析,提倡他该提倡的,譬如《沉默》,在这个喧嚣的时代,梁实秋反对聒噪,提倡适时沉默,"沉默是最后的一项自由。……现在想找真正懂得沉默的朋友,也不容易了。"(《沉默》)譬如《勤》,梁实秋认为勤,劳也。"恶劳好逸,人之常情。就因为这是人之常情,人才需要鞭策自己。勤能补拙,勤能损欲,这还是消极的说法,勤的积极意义是要人进德修业,不但不同于草木,也有异于禽兽,成为名符其实的万物之灵。"(《勤》)还有如建议人们少生气(《怒》),提倡快乐(《快乐》),且要学会享受《寂寞》,无处不是人生智慧的体现,隽永且深刻。

从如何做人上说人性。梁实秋的小品散文虽然远离了时代政治背景,但也绝非沉迷颓唐之作,而是寓深刻的人生睿智于简短的文字之中。在梁实秋看来,做人首先要有正确的情感立场,这就是爱国,他曾说"国家多难,国家需要人才。读书即是报国。按照自己的才识与抱负,每个读书人应该知道什么时候是自己报国的最好的时机。"(《魑魅惊人须早回》)战争年代我们诚然需要伫立于时代之端的呐喊者与奋勇者,但不是所有的知识分子都只有在纷飞的战火中才能表达自己的爱国情怀,因此我们不能诋毁这样一部分知识分子的存在,他们心底里是有着至深的爱国情怀的,但却没有直接参与实际的社会政治,或者说在干预现实而无所作为之后转而向学向内向人生,梁实秋显然就属于这一类知识分子。入蜀与入台的梁实秋虽远离了政治,但却在珍惜着人生,完善着人性。人生是短暂的,我们应该珍惜时间去不断完善我们至善的人生,因此,梁实秋说:"我们每天撕一张日历,日历越来越薄,快要撕完的时候便不免蹙然以惊,惊的是又临岁晚。假使我们把几十册日历装为合订本,那便象征我们的全部的生命,我们一页一页的往下扯,该是什么样的滋味呢?"(《谈时间》)故而在这有限的人生中,我们要不断充实自己,多读书,"使自己成为一个明白事理的人,使自己的生活充实而有意义。"①我们做人要努力向着最高的境界走去,我们要养成好的习惯,"我们中国是一个穷的国家,所以我们更应该体念艰难,弃绝一切奢侈……宜从小就养成俭朴的习惯,更要知道物力维艰,竹头木屑,皆宜爱惜。"(《早起》)

　　从享受生活处说人性。梁实秋的很多散文,撇开了凌厉的时代之气,透过人性本身来谈人性,他笔下的人生是灵动的,他常能于平淡中感受着人生的美好与喜悦,不需要狂喜大乐,而是要有一颗敏感的心灵去发现生活,快乐是无处不在的。譬如平淡的早起就会让梁实秋有如此感受:"醒来听见鸟啭,一天都是快活的。走到街上,看见草上的露珠还没有干,砖缝里被蚯蚓倒出一堆一堆的沙土,男的女的担着新鲜肥美的菜蔬走进城来,马路上有戴草帽的老朽的女清道夫,还有无数的青年男女穿着熨平的布衣精神抖擞的携带着'便当'骑着脚踏车去上班——这时候我衷心充满了喜悦! 这是一个活的世界,这是一个人的世界,这是生活!"(《早起》)通过梁实秋的慧眼,我们发现了生活中随处可见的快乐与幸福,譬如对书法,梁实秋"我痴痴地看,呆呆地看,我爱、我恨、我怨,爱古人书法之高妙,恨自己之不成材,怨上天对一般人赋予之吝啬"(《书法》),这是享受书法之乐。对于书籍,梁实秋发现了买书搜访的乐趣,与读书之乐(《书》);对于书信这"最温柔的艺术",梁实秋有着浓厚的收藏之乐(《信》);还有生活中广存的散步之意趣(《散步》)、品茶之美妙(《喝茶》)、酒饮微醺之趣味(《饮酒》)、美食之享受(《雅舍谈吃》)等等。显然梁实秋所说的这些人生乐事需要有闲适优雅之心方能发见,所以梁实秋认为人生要懂得享受闲暇,劳动不是人的终极目标,做"人的工作"才应是人生最高的目标,梁实秋说:"人类最高理想应该是人人能有闲暇,于必须的工作之余还能有闲暇去做人,有闲暇去做人的

---

　　① 梁实秋:《读书苦? 读书乐?》,见《雅舍杂文》,天津:天津教育出版社,2006 年,第50—51 页。

工作,去享受人的生活。……人在有闲的时候才最像是一个人。"(《闲暇》)这种主张更能接近人之生存的本意。当然梁实秋在此并不是一味强调人生的享乐主义,而是强调我们要能在工作之余学会享受人生,在劳动之外感受劳动的意义与目的。而且他的享受人生并不主张做一个绝俗或逃遁的逍遥派,而是要融于世俗尘流之中,去和别人一起去分享快乐,人生在世我们需要享受友谊,所以他很认同西塞罗所说的"假如一个人独自升天,看见宇宙的大观、群星的美丽,他并不能感到快乐,他必要找到一个人向他述说他所见的奇景,他才能快乐。"(《谈友谊》)独乐乐不如众乐乐是也。

梁实秋的人性展示,显然带有很强烈的理性色彩,充满着人生的智慧与练达,展示着人生的意义、责任和种种问题。但梁实秋的此类文章没有论文的刻板与桎梏,而是充满了想象与联想等,他常常由生活中的某人、某事或某种现象为切入点,"以议论为径,以情感的抒发与艺术的想象为纬,将理性内容与情感想象熔为一炉",①散放自己的思维,在形象的诉说中揭示事理,在生动的议论中阐发自己的认识、评价与思考,因此,梁实秋的散文灵动而智慧,幽默而深刻,这是一种典型的在理性规约下的人性抒发与思考,充满着作者鲜明的爱与憎。譬如《送行》一文写送别,梁实秋写道真正的黯然销魂的古人送别是一种雅人深致,如李白与汪伦,而当送行成为现代人的应酬礼节或成为如国外的"送行会"之类职业行径时,送行就失去了意义。所以梁实秋说:"我不愿送人,亦不愿人送我,对于自己真正舍不得离开的人,离别的那一刹那像是开刀,凡是开刀的场合照例是应该先用麻醉剂,使病人在迷蒙中度过那场痛苦,所以离别的苦痛最好避免。一个朋友说,'你走,我不送你,你来,无论多大风多大雨,我要去接你。'我最赏识那种心情。"(《送行》)这样的文字显然不是冷冰冰的说理,而是情感包容在深刻的理趣之中。在梁实秋看来,人生应是和谐的,闹哄哄地为了送行而送行,或生离死别般的送行,这是人性中最悲惨之事,所以对于送行,我们需要的是受理性制约的饱含情感的行为,这种情状下所展示出的人性是最合于人

---

①　高旭东:《梁实秋 在古典与浪漫之间》,北京:文津出版社,2005年,第78页。

文主义者的情怀的。

在梁实秋的系列散文中,当然还有人性之外的篇章,但他把大多数的笔墨留给了他一生最为关注的人性之说,在他人性篇章的展卷之间,他在一步步完善与发展着他之前很显空洞与狭隘的人性论说。梁实秋曾说"大多数就没有文学,文学就不是大多数的"(《文学与革命》),反对普遍的人道主义的同情,但在他的一些散文中,他分明把笔触伸向了社会底层,说乞丐,谈穷苦,关注脏,还有垃圾、痰盂与干屎橛等,这种躬身向下的姿态在他的文艺批评里是少见的。譬如在《乞丐》中我们分明能感受到梁实秋的同情之心,梁实秋认为当时社会乞丐与过去相比的愈来愈少,是因为"人都穷了,心都硬了,耳都聋了。"有人认为乞丐是社会的寄生虫,梁实秋说:"在寄生虫这一门里,白胖的多得是,一时怕数不到他罢?"而当有人说乞丐是世界上唯一的自由人时,梁实秋说:"话虽如此,谁不到山穷水尽谁也不肯做这样的自由人。"字里行间流淌着为乞丐说话的倾向,有同情,有辩白。此外,梁实秋在他的散文中也承认了人的阶级性,他说:"无论交友多么滥的人,交不到乞丐,乞丐自成为一个阶级,真正的无产阶级。"(《乞丐》)在《穷》中也这样说道:"人生下来就是穷的,除了带来一口奶之外,赤条条的,一无所有,谁手里也没有握着两个钱。在稍稍长大一点,阶级渐渐显露,有的是金枝玉叶,有的是'杂和面口袋'"。梁实秋最为典型的人道主义同情与阶级论观体现在他的《新年献词》里,对于新年的到来,梁实秋有着以下动人的感悟:"别的民族一年当中只有一个新年,我们一年中有两个。对于穷苦的大众,这并无伤大雅,'岁时伏腊',本来就嫌休憩太少,可叹的是那些高高在上的'肉食者',那些四体不勤五谷不分寄生在社会上的人,他们岂只是有个新年,他们天天在过新年! 对于这样的人,新年是多余的点缀。岁首吉日,应该善颂善祷,如果颂祷真有灵验;我愿随大家之后拱手拜年说尽一切吉利的话。"[①]这吉利的话显然是面向大众的,写这散文时的梁实秋已然绝非高唱狭隘人性论时的梁实秋了,梁实秋用他的创作来完善着他的文艺批评主张。

---

① 梁实秋:《新年献词》,见《雅舍杂文》,天津:天津教育出版社,2006 年,第 127 页。

梁实秋的散文以其灵动的感悟与发现为读者提供了认识与感悟人生的生动的心灵之悟。虽然他的散文有时还显狭隘与偏执,以个人的经验取代了整体人类的经验,譬如他写《旅行》;有时也还很难直达人性的深处,以附表的现象代替了本质的揭示,譬如他写《男人》。但总体来说,他用他的脱离时代政治背景的人性之散文,丰富了当时越来越单一化的文坛,反叛着当时越来越统一的文学审美。

2. 散文神韵:英国散文的影响

在中国散文发展的开创期,很多创作者研究者大量引进欧美的某些散文理论和创作来发展中国的散文,周作人在《美文》中建议人们以艾狄生、兰姆、欧文、霍桑等的美文为模范;胡梦华的《絮语散文》则系统介绍絮语散文的源流,从法国的蒙田到英国的培根、艾狄生、兰姆等都有专门论说。在一系列关于散文的译介中,译介最多的外国散文是英国散文,最有影响的则是鲁迅在 1925 年译介的厨川白村《出了象牙之塔》中有关英国 Essay 的评述,人们争相阅读争相转引争相效仿,英国小品随笔的随随便便,和好友任心闲话的话语情境几乎引导了中国现代散文的一代小品文创作。郁达夫曾在《中国新文学大系·散文二集》导言中认为:"我们的散文,只能约略的说,是 Prose 的译名,和 Essay 有些相像。"①而且又说:"英国散文的影响,在我们的智识阶级中间,是再过十年二十年也绝不会消灭的一种根深蒂固的潜势力。"②而这 Essay 就是我们今天熟悉的随笔、小品、小品文的英文名称。对于此周作人曾说:"法国的蒙田,英国的阑姆与亨德,密伦与林特等,所作的文章据我看来都可归在一类,古今中外全没有关系。他的特色是要说自己的话,不替政治或宗教去办差……英法曰 Essay,日本曰随笔,中国曰小品文皆可也。"③朱自清在 1935 年就曾总结说"近年来"兼包"身边琐事"或"家常体"的小品文文体"一时风行"。④ 梁实秋的散文无疑就是

---

① 郁达夫:《中国新文学大系·散文二集·导言》,上海:上海文艺出版社,2003 年,第 3 页。

② 郁达夫:《中国新文学大系·散文二集·导言》,上海:上海文艺出版社,2003 年,第 11—12 页。

③ 周作人:《再谈俳文》,见《药味集》,石家庄:河北教育出版社,2002 年,第 116 页。

④ 朱自清:《什么是散文》,见《文学百题》,上海:上海书店,1981 年复印本,第 238 页。

这风行一时的小品文中的一种。

就梁实秋本人来说,他也确很关注英国文学,翻译过《莎士比亚全集》,编写过三卷本的《英国文学史》和三卷本的《英国文学作品选》,而且还写过很多关于英国文学史的评论,譬如《英国文学 ABC》、《现代英国诗人》、《漫谈〈英国文学史〉》、《〈英国文学史〉序》、《〈英国文学选〉序》、《英国文学史》、《英国文学研究》、《关于莎士比亚》、《现代英国诗人》、《莎士比亚与性》、《拜伦》等等。在编写、翻译与评论英国文学的过程中,梁实秋是难免隔绝来自英国文学的影响的,因而关于自己的散文创作来说,梁实秋曾明白直言:

> 我的散文在思想方面、形式方面受英国文学影响不少。①

在英国散文创作中,培根是公认的英国散文的奠基人,也是公认的有世界影响的散文大师。他的散文有《随笔》、《亨利七世传》、《新大西岛》等,成就最高和影响最大的是《随笔》。培根的随笔"充满格言警句,闪耀着社会人生哲理的诗意光辉,在形式上凝炼、雅洁、坚实、隽永,几乎字字珠玑,有着相当的概括力和穿透力。"②培根类散文的隽永简洁的风格对英国后来的散文创作以及对于我国现代小品文的发展都有一定的影响。而英国散文创作的另一个中坚人物则是兰姆,他的著名作品便是《伊利亚随笔》,兰姆的散文在中国广有知名度,他的散文常取材于日常生活,常于平淡中发掘诗意和情趣,亲切而耐人寻味。兰姆散文的风格对 20、30 年代我国现代散文创作影响深远,譬如梁遇春、海派小品散文诸作家、梁实秋等等。

梁实秋散文的日常化风格显然与英国散文的影响不无关系。梁实秋的散文关注的是日常生活中的诸多现象以及自己的点滴感悟。正如他自己所说:"所写均是身边琐事,即未涉及国是,亦不高谈中西文化问题。"③梁实秋的散文除了一些读书札记之外,其他无论是怀人忆旧还

---

① 余光中:《秋之颂——梁实秋先生纪念文集》,台北:九歌出版社,1998 年,第 361 页。

② 姚春树:《英国散文概观》,《福建师范大学学报》(哲社版),1994 年第 3 期。

③ 梁实秋:《〈雅舍小品〉合订本后记》,见《雅舍谈书》,陈子善编,济南:山东画报出版社,2006 年,第 236 页。

是论批评写趣味,大都从日常生活着手,体现出浓烈的市民化倾向,亲和自然。梁实秋最有影响的散文集名为《雅舍小品》,这"雅舍"虽是住宅名,却体现出了梁实秋散文的取材倾向,那就是在雅舍中与大家品谈人生与社会。而梁实秋本人就是一个乐于享受日常生活的人,他曾说:"我是一个 Family Man 爱家庭的人(爱父母妻室儿女的小家庭,不是大家庭),我就怕离家,离家就皇皇然,不过因此就缺乏冒险进取的精神,一辈子庸庸碌碌老死于户牖之间。"①

梁实秋散文的日常化在于两方面,一方面写与自己有关的日常生活片段与点滴,渗透出旷达乐生的人生况味。如常伴自己的白猫、自己居住的雅舍、自己所品尝过的美食、自己交往过的朋友、自己遭遇的人生等,都是梁实秋笔下的写作对象,无论是悲是喜、是好是坏、是平淡还是绚烂,我们都能在梁实秋的字里行间读出那非同一般的情趣与人生感悟,感受到一种从容优雅的审美。譬如对于雅舍,"虽然我已渐渐感觉它并不能蔽风雨,因为有窗而无玻璃,风来则洞若凉亭,有瓦而空隙不少,雨来则渗如滴漏。纵然不能蔽风雨,'雅舍'还是自有它的个性。有个性就可爱。"(《雅舍》)雅舍虽小虽简陋虽非梁实秋所有,但他住了,他就能在其中发现居住的乐趣,并对它充满了感情。对物尚且如此,那对于与自己长相厮守的猫,梁实秋更是别有一番爱怜与温情:"愿我的猫长久享受他的鱼餐锦被,吃饱了就睡,睡足了就吃。"②"猫有时跳到我的书桌上,在我的稿纸上趴着睡着了,或是蹲在桌灯下面籍着灯泡散发的热气而呼噜呼噜的假寐,这时节我没有误会,我不认为他是有意的来破我寂寞。是他寂寞,要我来陪他,不是看我寂寞而他来陪我。"③而对于美食"炸活鱼",梁实秋则更是由此而看出了人性之恶,并着力鞭挞:"今所谓'炸活鱼',乃于吃鱼肉之外还要欣赏其死亡喘息的痛苦表情,诚不知其是何居心。……野蛮残酷的习性深植在人性里面,经过多年文化陶冶,有时尚不免暴露出来。……炸活鱼者,小人哉!"④梁实秋

① 梁文蔷:《梁实秋与程季淑》,天津:百花文艺出版社,2005年,第204页。
② 梁实秋:《白猫王子五岁》,见《梁实秋雅舍菁华》,厦门:鹭江出版社,2002年,第251页。
③ 梁实秋:《白猫王子六岁》,见《梁实秋雅舍菁华》,厦门:鹭江出版社,2002年,第253页。
④ 梁实秋:《炸活鱼》,见《雅舍谈吃》,济南:山东画报出版社,2005年,第224页。

有着博大的爱心与达观的生存智慧,这不仅体现在对周遭的存在上,即便是对于自己遭遇的不幸,梁实秋常常不顾影自怜,而是在苦中寻乐,自寻另一种人生境界。譬如对于自己的耳聋,梁实秋没有悲伤或哀叹人已老朽时光不再之感,而是说道:"为什么血肉之躯几十年风吹雨打之后,刚刚有一点老态龙钟,就要大惊小怪?世界上没有万年常青的树,蒲柳之姿望秋先落,也不过是在时间上有迟早先后之别而已。所以我发现自己日益聋聩,夷然处之。"(《聋》)多么超然的情怀!多么旷达的智慧!还有如《新年乐事》、《理发》、《下棋》等等,梁实秋选取生活中的琐事,常能化腐朽为神奇,化平淡为生趣,所以无论是《说胖》、《说酒》、《谈谜》还是讲《听戏、看戏、读戏》与《喝茶》,梁实秋总能通过自己的所见所闻所体所察,发现我们所未能发现的或易于忽视的生活的艺术与生存的智慧。

鲁迅曾对于如梁实秋这般的小品文给予了严厉的批评,他说:"在封杀扑面、虎狼成群的时候,谁还有这许多闲功夫,来赏玩琥珀扇坠、翡翠戒指呢?……然而对于文学上的'小摆设'——'小品文'的要求,却正在越加旺盛起来,要求者以为可以靠着低诉或微吟,将粗犷的人心磨得渐渐的平滑。"[①]诚然在特殊的历史时期,文学应该担负起它应担负的一切,闲适与安逸只是生活的一方面,它不能代替全部人生。虽然我们不能要求我们所有的作家都向无产阶级飞奔,向丑恶宣战,但至少在我们的社会人生众生相中,还有大量不和谐不安逸的所在,这些我们不能过滤不能忽视,文学也应面向这一切。梁实秋的散文很显然关注到了这一切,在他的散文中也处处存在着人生与社会的不和谐,他讥讽嘲笑鞭挞,从细微处来发掘一些不良习性与现象之所在,寄寓着自己改良这人生的旨意。因此梁实秋散文的日常化还体现在对于周遭的日常化的社会人情世相的揭示上,譬如《脏》、《嫌》、《排队》、《谦让》、《送礼》等,而这一类散文又颇有英国19世纪议论散文的风范。

英国19世纪议论散文的代表人物是卡莱尔和罗斯金,他们著名的

---

① 鲁迅:《小品文的危机》,见《鲁迅杂文集》(卷4),沈阳:春风文艺出版社,1997年,第259页。

代表作分别是《英雄和英雄崇拜》与《芝麻和百合》长篇讲演体的散文。梁实秋显然对卡莱尔影响深刻,他曾写过《英雄与英雄崇拜》一文,大赞卡莱尔《英雄和英雄崇拜》的大气磅礴与热情洋溢,肯定它"是一本有益的书"。① 卡莱尔不满社会,关注社会民生,呼唤英雄重创历史。他那淋漓的批评气息与忧患意识辅之以动人的才情与睿智,成就了卓越的议论散文。在梁实秋的散文中很有一部分是属于这一类的创作,它们虽缺少卡莱尔般的大气与锐利,但却也触及到了社会很多不和谐的存在,字里行间也流淌着作者深切的思考、人道的同情以及无情的鞭挞,譬如对于国民性思考的散文《旁若无人》、《排队》、《谦让》等等。

　　梁实秋散文的另一大特色就是简洁。梁实秋曾主张"文章要深,要远,要高,就是不要长。"②对于散文创作梁实秋曾说散文创作的最高理想"不过是'简单'二字而已。……散文的美,不在乎你能写出多少旁征博引的穿插铺叙,亦不在乎多少典丽的辞句,而在能把心中的情思干干净净直截了当地表现出来。散文之美,美在适当。"③如此的创作理念与培根真有相通之处,培根的散文素以简洁见长,"字斟句酌,句法严谨,浓缩到像谚语箴言一样,充满警句格言。"④因而培根的散文洗练含蓄,意味无穷,这与梁实秋的散文风格何其相似! 梁实秋对于自己的散文曾这样评说:"每篇都很简短,平均不出两千字。"⑤确是如此,梁实秋散文短的只有三四百字,如《龙须菜》、《拌鸭掌》,一般都在千余字左右,如《新年献词》、《时间即生命》等。他的散文从不作鸿篇高论,而是常以日常生活中的现象入笔来感悟人生与社会,不为了深刻而故弄玄虚,不为了显示厚重而没完没了,风格及其简洁,在该说时说,在该止时止,可

　　① 梁实秋:《英雄和英雄崇拜》,见《雅舍谈书》,陈子善编,济南:山东画报出版社,2006年,第394—395页。
　　② 梁实秋:《文学讲话》,见《梁实秋自选集》,台北:台湾黎明文化事实股份有限公司,1981年,第72页。
　　③ 梁实秋:《论散文》,见《二十世纪中国文学史文论精华·散文卷》,张俊才等选编,石家庄:河北教育出版社,2000年,第30页。
　　④ 陈新:《英国散文史》,南京:南京师范大学出版社,2008年,第22页。
　　⑤ 梁实秋:《〈雅舍小品〉合订本后记》,见《雅舍谈书》,陈子善编,济南:山东画报出版社,2006年,第236页。

谓美在适当。因而梁实秋的散文鲜有长篇，多是短小精悍，但却蕴含着丰富的思想容量。譬如一篇不到 800 字的《萝卜汤的启示》就道尽了做菜的要义，言简意赅。梁实秋在抗战时期去重庆一位朋友家吃饭，吃到了朋友家的拿手好菜排骨萝卜汤，赞不绝口，终探出其秘诀，乃"多放排骨，少加萝卜，少加水。"于是梁实秋在文章结尾处感叹道："从这一桩小事，我联想到做文章的道理。文字而掷地作金石声，固非易事，但是要做到言中有物，不令人觉得淡而无味，却是不难办到的。少说废话，这便是秘诀，和汤里少加萝卜少加水是一个道理。"

　　梁实秋的很多文艺主张源自世界文学所给予他的深刻启示，因此他非常认同中国文学与世界文学间应有的密切联系，他曾断言中国"文学并无新旧可分，只有中外可辨。旧文学即是本国特有的文学，新文学即是受外国影响后的文学"。[①] 但梁实秋绝不是一个主张全盘西化的人，他认为中国文学的"承受外国影响，须要有选择的，然后才能得到外国影响的好处。"[②]而他自己倾心于白璧德的新人文主义显然是他主动选择的结果，为此他曾说过"我并不把白璧德当做圣人，并不把他的话当做天经地义，我也并不想籍白璧德为招牌来增加自己的批评的权威。在思想上，我是不承认什么权威的，只有我自己的'理性'是我肯服从的权威。白璧德的学说我以为是稳健严正，在如今这个混乱浪漫的时代是格外的有他的价值，而在目前的中国似乎更有研究的必要。"[③]显然梁实秋接受白璧德的新人文主义观的影响是基于现实需要的一种选择，而不是为了攀附权威的一种全盘的依附。对于外来的一切，梁实秋曾说我们若是"生吞活剥地搬到自己家里来，身体力行，则新奇往往变成为桎梏。"（《洋罪》）因此我们的选择吸收同时还应与创造紧密相连的，"我们尽管借助西洋文学的思想，仿效西洋文学的艺术，但是新文学的建设仍有赖于我们自己的创造。文学的创造固不能超离一切物质环境的影响，但其内容如何选择，主旨如何趋向，还要以作家的个性及修

---

　　① 梁实秋:《现代中国文学之浪漫趋势》，北京：人民文学出版社，1988 年，第 6 页。
　　② 梁实秋:《现代中国文学之浪漫趋势》，北京：人民文学出版社，1988 年，第 7 页。
　　③ 梁实秋:《〈白璧德与人文主义〉序》，见《新人文主义思潮——白璧德在中国》，段怀青编，南昌：江西高校出版社，2009 年，第 149 页。

养为最大之关键。"①有选择地吸收,在借鉴中创造,这应该是梁实秋所提倡的良好健康的文学创作姿态,虽然他自己在借鉴白璧德方面创造性的体现比较有限,但他的这一文学主张无疑是正确的。

此外,梁实秋的接受外来文化的影响还与中国传统文化紧密相连。他尊崇精神导师白璧德,就与白璧德有着深厚的中国渊源这层原因有着一定的关联。梁实秋曾说:"白璧德先生的父亲生长在宁波,所以他对中国有一份偏爱,对中国文化有相当的了解与关切。"(《〈论文学〉序》)而且"白璧德对东方思想颇有渊源,他通晓梵文经典及儒家与老庄的著作。"②梁实秋感叹"白璧德教授是给我许多影响,主要的是因为他的若干思想和我们中国传统思想颇多暗合之处。"(《〈论文学〉序》)因此梁实秋就曾概括白璧德的新人文主义包含了"西方哲理性自制的精神,孔氏克己复礼的教训,释氏内照反省的妙谛"。(《〈论文学〉序》)可见,他的借鉴基础是来自于中国传统文化的,自始至终梁实秋显然没有忘却自己的文化之根。其实梁实秋非常注重对中国传统文化的继承,他曾说:"假如一个国民对于本国'古典'毫无理解,那也不是好现象,……假如我们承认文化是联贯的,文化是不能全部推翻而由外国的文化来代替的,那么,作为'古典'的经书应该令每个国民都有相当的认识。"③在台湾地区,梁实秋就有着"台湾的孔夫子"之称,他一直没有放弃对中国传统文化的关注。他的文艺批评观是典型的中西结合式的,梁实秋常在中西文化的沟通中宣讲他的新人文主义,虽然他的文艺观带有一定的不完善之处,但这样一种伫立于中西文化间的创作姿态无疑是正确的,那就是西化而不全盘,崇洋而不忘宗。

---

①　梁实秋:《现代文学的任务》,见《新人文主义思潮——白璧德在中国》,段怀青编,南昌:江西高校出版社,2009年,第148页。

②　梁实秋:《影响我的几本书》,见《雅舍谈书》,陈子善编,济南:山东画报出版社,2006年,第521页。

③　梁实秋:《关于读经》,见《雅舍谈书》,陈子善编,济南:山东画报出版社,2006年,第511页。

第五章　徐志摩的诗歌创作与世界文学

在中国现代诗坛,没有一个作家如徐志摩那样和世界文学保持着那么密切的联系。徐志摩一生数度出国周游世界,郁达夫曾羡慕地称赞:"他又去欧洲,去印度,交游之广,从中国的社交中心扩大而成为国际的。"[①]他遍览世界文化,遍交世界文化名人,深受异域文化的滋养,包括直接的熏陶和间接的影响,数不胜数。徐志摩一生写过很多世界著名作家学者人物论,如罗素、哈代、泰戈尔、白朗宁夫人、契诃夫、罗曼·罗兰、托尔斯泰、叔本华等,明确表示对他们的推崇与欣赏,并且积极从事译介工作把他们介绍到国内。游学归国后的徐志摩还热忱联系国内的社团邀请部分世界学士名流访华,譬如狄更生、泰戈尔、傅来义等。徐志摩灵巧的身影在中西方文化间忙碌穿梭,意欲"建造一条直通的桥梁,一头接新中国以及其中发生的灵感,又期望另一头接其他各国的智识界。"[②]

毫无疑问,沐浴于欧风美雨中的徐志摩在进行着自我完善与塑造的同时,自然地履行起了文化传播的时代使命;而这一切很显然对他的诗歌创作产生了重要的影响,同时也对中国现代文学乃至社会的发展具有一定的意义。

一　性灵之悟:英伦文化的熏陶

1. 诗情勃发:从布尔什维克到缪斯

在缤纷的世界文化中,对徐志摩诗歌创作影响最大同时也是他最

---

① 郁达夫:《郁达夫集·志摩在回忆里》,上海:上海文艺出版社,1985年,第148页。
② 梁锡华:《徐志摩海外交游录》,见《徐志摩评说八十年》,韩石山等编,北京:文化艺术出版社,2008年,第125页。

为关注的莫过于以康桥文化(即剑桥,徐志摩译为康桥)为中心的英伦文化了。在徐志摩一生译介的西方诗作中有95%以上均是英国诗人的作品;而他所论及、介绍的诸多位外国作家中,英国作家也几乎占了三分之二。1920年10月徐志摩赴伦敦大学政治经济学院求学,1921年春转入剑桥大学王家学院,两年的英国求学生涯改变了徐志摩的人生走向,使他从政治自觉走向了文学自觉。

徐志摩成为一个诗人其实是比较意外的,徐志摩曾这样回忆自己的文学之路:

> 说到我自己的写诗,那是再没有更意外的事了。……在二十四岁以前我对于诗的兴味远不如我对于相对论或民约论的兴味。我父亲送我出洋留学是要我将来进"金融界"的,我自己最高的野心是想做一个中国的 Hamilton!在二十四岁以前,诗,不论新旧,于我是完全没有相干。①

徐志摩出身商贾之家,父亲在当地可为富甲一方的实业家,从小耳濡目染,徐志摩一直对社会政治经济问题比较关注,17岁的他在杭州读书期间就曾发表了《论小说与社会之关系》一文,流露出强烈的社会政治意识。徐志摩曾一度认为:"振兴实业是救国的唯一路子。"(《南行杂纪》)为了实现自己的政治理想,寻找更为有效的治国良方,1918年徐志摩赴美留学,途中慷慨而作《致南洋中学同学书》,痛快直言:"夫读书至于感怀国难,决然远迈,方其浮海而东也,岂不慨然以天下为己任?……况今日之世,内忧外患,……今日之事,吾属青年,实负其责。"在美国两年的留学生活里,徐志摩感兴趣的是历史、经济与政治,并开始研读马克思、欧文等的思想,立定主意研究社会主义,"我在纽约那一年有一部分中国人叫我做鲍尔雪微克(布尔什维克)"(《南行杂纪》)这一时期徐志摩还积极参加当地留学生组织的爱国活动,思想的激进与政治的热忱可见一斑。然而美国资本主义社会发展的情景与模式却并不是

---

① 徐志摩:《猛虎集·序》,见《徐志摩散文全编》,韩石山编,天津:天津人民出版社,2005年,第1304页。(下文徐志摩散文的选用均选自此集,不再一一标注)

徐志摩所向往的,徐志摩竭力在世界范围内寻找着他想借鉴的理想社会政治状态,于是他离美赴英,至于其间的缘由,徐志摩这样解释:"人的精神生活差不多被这样繁忙的生活逐走了。每日我在纽约只见些高的广告牌,望不见清澈的月亮;每天我只听见满处汽车火车和电车的声音,听不见萧瑟的风声和嘹亮的歌声。凡在西洋住过的人,差不多没有不因厌恶而生反抗的。"(《未来派的诗》)徐志摩厌弃高度发达的物质文明对人的精神世界的掩盖与遮蔽,他急于换个环境以摆脱思想与性灵的被遮蔽。这一时期通过阅读他发现了罗素,极力推崇罗素的思想,于是徐志摩放弃哥伦比亚大学唾手可得的博士学位,来到英国,"我到英国是为要从卢梭(B. Russell,即罗素)。……想跟这位二十世纪的福禄泰尔(即伏尔泰)认真念一点书去。"(《我所知道的康桥》)虽然罗素的远行让徐志摩的心愿落空,但徐志摩的这次阴差阳错的英国之行却为正感着闷想换路走的他开启了人生的新境界。对于此,徐志摩在 30 年代曾回忆说:

> 生命的把戏是不可思议的! ……整十年前我吹着了一阵奇异的风,也许照着了什么奇异的月色,从此起我的思想就倾向于分行的抒写。(《猛虎集·序》)

从倾向于实践革命到倾向于诉说理想,从亲近布尔什维克走向亲近缪斯,康桥无疑在这两者间搭起了一座沟通的桥梁。没有以伦敦为中心的英伦文化,特别是没有以剑桥大学为中心康桥文化的洗礼就不会有诗人徐志摩的诞生。康桥是文化精英名流荟萃之地,康桥浓郁的文化氛围给了想多读点书的徐志摩很大的满足,来到康桥之后,他如鱼得水,"顿觉性灵益发开展,求学兴味益深,……喜与英国名士交接,得益倍蓰,真所谓学不完的聪明。"[1]为了寻求思想的发展,徐志摩广交名流,获益匪浅。在与一些文人的交往中徐志摩慢慢把关注政治的目光投注到文学上,在文学中感悟着社会与政治,进而寻求属于自己的理想

---

[1]　徐志摩:《徐志摩全集·戏剧、书信集》(第 5 卷),香港:香港商务印书馆,1983 年,第78 页。

的社会政治生活模式。在英期间,"徐志摩的交往主要是以剑桥大学和伦敦为活动中心的英国知识分子上层,直指著名的布卢姆斯伯里集团。"①在伦敦及康桥生活期间徐志摩先后结识了著名作家狄更生(G. L. Dickinson)、曼斯菲尔德(Katherine Mansfield)、威尔斯(H. G. Wells)、嘉本特(Edward Carpenter)、福斯特(E. M. Forster);哲学家罗素、艺术家傅来义(Roger Fry)、汉学家魏雷(Arthur Waley)、诗人与批评家麦雷(John Middleton Murray);著名学者欧格敦(C. K. Ogden)、瑞珙慈(L. A. Richards)和吴雅各(James Wood)以及文艺界社团布卢姆斯伯里(Bloomsbury Group)集团其他要员史勒奇(Lytton Strachey)、凯恩斯(John Maynard Keynes)等等。徐志摩的结交名流对改变和形成徐志摩的政治观、人生观起了很大的作用,并对他以后艺术创作风格的形成也起到了一定的催化作用。徐志摩曾深情地回忆他与一些名人的相遇及其所收到的深刻影响:

> 罗素是现代最莹澈的一块理智结晶,而离了他的名学数理,又是一团火热的情感;再加之抗世无畏道德的勇敢,实在是一个可作榜样的伟大人格,古今所罕有的。(《罗素与中国》)
>
> 我一直认为,自己一生最大的机缘是遇到狄更生先生。是因着他,我才能进剑桥享受这些快乐的日子,而我对文学艺术的兴趣也就这样固定成形了。②
>
> 你(指傅来义,笔者注)宽厚温雅的人格,为我开展了新的视野,……英伦的日子永不会使我有遗憾之情。将来有一天我会回念这一段时光,并会忆想到自己有幸结交了像狄更生先生和您这样伟大的人物,也接受了启迪性的影响;那时候,我不知道自己是否会动情下泪。③

---

① 刘洪涛:《徐志摩剑桥交游考》,人大复印资料《中国现代、当代文学研究》,2006 年第 10 期。

② 徐志摩:《徐志摩英文书信集》,梁锡华编,台北:台湾联经出版事业公司,1979 年,第 116 页。

③ 徐志摩:《徐志摩英文书信集》,梁锡华编,台北:台湾联经出版事业公司,1979 年,第 117 页。

我与你虽仅一度相见——/但那二十分不死的时间！……同情是掼不破的纯晶,/爱是实现生命之唯一途径:/死是座伟秘的洪炉,此中/凝练万象所从来之神明。①

徐志摩在英国的文化活动非常频繁,除了广交名士之外,而且还经常参加一些比较有影响的康桥文化社团,除了布卢姆斯伯里集团之外,徐志摩还热衷于另一著名社团"邪学会"(The Heretics Club)的系列活动,经常参加这个团体每周的演讲与辩论,"对其怀疑传统、反抗传统的'异端邪说'等新思想振奋不已"②,经常聆听罗素等人在这个团体所作的演说。在康桥这样自由多元的人文环境中,徐志摩显然深刻感受到了来自英伦文化与文学的强烈辐射,"英国人是有出息的民族。它的是有组织的生活,它的是有活气的文化。"(《吸烟与文化》)在具有"活气"的英伦文化熏陶下,徐志摩疯狂地爱上了"活气"的文学艺术。与此同时,那些艺术家们温雅博大的人格、真挚晶莹的同情及崇尚自由的精神让徐志摩着迷沉醉,他那不断追寻精神自由的灵动个性被极大程度地催化与放大,并在以后的诗文中得以充分展现。

此外,康桥那包孕着自由与灵性的自然环境也给了徐志摩极大的抚慰与诱惑,它们也在激发与渲染着徐志摩的自由与灵性地进一步提炼与完善。1926年徐志摩在回忆起康桥时,仍满怀柔情地讴歌道:"康桥的灵性全在一条河上;康河,我敢说,是全世界最秀丽的一条水。……在星光下听水声,听近村晚钟声,听河畔倦牛刍草声,是我康桥经验中最神秘的一种:大自然的优美,宁静,调谐在这星光与波光的默契中不期然的淹入了你的性灵。""带一卷书,走十里路,选一块清净地,看天,听鸟,读书,倦了时,和身在草绵绵处寻梦去——你能想象更适情更适性的消遣吗?"(《我所知道的康桥》)

很显然,文风鼎盛、浪漫浓郁的康桥文化氛围,激活了徐志摩被掩盖的文学性灵;而优美秀丽的自然风光,则进一步滋养了他崇尚自然的

①　徐志摩:《哀曼殊斐儿》,见《徐志摩诗全编》,顾永棣编,杭州:浙江文艺出版社,1987年,第357页。
②　宋炳辉:《新月下的夜莺—徐志摩传》,上海:上海文艺出版社,1993年,第59页。

美的情怀,让他沉醉其中。这一切使徐志摩逐渐形成了他个人主义和唯美主义的价值观和审美观。

然而对艺术与审美的亲近并不意味着徐志摩对政治的放弃,徐志摩的离美赴英就是为了寻找更先进更理想的政治理念而崇拜上了政治意味甚浓的罗素。初到英国之时,徐志摩进入了伦敦大学政治经济学院,师从著名政治学家拉斯基攻读的就是政治学与社会学。虽然伦敦大学的学习随着徐志摩奔赴康桥而中断,但徐志摩并没有放弃自己对政治与社会的思考与发现。在英两年,徐志摩通过与名人的交游及自己的发现,他开始推崇英国的民主政治制度,回国后他曾多次在文章中反复表露自己对英国政治的认识与欣赏,直言"我是恭维英国政治的一个。他们那天生的多元主义的宇宙观与人生观真配干政治。"(《这回连面子都不顾了》)而且认为英国是中国人师法的榜样:"我以为一个国总要像从前的雅典,或是现在的英国一样,不说有智阶级,就这次等阶级社会的妇女,王家三阿嫂与李家四大妈等等,都感觉到政治的兴味,都想强勉他们的理解力,来讨论现实的政治问题。那时才可以算是有资格试验民主政治。"(《政治生活与王家三阿嫂》)徐志摩于是对英国的民主政治表达了自己最由衷的赞叹:"英国人可称是现代的政治民族,……英国人是'自由'的,但不是激烈的;是保守的,但不是顽固的。"(《政治生活与王家三阿嫂》)英国自由民主的政治形式与中国以往及现有的政治体制形成了极其鲜明的比照,引起了徐志摩最大兴趣的关注。驻足英国不长的时间里,徐志摩终于发现这里才是他苦苦追觅的理想中的纯美的政治生活图景,他迷恋上了英国的政治文化氛围。于是他开始清理自己的思想,并否定了自己以前的蒙昧与无知,毫不留情地揭露自己在美国的时候是一个不含糊的草包,一切还不曾开窍,来到康桥明白了自己原先只是一肚子颟顸。(《吸烟与文化》)徐志摩欣喜地接受着康桥所赋予他的一切,贪婪地吮吸着这里的自由民主的政治文化气息,并把它们溶化到自己的血液里形成主宰自己一生的政治理想与人生信念,借用胡适的话来说那就是:

他的人生观真是一种"单纯信仰",这里面只有三个大字:

一个是爱，一个是自由，一个是美。他梦想这三个理想的条件
能够会合在一个人生里，这是他的"单纯信仰"。他的一生的
历史，只是他追求这个单纯信仰的实现的历史。①

徐志摩在康桥的人文或自然的美景中脱胎换骨，走向缪斯；在康桥
民主自由的政治氛围中荡涤灵魂，走出蒙昧，逐渐形成了心中的"康桥
理想"。这一切奠定了他艺术思想的基础，也成为他抉择其后人生道路
的重要思想基因。与康桥的偶遇竟然成全了他理想的追求，徐志摩有
种说不出的狂喜与感触，内心涌动着喷发的激情与欲望，于是徐志摩开
始了他的倾诉，开始了生命中最动人的分行的抒写：

只有一个时期我的诗情真有些像是山洪暴发，不分方向
的乱冲。那就是我最早写诗那半年，生命受了一种伟大力量
的震撼，什么半成熟的未成熟的意念都在指顾间散作缤纷的
花雨。(《猛虎集·序》)

可以毫不夸张地说，康桥造就了一代著名诗人徐志摩，康桥对徐志
摩的影响无疑是巨大的。因为康桥给了徐志摩新的精神生命："康
桥! /汝永为我精神依恋之乡! /此去身虽万里，梦魂必常绕/汝左右
……康桥! 你岂非是我生命的泉源? /你惠我珍品，数不胜数。"②康桥
还给了徐志摩新的人生信仰："我在康桥的日子可真幸福，深怕这辈子
再也得不到那样蜜甜的机会了，……就我个人说，我的眼是康桥教我睁
的，我的就知欲是康桥给我拨动的，我的自我意识是康桥给我胚胎的。"
(《吸烟与文化》)康桥又给了徐志摩文学的自信，"我要没有过遇康桥的
日子，我就不会有这样的自信。我这一辈子就只那一春，说也可怜，算
是不曾虚度。就只那一春，我的生活是自然的，是真愉快的!"(《我所知
道的康桥》)总之，康桥开启了徐志摩探询自由和美的心智，唤醒了他潜
藏心底的诗意，一个意外的邂逅成就了一个著名的诗人，这经历本身就

---

① 胡适:《追悼志摩》，见《徐志摩评说八十年》，韩石山等编，北京:文化艺术出版社，2008
年，第19页。

② 徐志摩:《康桥再会吧》，见《徐志摩诗全集》，顾永棣编注，上海:学林出版社，1997
年，第105页。(下文徐志摩诗歌的引用均出自此本诗集)

是一首动人的诗篇。

2. 浪漫情怀：华兹华斯的灵魂触动

康桥时期是徐志摩诗歌创作的第一个时期，是他诗情的初"暴发期"。徐志摩在 1922 年 2 月到 9 月早期写作的这半年，在康桥留下的诗歌约二十余首。这些诗歌在徐志摩 1922 年 10 月回国后分别在国内一些期刊杂志上陆续发表，譬如《时事新报·学灯》、《新浙江》副刊《新朋友》、《努力周报》及《晨报·文学旬刊》等。徐志摩这不多的二十余首缤纷的花雨，稚嫩与清浅是显而易见的，但也绝不如徐志摩自己所说的是毫无顾虑地胡乱爬梳的，"几乎全部都是见不得人面的"东西。(《猛虎集·序》)作为诗歌创作的初试者，徐志摩这一时期的创作也并不如他自己所说的绝无依傍，而是很明显地存在着被影响的痕迹，那就是对英国浪漫诗派的欣赏与不自觉的借鉴。卞之琳对此曾有过精确的论述："尽管徐志摩在身体上、思想上、感情上，好动不好静，海内外奔波'云游'，但是一落到英国、英国的 19 世纪浪漫派诗境，他的思想感情发而为诗，就从没有能超出这个笼子。"且又说："尽管徐志摩也译过美国民主诗人惠特曼的自由体诗，也译过法国象征派先驱波德莱的《死尸》，尽管据说他还对年轻人讲过未来派，他的诗思、诗艺没有越出过 19 世纪英国浪漫派雷池一步。"①英国浪漫主义诗人对徐志摩诗歌创作的影响是终其一生的，譬如布莱克、华兹华斯、拜伦、雪莱、济慈等，这在徐志摩不同时期的作品中都留下了鲜明的印记。但在徐志摩这诗歌的初创期，英国早期浪漫诗派——湖畔派(The Lake School)的影响痕迹最为明显。

湖畔诗人是 19 世纪初英国浪漫主义文学的代表，除华兹华斯外，还有柯勒律治和骚塞，由于他们都曾居住在英国西北部的昆布兰湖区写诗，因此被称为"湖畔诗人"。徐志摩 1922 年 7 月创作的诗歌《夜》就是他对湖畔诸诗人的最早的赞美诗。在诗中诗人面对神奇美妙的静夜产生了幻觉，幻想自己挥动着久敛的羽翮，飞出沉闷的巢居，去寻访过

---

① 卞之琳：《徐志摩诗重读志感》，见《徐志摩评说八十年》，韩石山、伍渔编，北京：文化艺术出版社，2008 年，第 276 页。

往,飞到了"湖滨诗侣"的故乡,遇着了华翁、华兹华斯的妹妹与柯勒律治三人会谈。作者为他们"诗人解释大自然的精神,/美妙与诗歌的欢乐,苏解人间爱困"的胸怀而赞叹,为他们"听水壶的沸响,自然的乐音"的清逸而钦慕,作者最后感叹:"夜呀,象这样人间难得的纪念,你保了多少……"(《夜》)字里行间充满了对湖畔诗人的欣赏,对他们那清净境界的神往。

而在湖畔诸诗人中徐志摩对华兹华斯情有独钟。1922 年 1 月徐志摩翻译了华兹华斯一首重要的抒情诗作《葛露水》(Lucy Gray or Solitude);徐志摩还曾在不同时期的诗歌或散文中表达着他对华兹华斯的仰慕,譬如留英时期诗歌《夜》,归国后的《天下本无事》、《汤麦司哈代的诗》、《征译诗启》、《话》等文章;徐志摩把华氏隐居的 Grasmere 湖区称为"柔软的湖心",并把它当做自己神往的境界(《夜》);称华翁的诗歌视为"不朽的诗歌"(《话》),并在《晨报副刊》上撰文认为"宛茨宛士是我们最大诗人之一"(《天下本无事》);而徐志摩后期诸多作品都还不同程度地存在华兹华斯的影子,譬如《云游》等。显然在徐志摩留英时期的创作中,华兹华斯的影响是不容忽视的。因为徐志摩这一时期诗歌的激情喷发与浪漫情怀的尽情倾泻,都呈现出与华兹华斯极为相似的韵味。

第一,情景相生的自然守望。

在湖畔诗人的浪漫团体中,威廉·华兹华斯(William Words-worth,1770－1850)无疑是其灵魂人物,他的《抒情诗歌集》序言,开创了英国浪漫主义文学的新纪元。华兹华斯因其一生对自然的关注与讴歌而被誉为"自然诗人",华兹华斯的自然观是其诗学思想的基础。华兹华斯的自然诗不是纯粹的写景诗,而是常常借物抒情或状物抒情,即借大自然来抒发诗人的情怀。华兹华斯曾说:"我通常都选择微贱的田园生活作题材,因为在这种生活里,人们心中主要的热情找到了更好的土壤……因为在这种生活里,人们的热情是与自然的美而永久的形式合而为一的。"①如华兹华斯的《致云雀》中,作者大声呼唤云雀"带我飞上去! 带我上云端! ……带着我飞升,领我去寻访/你那称心如意的仙乡!"②云雀与它那些快乐的精灵显然代表着一种美好的所在,作者希望自己能与云雀一起飞升,脱离已令他神疲意倦的俗世。而在《致雏菊》中诗人借对可敬的雏菊的赞美,请求它"一如既往/赐我以欢乐"(《致雏菊》)同样表达出了自己对现世界的不满与忧虑。

18 世纪的欧洲工业发展迅猛,物质文明的高度发展使人们的精神世界开始变得荒芜与混乱,而英国作为最早进入工业化社会的国家,也相应出现了很多自然世界与人性世界的神性光芒的陨落。华兹华斯对资本主义的发展感到恐惧和担忧,主张远离现实生活和城市文明;他认为要把人类从资本主义工业化文明的灾难性后果中解救出来,就必须到自然中去寻找"自发的智慧"(Spontaneous Wisdom)和真理。对华兹华斯而言,这尘世拖累我们太多,自然界显然是对人类的一种救赎与荡涤灵魂的所在,我们人类都能从自然中感觉到一种无所不在的宇宙精神和智慧,而这种精神和智慧能使人们思想感情的元素趋于净化,能使人们摆脱生活的重压,从而恢复人的性灵。在华兹华斯的很多有关自然的诗作中,他显然不是为了展现自然而描画自然,景物本身已经与诗人的感受融为一体,情与景是相互依存的:

> 这样的美景/……使我纯真的心灵/得到安恬的康复;同时唤回了/那业已淡忘的欢愉……在此心境里,人生之谜的重负,/幽晦难明的尘世的如磐重压,/都趋于轻缓;在此安恬心境里,/爱意温情为我们循循引路……(《廷腾寺》)

显然,华兹华斯在此是将外在自然神性化了,他推崇的是自然风景而产生的力量。因而憎恨城市的工业资产阶级文明的他在诗歌中反复描写湖区或乡村的自然风貌,展现大自然的种种神奇与美丽,在高洁欢

---

① 伍蠡甫、胡经之:《西方文艺理论名著选编》(中卷),北京:北京大学出版社,2004 年,第 42 页。

② 华兹华斯:《致云雀》,见《华兹华斯诗选》,杨德豫译,桂林:广西师范大学出版社,2009 年,第 79 页。(下文华兹华斯诗歌的选用均出自此本《华兹华斯诗选》)

乐的物我合一的境界里来抗拒着人性的异化与陨落。因而在华兹华斯的笔下,自然永远是宁静深远的,是远离尘世物质文明的侵扰的,而处于这样环境里的人类也同样是欢快而充满智慧的:

> 我独自漫游,像山谷上空/悠悠飘过的一朵云霓,/金黄的水仙,缤纷茂密;/在湖水之滨,树荫之下,/正随风摇曳,舞姿潇洒。……/我凝望多时,却未曾想到/这美景给了我怎样的珍宝。……从此,每当我依榻而卧,/或情怀抑郁,或心境茫然,/水仙呵,便在心目中闪烁——/那是我孤寂时分的乐园/我的心灵便欢情洋溢,/和水仙一道舞蹈不息。(《水仙》)

水仙花使诗人如痴如醉,给诗人带来无限的心灵的欢愉,最后诗人把自己融入到自然当中与水仙一起轻盈起舞,这种物我合一的美丽境界永远是华兹华斯向往的圣境。华兹华斯曾在《抒情歌谣集》序言中如此感慨:人与自然根本互相适应,人的心灵能照映出自然中最美最有趣味的东西。

与华兹华斯同为剑桥大学校友的徐志摩同样重视人的精神生活,厌弃物质文明,在这点上徐志摩与华兹华斯的相遇是必然的。刚刚从物质文明畸形发展的美国逃脱出来,置身于康桥这样宁静、幽深而充满灵性的环境,徐志摩欣喜若狂,他同样发现了大自然的神奇。在他眼里,康桥"它给你的美感简直是神灵性的一种。"(《我所知道的康桥》)1922年8月徐志摩在留英时期的散文《雨后虹》中充分表达了他对于自然的崇拜:

> 我生平最纯粹可贵的教育是得之于自然界,田野,森林,山谷,湖,草地,是我的课室;云彩的变幻,晚霞的绚烂,星月的隐现,田里的麦浪是我的功课;瀑吼,松涛,鸟语,雷声是我的教师,我的官觉是他们忠谨的学生,爱教的弟子。(《雨后虹》)

徐志摩崇尚自然,这其中有发自内心的渴求,有康桥环境的催化,更有华兹华斯的启悟。徐志摩对华兹华斯的自然诗是十分欣赏的,他曾说:"华茨华士见了地上的一棵小花,止不住惊讶与赞美的热泪;我们看了这样纯粹的艺术的结晶,能不一般的惊讶与赞美?"(《征译诗启》)

徐志摩的自然情怀不仅体现在他对华兹华斯的欣赏与自然美景的观赏上,而且还拿起笔来抒写自己心目中的自然。这一时期,徐志摩写了很多描绘自然景色的诗篇,如《春》、《夏日田间即景》、《沙士顿重游随笔》、《康桥西野暮色》、《康桥再会吧》等,徐志摩把大自然作为自己抒发情感的主要对象,但他对景物没有作客观的记录和旁观者式的欣赏,在他的作品里我们感受到的是诗人感情鲜明的倾向性:痴迷、沉醉并升华,在此,如华兹华斯创作一般,景是很难脱离情而单独存在着。

对徐志摩而言,自然就是他的神秘而又亲切的老师,他从它聆听种种教诲与启迪。徐志摩曾说:"宛茨渥士说的自然'大力回容,有镇驯矫饰之功',这是我们的真教育"。(《话》)显然,华兹华斯所追寻的能改造人类精神世界的神奇的力的自然观对徐志摩有着一定的启迪。如华兹华斯一样,徐志摩也常能从自然中感受一种力的美,并用此来净化自己的心灵,来感奋自己的情绪。记得留英其间,徐志摩为了领略雨中大自然神奇的冲击力与奔腾的气象,在大雨中驻足亲身体验感受,并且热情洋溢地说道:

> 我们爱寻常上原,不如我们爱高山大水,爱市河庸沼,不如流涧大瀑,爱白日广天,不如朝彩晚霞,爱细雨微风,不如疾雷迅雨。(《雨后虹》)

显然,在徐志摩的自然诗中,徐志摩看重的也是自然对人心智的净化与精神提升的力的作用,在此心灵毫无保留地与自然相契合:

> 赖你和悦宁静/的环境,和圣洁欢乐的光阴,/我心我智,方始经爬梳洗涤,/灵苗随春草怒生,沐日月光辉,/听自然音乐,哺啜古今不朽/——强半汝亲栽育——的文艺精英。(《康桥再会吧》)

再如《春》中诗人在春天里走走看看,观赏这青透春透的园囿,看到"树尽交柯,草也骈偶,/到处是缱绻,是绸缪。"于是诗人本来深感孤独的心灵面对情意绵绵的春景的熏染,不禁热奋震颤:"答应这青春的呼唤,/燃点着希望灿灿,/春呀!你在我怀抱中也!"(《春》)诗中展现出诗人渴望摆脱俗世,与天地合一飞升物化的思想。在徐志摩眼里,大自然同样是超越现实、对抗与改造社会现实的有效手段,就像那伟大的地中海一样,洋溢着神奇的力量,保存着青年的颜色,继续着自在无挂的涨落,翻新着浪花的样式,依旧不停地冲洗着欧亚非的海岸。(《地中海》)大自然中的一草一木、流云溪水都各有其生命特征,它们与人类具有一贯的精神,共同组成这大自然。徐志摩的社会理想是建立一个充满了爱、自由和美的社会,而要建立如此的社会,我们每个人都不能受任何有形或无形东西的束缚,要放松心情,提炼心智,净化人性,而走进大自然、接受大自然的洗礼就是实现他这一理想的一剂良方。

第二,浓烈馥郁的人道情怀。

诗歌是情感的表达和流露。华兹华斯在《抒情歌谣集》的序言中几次强调"一切好诗都是强烈情感的自然流露"[①]华兹华斯的诗歌向来不缺乏情感的表达,而这情感具有多层次的意蕴,带有着浓烈馥郁的人道色彩。华兹华斯是一位伟大的人道主义者。他早年支持法国革命,是出于人类解放的信念;他后来退出革命,是因为看到了革命的反人道主义的一面。华兹华斯由革命到退隐的思想转变,是出于人道主义的考虑,是建立在对人性的深刻思索之上的。面对社会工业化过程中出现的很多问题,譬如人们道德的堕落,自然的被破坏等等,华兹华斯痛心疾首,积极寻找拯救之道。华兹华斯曾在《抒情歌谣集》序言中明确告诉我们诗与诗人的伟大作用,说诗的性质极为崇高,是"一切知识的开始和终结,同人心一样不朽",说诗人是"人性的最坚强的保卫者,是支持者和维护者,他所到之处都播下人的情意和爱",但他又不高踞在上,而是在群众中进行"人对人谈话"的一个普通成员。[②] 华兹华斯呼吁让抱负不凡的诗人笔走风雷,震骇世人心目,沁入人们的心灵,而他自己所有诗歌的思想正如他所呼吁与倡导的那样,都是建立在自由、平等、博爱的基础之上的。

面对不同国家与民族纷繁的战争,华兹华斯谱写了大量诗篇,讴歌

---

① 华兹华斯:《〈抒情歌谣集〉序言》,见《西方文论选》(下卷),伍蠡甫选编,上海:上海译文出版社,1979年,第6页。

② 王佐良:《英国诗史》,南京:译林出版社,1997年,第234页。

自由与独立、理想与英雄。如《莫斯科在火海中自我献身了》中诗人认为俄罗斯人在决战中血涌如泉了,凭这些,任何无情之物都夺不去——人性以自己的作为和磨难赢得的公平赞誉。在《献给肯特的士兵》中,诗人为那些捍卫自由的前哨而呐喊,为他们赢得了勇士的花环而欣慰,支持他们向自己的敌人发出邀请信号。而《提罗尔人的感情》一诗中,诗人鲜明表示要捍卫祖先交给我们的这块土地,我们的生命在所不惜,我们赤诚之中紧握武器在手,无畏地为人类的美德荣光而战斗。

面对变动不安的社会,面对理性的幻想被新的暴力所取代,自由被新的专制蒙上阴影,华兹华斯敢于抨击社会政治:"我仍痛恨专制,反对个人的/意志成为众人的法律;痛恨/那无聊的傲慢贵族,他们凭不公正的/特权站在君王与人民之间,/是他的帮手,而非后者的仆人。/而且,这痛恨对我的支配日益/增强,却也掺杂着怜悯和温情,/因为当希望尚存,会有温情/寄予劳苦大众。"①理想的危机迫使诗人在震惊中对理性产生了怀疑,在反思中寻求人类真正的自由与归宿。

面对飞速发展的工业文明,华兹华斯表达了自己深远的忧虑,长诗《鹿跳泉》讲述了一个人类肆意破坏自然的故事。而《迈克尔》一诗则批判了城市的罪恶,《早春命笔》则在宇宙一片和谐,万物各得其乐的背景之下忧虑人类的所作所为:"我不禁忧从中来,想到/人把人弄成了什么样"?

面对农人贫困不堪的生活,华兹华斯寄予了满腔的关爱与同情。华兹华斯有很多诗都是描写一些同大自然息息相关的平凡人和他们的生活。华兹华斯不是单纯的自然主义者,他爱自然,是爱处于自然中的人类;在他所有的诗歌中"人心"是唯一的主题。譬如《孤独割麦女》中诗人感动于一个孤独的山地少女凄婉动情的歌唱,他一动不动静心聆听,为她忧虑。

华兹华斯的每部诗集,都有着相同的人类关注的主旨。即便是后期那些大量的自然诗作,也表现出了对人类生活的洞察,渗透着他对人

---

① 华兹华斯:《序曲或一位诗人心灵的成长》,丁宏为译,北京:中国对外翻译出版公司,1999年,第250—251页。

类的救赎与安慰。譬如华兹华斯的《杜鹃颂》(To The Cuckoo)目的并不是为写杜鹃而写杜鹃,而是要借杜鹃的歌唱抒发自己对童年天真无邪的留恋之情和对社会的愤懑之情。正如美国批评家 M. H. 艾布拉姆斯所说的,英国浪漫派"在本质上都是政治和社会诗人。将英国浪漫主义解读为逃避主义,即认为它是对变化、暴乱和丑恶等现代工业和政治世界里的现代问题的逃避是不公允的。事实上,这些作家对当代现实的关注是无与伦比的。""许多浪漫主义后期的优秀作品并没有与其形成期的过去彻底断裂,后者以一种变了形的、但却仍然可清晰辨认的形态继续保持在前者之中。"①

在英国培育了自己"爱、自由和美"的单纯信仰的徐志摩,他的思想基础就是人道主义。1920 年还在英国的他就曾说过:"非英国人不知自由平等友爱也"(《评韦尔思之游俄记》)徜徉于英国自由政治文化氛围中,英国已故或健在的诸多作家广博的人道主义情怀给了徐志摩很深的启迪与感悟,这其中当然包括华兹华斯。这我们可从 1922 年 1 月徐志摩在英时间所翻译的华兹华斯的《葛露水》中得到印证,这首诗歌表达出了诗人对农人生活的同情,对前去寻找母亲而遭遇凶残风涛不幸失踪的孤独孩子的同情与悲悯。徐志摩选择这样一首华兹华斯的诗作来翻译,显然他欣赏并感动于华兹华斯那博大的爱的意识与深重的社会责任感,他的心与华兹华斯是相通的。

徐志摩浓烈馥郁的人道情怀体现在这样几个方面:第一,关注社会人生,关注人类。1921 年 11 月徐志摩在他留英期间最早的诗歌《草上的露珠儿》中表露了他作为诗人的情怀与职责,这首诗像一支嘹亮的号角吹响了徐志摩关于诗人的呐喊:

> 诗人哟! /你是时代精神的先觉者哟! /你是思想艺术的
> 集成者哟! /你是人天之际的创造者哟! /你资材是河海风
> 云, /鸟兽花草神鬼蝇蚊, /一言以蔽之:天文地文人文; ⋯⋯你
> 是高高在上的云雀天鹨, /纵横四海不问今古春秋, /散布着希

---

① Northrop Frye: Romanticism Reconsidered, York and London: Columbia University Press, 1963, p. 43、45.

世的音乐锦绣;/你是精神困穷的慈善翁,/你展览真善美的万丈虹,/你居住在真生命的最高峰。(《草上的露珠儿》)

徐志摩的留英经历虽然使他发生了从布尔什维克到缪斯的嬗变,但他内心关心社会政治的信念并没有消失,在英国目见与感受了英国民主的政治体制后,徐志摩反而坚定了他崇尚自由民主社会政治的精神信仰,因此,徐志摩这一时期表达社会抱负,呼唤理想实现的诗作就显得分外动人。譬如在《青年杂咏》中,徐志摩先是否定了青年们的耽乐于悲哀的生活,"无聊,宇宙,灰色的人生,/你独生在宫中,青年呀,/霉朽了你冠上的黄金!"呼吁青年们怀抱理想,"你幸而为今世的青年,/你的心是自由梦魂心",并抛弃过往,"跃入缥缈的梦潮清冷,"(《青年杂咏》)走向革命,且牺牲于革命,在遗骸遍布的华族,在惨如鬼哭的中原,在风云黯淡的人间,力挽狂澜,造福人类!再如《梦游埃及》与《地中海中梦埃及魂入梦》诗里诗人表达出对偶像与勇士、创造与理想的崇拜:"颠破了这颠不破的梦壳,/方能到真创造的庄严地。"(《地中海中梦埃及魂入梦》)徐志摩这深挚热烈的入世情怀与创造精神撼人心魄!这如大海般澎湃的激情与诗意正是他这一时期诗歌的价值所在!

作为一个不满国家现状、出国寻找救国良策的青年,徐志摩诗中关注的却是整个社会乃至整个宇宙的人类存在与生存,诗中充斥着同情与悲悯的情愫。徐志摩写于1922年的《悲观》就深刻表达出了他作为诗人的悲悯情怀,"这心头/压着全世界的重量,咳! 全宇宙",并为"这黑昏昏、阴森森、鬼棱棱"的宇宙忧心不已。而在《听槐格讷乐剧》中作者高赞一种如普罗米修斯的反叛,抗天拯人的奋斗,高加山前鸷鹰剜胸的创呻,并感叹音乐家这悲天悯人的艺术天才! 徐志摩认同作为艺术家、诗人作品中必须具有这悲悯的情怀,就如《地中海中梦埃及魂入梦》中所言"我梦魂在海上游行,/听波涛终古的幽骚,/终古不平之鸣,"他感动并欣赏那古往今来的悲悯之声,且也经常发出那悲怆之音。譬如在《马赛》里,他同情于衣裳褴褛的难民,痛恨繁华声色的都市的堕落,感叹真挚人情的难以寻觅,字里行间充满着对惨淡的马赛的同情与感叹及无奈。这一时期诗人悲凉于物质世界与精神世界的一切,常常觉得"一份深刻的忧郁占定了我；这忧郁，我信，竟于渐渐的潜化了我的气质；"（《猛虎集·序》）并由此写下了很多感人的篇章。情感是诗歌的生命，在英期间受了英国文化与政治氛围熏染与启迪的徐志摩心潮澎湃，他急于表达那如山洪暴发般不分方向乱冲的情感，"心头有什么郁积，就托付腕底胡乱给爬梳了去，救命似的迫切，那还顾得了什么美丑！我在短时期内写了很多。"（《猛虎集·序》）这些涌动着人道主义情感的诗篇无疑是动人的，尽管这一时期徐志摩的诗歌艺术还处于探索阶段。

第二，倡导性灵，歌咏爱情。华兹华斯为了救赎堕落的人性，摆脱物质文明的束缚，恢复人的纯洁的性灵，曾标举童心，因为童心比成人之心更接近自然与神性，在此方面"儿童都是成人的父亲"（《无题》）。与华兹华斯这一捍卫人的纯真性灵的提倡异曲同工的是，徐志摩则大力提倡对性灵爱情的追求，因为恋爱如儿童一样都是人类的生机之所在，都闪耀着纯洁圣洁的光辉。

这一时期，徐志摩写了很多有关爱情的诗篇，表达了人们对爱情的执著追求，因为甜蜜美满的爱情正是理想人生的体现之一。譬如《月夜听琴》里对美好爱情的感悟：

> 我听，我听，我听出了／琴情，歌者的深心。／枝头的宿鸟休惊，／我们已心心相印。……松林中的风声哟！／休扰我同情的倾诉；／人海中能有几次／恋潮淹没我的心滨？／……我多情的伴侣哟！／我羡你蜜甜的爱焦，／却不道黄昏和琴音／联就了你我的神交？（《月夜听琴》）

为了实现这难得的爱情梦想，诗人愿意为之献身。1922 年 6 月徐志摩创作了《情死》一诗用象征的手法热烈表白了在庸俗的世界追求真爱的勇气与果敢，作者这种直抒胸臆的爱情表白，具有着一定的象征寓意："玫瑰！我顾不得你玉碎香销，我爱你！／花瓣，花萼，花蕊，花刺，你，我——多么痛快啊！——／尽胶结在一起；一片狼藉的猩红，两手模糊的鲜血。／玫瑰！我爱你！"（《情死（Liebstch）》）徐志摩的诗绝不是无病呻吟，他不仅在诗中如此歌咏，而且在现实中身体力行。他的诗就是他心迹的真实流露。留英期间徐志摩遇到了心仪的爱情，他果断解除了束缚他心灵的包办婚姻,并且直言:"我将于茫茫人海中访我惟一灵魂之伴侣;得之,我幸;不得,我命,如此而已。……我尝奋我灵魂之精髓,以凝成一理想之明珠,涵之以热满之心血,朗照我深奥之灵府。"[①]为此 1922 年 3 月徐志摩在解除包办婚姻之束缚后创作了《笑解烦恼结》一诗,充分彰显了他争取爱情自由的努力姿态与自由欢快的心境:"此去清风白日,自由道风景好。/听身后一片声欢,争道解散了结儿,/消除了烦恼!"(《笑解烦恼结》)然而真正性灵的爱情是很难寻觅的,因此,徐志摩这一时期很多诗歌都表达了诗人对理想爱情追求的热烈以及追求不到的浓烈的忧伤,如《人种由来》、《"两尼姑"或"强修行"》、《小诗》、《私语》、《威尼市》、《秋月呀》等等。在物质文明高度发达的社会里,在人类性灵正日益被吞噬的年代,真正的爱情犹如纯洁的童心、圣洁的自然一样,心满意足地获取显得很有些任重而道远。但无论如何,诗人们的呐喊永远激励着后人努力前行,人们不会忘记他们那洋溢着清逸神奇的浪漫氛围的诗篇!

在徐志摩诗歌创作最初的篇章中,我们能找到很多他与华兹华斯神秘相遇的痕迹,除了思想上的共通外,两人艺术上也有着很多的相似。譬如华兹华斯非常注重用平常的语言来表达劳动人民的生活与自然,而徐志摩也惯用日常语言,如"草上的露珠儿"等。还有就是对想象与意象的推崇与运用,如华兹华斯诗中经常反复出现的自然界的山水、蝴蝶、彩虹、云雀等意象都寄寓了作者深沉的想象与寓意,而徐志摩早在《草上的露珠儿》中就明确说过诗歌的烘炉是想象,永生的火焰是灵感,如此方能炼制美化灿烂的诗篇。在诗歌创作的外形上徐志摩也是主动效仿包括华兹华斯的诸多作家,模仿西洋诗的外形,运用西洋诗的格律,采用西洋诗的格式大胆地进行种种试验,以至于《康桥再会吧》这首典型的欧化诗在国内发表时曾遭遇编辑分行的误排。

康桥时期徐志摩诗歌的早期探索,无疑显示出了诗人卓越的胆识和才华,为他以后诗情与诗艺的大发展奠定了深厚的基石。

---

① 胡适:《追悼志摩》,见《徐志摩评说八十年》,韩石山等编,北京:文化艺术出版社,2008年,第21页。

二　新月之境:泰戈尔与雪莱的烛照

1. 博爱的追寻:泰戈尔人格的迪示

在徐志摩所交往的文化俊杰中,他与泰戈尔间的忘年交尤显动人,徐志摩是泰戈尔的追随者与崇拜者。1924 年徐志摩与胡适等人在北京成立的"新月社"就得名自泰戈尔的《新月集》。1924 年 4 月泰戈尔来华访问,徐志摩就是这一活动的主要推动者,并全程随侍泰翁左右做他的旅伴和翻译,还陪着泰戈尔到日本访问。在泰戈尔访华的那段日子,他们还互赠了姓名"老戈爹"与"素思玛(Susima)"。他们一生五度会面,其间交情非同一般。1925 年 3 月,徐志摩曾不远千里去赴老戈爹的欧洲之约,却未能如愿。1928 年 10 月徐志摩又亲赴印度以解渴慕之苦。而泰戈尔也是对徐志摩喜爱有加,珍惜两人难得的友谊。1924 年访华结束后,泰戈尔曾书信徐志摩说:"从旅行的日子里所获得的回忆日久萦绕心头,而我在中国所得到的最珍贵的礼物中,你的友谊是其中之一。"①且在归国后出版的《在华谈话录》讲演集扉页上写道:"感谢我友徐志摩的介绍,得与伟大的中国人民相见,谨以此书为献。"②泰戈尔还分别在 1927 年与 1930 年两度来上海会见徐志摩,做一个朋友的私访,据陆小曼介绍,"泰戈尔对待我俩像自己的儿女一样的宠爱。……在这点上可以看出他对志摩是多么喜爱。"③从徐志摩与泰戈尔动人的交往历程来看,他们的友谊不可谓不深厚,相互间的影响不可谓不深切。在徐志摩所接受的外国作家的影响中,泰戈尔对他的影响是最为直接的。

徐志摩一生曾写过有关泰戈尔的文字有:《泰戈尔来华》、《泰山日

---

①　赵遐秋:《徐志摩传》,北京:中国人民大学出版社,1999 年,第 142 页。

②　杨允元:《徐志摩与泰戈尔访华韵事》,见《徐志摩评说八十年》,韩石山等编,北京:文化艺术出版社,2008 年,第 139 页。

③　陆小曼:《泰戈尔在我家作客——兼忆志摩》,见《徐志摩评说八十年》,韩石山等编,北京:文化艺术出版社,2008 年,第 72 页。

出》、《泰戈尔来华的确期》、《泰谷尔来信》《泰谷尔最近消息》、《泰戈尔》等。还翻译过泰戈尔两首诗歌:《谢恩》、《Gardener Poem 60》。从徐志摩留下的关于泰戈尔的文章中,我们发现徐志摩对泰戈尔的追崇主要体现在对泰戈尔的伟大人格所折射出来的精神力量的发掘之上,徐志摩曾说:"他最伟大的作品就是他的人格。""他那高超和谐的人格,……可以开发我们原来瘀塞的心灵泉源,可以指示我们努力的方向与标准,……可以使我们扩大同情与爱心,可以引导我们入完全的梦境。"(《泰戈尔来华》)面对泰戈尔高深的独一无二的博大人格,徐志摩把自己最美丽最激情最崇高的赞美献给了这样一位他认为是伟大无比的人物:"我们可以从他的伟大,和谐,美的人格里,得到古印度与今印度文化的灵感。"(《泰戈尔来华的确期》)并把他与惠特曼、托尔斯泰、米仡郎其罗、苏格拉底和老聃、老年的葛德、甚至救世主和奥林匹克山顶的大神相比,盛赞泰戈尔的博大的灵魂与爱心及意志力,感叹:"他是不可侵凌的,不可逾越的,他是自然界的一个神秘的现象。"(《泰戈尔》)

在注重人格这一点上,徐志摩与泰戈尔是不谋而合的。泰戈尔自己曾说:"我的世界是我的,它的要素是我的心灵。它整个儿又不同于你的世界。因此,这个实在不是蕴含在我自己个体的人格中,而是蕴含在一个无限的人格中。"①而徐志摩 1923 年 1 月在写给梁启超的信中如是说:"我之甘冒世之不韪,竭全力以斗者,非特求免凶惨之苦痛,实求良心之安顿,求人格之确立,求灵魂之救度耳。"②1925 徐志摩选择介绍丹农雪乌其人其作也是因为"他的著作,就是他异常的人格更真切的写照"(《丹农雪乌》)。可见追求人格与精神世界的建构,渴慕人格的提炼与塑造是徐志摩全力追求的,这是他与泰戈尔精神相通之处,这也正是徐志摩接受泰戈尔影响的基点所在。

拥有如此伟大的无限人格的人必定有着一颗博大的爱心,泰戈尔说:"当我的心突然充满了爱,确信世界与我们的灵魂合一的时候,难道

---

① 泰戈尔:《人格的世界》,见《泰戈尔随笔》,合肥:安徽文艺出版社,1995 年,第 52 页。
② 胡适:《追悼志摩》,见《徐志摩评说八十年》,韩石山等编,北京:文化艺术出版社,2008年,第 21 页。

我不知道那日光会渐次增辉,月光会更加温柔吗?当我歌唱云彩冉冉升起时,雨点便在我的歌声中找到了它的悲伤。"①泰戈尔的圣洁的爱犹如喜马拉雅山一般的崇高与纯洁,壮丽与高傲,徐志摩热爱泰戈尔,崇拜泰戈尔,称泰戈尔是"我们的导师,榜样。"(《泰戈尔来华》)泰戈尔不但成为他效仿的人生楷模,也激发了他的创作。1925 年 8 月出版的《志摩的诗》应该是他这一时期激情喷发的证明。

罗宾德拉纳特·泰戈尔(Rabindranath Tagore,1861－1941)19 世纪至 20 世纪印度伟大的诗人和作家,1913 年奖获诺贝尔文学,他与印度民族运动领袖——伟大的甘地一起被并称为"掌握印度命运"的泰斗。泰戈尔还被印度人奉为"诗祖",他的诗在印度享有史诗的地位。泰戈尔的诗歌创作大致可分为早期的故事诗和爱国诗篇、中期的哲理抒情诗和后期的政治抒情诗等几大类。在泰戈尔的诗歌创作中,爱就是其人生理想的核心基础。泰戈尔爱的哲学包括了一切人类之爱、自然之爱及神者之爱,如《新月集》表达了儿童之爱,《飞鸟集》贯穿着爱与和谐的精神追求等。"爱的痛苦环绕着我的一生,像汹涌的大海似的唱着;而爱的快乐却像鸟儿们在花林里似的唱着。"②泰戈尔在众多诗篇中讴歌着他的泛爱情怀,追寻着自由的最高境界,向着美的信仰的彼岸——永恒的精神家园靠拢。"让我全部的生命,启程回到它永久的家乡。"③泰戈尔毕生追求的最高精神境界就如《吉檀迦利》中所展现的,是渴求与神的结合,最后达到"神人合一"——一个充满了爱、自由和美的无限的生存空间,而这种纯美的精神追求却也正是徐志摩单纯信仰的终极目的。

徐志摩从泰戈尔那里汲取到一种神奇的力量与勇气,力争给自己的生命开辟一个神奇的境界,为未来的生活燃点起理想的光明。总的

---

①　泰戈尔:《人格的世界》,见《泰戈尔随笔》,合肥:安徽文艺出版社,1995 年,第 60 页。

②　泰戈尔:《飞鸟集》,见《泰戈尔散文诗全集》,杭州:浙江文艺出版社,1990 年,第 200 页。

③　泰戈尔:《吉檀迦利》第 103 首,见《泰戈尔散文诗全集》,华宇清编,杭州:浙江文艺出版社,1990 年,第 38 页。

说来,"《志摩的诗》时代是可以说志摩的'五四'时代"①,也就是说,《志摩的诗》虽然写于"五四"退潮后,但在一定程度上鲜明地延续了"五四"时期敢于追求理想的蓬勃的时代精神,正如茅盾所言:"《志摩的诗》共计四十一首,长短都有;……大部分是充满了诗人的'理想主义'和乐观。"②这里有对理想追求的欢快(《雪花的快乐》);有朝着理想飞奔的"我灵海里啸响着伟大的波涛,应和更伟大的脉搏,更伟大的灵潮的"(《天国的消息》)的兴奋;有为寻一颗明星而冲入黑茫茫的荒野中的决然(《为要寻一个明星》);有感受着自由的痛快淋漓:"灵魂! 记取这从容与伟大,/在五老峰前饱啜自由的山风。"(《五老峰》)未来理想的人生当然包括理想爱情的追求,泰戈尔的《园丁集》就是献给爱情与人生的歌。而徐志摩的《沙扬娜拉》、《这是一个怯懦的世界》等诗歌也展现了对美好情感的颂赞以及"抛弃这个世界/殉我们的恋爱"的爱情追求。在追求爱情的道路上,虽然偶有着不能相爱的忧伤(《落叶小唱》)和爱情失落的悲凄(《问谁》),但诗人更多的是拥有"冲破这黑暗的冥凶,/冲破一切的恐怖,迟疑,畏葸,苦痛"(《无题》)的前行的无畏。

　　泰戈尔一生始终怀揣人类的崇高理想,他的诗歌既有对梦与理想的热情歌唱,又有对现实的执著守望。即便是在洋溢着浓厚宗教色彩的诗歌《吉檀迦利》中,泰戈尔也还在神秘与虔诚的氛围中始终流淌着他切合时代的深切的爱国之情与泛爱人类之心。正如诗人所言:"让我的国家觉醒起来吧!"(《吉檀迦利》第 35 首)"我的骄傲,是因为时代的脉搏,此刻在我的血液中跳动。"(《吉檀迦利》第 69 首)徐志摩曾这样评价泰戈尔:"他主张的只是创造的生活,心灵的自由,国际的和平,教育的改造,普爱的实现。"(《泰戈尔》)也就是说泰戈尔的这种"爱"的情愫是一种普爱,是具有修身齐家平天下的胸怀。泰戈尔的一生是在印度处于英国殖民统治的年代中度过的,他的创作始终跟上了时代的步伐。泰戈尔一生经历了从一个诗人到一个社会活动家、政治家的转变,

---

① 穆木天:《徐志摩论——他的思想与艺术》,见《徐志摩评说八十年》,韩石山等编,北京:文化艺术出版社,2008年,第 223 页。
② 茅盾:《徐志摩论》,见《徐志摩评说八十年》,韩石山、伍渔编,北京:文化艺术出版社,2008年,第 201—202 页。

印度国内愈来愈热烈与成熟的民族解放运动事业点燃了泰戈尔那颗本无法沉寂的爱国之心。1919 年阿姆利则惨案以后，泰戈尔已经不满足当一个作家与诗人了，他要用自己的名誉和声望为祖国独立与世界和平而斗争。从 1920 年至他辞世的这段时期，泰戈尔逐渐认识到了改良主义与非暴力思想的错误，批判了自己的泛神与泛爱思想，同时认识到了反帝民族解放和劳动人民的历史地位，正如他在《生辰集》第 10 首中所说，如果一位诗人不能走进人们的生活，那他的诗歌的篮子里装的全是无用的假货。泰戈尔用诗歌来战斗，与劳动人民一起，来迎接新的生活，通过自己的创作来展示他对于这个世界的反叛与认识。印度人民因此尊崇他、热爱他，称他为诗圣、印度的良心和印度的灵魂。这也正是泰戈尔伟大人格的最夺目之处。

徐志摩的人生道路恰恰与泰戈尔相反，徐志摩是从一个现实的布尔什维克者走向了一个圣洁的诗人，尽管如此，徐志摩心中却没有放弃他那一贯的入世情怀，对此，茅盾就曾把握得十分准确："他是一个诗人，但是他的政治意识非常浓烈。"①在思想上深受泰戈尔影响的徐志摩虽也认同自己是个个人主义者，但他如泰戈尔一样心怀天下。卞之琳曾说徐志摩的诗歌无论有多少局限或缠绵或低迷或颓丧，但总的说来，"他的诗，不论写爱情也罢，写景也罢，写人间疾苦也罢，我感到在五光十色里，不妨简单化来说，其中表现的思想感情，就是这三条主线：爱祖国，反封建，讲'人道'"。并且直言"在我们的今日和今日的世界，实际上还是可贵的东西。"②这段话用来评价徐志摩《志摩的诗》时期的创作是最恰当不过的了。在《志摩的诗》这本集子中，抬头讴歌理想的固然不乏其篇，但更多可见的是作者低头关注民间疾苦的焦虑与愤怒、谴责与痛斥："怜悯！贫苦不是卑贱，/老衰中有无限庄严；/……我独自的，独自的沉思这世界古怪——/是谁吹弄着那不调谐的人道的音籁？"（《古怪的世界》）在现世界徐志摩分明看到了乞儿（《先生！先生!》、《叫

①　茅盾：《徐志摩论》，见《徐志摩评说八十年》，韩石山等编，北京：文化艺术出版社，2008 年，第 211 页。
②　卞之琳：《徐志摩诗重读志感》，见《徐志摩评说八十年》，韩石山等编，北京：文化艺术出版社，2008 年，第 276 页。

化活该》)、人力车夫(《谁知道》)、贫妇(《盖上几张油纸》)、参战的士兵(《太平景象》)、新年离家的老眼中有伤悲眼泪的老者们(《古怪的世界》)的悲惨生活,他揭示出病苦以引起疗救的注意。诗人为此在诗中大声疾呼:

"来,我邀你们到民间去,听衰老的,病痛的,贫苦的,残毁的,受压迫的,烦闷的,奴服的,懦怯的,丑陋的,罪恶的,自杀的,——和着深秋的风声与雨声——合唱的"灰色的人生!"(《灰色的人生》)

诗人痛心疾首地发现,现在的社会人间"到处是奸淫的现象:贪心搂抱着正义,猜忌逼迫着同情,懦怯狎亵着勇敢,肉欲侮弄着恋爱,暴力侵凌着人道,黑暗践踏着光明"(《毒药》),面对如此,徐志摩没有"躲进小楼成一统",没有厌弃社会归隐自然,他崇尚反叛,徐志摩曾说:"青年永远趋向反叛,爱好冒险;……他厌恶的是平安,自喜的是放纵与豪迈。"(《北戴河海滨的幻想》)他蓄积着全部的能量呼喊:"我们要负起我们应负的责任,我们要来补织我们已经破烂的大网子,我们要在我们各个人的生活里抽出人道的同情的纤维来合成强有力的绳索,我们应当发现那适当的象征,像半空里那面大旗似的,引起普遍的注意;我们要修养我们精神的与道德的人格,预备忍受将来最难堪的试验。"(《落叶》)

这一时期,徐志摩虽然痛恨社会的黯淡与萧条,但却没有对未来丧失信心。徐志摩曾在诗歌《一条金色的光痕》最初的序言中说道:"我却也相信这愁云与惨雾并不是永久没有散开的日子,温暖的阳光也不是永远辞别了人间;真的,也许就在大雨泻的时候,你要是有耐心站在广场上望时,西边的云罅里也已经分明的透露着金色的光痕了!"并深信经过目前的忍耐、抵抗与奋斗,"我们要盼望一个伟大的事实出现,我们要守候一个/馨香的婴儿出世。"(《婴儿》)这馨香的婴儿显然就是作者单纯信仰中的理想人生与社会的象征,虽然他的理想过于空洞与幻想,但他的昂扬激进的人格气象与精神气质确正是时代所需要的。

徐志摩推崇泰戈尔,是因为他们在太多的地方心心相契。对于变革各自所处的社会,虽然他们所采取的方法具有一定的差异性,也即徐志摩从西方携学归来,他希望的是以民主的西方文明来拯救专制的中国社会,而泰戈尔面对西方文明的物质性、侵略性与暴力性,认为东方的精神文明高于西方的物质文明,应该以复活的东方文明去拯救西方文明,但他们的终极目标都是一样的,即用自己的爱心去迎接这样一个人与自然及宇宙和谐统一的真善美的世界。徐志摩和泰戈尔除了在人格的塑造与终极理想的实现上具有一定的同构性之外,他们还有着其他方面的共识。譬如对自然的热爱,对清新田园诗风的偏爱等。这一时期徐志摩也写了一些有关自然净化心灵的很多清新诗作,颇有泰戈尔田园小诗的风韵,譬如《多谢天! 我的心又一度的跳荡》、《月下雷峰影片》、《五老峰》、《乡村里的音籁》等,表达了他"这天蓝与海青与明洁的阳光,/驱净了梅雨时期无欢的踪迹,/也散放了我心头的网罗与纽结"(《青年运动》)的接近自然的放松心情,对此徐志摩强调:"每回我们脱离了烦恼打底的生活,接近了自然,对着那宽阔的天空,活动的流水,我们就觉得轻松得多,舒服得多。"(《青年运动》)

尽管泰戈尔如徐志摩一样也受到欧洲诗歌的影响,但他在诗歌创作中常有意运用民族形式和民族风格,从印度古典梵语诗歌和孟加拉诗歌中吸取营养,采用生动流利、音乐性较强的民族语言来进行创作,从而使诗歌富于音乐感,形成了自己斑斓多姿、清新健康的独特风格,在创作上达到了自由的境界。泰戈尔的这一文学革新精神给了徐志摩很深的启发,因为"泰戈尔是用孟加拉口语入诗的第一个人,他这一创举和中国新文学运动人士用白话写诗有同样历史意义。这是徐志摩称他为'文学革命家'的原因。"①受泰戈尔的影响,徐志摩这一时期的创作在形式上也进行了一定的革新与创造。譬如他首次把故乡话硖石土白方言运用入诗,写作出了诗歌《一条金色的光痕》,别是一般滋味,带有浓厚的民间情调,"拿土白来作诗,在我们中国除了民歌不能算数以

---

① 梁锡华:《徐志摩海外交游录》,见《徐志摩评说八十年》,韩石山等编,北京:文化艺术出版社,2008 年,第 121 页。

外,倒是没有看见一个诗人这样作过的。"①虽然此诗在艺术上还显得不那么成熟,而且徐志摩在此方面又尝试不多,但这初试之功却有一定的启示意义。此外,这一时期受着泰戈尔耳濡目染的熏陶,徐志摩诗中也难免出现了一些宗教之音,譬如《常州天宁寺闻礼忏声》、《白旗》等。但徐志摩不是重在逃避,而是重在人性的忏悔与人心的洗涤,企望一种涅槃后的新生,这其实是对旧我的一种反叛与创造,与徐志摩此时一贯的向往与追求并不矛盾。

徐志摩一生的追求就是他的单纯信仰的追求——洋溢着博爱色彩的自由人生与自由社会——这也就是他的生命追求。他是灵动而活泼的,"他是跳着溅着不舍昼夜的一道生命水……他让你觉着世上一切都是活泼的、鲜明的。"②无论他后期怎么颓丧如何低迷,但《志摩的诗》时期的徐志摩,他那像雪花般飞舞的姿态与快乐、那瞩目现实的焦虑与期待、那曾经无畏的反叛与追求等确是真实而动人的。

2. 自由的向往:雪莱精神的感召

在中国现代诗坛,徐志摩似乎就是雪莱的化身。吴宓教授曾说:"以志摩比拟雪莱,最为确当。凡是志摩相识友人,亦莫不将志摩认作雪莱。"③徐志摩曾说:"我最爱中国的李太白,外国的 Shelley(雪莱)。他们生平的历史就是一首极好的长诗。"(《诗人与诗》)陆小曼也说徐志摩"平生最崇拜英国的雪莱"。④ 徐志摩回国初去天津文学绿波社演讲时在向文学青年推荐的书目中就有《雪莱传》,徐志摩曾说雪莱的诗"似乎每一个字都是有灵魂的,在那里跳跃着;许多字合起来,就如同一个绝大的音乐会,很和谐的奏着音乐,这种美的感觉,音乐的领会,只有自己在那一瞬间觉得,不能分为旁人的。"⑤言谈间颇与雪莱心心相契。

---

① 朱湘:《评徐君〈志摩的诗〉》,见《徐志摩评说八十年》,韩石山等编,北京:文化艺术出版社,2008年,第181—182页。

② 转引自谢冕:《云游》,见《徐志摩评说八十年》,韩石山等编,北京:文化艺术出版社,2008年,第343页。

③ 吴宓:《徐志摩与雪莱》,见《徐志摩评说八十年》,韩石山等编,北京:文化艺术出版社,2008年,第161页。

④ 徐志摩:《爱眉小扎》,北京:经济日报出版社,2000年,第219页。

⑤ 徐志摩:《读雪莱诗后》,《文学周报》第95期,1923年11月5日。

徐志摩最爱雪莱,首先是两人有着极其相同的人生遭际与反叛性。雪莱(Percy Bysshe Shelley,1792—1822)出身于贵族家庭,从小就具有较强烈的反抗性,素有疯狂雪莱之称。后入牛津大学,因公开倡导无神论被校方开除。1813 年发表第一部长诗《麦布女王》,抨击封建制度的罪恶和宣传空想社会主义,因而受到英国统治阶级的仇视。在爱情婚姻方面,雪莱曾与 16 岁的姑娘哈里特·韦斯布鲁克(Harriet Brook)相爱,不顾父母反对逃到爱丁堡结婚。后为追求激进社会哲学家高德文(Gdwin)年轻漂亮的妹妹玛丽而抛弃前妻。在前妻绝望自杀后,雪莱移居意大利。1822 年,雪莱与友人乘坐小船出行时遇难,年仅 30 岁。徐志摩与雪莱之间实在有太多的相像。徐志摩出生商贾之家,为了寻找政治理想出国求学,后却违背父愿从事诗歌创作之路,并为追求灵魂之伴侣,抛弃了父母包办的糟糠之妻,他的离婚再娶成了轰动京城的特大新婚。毫无疑问,徐志摩也是疯狂且反判的。从雪莱身上,徐志摩更是寻找到了一种前行的动力,他不甘于平凡,"他相信雪莱最美的时候,就在他最后知觉的刹那间。……他最不能忍受的是平凡,是没有声色的存在,所以他想象雪莱的死,在波涛浪花之中,也别有一种超逸的风趣。"①而最后一场飞行的意外竟然促成了生气勃勃的徐志摩那不甘于平庸的悲壮人生的悲壮谢幕! 年仅 35 岁! 也正如此在中国现代诗坛,徐志摩于是有了中国雪莱之称。在徐志摩与雪莱身上,两人均成就了生命的神话与理想之爱的绝唱。

雪莱作为英国 19 世纪上半叶杰出的积极浪漫主义诗人,其作品大部分都是在抒写个人的情感,表现他对人类的爱和对自由的热情,以及改造世界的理想。生活在王权和教会的双重统治下的雪莱深知社会的种种罪恶。因此,他希望未来理想的社会公平合理,人人平等,没有高低贵贱之分,大家共同劳动来创造美好的幸福。他用诗歌吹响战斗的号角,唤醒民众。他的诗就是他追求充满了爱美善的未来的见证:"只

---

① 叶公超:《志摩的风趣》,见《徐志摩评说八十年》,韩石山等编,北京:文化艺术出版社,2008 年,第 34 页。

见遥远的地方,/人类的爱在瞭望,它眼光看到哪里,哪里便是天堂。"①雪莱在《诗的辩护》中,把诗人和改革者的作用合为一体,认为诗是通过一种神圣的方式起作用,它能"唤醒灵魂""扩大灵魂的领域","诗揭开帷幕,露出世界所隐藏的美,使平常的事物反而不平常了",并由此"获得至善的爱的道德。"②于是雪莱在诗中开始了他理想之爱的自由飞翔。这是对自由的讴歌:"从海洋,高山,到云层,/透过迷雾烈风,灿烂的阳光闪耀;/从民族到民族,从人心到人心,从城市到乡村,你的黎明普照——/暴君和奴隶如同是夜的阴影/面临着曙光的逼近。"(《自由》)这是对爱情的眷恋:"若是两颗心,通宵达旦/在一处跳动,相偎相伴,/这样的夜晚好,亲爱的,/因为他们不说:晚安。"(《晚安》)这是对理想的追寻:"向上,再向高处飞翔,/从地面你一跃而上,/像一片烈火的轻云,/掠过蔚蓝的天心,/永远歌唱着飞翔,/飞翔着歌唱。"(《致云雀》)这是对强者的赞美:"坚强的雄鹰!你高高飞翔/在云雾弥漫的山巅丛林之上,/披沐着晨曦璀璨的光明,/像庄严的行云,而当夜幕/降临,你傲然不顾/壁垒森严的暴风雨在逼近!"(《坚强的雄鹰》)这是对未来的期盼:"就像从未灭的余烬飏出炉灰和火星,/把我的话语传遍天地间万户千家,/通过我的嘴唇,向沉睡未醒的人境,/让预言的号角奏鸣!哦,风啊,/如果冬天来了,春天还会远吗?"(《西风颂》)

徐志摩欣赏雪莱:"他是爱自由的,他是不愿受束缚的……他之所以成为伟大的诗人是因为他对于理想的美有极纯挚的爱"。③ 显然,在对自由、爱与理想的追寻之上,徐志摩与雪莱是心系一处的。如果说华兹华斯带给了徐志摩清新浪漫的精神气质与诗歌格调,泰戈尔赋予了徐志摩精神之爱的烛照与感悟,那么雪莱带给徐志摩的就是热烈的追求与搏击了。正如雪莱在诗剧《解放了的普罗米修斯》中所说:"我不肯低头/……宁愿吊了起来钉在这飞鸟难越的/万丈悬崖上"。(《解放了的普罗米修斯》)在经历了《志摩的诗》精神境界的提炼与精神力量的积

---

① 雪莱:《解放了的普罗米修斯》,见《拜伦雪莱诗歌精选评析》,王钦峰主编,开封:河南大学出版社,2006年,第198页。(下文雪莱诗歌均选自此集)
② 转引自孙丽涛:《徐志摩对西方浪漫主义的认证》,《东岳论丛》,1996年第3期。
③ 徐志摩:《读雪莱诗后》,《文学周报》第95期,1923年11月5日。

聚后,徐志摩在《翡冷翠的一夜》创作阶段就开始了他更为坚定更为热烈更为执著的飞翔,这和雪莱对他的潜在影响显然是难以分开的。徐志摩本就是一个不安分的追寻者,"我的朋友多叫我'理想者',因为我不开口则已,一开口总是与现实的事理即不相冲突也很难符合的"。(《天下本无事》)还曾说:"是人没有不想飞的。老是在这地面上爬着够多厌烦,不说别的。飞出这圈子,飞出这圈子!到云端里去,到云端里去!"(《想飞》)这多么像雪莱笔下那飞上云端的欢快的云雀!灵动就是徐志摩的个性,"我爱动,爱看动的事物,爱活泼的人。"(《自剖》)而"雪莱的诗里无处不是动,生命的振动,剧烈的,有色彩的,嘹亮的。"(《济慈的夜莺歌》)很明显,雪莱对爱、自由和美的热烈追寻深深地激发了徐志摩心中潜在的激情。崇尚飞和动的徐志摩于是也开始了自己最热烈的对于未来的追求,那就是让他心驰神往的充满了自由与美的生活。

徐志摩曾说:"雪莱想飞入云端,他的诗是用恋爱的黄金线织成的。"(《近代英国文学》)如同爱情诗在雪莱诗中的显见,在徐志摩创作的翡冷翠时期,爱情诗作也强占了他诗歌创作的重要内容。徐志摩同雪莱一样把自由美好的爱情作为生活和生命中最重要的现实内容和理想追求最先拿来实践的,这种对爱的追求与抗争,显然是诗人向美、向善、向自由的追求所发起的最坚定有力的冲击,这是对"存天理灭人欲"的中国封建伦理道德和向来极力回避爱的中国传统文学观念的大胆叛逆。如果一个诗人连自己个人的幸福都怯于追求与表达,那他诗中所有动人的诗句无疑都是苍白无力的。在《志摩的诗》写作期间,徐志摩更多的是限于对未来理想的一种仰望,期待理想中婴儿的出世。而在徐志摩紧接而来的这翡冷翠创作时期,徐志摩说"我不想成仙,蓬莱不是我的分,我只要地面,情愿安分的做人。"(《〈翡冷翠的一夜〉序》)徐志摩首先开始了他个人的奋斗——现实生活中惊天动地的恋爱!为了爱的自由,为了理想的生活,他置纲常伦理、宗法家风、师友忠告于不顾,甘愿被指责、被嘲讽,大胆追求爱情:"为你我抛弃了一切,只是本分为你我,还顾得什么性命与名誉。"①并痛斥阻碍他恋爱的各种势力:"狗

---

①　徐志摩:《爱眉小扎》,北京:经济日报出版社,2000年,第46页。

屁的礼教,狗屁的家庭,狗屁的社会。"①在《新催妆曲》一诗中,徐志摩深刻揭示了新娘在被强迫的婚礼上内心所承受的巨大的痛苦,并悲叹于这礼堂是坟场,悲叹鲜活的生命从此埋葬!

苏曼殊曾这样概括雪莱的恋爱观和抒情诗:"虽然他是一个恋爱的信仰者。雪莱审慎而有深思。他为爱情的热忱,从未表现在任何强烈激动的字句里。"②譬如《爱底哲学》:

> 泉水总是向河水汇流,/河水又汇入海中,/天宇的轻风永远融有/一种甜蜜的感情;/世上哪有什么孤零零?/万物由于自然律/都必融汇于一种精神。/何以你我却独异?(《爱底哲学》)

这首呼喊爱的诗歌具有一种单纯童话般的色彩,诗人把对爱情的渴慕融入到对自然景物的抒发中,把情感诗意化,具有一种节制的美,自然且回味无穷。相对于《爱底哲学》,雪莱献给自己第二任妻子玛丽的诗歌《给玛丽》就要热烈率真得多,但也还是具有一种含蓄性:

> 亲爱的玛丽,快来到我的身旁,/……/你对于我,亲爱的,/就像黄昏对于西方的星辰,/就像日落对于圆满的月亮。/哦,亲爱的玛丽,但愿你在这里。(《给玛丽》)

相对于雪莱的节制与审慎,徐志摩在表达爱情这方面比雪莱要更为热烈与奔放。"在中国现代文学史上,像徐志摩一样赋予'爱'以万能的力量,对'爱'如此顶礼膜拜的人是很难发现第二人。"③在雪莱灵动活泼精神的感召之下,徐志摩开始了他让很多人胆战心惊的振聋发聩的呐喊:

> 我没有别的方法,我就有爱;没有别的天才,就是爱;没有别的能耐,只是爱,没有别的动力,只是爱。我是极空洞的一个穷人,我也是一个极充实的富人——我有的只是爱。……我白天想望的,晚间祈祷的,梦中缠绵的,平旦时神往的——

---

①　徐志摩:《爱眉小扎》,北京:经济日报出版社,2000年,第41页。
②　转引自刘介民:《不可或缺的"类同原则"——徐志摩和雪莱诗歌的血缘关系》,广州大学学报(综合版),2001年第1期。
③　黄宇:《徐志摩散文与康桥文化》,《华中师范大学学报》,1997年第1期。

只是爱的成功,那就是生命的成功。①

于是,徐志摩的爱情热情势不可挡,它像一道道长空霹雳带着人们的惊悚划过暗滞的天空——这是对爱的赞许:"你我的心,象一朵雪白的并蒂莲,/在爱的青梗上秀挺,欢欣,鲜妍,——/在主的跟前,爱是唯一的荣光。"(《最后的那一天》)这是对爱的渴求:"我不仅要你最柔软的柔情,/蕉衣似的永远裹着我的心;/我要你的爱有纯钢似的强,/在这流动的生里起造一座墙;任凭秋风吹尽满园的黄叶,/任凭白蚁蛀烂千年的画壁;就使有一天霹雳震翻了宇宙,——/也震不翻你我'爱墙'内的自由!"(《"起造一座墙"》)这是对爱的等待:"等铁树儿开花我也得耐心等;/爱,你永远是我头顶的一颗明星。"(《翡冷翠的一夜》)这是对爱的思恋:"我来扬子江边买一把莲蓬;/手剥一层层莲衣,/看江鸥在眼前飞,/忍含着一眼悲泪——/我想着你,我想着你,啊小龙!"(《我来扬子江边买一把莲蓬》)恋爱是人类的生机所在,人类若丧失了真的恋爱,这人类也就失去了新鲜与活力。徐志摩的追求爱情一方面固然是内心性灵情感的驱动,欲追求一个充满了爱的理想人生;同时,他还怀揣着一份深重的社会责任感,把自己的爱情展示给大众,在荆棘丛生的社会努力给大家一份启示与感悟:

> 这恋爱是大事情,是难事情,是关生死超生死的事情······
> 你我负着的责任,那不是玩儿。对己,对友,对社会,对天,我
> 们有奋斗到底,做到十全的责任!②

徐志摩的爱情追求,走的是一条冒天下之大不韪的道路,做的是一般人想做而不敢做的事情。他无所畏惧地面对传统道德,把对爱的追求作为发展个性实现自我的重要途径,其价值与意义超越了个人私生活领域而具有着一定的思想启蒙命意,直接承接了"五四"时期的时代精神。正是这种时代的使命感与责任感,再加之雪莱的启悟,才给了徐志摩以惊人的勇气走向抗争,于是才有了《翡冷翠的一夜》中那种对爱

---

① 徐志摩:《爱眉小扎》,北京:经济日报出版社,2000年,第25页。
② 徐志摩:《爱眉小扎》,北京:经济日报出版社,2000年,第6页。

的追求的义无反顾与惊天动地。然而理想爱情的追求是徐志摩理想人生的部分内容与典型表达,徐志摩的许多爱情诗是不能仅仅当作爱情诗来阅读的,很多时候他是借爱情来表达他对他整个人生信仰的追求。正如朱自清在《中国新闻学大系·诗集·导言》中所说:"他的情诗,为爱情而咏爱情,不一定是实生活的表现,只是想象着自己保举自己作情人,如西方诗家一样。"①茅盾也曾如此评析徐志摩的爱情诗:"我以为志摩的许多披着恋爱外衣的诗,不能够把来当作单纯的情诗看的;透过那恋爱的外衣,有他的那个对于人生的单纯信仰。"②徐志摩的爱情诗正是他追寻理想的真实的思想轨迹,是他实现理想人生的部分实践。

如果徐志摩在雪莱奋飞精神映照下的飞翔只体现在他个人爱情的追求与表达上,那徐志摩也就不能理所应当地被称为现代文学诗史上的著名诗人,至多就是一个在自己情爱天地里浅吟低唱的多情公子和文学青年。对徐志摩而言,爱只是他理想人生的一部分,他的理想人生还包蕴着带有自由色彩的美的社会生活,这就使他在创作诗歌时没有止于关注自己个人狭小的情爱天地。雪莱亦如是。雪莱曾说,个人需改造自己而泛爱全人类。③雪莱一生具有利他主义和世界大同的思想,从少年时代开始,雪莱就决定为被压迫的人寻求保护与幸福,主张投入到反对丑恶社会的斗争里。就其根本说,雪莱是一个名副其实的善良的魔鬼。因此在雪莱的诗歌里我们不难看到那博大的痛苦与奋斗,在《悲歌》里他为世上的不公而哭泣,在《明天》里可怜明天的难以替代今天,在《致——》里感叹我们的星球充满了忧愁。但在雪莱诗里我们感受更多的却是如《西风颂》里对西风精神的颂赞,"不羁的精灵,你啊,你到处运行;你破坏,你也保存,听,哦,听!""但愿你勇猛的精灵/竟是我的魂魄,我能成为彪悍的你!"(《西风颂》)雪莱渴望自己能像阿

---

① 朱自清:《导言》,见《中国新文学大系》,赵家璧编,上海:良友图书公司,1935 年,第 7 页。

② 茅盾:《徐志摩论》,见《徐志摩评说八十年》,韩石山等编,北京:文化艺术出版社,2008 年,第 210 页。

③ 转引自刘介民:《不可或缺的"类同原则"——徐志摩和雪莱诗歌的血缘关系》,《广州大学学报》(综合版),2001 年第 1 期。

波罗那样"万道金光是我的利箭,我用它射杀 /依恋黑夜畏惧白昼的奸伪和欺诈。"(《阿波罗之歌》)雪莱歌唱那些闪烁舞蹈的星星,歌唱那些规模巨大的战争,他腾空而起,欲把整个世界拆毁! 写下了很多洋溢着激情与斗志的光辉篇章,如长诗《伊斯兰的起义》、诗剧《解放了的普罗密修斯》以及抒情诗《西风颂》等等。

如同雪莱感受着世间的苦痛一样,徐志摩因为现实距离自己理想人生的遥远而常常发出感叹:"我亲爱的母国,其实是堕落得太不成话了;血液里有毒,细胞里有菌,性灵里有最不堪的污秽,皮肤上有麻疯。"(《欧游漫录》)面对如此徐志摩决定不受它的拘束,勇敢地迎上前去,"从今起得把现实当现实看:我要来察看,我要来检查,我要来清除,我要来颠扑,我要来挑战,我要来破坏。"(《迎上前去》)于是在诗中徐志摩同情与鞭挞的笔力触及到了社会的方方面面:他揭露战争中大帅活埋士兵的残暴罪行(《大帅》),愤慨把人变成兽的社会(《人变兽》),悲悯"三一八"惨案中惨遭杀戮的孩童(《梅雪争春》),同情被暴风雨摧残的苏苏(《苏苏》),感叹这年头到处是憔悴(《"这年头活着不易"》),感动于庐山石工那悲凉的号声,悲叹那是痛苦人间的呼吁(《庐山石工歌》),讴歌那独舞黑暗海边的勇敢的女郎(《海韵》)。这些诗篇涌动着的是我们难以忘怀的徐志摩对社会人间的关爱与高尚的人道精神。徐志摩曾说他的信念与理想是:

> 往理性的方向走,往爱心与同情的方向走,往光明的方向走,往真的方向走,往健康快乐的方向走,往生命,更多更大更高的生命方向走——这是我那时的一点"赤子之心"。我恨的是这时代的病象,什么都是病象:猜忌,诡诈,小巧,倾轧,挑拨,残杀,互杀,自杀,忧愁,作伪,肮脏。我不是医生,不会治病;我就有一双手,趁它们活灵的时候,我想,或许可以替这时代打开几扇窗,多少让空气流通些,浊的毒性的出去,清醒的洁净的进来。(《再剖》)

徐志摩曾在《海滩上种花》一文中企望人们用在海滩上种花的精神去追求爱与献身,尽量在这人道的海滩边种你的鲜花去——花也许会

消灭,但这种花的精神是不烂的!(《海滩上种花》)

在提倡人道与追求美好及人生经历等方面徐志摩与雪莱存有太多的类同之处,徐志摩无疑是欣赏雪莱的,他追慕雪莱的勇敢与浪漫,他喜爱雪莱笔下那灵动的文字,但他没有单纯地去克隆雪莱的一切,包括他的思想。在本质上徐志摩与雪莱间存在着很大的差异性。雪莱提倡追求爱与献身,他反教会,反暴政,鼓吹革命,说到底雪莱是个敢于飞翔和实践的社会的斗士。而徐志摩虽然也反社会,反暴政,但他在根本上却是一个个人主义者,这是徐志摩与他的偶像间本质上最大的差异所在。徐志摩本人也曾公开表述:"我是一个不可教训的个人主义者。这并不高深,这只是说我只知道个人,只认得清个人,只信得过个人。我信德谟克拉西的意义只是普遍的个人主义;在各个人自觉的意识与自觉的努力中涵有真纯德谟克拉西的精神:我要求每一朵花实现它可能的色香,我也要求各个人实现他可能的色香。"(《列宁忌日—谈革命》)徐志摩从以个人主义为基础的自由主义的信仰和追求出发,不理解不赞成流血的暴力革命;他称赞列宁,但并不称赞列宁主义;他质疑无产阶级革命的合法性;他对当时的社会现实不满,但他把社会的肮脏丑恶归咎于各个人的灵魂的不洁,认为我们的灵魂里住着一个可怕的大谎!并且还说"我们是与最肮脏的一样肮脏,与最丑陋的一般的丑陋,我们自身就是我们运命的原因。"(《落叶》)因此徐志摩认为社会革命的主要途径是从每个人做起,从恢复每个人洁净的躯体与灵魂开始,然后再为这新的洁净的灵魂与肉体造一个新的洁净的生活。(《青年运动》)徐志摩早在由英国归来后所做的一篇较为系统的论述艺术观与人生观的演讲稿《艺术与人生》中,就曾明确提倡一种指向精神领域的精神化的生活,并认为完美的艺术得之于人的精神的发现和体现,并希望通过对艺术的鼓动和倡导影响和改变人生。徐志摩一生注重个人性灵的再造,注重每个人自我意识的觉醒与国魂的发现,他认为生命的乐趣在于自由——恢复人的天性,过自由自在的生活。他说:"要使我们的心灵,不但消极的不受外物的拘束与压迫,并且永远在继续的自动,趋向创作,活泼无碍的境界,是我们的理想。……使天赋我们灵肉两部的势力,尽性的发展,趋向最后的平衡与和谐,是我们的理想。"(《话》)

　　这其中的狭隘与偏激是显而易见的,20世纪20年代的中国社会,阶级斗争愈演愈烈,社会矛盾复杂尖锐,内乱频发,灾荒连年,哀鸿遍野,在时代汹涌的浪潮中,个性主义的思潮已经不是解决一切问题的灵丹妙药,人们需要的是更为实际的现实斗争。因此,徐志摩的崇尚自由的思想与当时黑暗的社会现实、凶险丑恶的政坛格格不入。徐志摩是矛盾的,现实的无力感让他既关心政治又远离政治,他既关注社会但又拒绝置身于现实的浪涛之中。留学归来之时他曾拒绝了当时任教育部长的好友蒋梦麟聘他任司长的提议,他只能将目光投向艺术,在艺术中实现自己的理想,而不能像雪莱一样投身社会运动。因而纵览徐志摩这一时期的诗歌,除了他热烈爱情写照的爱情诗之外,我们不难发现在其它题材的诗中徐志摩缺少的是置身于现实洪流中如雪莱诗中的激情与斗志。很多时候,徐志摩基本都让自己诗人的情怀停留在发现与揭露、悲叹与同情上了,这也使徐志摩的诗歌失去了宏大和磅礴的气势,而这也正是徐志摩成不了雪莱的最关键之处。

　　但无论如何,雪莱对于徐志摩的影响在某种程度上提升了其诗歌的内质。诗艺方面,徐志摩对雪莱也是倾慕不已。徐志摩曾说雪莱那些不朽的诗歌,“大都是在田野里,海滩边,树林里,独自徘徊着像离魂病似的自言自语的成绩。”(《话》)徐志摩高度赞扬雪莱这种与自然谐和的变术,徐志摩不由感叹道:“雪莱制‘云歌’时我们不知道雪莱变了云还是云变了雪莱;歌‘西风’时不知道歌者是西风还是西风是歌者;颂‘云雀’时不知道是诗人在九霄云端里唱着还是百灵鸟在字句里叫着。”(《济慈的夜莺歌》)而徐志摩的天性是惯于欣赏自然的,他说:“人是自然的产儿,就比枝头的花与鸟是自然的产儿……从大自然,我们应分取得我们继续的滋养。……在青草里打几个滚,到海水里洗几次浴,到高处去看几次朝霞与晚照——你肩背上的负担就会轻松了去的。”(《我所知道的康桥》)在他的这一时期的诗中,我们同样也能发现很多来自于自然的灵感与光辉,如《珊瑚》、《望月》、《海韵》等。

　　另外,雪莱对徐志摩的影响还体现在诗体上,徐志摩特别钟爱雪莱的抒情短诗。他曾说雪莱的小诗“很轻灵,很微妙,很真挚,很美丽,读的时候，心灵真的颤动起来，犹如看一块纯洁的水晶，真是内外灵通。"①雪莱的抒情小诗弥漫着浓厚的抒情气氛，而他的抒情，不是吟风弄月，而是掺和着人世的苦难感和对未来的理想，而徐志摩的抒情小诗《偶然》就是一首咏叹生命与爱情的颇得雪莱小诗神韵的轻灵与精妙的杰作。

三 忧郁之思：哈代精神的辐射

在文学影响方面，徐志摩从不讳言自己有一定的英雄崇拜倾向，"我不讳我的'英雄崇拜'。山，我们爱踹高的；人，我们为什么不愿接近大的？"（《谒见哈代的一个下午》）在徐志摩深受影响的英国作家中，哈代是一位让徐志摩崇拜景仰的"英雄"作家，徐志摩曾说："哈代！多远多高的一个名字！"（《谒见哈代的一个下午》）在狄更生的引荐之下，徐志摩在 1928 年慕名拜访了哈代，与哈代有过匆匆的神奇的一面之缘，让徐志摩久久难以忘怀！徐志摩一生曾写过关于哈代的诗文很多，譬如散文《汤麦司哈代的诗》、《厌世的哈提》、《汤麦士哈代》、《谒见哈代的一个下午》、《哈代的著作略述》、《哈代的悲观》等，诗作《哈代》；徐志摩一生还翻译过哈代的诗歌 21 首。哈代对徐志摩的影响不容忽视，卞之琳就曾不无偏颇地说道："徐志摩写诗，要说还是和二十世纪英美现代派有缘，那么也仅限于和哈代。"②徐志摩同时也是中国现代文学史上第一位热心关注并积极介绍哈代诗歌的作家，有论者说"作为诗人，徐志摩对哈代的评论充满才气，……直到 80 年代以前，中国学术界对哈代的研究，就质量而言，没有超过徐志摩的水平。"③这并非溢美之词，徐志摩是用他的心去接触与感悟诗人，他的有关哈代的系统而独到的精神之悟经受住了时间的考验，成为多数哈代论者的共识，在今天仍有

---

① 徐志摩：《读雪莱诗后》，《文学周报》第 95 期，1923 年 11 月 5 日。
② 卞之琳：《徐志摩选集·序》，见《人与诗：忆旧说新》，卞之琳著，北京：三联书店，1984年，第 39 页。
③ 张志庆：《中外哈代研究综述》，《山东大学学报》（哲社版），1990 年第 2 期。

着积极且深刻的当代价值意义。

托马斯·哈代(Thomas Hardy,1840－1928),英国 19 至 20 世纪著名的小说家和诗人。哈代由小说而诗歌的创作转变发生在 19 世纪末,他把他在小说创作方面的辉煌延续到了诗歌创作领域,"没有一个作家在结束一项事业,或事业的一个阶段方面比哈代更为成功了。"①哈代在 58 岁才真正开始自己的诗歌生涯,在近 30 年的时间里创作了包括 8 部诗集和 2 部诗剧在内的诗歌近千首。"在众多的英美诗人兼小说家——司各特、爱米莉·勃朗蒂、麦尔维尔、梅瑞狄斯、D. H. 劳伦斯——当中,哈代可谓独占鳌头。"②在哈代晚年,哈代完全把自己的生活融入到诗歌创作之中,"诗歌成了他生命中最重要的一部分。"③这种精神是足以打动很多人的,包括同为诗人的徐志摩。徐志摩写诗就历来主张"我要的是筋骨里迸出来,血液里激出来,性灵里跳出来,生命里震荡出来的真纯的思想。"(《猛虎集·序》)所以他对哈代非常欣赏乃至崇拜。徐志摩译介哈代的诗始于 1923 年,1924 年便写了介绍哈代诗作的长文《汤麦司哈代的诗》,充分表露了他对哈代的欣赏。而那个时候正是徐志摩诗歌创作的最激情昂扬的时期,哈代吸引他的是,一是创造性,二是倔强的疑问的精神,三是忧郁的气质,因为这些却也正是徐志摩的诗歌创作的倾向所在。哈代历来被人们称为是悲观主义诗人,不管结论偏颇与否,我们不可否认的是他作品中常常流露出浓郁的忧郁气质。而徐志摩也是一个惯于忧郁的诗人,早在康桥时期徐志摩就曾写下过一些关于情感失落的忧郁的文字,并且自己也曾表露那时"一份深刻的忧郁占定了我;这忧郁,我信,竟于渐渐的潜化了我的气质。"(《猛虎集·序》)随着徐志摩诗歌创作的从最初浪漫的《志摩的诗》走过激情辐射的《翡冷翠的一夜》最后到沉着冷静的《猛虎集》与《云游》,徐志摩愈来愈发现自己从英国带回的"自由、美、爱"三位一体的有关人生

---

① Robert Heilman：Introduction to Tess of the D'Urbervilles, New York：Bantam Books, 1992, p. vii.

② William H. Pritchard：Lives of the Modern Poets, London & Boston：Faber and Faber Limited, 1980, p. 16.

③ 颜学军:《哈达诗歌研究》,北京:人民文学出版社,2006 年,第 7 页。

与政治的单纯信仰,要想在动荡不安、民不聊生的中国社会背景之下和平非暴力的实现已无可能,人生社会理想的渐行渐远使他愈来愈忧郁,愈来愈哀叹,这时他愈发欣赏起哈代那凝重的诗文与忧郁但不绝望的诗人气质,仅在 1928 年徐志摩就写了 5 篇有关哈代诗文的文章。而徐志摩作为诗人在诗歌创作的这最后的闪现阶段中也充分表露出他与哈代的神情相通之处,美国著名中国文学专家西利尔·伯奇就曾说过:"如果无视徐志摩对哈代的崇敬仰慕和偶然模仿,就不能解释他诗歌生涯中的一个重要问题,即他的忧郁。"①

哈代是公认的悲观主义诗人,英国 19 世纪维多利亚时代的历史背景和社会从资本主义走向垄断帝国主义时期的剧变现实给哈代诗歌抹上了焦虑、绝望、悲怆、无奈的心理色彩。在哈代诗作中,有 6 个基本的主题:即爱情、战争、宗教、自然、时间和死亡,其中相当一部分是表现伤感和悲观的,这是因为"在哈代的作品中,有一个中心思想:生存的痛苦。"②在哈代的作品中俯拾可见那人类生存的苦难与不幸,譬如战争的不幸:"'愿和平降于人间。'人们在祈祷,/我们咏颂和平,侍养百万牧师布道。/两千年来祈求和平从不歇息,/我们终于得到了——毒气。"③譬如爱情的不在:"我深深怀念的女人,你那样地把我呼唤,/……而你已化作无声无息的阴影,/……于是我,跟跄向前,/四周树叶儿飘散,/北风稀稀透过棘丛间,/犹闻那女人在呼唤"④譬如社会的阴暗:"固守着无边的晦暗,/自身的价值将它变为阴褐一片,/四周没有亮光闪现"⑤譬如人类的麻木:"我们无动于衷得太久了!/人类会灭绝。——那就让它去吧。"⑥如此等等。哈代从不在作品中流露那廉价

---

① 西利尔·伯奇:《论哈代对徐志摩的影响》,《淡江评论》,1977 年第 8 期。
② 颜学军:《哈达诗歌研究》,北京:人民文学出版社,2006 年,第 113 页。
③ 哈代:《1924 年圣诞节》,见《哈达诗歌研究》,颜学军著,北京:人民文学出版社,2006 年,第 40 页。
④ 哈代:《呼唤声》,见《英国诗史》,王佐良著,南京:译林出版社,1997 年,第 401—402 页。
⑤ 哈代:《与失望相会》,见《类同研究的再发现》,刘介民著,北京:中国社会科学出版社,2003 年,第 196 页。
⑥ 哈代:《我对爱神说》,见《徐志摩散文全编》(上册),韩石山编,天津:天津人民出版社,2005 年,第 409 页。

的对于人类生存的乐观,相反在哈代的诗歌中充斥着人类生存的呻吟之声,但是正如徐志摩所看到的,"哈代不是一个武断的悲观论者,……在他最烦闷最黑暗的时刻他也不放弃他为他的思想寻求一条出路的决心——为人类前途寻求一条出路的决心。"(《汤麦士哈代》)面对自己所目睹的悲惨世界,哈代曾指出:"我的座右铭是,首先是确定病症——在这种情况下是人类的疾患——接着再找出病因,然后再寻找有无治病的良药。"①哈代找出的病症是:"不论世道本身是善还是恶,有一点很清楚,人使这个世界变得更为糟糕。"并且还说"人们称我是悲观主义者。……相反,我的实际哲学明显是向善主义的。"②可见哈代不是在作品中刻意宣扬绝望的气息,传播人类无望的颓丧,而是正如徐志摩所说的他在倔强地疑问着。哈代真实地面对眼前的世界,揭露那已经失去光芒的生活,并对世界的改善抱有信心:"晚霞色彩正艳,/不久就会有灿烂的明天——/不久!"③他还积极呼唤人类爱心的涌现,哈代在《对人的哀诉》中就表达了如此的思想:"生活的事实只能依靠/人类心灵丰富的情感,/人心相连情深如同胞,/仁爱是人心中的光灿,不必向神秘上苍求援。"④

显然,在哈代的精神世界中充斥着很多深刻的关注人间的痛苦,他一方面对现实深感绝望,但另一方面又对将来充满希望,这种灵魂的挣扎与抗争显示出哈代向上的种种努力,而哈代的这种思想历程却也正暗合了徐志摩的思想发展轨迹,而这也正是徐志摩特别钟爱哈代的原因所在。

在翡冷翠后时期随着徐志摩理想中"婴儿"的注定不会出世,而自己千辛万苦追逐来的爱情竟也在日常的不和谐中消退了缤纷的颜色,

---

① Florence Emily Hardy：The Life of Thomas hardy 1840－1928,London：Macmillan & Co Ltd. 1962,p. 383.

② James Gibson,ed：Thomas Hardy Interviews and Recollections,London and Basingstoke：The Macmillan Press Ltd. ,1999,p. 70.

③ 哈代:《希望之歌》,见《徐志摩散文全编》(上册),韩石山编,天津:天津人民出版社,2005 年,第 1118 页。

④ 哈代:《对人的哀诉》,见《哈达诗歌研究》,颜学军著,北京:人民文学出版社,2006年,第 125 页。

一切理想的幻灭使徐志摩从单纯的信仰开始流入怀疑的颓废,在这一时期他似乎离开了他一度崇拜与依傍的雪莱而更密切地走向了哈代,写下了较多如哈代般调子低沉的诗篇。正如茅盾所说:"一旦人生的转变出乎他意料之外,而且超过了他期待的耐心,于是他的曾经有过的单纯信仰发生动摇,于是他流入于怀疑的颓废了。"①

徐志摩曾在《猛虎集》序言中不无忧伤地说道:

> 尤其是最近几年,有时候自己想着了都害怕:日子悠悠的过去内心竟可以一无消息,不透一点亮,不见丝纹的动。……生活不仅是极平凡,简直是到了枯窘的深处。(《猛虎集·序》)

因此,徐志摩感觉着自己的渺小(《渺小》),感受着"不论你梦有多么圆,/周围是黑暗没有边"(《活该》)。于是,徐志摩在很多诗里悲叹着有关爱情的惆怅与失落,"我等候你。/我望着户外的昏黄/如同望着将来",然而等待的人并没有来,作者于是感受到了生命中乍放的阳春与希望的陨落,他的心从此被活埋。(《我等候你》)徐志摩发现自己的周遭一切都是残破的,爱情如是,理想更如是,他能"抱紧的只是绵密的忧愁,/因为美不能在风光中静止"(《献词》)。《再别康桥》就是徐志摩对自己理想的一次彻底的祭奠,一切都已枉然,徐志摩作别了西方的云彩,就表示他已经放弃在中国的土地上培植他那单纯理想的信仰之花了。他为此曾《干着急》,为此曾《怨得》这相逢,为此《枉然》得《我不知道风是在哪一个方向吹》,然而一切始终都是暗淡无光的,"枯槁它的形容,/心已空,/音调如何吹弄?"(《卑微》)与陆小曼婚后的这一时期,徐志摩的伤心与绝望在《猛虎集》中俯拾皆是,爱情与理想的双双落空已经使徐志摩逐渐丧失了《我有一个恋爱》时的轻灵与欣然。这一时期,徐志摩也如同他喜爱的哈代一样,在诗中偏重选取一些凝重的意象来烘托情感。徐志摩曾说哈代写诗不如华兹华斯所营造的是一个黄金的世界,日光普照着的世界,而"哈代见的却是山的那一面,一个深黝的

---

① 茅盾:《徐志摩论》,见《徐志摩评说八十年》,韩石山等编,北京:文化艺术出版社,2008年,第210页。

山谷里。在这山冈的黑影里无声的息着,昏夜的气象,弥布着一切,威严,神秘,凶恶。"(《汤麦司哈代的诗》)而我们在徐志摩《猛虎集》里看到的也绝不是诗人康桥时期草上的露珠儿那样清新的意象和归国后那自由与欢快的雪花意象,更多的却是乌黑的昏黄、残冬的尸体、烟雾迷裹着的深夜、啼血的杜鹃、消失的黄鹂、晦色的路碑、恐怖的妖魔与昏黑里泛起的伤悲,压抑着诗人难以喘息:"阴沉、黑暗,毒蛇似的蜿蜒,/生活逼成了一条甬道……/头顶不见一线的天光,/这魂魄,在恐怖的压迫下,除了消灭更有什么愿望?"(《生活》)加拿大学者梁锡华曾说:"志摩有不少诗歌以哈代式对话来书写,而诗歌内的意象,如坟墓、坟地、死人、火车站等,都常见于哈代作品。"①哈代作品冷郁的气质显然切合了徐志摩此时的心境。

关于自己一切一切的失败,徐志摩曾悲哀地说:"我知道的还只是那一大堆丑陋的臃肿的沉闷,压得瘪人的沉闷,笼盖着我的思想,我的生命。它在我的经络里,在我的血液里。我不能抵抗,我再没有力量。"(《秋》)胡适作为徐志摩多年的好友,他说徐志摩的失败:"是因为他的信仰太单纯了,而这个现实世界太复杂了,他的单纯的信仰禁不起这个现实世界的摧毁……"②因此,诗人感到了无边的黑暗和消散了的诗意,但惯于飞翔的他不愿意就此沉沦。这一时期徐志摩与哈代走得很近,一方面他感触于相融于哈代作品中的悲剧氛围,另一方面他又同时非常欣赏哈代的倔强的疑问与反抗。哈代60年间不倦不厌的歌唱与创造深深激励着徐志摩:"扛着一肩思想的重负,/早晚都不得放手。……为维护这思想的尊严,/诗人他不敢怠惰,/高擎着理想,睁大着眼,/抉剔人生的错误。"(《哈代》)面对哈代的坚持与倔强,徐志摩也并不想束手就擒,他想复活,因此"眼睛睁开了心也跟着开始了跳动。嫩芽的青紫,劳苦社会的光与影,悲欢的图案,一切的动,一切的静,重复在我的眼前展开,有声色与有情感的世界重复为我存在;这仿佛是为了

---

① 梁锡华:《徐志摩新传》,台北:台湾联经出版事业公司,1991年,第129－130页。

② 胡适:《追悼志摩》,见《徐志摩评说八十年》,韩石山等编,北京:文化艺术出版社,2008年,第22页。

要挽救一个曾经有单纯信仰的流入怀疑的颓废,……我还有一口气,还想在实际生活的重重压迫下透出一些声响来的。"(《猛虎集·序》)徐志摩挣扎着自己的性灵,他并没有一味沉浸在《别拧我,疼》的男欢女爱里,也并没有消弭在《残春》里,他说:"我要在残破的意识里/重兴起一个残破的天地。"(《残破》)在生活的暗淡中他愿意一搏去寻那哪怕是微许的希望:"我只要一分钟/我只要一点光/我只要一条缝,——象一个小孩爬伏/在一间暗屋的窗前/望着西天边不死的一条/缝,一点/光,一分/钟。"(《阔的海》)

而如何去改变眼前的一切?徐志摩继续着泰戈尔与雪莱的爱的影响,并在哈代的仁爱那里得到了一定的鼓励,因此,诗人幻想爱的伟大功用:

> 我们做人的动机是仁爱不是残暴,是互助不是互杀,那我们才可以安心享受这伟大的理智的成功,引导我们的生活往更光明更美更真的道上走。……凭着爱的无边的力量,来扫除种种障碍,我们相爱的势力,来医治种种激荡我们恶性的狂疯,来消灭种种束缚我们的自由与污辱人道尊严的主义与宣传。(《汤麦士哈代》)

> 因为只有爱能给人/不可理解的英勇和胆,/只有爱能使人睁开眼,/认识真,认识价值,只有/爱能使人全神的奋发,/向前闯,为了一个目标,/忘了火是能烧,水能淹。(《爱的灵感》)

因此在《猛虎集》与《云游》里,仁爱的徐志摩在含泪歌唱,他同情"宇宙间一切无名的不幸",希望能用自己"嘹亮的歌声里消纳了无穷的苦厄"(《拜献》),为此徐志摩曾动情地写下过如此动人的诗行:

> 我把每一个老年灾民/不问他是老人是老妇,/当作生身父母一样看,/每一个儿女当作自身/骨血,即使不能给他们/救度,至少也要吹几口/同情的热气到他们的/脸上,叫他们从我的手/感到一个完全在爱的/纯净中生活着的同类(《爱的灵感》)

徐志摩正是怀抱着博大的爱心所以他才能够为坐《在不知名的道旁》的悲哀的愁妇而悲叹；鄙视黄金成了人们的新宠；忧伤爱情的不再回来等。面对黑漆漆的一切，徐志摩实在不愿与黑夜一起沉沦，他说"我非得留着我的清醒"（《领罪》），因此徐志摩赞美杜鹃啼血的歌唱（《杜鹃》），崇拜力（《泰山》），崇拜创造的能量（《猛虎》），注目俘虏的"大无畏"的精神等（《俘虏颂》）。徐志摩说道："我们先得要立志不做时代和时光的奴隶，我们要做我们思想和生命的主人，这暂时的沉闷绝不能压倒我们的理想。"（《秋》）1931 年他还积极阐明自己的进取与乐观："我们都还是在时代的振荡中胚胎着我们新来的意识，……我们是要在危险中求更大更真的生活，我们要跟随这潮流的推动，即使肢体碎成粉，我们的愿望永远是光明的彼岸。"①纵然如此，在这诗歌创作的最后时期，徐志摩更多的还是明显地感觉到了自己的力不从心。面对自己理想与生活双重失败的打击，倔强的徐志摩一方面仍在努力表达"我有的是胆，/凶险的途程不能使我心寒"（《你去》）的情绪，但另一方面，沉浸在自己理想信仰模式中的徐志摩离社会愈来愈远，甚至对社会革命表现出了一些怨愤的偏激情绪："花尽开着可结不成果，/思想被主义奸污的苦！……到那天人道真灭了种，/我再来打——打革命的钟！"（《秋虫》）因此他想逃避，想"往远处飞，往更远的飞；什么累赘，一切的烦愁，/恩情，痛苦，怨，全都远了。"（《爱的灵感》）飞到哪里去呢？"自然"显然是徐志摩不二的选择。虽然徐志摩想如哈代一样倔强地疑问与生存，但他明显缺少的是哈代的那种直面现实的理性与力量。

虽然徐志摩与哈代一样在作品中表现出了对城市文明的厌恶和对接近自然的乡村生活的向往，但两人的不同还是很明显的。哈代从不号召人们返回自然，在哈代看来，在自然界和谐的表面下面暗藏的其实是种种残酷的竞争，自然也有着它的冷酷无情的一面，譬如在《冷酷的五月天》中，哈代向我们展示了风雨交加、阴云密布、肃杀阴森的五月

---

① 徐志摩：《〈诗刊〉前言》，见《徐志摩散文全编》，韩石山编，天津：天津人民出版社，2005 年，第 1287 页。

天,面对如此,哈代愤激地说道:"自然啊,你今天哪一点好?"①而徐志摩笔下的五月天则充满了灵性与轻快、幽静与和谐:"我不能不赞美 /这向晚的五月天; /怀抱着云和树 /那些玲珑的水田。"(《车眺》)自然对徐志摩而言成了拯救人类堕落的性灵的重要途径,其逃遁时代的色彩其实是很鲜明的。1929 年的徐志摩还在不知疲倦地表达着自己这方面的思想:

> 我的意见是要多多接近自然,因为自然是健全的纯正的影响,这里面有无穷尽性灵的资养与启发与灵感。这完全靠我们个个〈人〉自觉的修养。我们先得要立志不做时代和时光的奴隶,我们要做我们思想和生命的主人。(《秋》)

所以,自然在徐志摩的笔下能焕发出神奇的美与力量,它能解化一切(《秋月》),能唤醒人的性灵(《两个月亮》),能让人忘却人间有烟火气等。②而自然在哈代的笔下,远不仅是清风明月,哈代"对自然的关注是他对人类生存状况关注的一种外在表现。……他从自然万物的悲剧性中看到了人类的悲剧命运。"③正因如此,哈代笔下就有了《关在鸟笼的金翅雀》、《黑暗中的鸫鸟》、《被刺瞎了双眼的鸟》、《伐树》、《供捕猎的鸟的困惑》、《捕鸟人之子》等忧郁而又刚强的篇章,而这正是徐志摩所达不到哈代的地方,也正是徐志摩敬重哈代的理由:"如果他真是厌世,真是悲观,他也绝不会不倦不厌的歌唱到白头,背上抗着六十年创造文艺的光明。……他只是,在这六十年间,'倔强的疑问'着"。(《汤麦司哈代的诗》)在徐志摩的内心,沉迷与颓唐显然是极度无奈的,逃遁与隔离也是极度悲伤的,他非常渴望振作与奋飞,他一直在进行着灵魂的挣扎与救度,譬如他在自己生命末期的离沪北上就是他欲改变自己生活状态所做出的努力姿态,如果诗人不死,他的创作或许有可能距离哈代更为接近一些。

---

① 转引自颜学军:《哈达诗歌研究》,北京:人民文学出版社,2006 年,第 58 页。
② 陆小曼:《〈云游〉序》,见《徐志摩诗全集》,顾永棣编注,上海:学林出版社,1997 年,第 589 页。
③ 颜学军:《哈达诗歌研究》,北京:人民文学出版社,2006 年,第 64 页。

梁实秋曾经说过:"志摩受哈代的影响很大……哈代的小诗常常是一个小小的情节,平平淡淡,在结尾处缀上一个悲观的讽刺。这是哈代的独特的作风,志摩颇能得其神韵。"①也就是说哈代对于徐志摩的影响不仅仅体现在精神气质上,在某些具体的方法上,徐志摩也表现出与哈代相似的地方,譬如梁实秋所说的诗歌的情节性,诗歌情绪的突变性,我们都能在徐诗中找到相应之处,如这一时期的《车上》与《季候》等。此外在诗歌反复(Repetition)手法的运用上,徐诗也体现出哈代甚至超越哈代的地方。哈代是惯于使用重复的,如在诗歌《倦行人》中就曾反复着这样的诗句:"经过了一个山头,/又一个,路/爬前去。也许再没有/山头来拦路? /经过了第二个,啊! /又一个,路/还得要向前方爬——/细的白的路!"②在不断的重复吟唱中诗歌的情绪在积聚在升华。而徐志摩《我不知道风是在哪一个方向吹》全诗六节,每节前三行都互为反复,而只在结尾处显出变化,迷醉与悲哀的情怀流淌在字里行间,情绪浓得化不开。还有两人都惯用月的意象、都善于感受死亡的意义等方面,都显示出徐志摩对哈代的心灵感应及影响与接受的深刻关联。

徐志摩在谈论艺术分析研究时曾经说过:"类不同便没有可比较性。"(《泰戈尔来华》)在徐志摩三个不同时期的创作中,从他自己的表述中,我们发现他的作品分别具有某些华兹华斯、泰戈尔、雪莱与哈代的气质。徐志摩在接触这些作家作品的过程中表现出了无可避免的与偶像之间的类同性,但徐志摩又因为自己个体生活的特异性,从而在作品中又表现出异于偶像的地方。他的作品绝不是对文学崇拜对象的简单模仿与复制,文学偶像的影响显然已经化入了他的内心与生命中并与他自己的独特感受融为一体。从华兹华斯、泰戈尔、雪莱到哈代,我们见证了徐志摩从绚烂到沉郁、从激情到冷静的创作蜕变以及这种蜕变的必然。

然而在徐志摩一生创作的不同时期,徐志摩受到外来诗人的影响

---

① 梁锡华:《徐志摩海外交游录》,见《徐志摩评说八十年》,韩石山等编,北京:文化艺术出版社,2008 年,第 131 页。

② 哈代:《倦行人》,见《英国诗选》,北京:商务印书馆,2005 年,第 183 页。

其实是非常复杂的,而这种影响也不是一个或者几个诗人所能赋予的,这是一种整体性的影响,是整个西方审美文化作用下的产物。而某一个或几个西方作家对徐志摩的影响也不可能仅仅体现在他的某个时期的创作中,有时显然贯穿了诗人创作的整个历程。但从徐志摩不同时期创作的显处着眼,我们还是能分明感受到他的从华兹华斯、泰戈尔、雪莱到哈代的被影响的创作裂变轨迹。

第六章　戴望舒的诗歌创作与世界文学

在中国现代诗歌发展史上,以戴望舒为代表的现代诗派开启了中国新诗创作轰轰烈烈的现代浪潮,现代诗派的出现标志着中国新诗创作诗艺发展的新的探索与成就,对中国新诗的发展有着不可估量的深远影响。现代诗派的诗歌创作就是世界文学对于中国文学影响的一次集中亮相,充分体现了外国诗艺对于中国诗歌创作的强大冲击力。

作为现代诗派的核心人物——戴望舒,他的创作就是与世界文学紧密相连的。戴望舒早在杭州宗文中学读书时便开始翻译外国文学,而他最为直接地接受外国文学的影响则始于他在上海大学求学之后,在那里他正式开启了自己诗歌创作的浪漫旅程。戴望舒的一生一手写诗,一手译诗,"他一边翻译介绍外国诗,一边从中吸收自己所需要的养料。"①他的诗歌创作历程就是在对于世界文学吸纳的背景之下行进的,正如研究者阙国虬在论及戴望舒创作的外来影响时所说的:

> 纵观他一生的文学活动,我们可以发现,他的诗歌所受的外来影响不是单一的,而是多元的。他的诗歌创作除受法国象征派的影响之外,还有法国浪漫派以及国际无产阶级文学运动和苏联文学的影响。这些影响在他诗歌创作的不同时期分别出现,与整个中国新诗在二、三十年代所受多方面外来影响的历史进程有着内在的必然联系。②

戴望舒一生共发表诗集有《我底记忆》(1929)、《望舒草》(1933)、《望舒诗稿》(1937)、《灾难的岁月》(1948)四本。戴望舒的诗歌创作,无

---

① 施蛰存:《〈戴望舒诗全编〉小引》,见《戴望舒诗全编》,梁仁编,杭州:浙江文艺出版社,1989 年,第 5 页。

② 阙国虬:《试论戴望舒诗歌的外来影响与独创性》,《文学评论》,1983 年第 4 期。

论是早期的"旧锦囊"时期,还是"雨巷"时期,抑或"我的记忆"时期以及抗战后的创作,西方浪漫派、象征派、超现实主义派以及无产阶级诗歌等的影响无处不在,戴望舒就是在兼收并蓄、广泛吸纳的基础上书写出自己诗歌创作的华彩篇章。

一 初闯试坛:法国浪漫主义诗歌的牵引

戴望舒的新诗创作起于他 1922 年在杭州宗文中学读书期间,在宗文中学,戴望舒与同学张天翼、施蛰存等成立兰社,开始了他们青春的文学时代活动。这期间,戴望舒开始了新诗创作,关于这,当时与戴望舒私交深厚的杜衡曾说:

> 记得他开始写新诗大概是在一九二二到一九二四那两年之间。在年轻的时候谁都是诗人,那时候朋友们做这种尝试的,也不单是望舒一个,还有蛰存,还有我自己。那时候,我们差不多把诗当做另外一种人生,一种不敢轻易公开于俗世的人生。我们可以说是偷偷地写着,秘不示人,三个人偶尔交换一看,也不愿对方当面高声朗诵,而且往往很吝惜地立刻就收回去。一个人在梦里泄漏自己底潜意识,在诗里泄漏隐秘的灵魂,然而也只是像梦一般地朦胧的。从这种情境,我们体味到诗是一种吞吞吐吐的东西,术语地来说,它底动机是在于表现自己与隐藏自己之间。[①]

戴望舒初入诗坛的创作一开始便追求婉约的诗歌创作方式,吞吞吐吐,欲言又止,展现出诗歌创作的含蓄之美,而且刻意"追求着音律的美,努力使新诗成为跟旧诗一样地可'吟'的东西。押韵是当然的,甚至还讲究平仄声。"(杜衡《〈望舒草〉序》),颇有我国古典诗歌及新月派诗

---

① 杜衡:《〈望舒草〉序》,见《戴望舒诗全编》,梁仁编,杭州:浙江文艺出版社,1989 年,第 50 页。(下文关于杜衡的引注均出自此处)

人的诗韵。1923 年秋入上海大学学习后,戴望舒写作新诗的热情更是一发不可收。上海大学读书期间是他比较直接地吸纳西方文学思潮的阶段,那时上海大学的老师如沈雁冰(茅盾)、田汉都在课堂上讲授外国文学,使得戴望舒比较系统地接触到了西方文艺思潮的影响。这其后的一个时期,戴望舒也开始尝试着翻译自己心仪的诗作,并把翻译与自己的新诗创作结合起来。关于这一时期戴望舒的文学活动,对他了解深切的同窗好友施蛰存这样说:

> 戴望舒的译外国诗,和他的创作新诗,几乎是同时开始。一九二五年秋季,他入震旦大学读法文,在樊国栋神父的指导下,他读了雨果、拉马丁、缪塞等法国诗人的诗。中国古典诗和法国浪漫派诗对他都有影响,于是他一边创作诗,一边译诗。雨果的《良心》,恐怕是他留存的一首最早的译诗。①

法国浪漫主义文学是诞生于 18 世纪末、盛行于 19 世纪的重要的文学潮流,在小说与诗歌方面颇有建树。浪漫主义诗歌最典型的特点便是崇尚自由、宣扬个性、张扬内心、偏重抒情。法国浪漫主义诗人譬如拉马丁、雨果或者缪塞等,都有一个突出的特点,就是"反对理性,标举情感,崇尚想象。"②他们在创作中大力标举个人的自我情怀,正如拉马丁所说的:"诗歌特别要表现内心、个人、思索和沉重感……表现心灵最神秘的印象……具有的深刻、真实、真诚的回声。这将是人本身,不再是人的影象,而是真诚的完整的人。"③主情主义可谓是法国浪漫主义诗人共有的特色,他们的诗作都带有着浓烈的主观色彩。郑克鲁曾说法国浪漫派诗人在诗歌创作中"着重探索了这几种精神状态:忧郁、失恋痛苦、梦幻境界。"④确实如此,在诗作中他们常常由现实而生忧郁,由忧郁而生梦幻,作品展现出浓烈的想象之境。因而在他们的诗歌

---

① 施蛰存:《〈戴望舒译诗集〉序》,见《戴望舒译诗集》,长沙:湖南人民出版社,1983 年,第 1 页。

② 郑克鲁:《法国诗歌史》,上海:上海外语教育出版社,1996 年,第 87 页。

③ 保尔·梵第根:《法国浪漫主义》,转引自《法国诗歌史》,郑克鲁著,上海:上海外语教育出版社,1996 年,第 87 页。

④ 郑克鲁:《法国诗歌史》,上海:上海外语教育出版社,1996 年,第 91 页。

创作中,忧郁的诗情可谓是他们诗歌情绪倾诉的主旋律,正如拉马丁在《孤独》开篇所说:"当夕阳西下的时候,/我常常满怀着忧伤,/坐在高山上那棵老橡树的浓荫下,/我漫不经心地向原野极目远眺,放眼四望,/只见从我的脚下展现出变幻无常的图画。"①在拉马丁等的浪漫主义诗篇中,里面到处充斥着爱情的失落(拉马丁《湖》)、生存的烦忧(雨果《何处是幸福》)、社会的《苦难》(雨果)、《寄希望于上帝》(缪塞)的无奈等,到处流淌着《孤独》(拉马丁)、蕴藏着《奥林匹欧之愁》(雨果)等,《愁烦》(缪塞)是无处不在的。这些天才的诗人们面对社会的政变、爱情的不再、理想的褪色纷纷在诗歌中书写着自己的悲鸣与愤慨:"我已失去我的力量和生活,/也失去朋友和欢乐;甚至失去了傲慢,/是它曾使我相信我有天才。"②虽然忧伤,虽然愤恨,但是他们并没有停止自己的思考与歌唱,诗歌就是他们表达自己、宣泄情感的朋友,他们用心在诉说、在抗议,他们的诗歌真诚地袒露着自己,灵动而鲜活,具有激荡人心的魅力与力量,情感浓得化不开,让人无法淡忘,正如缪塞在诗中所动情吟唱的那般:"请你记住,当在冰冷的地下 /我碎了的心永久睡去;请你记住,当那孤寂的花 /在我的坟墓上缓缓开放。/我再也不能看见你;但我不朽的灵魂 /却像一个忠诚的姐妹来到你身边。/ 你听,在深夜里,/有一个声音在呻吟:请你记住。"③浪漫主义诗人们用来自心灵的吟唱捕获了许多读者的心,戴望舒就是其中之一。

戴望舒的早期诗歌一般就是指诗集《我的记忆》中"旧锦囊"中的12首诗,纵览戴望舒的早期诗作不难发现长于抒情是其主要特色,而且这情调犹如法国浪漫主义诗人们的作品一样充斥着浓重哀怨与惆怅,总的看来戴望舒这一时期抒发的诗情包含这样几个方面内容:

一是流浪的悲鸣。在戴望舒旧锦囊的12首诗作中,有一部分诗作是在专写抒情主人公流浪的孤独的生命体验,譬如开篇《夕阳下》就颇有"夕阳西下 /断肠人在天涯"的哀叹:"晚云在暮天上散锦,/溪水在残

①　拉马丁《孤独》,见《拉马丁诗选》,张秋红译,上海:上海译文出版社,1994 年,第 3页。

②　缪塞:《愁烦》,见《缪塞诗选》,北京:人民文学出版社,1960 年,第 180 页。

③　[法]缪塞:《请你记住》,见《缪塞诗选》,北京:人民文学出版社,1960 年,第 195 页。

日里流金；/我瘦长的影子飘在地上，/像山间古树底寂寞的幽灵。……幽夜偷偷地从天末归来，/我独自还恋恋地徘徊；/在这寂寞的心间，我是/消隐了忧愁，消隐了欢快。"①在戴望舒的早期抒情中，这种孤独流浪者的形象是很突出而鲜明的，这个孤岑的流浪少年在夕阳下徘徊，在《寒风中闻雀声》，相伴与他的只有枯枝、死叶、寒风、残月、怪枭、饥狼等，因此他深深感到"此地是黑暗的占领，/恐怖在统治人群，/幽夜茫茫地不明。/来到此地泪盈盈，/我是颠连飘泊的孤身，/我要与残月同沉。"(《流浪人的夜歌》)一种无法言说的生存的孤寂感与对未来的茫然感浸透在字里行间，表达出了一个于黑暗中执著于寻路的探索者的无路可走的无奈与哀怨。

　　二是爱情的悲叹。爱情的书写可谓是诗歌创作永恒的主题，如拉马丁的《湖》就是他和女友朱莉的爱情咏唱，女友已逝，爱情不再，诗歌充满着哀怨与眷念。在戴望舒的旧锦囊里，也充斥着爱情的咏叹，譬如《可知》中书写的"可知怎的旧时的欢乐/到回忆都变作悲哀，/在月暗灯昏时候/重重地兜上心来，/啊，我底欢爱！/为了如今惟有愁和苦，/朝朝的难遣难排，/恐惧以后无欢日，/愈觉得旧时难再，/啊，我底欢爱！"在戴望舒这早期的 12 首诗作里，对爱情的咏叹约占三分之二，作者用自己饱含深情的心灵之笔充分吟咏了一位追求爱情的青年于爱情中点点滴滴的感悟与发现，这里有对爱情的希冀(《Fragments》)，感受爱情的可望而不可即(《生涯》)，发现爱情的清冷(《凝泪出门》)，深深困扰于爱情的烦忧(《静夜》)，伤感于爱情的失望(《自家伤感》)，悲叹于爱情的失落(《残花的泪》)等等，情感浓丽，情韵充沛。作者充分展现了抒情主人公在孤苦的人间对爱情的翘盼，"人间伴我的是孤苦，/白昼给我的是寂寥；/只有那甜甜的梦儿/慰我在深宵：/我希望长睡沉沉，/长在那梦里温存。"(《生涯》)因为"那里有金色的空气和紫色的太阳，/那里可怜的生物将欢乐的眼泪流到胸膛。"(《十四行》)

　　正如法国浪漫主义诗中忧郁诗情的遍布，忧郁的诗情也是戴望舒

---

① 戴望舒：《夕阳下》，见《戴望舒全集·诗歌卷》，王文彬、金石主编，北京：中国青年出版社，1999 年，第 16 页。(本文所选戴望舒诗篇原文均出自此书，不再一一标注)

早期诗歌创作的主旋律,但他却并不是"为赋新词强说愁",而是自己置身于特定环境之下的一种真实的内在的生命体验与感受。戴望舒曾说:"诗是由真实经过想象而出来的;不单是真实,亦不单是想象。"①作为"五四"时代的青年,戴望舒自然而然感受到了"五四"追求个性与自由的时代氛围,追求自己理想的实现与爱情的自我就是戴望舒用诗歌呼应时代的一种方式。然而自我个性的敏感与压抑、个人生活的无力与茫然,再加上当时社会的动乱与喧嚣,这一切都使正值青春期的戴望舒在"五四"落潮之后感受不到生存的力的存在,他的内心充满了无路可走的悲哀,这也正是当时相当一部分知识分子共有的时代情绪的流露。

　　由此可见戴望舒早期的浪漫歌吟绝不是无病呻吟,为了抒发自己的发现与思考、为了宣泄自己内心的苦闷,戴望舒采取了夸张、幻想等现代表现技巧,放大并强化了自己的内心感受,从而使读者很难从他的诗情里窥见一丝亮色、一抹笑意,显然这里的忧郁诗情没有他所倾慕的浪漫派诗人那样辽阔。作为还停留在文学起步阶段的戴望舒来说,现实生活与社会生活的抗争性、丰富性与复杂性等还远离在他的诗歌世界之外。他的诗情远没有缪塞奔涌壮阔与波澜起伏(如《五月之歌》);这时的他也没有如拉马丁一样融于政治生活中洋溢着丰沛的《激情》;也没有如雨果面对社会的动乱"用'青铜的琴弦'弹出他创作生涯中的最强音——《惩罚集》"②。这时的戴望舒在"情感上没有同他所接触和参与的实际斗争融为一体。革命吸引了他的理智,而没有激动他的情感,没有成为他情感世界的轴心。因此,他不可能把群众的斗争生活和情绪作为艺术审美对象,审美情趣盘旋于自己感情生活领域里,爱情成了主要抒写的对象。这种情形几乎由此萌蘖延续抗战前夕,成为戴望舒前期诗歌美学的基本倾向。"③王文彬对戴望舒早期诗歌创作的这番解读无疑把握住了戴望舒诗歌创作的内质。

---

　　①　戴望舒:《望舒诗论》,见《中国现代诗歌理论经典》,许霆编,苏州:苏州大学出版社,2008年,第226页。
　　②　张秋红:《译本序》,见《拉马丁诗选》,张秋红译,上海:上海译文出版社,1994年,第9页。
　　③　王文彬:《雨巷中走出的诗人——戴望舒传论》,北京:商务印书馆,2006年,第35页。

二　诗艺拓展：法国象征主义诗歌的借鉴

1. 魏尔伦等的吸引：对诗性情韵的迷恋

戴望舒在中国诗坛的影响主要是他的象征派诗歌创作，他是我国象征派的代表诗人，也是引导我国象征派诗歌创作转型的重要诗人。戴望舒最早接触象征主义诗歌是 1923 年在上海大学读书期间，而 1925 年去震旦大学学习则更使他开始倾向于喜爱象征主义。对于戴望舒来说，浪漫主义的诗歌表达只是他诗歌创作的前奏，他的创作需要突破与创新，他必须寻找更适应的表现形式，于是他对法国象征主义诗歌产生了兴趣。对此杜衡在 1933 的记忆则具有历史在场的见证：

> 1925 到 1926，望舒学习法文；他直接地读了 Verlaine，Fort，Gourmont，Jarnmes① 诸人底作品，而这些人底作品当然也影响他。（杜衡《〈望舒草〉序》）

对于象征主义诗歌的兴趣使得戴望舒不仅仅止于阅读，他开始尝试去翻译，在翻译的过程中去与作者进行诗歌的对话，一边译诗一边创作。对此，施蛰存的记忆非常清晰：

> 望舒在震旦大学时，还译过一些法国象征派的诗。这些诗，法国神父是禁止学生阅读的。一切文学作品，越是被禁止的，青年人就越是要千方百计去找来看。望舒在神父的课堂里读拉马丁、缪塞，在枕头底下却埋藏着魏尔伦和波特莱尔。他终于抛开了浪漫派，倾向了象征派。②

象征主义诗歌思潮最早出现在 19 世纪的法国，随后传播至世界各地，"它从产生、发展到衰落，延续了大半个世纪。它影响之深，流行范

---

① 指魏尔伦、保尔·福尔、果儿蒙、耶麦：法国前后期象征派的代表人物。
② 施蛰存：《〈戴望舒译诗集〉序》，见《戴望舒译诗集》，长沙：湖南人民出版社，1983 年，第 2 页。

围之广,对文学创作所起的作用之大,在世界文学史上是不多见的。"①
在法国象征主义诗潮中,涌现了闻名世界的大诗人,如波特莱尔、魏尔
伦、兰波、马拉美等等。在中国新诗发展的 20、30 年代,致力于诗艺发
展的中国新诗探索者们纷纷把目光投向了象征主义,期望借象征主义
的方法来开启中国新诗发展的新旅程。于是在胡适、郭沫若的自由诗
与闻一多、徐志摩的新月派新格律诗探索之外,中国象征诗歌也应时而
生,正如朱自清所说的:"这当儿李金发先生等的象征诗兴起了。他们
不注重形式而注重词的色彩与声音。他们要充分发挥词的暗示的力
量;一面创造新鲜的隐喻,一面参用文言的虚字,使读者不致滑过一个
词头。他们是在向精细的地方发展。"②素有"诗怪"之称的李金发曾留
学法国,深得法国象征主义诗歌创作的影响,有着"东方的波特莱尔"之
称。李金发创作象征诗歌注重的是诗歌的暗示性与象征性,由此形成
了他怪诞晦涩的诗风,诗歌创作的审丑意识、陌生感与荒诞意味非常浓
郁,在 20 年代的中国诗坛具有一定的影响力。然而对于李金发们的象
征诗的创作,杜衡及戴望舒是有着自己的评判的,杜衡回忆说:

> 我个人也可以算是象征诗派底爱好者,可是我非常不喜
> 欢这一派里几位带神秘意味的作家,不喜欢叫人不得不说一
> 声"看不懂"的作品。我觉得,没有真挚的感情做骨子,仅仅是
> 官能的游戏,像这样地写诗也实在是走了使艺术堕落的一条
> 路。在望舒之前,也有人把象征派那种作风搬到中国底诗坛
> 上来,然而搬来的却正是"神秘",是"看不懂"那些我以为是要
> 不得的成分。望舒底意见虽然没有像我这样绝端,然而他也
> 以为从中国那时所有的象征诗人身上是无论如何也看不出这
> 一派诗风底优秀来的。因而他自己为诗便力矫此弊,不把对
> 形式的重视放在内容之上;他底这种态度自始至终都没有变
> 动过。(杜衡《〈望舒草〉序》)

---

① 郑克鲁:《法国诗歌史》,上海:上海外语教育出版社,1996 年,第 242 页。
② 朱自清:《诗的形式》,见《朱自清全集》(卷 2),南京:江苏教育出版社,1988 年,第 397
—398 页。

显然戴望舒对象征派诗歌的喜爱不在它的晦涩怪异,而在于他们表达内心的方式,正如杜衡所说的:

> 象征诗人之所以会对他有特殊的吸引力,却可说是为了那种特殊的手法恰巧合乎他底既不是隐藏自己,也不是表现自己的那种写诗的动机的原故。同时,象征诗派底独特的音节也曾使他感到莫大的兴味。(杜衡《〈望舒草〉序》)

由此可见,戴望舒对象征诗感兴趣的地方不在于追求奇崛,而在于它的含蓄深广与音乐表现之上。而在法国象征派诗人中间,戴望舒明显对讲究含蓄与音乐之美的魏尔伦情有独钟,同时代的卞之琳曾说过:"在法国诗人当中,魏尔伦似乎对望舒更具有吸引力,因为这位外国诗人的亲切和含蓄的特点,恰合中国旧诗词的主要传统。"[①]事实确也如此,20年代末期戴望舒曾经翻译过魏尔伦的《瓦上长天》、《泪珠飘落萦心曲》、《一个贫穷的牧羊人》等诗,这几首诗情感丰富,节奏明晰,看来深得戴望舒的喜爱。施蛰存在回忆戴望舒的译诗生涯时曾说"望舒译诗的过程,正是他创作诗的过程。译道生、魏尔伦诗的时候,正是写《雨巷》的时候。"[②]看来戴望舒"雨巷"时期的诗作就是在魏尔伦的影响之下完成的,而且他们的创作在很多地方也确实有很多相似之处。

魏尔伦可以说是法国象征主义诗歌先驱之一,关于象征主义诗歌创作,魏尔伦在《诗的艺术》中说得很明了:

> 音乐先于一切,……让诗在空中/更为朦胧更易消融,/其中没有笨拙也没有装腔作势。……音乐啊音乐,永远是音乐!让你的诗/长上骄傲的翅翼,让人们感知/它是从一个爱的心灵里流出来的,/向着另外的天空,流到其他爱的心灵里去。[③]

可见,源于心灵的歌唱与自然流畅的音乐之美应该是魏尔伦象征

---

① 卞之琳:《序》,见《戴望舒诗集》,成都:四川人民出版社,1981年,第3页。

② 施蛰存:《〈戴望舒译诗集〉序》,见《戴望舒译诗集》,长沙:湖南人民出版社,1983年,第3页。

③ 魏尔伦:《诗的艺术》,见《魏尔伦诗选》,罗洛译,桂林:漓江出版社,1987年,第98页。

诗歌创作最鲜明特征。魏尔伦的诗作,无论是书写《忧郁诗章》,还是歌唱《幸福之歌》;无论是抒发《无言的心曲》,还是反思自己的《今与昔》,这些各具色调的诗作,都是来自魏尔伦的心灵的回声,它们自然而优美、美妙而动听。譬如魏尔伦著名的《秋歌》已有不少论述,这首诗歌"据说是不可翻译的,虽然已有不少人译过它。它那内在的律动,像小提琴的波动起伏的旋律一样流丽婉转"①,精巧清丽,意境深远。我们来看他的另外一首《天空,在屋顶上》,这首诗戴望舒曾把它翻译成《瓦上长天》:

> 天空,在屋顶上,/这样深这样蓝! /一棵树,在屋顶上,/摇着它的叶片。
>
> 人们看见,一只钟在天上/温柔地鸣响,/人们看见,一只鸟在树上/哀怨地歌唱。
>
> 上帝,上帝啊,生活就在那儿,/平静又单纯,/和平的大街就在那儿,/传来喧闹的声音。
>
> ——你做了什么,你在那儿/不停地啜泣,/啊,你做了什么,你在那儿/用你青春的日子?②

在这首诗中,魏尔伦用低沉、舒缓的曲调来吟唱哀怨的心曲,这是他因情感之伤坠入生活被判两年监禁出狱之后的反思之作,虽然他皈依了宗教,但他的歌声里仍抹不去他的忧伤,他仍然在关注着平静、单纯而又喧闹的生活,他祈求着重生。魏尔伦的很多诗作,都如《天空,在屋顶上》一般讲究结构与旋律,旋律柔和优美,意境淡然而又深远。他的诗作大多流淌着《忧郁》之色调,在《海洋》之上,在《夕阳》之下,在《黄昏》之时,在《月光》之境中缓缓流淌,像一首首《小夜曲》,述说着《感伤的对白》,袒露着《可怜的灵魂》,这温柔的歌声,处处闪耀着孤独与希望、忧愁与欢欣,它亲切而悠远,它无疑是独一无二的。

魏尔伦诗中展现的如此之情韵显然是戴望舒所欣赏并积极吸纳

---

① 罗落:《译本序》,见《魏尔伦诗选》,罗洛译,桂林:漓江出版社,1987年,第3页。
② 魏尔伦:《天空,在屋顶上》,见《魏尔伦诗选》,罗洛译,桂林:漓江出版社,1987年,第9页。

的，正如研究者葛雷所说："在中国写白话诗的诗人里，最接近魏尔仑的一位诗人要数戴望舒。从个人气质和诗的特征上看，李金发以其造句的独特和艰涩接近马拉美，而戴望舒则以其感觉的灵敏和诗句的流畅与和谐接近魏尔仑。我们在读魏尔仑的诗时，常想起戴望舒，而读戴望舒的诗时，又常常想起魏尔仑。"①戴望舒在"雨巷"时期曾做过一些与魏尔仑同题的诗作，譬如《忧郁》与《曼陀铃》等。魏尔仑之所以吸引戴望舒是他诗歌中流淌的忧郁的因子，而戴望舒本就属于敏感多愁类的诗人，两人在诗情的表达上心心相通。如同我们在魏尔仑诗中常聆听到"我的心有这许多悲哀"②一样，戴望舒"雨巷"时期的诗歌也处处流淌着忧郁的旋律，一如他早期的创作。这一时期戴望舒有一首诗就以忧郁为题而作——《Spleen》：

> 我如今已厌看蔷薇色，/一任她娇红披满枝。
>
> 心头的春花已不更开，/幽黑的烦忧已到我欢乐之梦中
>
> 来。……

魏尔仑诗歌中的忧郁虽然低沉且深重，但魏尔仑并没有过多地悲观与逃避，我们在魏尔仑诗中常常能聆听到他的希望之声："我并没有过分地顺从"③、"希望闪耀着，象洞穴里的燧石。/啊！什么时候，九月的蔷薇重新开放？"④同样，戴望舒诗中的忧郁也是凝重而悠长的，但在他的诗作里，我们也分明看到了这样的表达：

> 不要这样盈盈地相看，/把你伤感的头儿垂倒，/静，听啊，远远地，从林里，/惊醒的昔日的希望来了。（《不要这样盈盈地相看》）
>
> 撑着油纸伞，独自/彷徨在悠长，悠长/又寂寥的雨巷，/我

---

① 葛雷：《魏尔仑与戴望舒》，《国外文学》，1988 年第 3 期。

② 魏尔仑：《泪洒落在我的心上》，见《魏尔仑诗选》，罗洛译，桂林：漓江出版社，1987 年，第 62 页。

③ 魏尔仑：《顺从》，见《魏尔仑诗选》，罗洛译，桂林：漓江出版社，1987 年，第 3 页。

④ 魏尔仑：《希望闪耀着……》，见《魏尔仑诗选》，罗洛译，桂林：漓江出版社，1987 年，第 86 页。

希望飘过/一个丁香一样地/结着愁怨的姑娘。(《雨巷》)

无论是对于社会,还是对于爱情,戴望舒显然都是以一个跋涉者的面目出现,而不是一个终结者的颓伤作结,所以他的诗歌在内质上还是具有一定的质感的,虽然他不够坚硬。

"雨巷"时期戴望舒吸纳魏尔伦最出众的地方显然还不在于以上的精神气质相似之上,而更在于诗歌的音韵之美之中。"戴望舒名极一时的《雨巷》可以说是一首魏尔仑化的诗,它的轻柔、缠绵之状,流动和谐的音乐之美与魏尔仑的诗相似至极,甚至达到以假乱真的程度。"①戴望舒《雨巷》的发表影响极为深远,叶圣陶曾说《雨巷》替新诗的音节开了一个新纪元,而戴望舒也因此被尊奉为"雨巷诗人"。杜衡说那时的戴望舒创作诗歌"追求着音律的美,努力使新诗成为跟旧诗一样地可'吟'的东西。押韵是当然的,甚至还讲究平仄声。"(杜衡《〈望舒草〉序》)在这种情形之下魏尔伦在他视野中的出现意义就非同寻常了。《雨巷》一诗无论诗形的构设、押韵的修饰、排比的叠咏,还是双声叠韵词的大量运用以及意象的反复烘托等都使这首诗洋溢出浓郁的音韵美,低回婉转,回环往复,摇曳多姿,摄人心魄。《雨巷》一诗音节的律动,全诗情感节奏的舒缓流淌像极了魏尔伦的《秋歌》与《夕阳》。

可以说,戴望舒借助于魏尔伦的影响为中国现代新诗的创作开辟出了一条新境,虽然同是自由诗的创作,可戴望舒不同于郭沫若的直抒胸臆,他讲究的是含蓄凝练与音节旋律之美;同时,戴望舒如新月派一样讲究音韵,可他又不主张诗形的约束捆绑,诗形一如诗情一般自由散化、任意流淌。"雨巷"时期的戴望舒虽然作品数量不多,可影响深远,广受关注。

2. 果尔蒙等的欣赏:对诗性意蕴的建构

虽然戴望舒受法国前期象征派诗人魏尔伦的影响写下了著名的代表作《雨巷》,但他满足于魏尔伦影响的时间并不长,随着他的《我的记忆》的创作完成,戴望舒开始了自己创作的新的追求。对此,杜衡有着

---

① 葛雷:《魏尔伦与戴望舒》,《国外文学》,1988 年第 3 期。

印象深切的记录：

> 1927 年夏某月，望舒和我都蛰居家乡，那时候大概《雨巷》写成还不久，有一天他突然兴致勃发地拿了张原稿给我看，"你瞧我底杰作，"他这样说。我当下就读了这首诗，读后感到非常新鲜；在那里，字句底节奏已经完全被情绪底节奏所替代，竟使我有点不敢相信是写了《雨巷》之后不久的望舒所作。只在几个月以前，他还在"彷徨"、"惆怅"、"迷茫"那样地凑韵脚，现在他是有勇气写"它的拜访是没有一定的"那样自由的诗句了。他所给我看的那首诗底题名便是《我的记忆》。从这首诗起，望舒可说是在无数的歧途中间找到了一条浩浩荡荡的大路，而且这样地完成了"为自己制最合自己的脚的鞋子"(《零扎》七)的工作。(杜衡《〈望舒草〉序》)

《我底记忆》随后发表于 1929 年 1 月出版的《未名》第 2 卷第 1 期上，在创作出与《雨巷》风格迥异的《我的记忆》之后，1932 年戴望舒发表了《望舒诗论》(17 条)，把《我的记忆》诗中所倡导的作诗方向明朗化也理论化了。《望舒诗论》是戴望舒比较难得留下的关于诗歌创作的理论主张，虽然缺乏系统性，但还是鲜明体现了戴望舒当时的诗歌主张。在《望舒诗论》中戴望舒开始主张废弃自己先前所热爱的诗歌的音乐美等外在的美感，他说：

> 一、诗不能借重音乐，它应该去了音乐的成分。
>
> 三、单是美的字眼的组合不是诗的特点。
>
> ……
>
> 五、诗的韵律不在字的抑扬顿挫上，而在诗的情绪的抑扬顿挫上，即在诗情的程度上。
>
> 六、新诗最重要的是诗情上的 Nuance，而不是字句上的 Nuance(法文，意为细微的差异，笔者注。)[1]

---

① 戴望舒：《诗论零扎》，见《戴望舒诗全编》，梁仁编，杭州：浙江文艺出版社，1989 年，第 692 页。

　　显然从 30 年代开始,戴望舒的诗歌创作主张发生了变化,他开始放弃诗歌创作形式上的美感而注重诗歌的内在情绪的流露与表达,开始背离《雨巷》所形成的叙述风格,也就是说戴望舒这一时期开始否定了法国前期象征派诗歌注重音乐美的诗歌创作理念。具体到《我的记忆》一诗中,戴望舒确是放弃了《雨巷》中采用的押韵、叠唱等铸造诗歌音韵美的方式,通篇诗歌在诗形、节奏等方面都呈现出自由散化、甚至口语化的特色,没有了雕琢的痕迹。因此这一时期开始,戴望舒"从理论到创作,都不再注重韵律与节奏。他的诗作,从早期诗作的讲究押韵、字句整齐和格式中解放出来,走向散文美的自由天地。"①从讲究锻造音乐旋律的《雨巷》到注重书写诗情的《我的记忆》,戴望舒开始了自由的无韵诗的创作,开始把诗情的丰富性作为自己写作考量的重点,因此对于戴望舒的诗歌创作来说,《我的记忆》的意义无疑是深远的。1929 年戴望舒出版了《我底记忆》诗集,把自己的创作排列出鲜明的三个时期,即旧锦囊、雨巷与我底记忆时期,显然我底记忆时期诗歌代表着他诗作的最新的发展方向,也就是说在诗歌阅读与写作的历程中,戴望舒终于为自己的诗歌创作寻觅到了自己适宜的发展方向。与此同时,《我底记忆》的出版还具有一定的文学影响意义,徐霞村曾说:"这本集子(指《我底记忆》,笔者注)给中国新诗开出了一条出路。"②施蛰存也说:"《我的记忆》获得新诗读者的认可,标志着中国新诗发展史的一个里程碑。"③

　　而在这变化之中,显然有着法国后期象征主义所赋予戴望舒的影响。1928 年起,戴望舒开始接触法国后期象征派诗人保尔·福尔、果儿蒙、耶麦等的象征主义诗作,并开始从事翻译工作,介绍他们的创作。30 年代初期戴望舒曾翻译了果尔蒙《西茉纳集》中的 11 首诗、保尔·福尔的 6 首诗、耶麦的 7 首诗等,表现出了对于他们诗歌创作异乎寻常的兴趣与热情。施蛰存曾说:"魏尔伦和波特莱尔对他也没有多久的吸

---

① 潘颂德:《中国现代新诗理论批评史》,上海:学林出版社,2002 年,第 287 页。
② 保尔(徐霞村):《一条出路》,《新文艺》,1929 年 10 月号。
③ 施蛰存:《〈戴望舒诗全编〉小引》,见《戴望舒诗全编》,梁仁编,杭州:浙江文艺出版社,1989 年,第 2 页。

引力,他最后还是选中了果尔蒙、耶麦等后期象征派。……译果尔蒙、耶麦的时候,正是他放弃韵律,转向自由诗体的时候。"①而且又说:"望舒遗物中有一个硬面抄本,写满了他的译诗稿,其中有已发表过的,亦有未发表过的,大多是法国后期象狂派的。"②由此可见法国后期象征派对于戴望舒的影响是深远的,具体体现在:

诗歌的反音乐化。戴望舒这一时期的诗歌创作不再追求诗形的刻意修饰与音韵的有意提炼,而是采取了反音乐化的自由散化的形式,这个显然是得益于他对果尔蒙们诗歌表达的发现。翻看戴望舒所翻译的果尔蒙的《西茉纳集》中的很多诗,基本都是散化无韵诗,而且一般篇幅都很长,那种结构精巧的诗作是很少见的。即便是短小的象征诗篇也是呈现散化无韵的特点,譬如保尔·福尔的《夏夜之梦》(戴望舒译):

> 山间自由的蔷薇昨晚欢乐地跳跃,而一切田野间的蔷薇,
> 在一切的花园中都说:
> "我的姊妹们,我们轻轻地跳过栅子吧。园丁的喷水壶比
> 得上晶耀的雾吗?"
> 在一个夏夜,我看见在大地一切的路上,花坛的蔷薇都向
> 一枝自由的蔷薇跑去!③

这首诗歌相当散化而且无韵,但却并不妨碍其间蕴藏着的丰富的象征韵意,作者对自由的呼唤正如他自由的诗形一样自由流淌,具有无限的扩散意义。我们再来看看戴望舒这一时期创作的诗歌,结构精巧的作品确不多见(除了《烦忧》),大多完全摈弃了诗形节奏的律化与音乐美,在长短不一、自由奔放的语句中寄托自己丰富恣肆的诗意,譬如他的《旅思》:

---

①　施蛰存:《〈戴望舒译诗集〉序》,见《戴望舒译诗集》,长沙:湖南人民出版社,1983年,第2—4页。

②　施蛰存:《〈戴望舒译诗集〉序》,见《戴望舒译诗集》,长沙:湖南人民出版社,1983年,第3页。

③　保尔·福尔:《夏夜之梦》,戴望舒译,见《戴望舒译诗集》,长沙:湖南人民出版社,1983年,第37页。(本文所选外国作家诗篇除特别标注外均选自戴望舒所译篇目,均选自《戴望舒译诗集》)

故乡芦花开的时候,/旅人的鞋跟染着征泥,/粘住了鞋跟,粘住了心的征泥,/几时经可爱的手拂拭?

栈石是星饭的岁月,/骤山骤水的行程:/只有寂静中的促织声,/给旅人尝一点家乡的风味。

这是一首相对短小的自由体诗,没有规则,没有押韵,也没有情绪的波澜起伏,跳跃跌宕,作者只在淡淡的叙述中表达出旅人那清幽怀远的思乡之情,令人回味悠长。再如《秋天》一诗:

再过几日秋天是要来了,/默坐着,抽着陶器的烟斗;/我已隐隐地听见它的歌吹/从江水的船帆上。

……

我对它没有爱也没有恐惧,/我知道它所带来的东西的重量,/我是微笑着,安坐在我的窗前,/当浮云带者恐吓的口气来说:/秋天要来了,望舒先生!

戴望舒的这首诗完全是反音乐化的,他采取的是口语化的表达方式,亲切随意,看似轻松但其实却寄寓着并不轻松的感觉,表达出戴望舒当时颇为失意与茫然的生活情状。这种随意的、口语化的表达方式多么近似于耶麦的《膳厅》:

有一架不很光泽的衣橱,/它会听见过我的姑祖母的声音,/它会听见过我的祖父的声音,/它会听见过我的父亲的声音。/对于这些记忆,衣橱是忠实的。/别人以为它只会缄默着是错了,/因为我和它谈着话。

……

有许多到我家里来的男子和妇女,/他们不信这些小小的灵魂。/而我微笑着,他们以为只有我独自个活着。

当一个访客进来时问我说:/——你好吗,耶麦先生?

戴望舒的这种反音乐化的诗歌创作新探自《我的记忆》诗作之后便开始成为了戴望舒诗歌创作的主要形式,也就是说戴望舒的诗形从此便开始固定下来,那就是不固定的无韵自由诗的创作。

诗情的丰富性。戴望舒曾在20、30年代翻译耶麦的诗歌时盛赞耶麦"他是抛弃了一切虚夸的华丽、精致、娇美,而以他自己的淳朴的心灵来写他的诗的。从他的没有词藻的诗里,我们听到曝日的野老的声音,初恋的乡村少年的声音和为禽兽的谦和的朋友的圣弗朗西思一样的圣者的声音而感到一种异常的美感。这种美感是生存在我们日常的生活上,但我们适当地、艺术地抓住的。"(《戴望舒译诗集·耶麦译后记》)而且又发现保尔·福尔是"法国后期象征派中的最淳朴,最光耀,最富于诗情的诗人。……保尔·福尔的诗倒并不是那样单淳,他甚至是很复杂的,象生活一样,象大自然的种种形态一样。他用最抒情的诗句表现出他的迷人的诗境,远胜过其他用着强大的和形而上的辞藻的诸诗人。"(《戴望舒译诗集·保尔·福尔译后记》)可见戴望舒之所以欣赏果尔蒙们等后期象征主义诗歌是在于他们诗歌中那来自于生活中的复杂诗情的流露,而不是外在的辞藻与诗形的架设,这也印证了杜衡所说的戴望舒作诗"不把对形式的重视放在内容之上;……细阅望舒底作品,很少架空的感情,铺张而不虚伪,华美而有法度,倒的确走的诗歌底正路。"(杜衡《〈望舒草〉序》)影响与被影响的痕迹是很鲜明的。

纵览戴望舒自"我的记忆"之后时期的创作不难发现其诗作的情感确是开始有所拓展,这里除了延续早期及"雨巷"时期创作中的爱情追求的痛楚与希冀(如《路上的小语》、《林下的小语》、《夜是》、《独自的时候》、《秋天》)、流浪的孤独与寂然(如《印象》、《夜行者》、《少年行》、《寻梦者》、《乐园鸟》)之外,还有由流浪而生发出的对于乡愁的书写(如《对于天的怀乡病》、《小病》、《游子谣》),对生命的思考(《如老之将至》、《秋蝇》、《妾薄命》、《旅思》),对现实的真实地观照(如《断指》、《流水》、《我们的小母亲》),以及对友情的抒怀(如《祭日》)等等,诗作的思想显然比之前要丰盈很多。但是同时我们也应看到这一时期戴望舒的诗情虽然内涵较前一时期有一些延伸与扩展,但总的来看戴望舒"雨巷"时期后的诗作总体而言诗情仍是低沉凝重的,而这也正是象征主义偏爱的情绪流,正如波特莱尔所说的"我并不主张'欢悦'不能与'美'结合,但我的确认为'欢悦'是'美'的装饰品中最庸俗的一种,而'忧郁'却似乎是

'美'的灿烂出色的伴侣。"①也恰如戴望舒所欣赏的保尔·福尔所说的:"我有什么得罪了森林的风啊,偏要裂碎我的心?/森林的风是我的什么啊,要我流了这样多的眼泪?"(《戴望舒译诗集·保尔·福尔〈晚歌〉》)。戴望舒也时常在诗中吟唱:

> 说是寂寞的秋的悒郁,/说是辽远的海的怀念。/假如有
> 人问我烦忧的原故,/我不敢说出你的名字。(《烦忧》)
> 悒郁着,用我二十四岁的整个的心。(《我的素描》)

这一时期戴望舒由于个人性格与生活的影响,再加之社会环境的制约,他的诗情不仅一如既往地忧郁,而且还带着一种飘忽不定的虚无感,对此杜衡曾说:"五年(指1927—1932年间,笔者注)的挣扎只替望舒换来了一颗空洞的心,他底作品里充满着虚无的色彩,也是无须乎我们来替他讳言的。本来,像我们这年岁的稍稍敏感的人,差不多谁都感到时代底重压在自己底肩傍上,因而呐喊,或是因而幻灭,分析到最后,也无非是同一个根源,我们谁都是一样的,我们底心里谁都有一些虚无主义的种子;而望舒,他底独特的环境和遭遇,却正给予了这种子以极适当的栽培。"(杜衡《〈望舒草〉序》)即使有时在诗中会闪现一些希望,但那也充满着丝丝凉意:"你的梦开出花来了。/你的梦开出娇妍的花来了,/在你已衰老了的时候。"(《寻梦者》)但尽管如此,戴望舒"我的记忆"时期的诗作诗情较之前的诗作还是有了较大的拓展,这是毋庸置疑的。

思想的知觉化。戴望舒曾在果尔蒙的《西茉纳集》诗集的译后记中说果尔蒙"是法国后期象征主义诗坛的领袖,他的诗有着绝端的微妙——心灵的微妙与感觉的微妙、他的诗情完全是呈给读者的神经,给微细到纤毫的感觉的,即使是无韵诗,但是读者会觉得每一篇中都有着很个性的音乐。"(《戴望舒译诗集·西茉纳集·译后记》)这种个性的音乐显然是指诗情的细腻与丰富,而这种诗情的微妙与音乐化来自于作

---

① 波特莱尔:《随笔·美的定义》,见《西方文论选》(下卷),上海:上海译文出版社,1979年,第225页。

者感觉世界的细腻与动人，来自于作者知觉化的思想表达。30 年代初期戴望舒开始注重发现人的感觉世界对于诗歌创作的意义，戴望舒曾在《望舒诗论》中把自己对于诗歌的这种理解与认识明确化了，他说：

> 八、诗不是某一个官感的享乐，而是全官感或超官感的
> 东西。
>
> 十五、诗应当将自己的情绪表现出来；而使人感到一种东
> 西，诗本身就像是一个生物，不是无生物。
>
> 十六、情绪不是用摄影机摄出来的，它应当用巧妙的笔触
> 描出来。这种笔触又须是活的，千变万化的。[1]

这时的戴望舒非常注重诗人的感知世界对于诗歌创作的意义，譬如他在《谈林庚的诗见和"四行诗"》中说道：

> 我的意思是，自由诗与韵律诗（如果我们一定要把它们分
> 开的话）之分别，在于自由诗是不乞援于一般意义的音乐的纯
> 诗（昂德莱·纪德有一句话，很可以阐明我的意思，虽则他其
> 他的诗的见解我不能同意；他说，"……句子的韵律，绝对不是
> 在于只由铿锵的字眼之连续所形成的外表和浮面，但它却是
> 依着那被一种微妙的交互关系所合着调子的思想之曲线而起
> 着波纹的"）。[2]

这种诗歌创作的感觉与知赏表达方式的运用在戴望舒之前的诗歌创作中不被重视，他重视的是诗情的抒发或旋律的营造，"我的记忆"后时期戴望舒显然在关注诗情表达之时开始重视如何表达这诗情了。其实对于象征主义诗人们来说，这种为思想与情绪寻找客观对应物的思想知觉化的表达其实是一种非常常态的创作表达，譬如保尔·福尔的"幸福是在草场中。快跑过去，快跑过去。幸福是在草场中，快跑过去，它就要溜了。/假如你要捉住它，快跑过去，快跑过去。假如你要捉住

---

① 戴望舒：《诗论零札》，见《戴望舒诗全编》，梁仁编，杭州：浙江文艺出版社，1989 年，第 692 页。

② 戴望舒：《谈林庚的诗见和"四行诗"》，见《戴望舒诗全编》，梁仁编，杭州：浙江文艺出版社，1989 年，第 695 页。

它,快跑过去,它就要溜了。"(《幸福》)又如耶麦的"我们只会听到太阳的暑热。/在你的耳上,你会有胡桃树的阴影。"(《屋子会充满了蔷薇》)再如果尔蒙的"西茉纳,太阳含笑在冬青树叶上;/四月已回来和我们游戏了。"(《冬青》)诸如此类等等,灵动鲜活,具有极强的表现力,不胜枚举。这种诗歌的创作方法就是把无形无限的情感与思想化为有声有色有形、可知可感可触的日常生活中的事物。在戴望舒 30 年代初期的诗作中我们也随处可见他的把思想知觉化的表达,最为典型的一首诗便是《印象》:

> 是飘落深谷去的/幽微的铃声吧,/是航到烟水去的/小小的渔船吧,/如果是青色的真珠;/它已堕到古井的暗水里。

> 林梢闪着的颓唐的残阳,/它轻轻地敛去了/跟着脸上浅浅的微笑。

> 从一个寂寞的地方起来的,/迢遥的,寂寞的呜咽,/又徐徐回到寂寞的地方,寂寞地。

这首诗歌以诗人内心的感觉为主线,为我们叠加了一系列的意象,无论是"深谷""铃声",还是"烟水""渔船",以及"古井"、"林梢"、"残阳"等,在诗中与作者那孤寂的心绪完整地契合在一起,深切烘托出了作者从希望的闪现到失望的结局的深寂的心绪变化,表现了戴望舒那至深至真的心中的寂寥与痛楚,情感展现精妙而微细,触人心弦,令人怀想悠远。这种被象征主义广为使用的反理性的"通感"的艺术表现在戴望舒这一时期的诗作里可谓是俯拾皆是,玄妙且生动,传达出了那无法言传的内心世界。譬如"温柔的是缢死在你底发上,/它是那么长,那么细,那么香;/但是我是怕着,那飘过的风/要把我们底青春带去。"(《夜是》)"房里曾充满过清朗的笑声,/正如花园里充满过蔷薇;/人在满积着的梦的灰尘中抽烟,/沉想着消逝了的音乐。"(《独自的时候》)"于是我的梦是静静地来了,/但却载着沉重的昔日。"(《秋天的梦》)还有如《苍蝇》、《我的记忆》等诗篇,都是把自己的情感外化成了可感可触的客体,使诗歌增添了很多朦胧飘忽的诗意与美感,而不是一眼就能望到底的直白与单纯。

在戴望舒"雨巷"时期之后的创作中,法国象征主义的影响无疑是根深蒂固的,即便是到了抗战以后,戴望舒诗歌创作的境界有了进一步的提升,但是象征主义的诗艺影响还是鲜明地存在着。直到 1947 年戴望舒还在致力于翻译波特莱尔的诗作,目的就是为我们的诗歌创作提供一些有益的借鉴,因为戴望舒认为波特莱尔给予我们的影响“是多方面的,要看我们怎样接受。只要不是皮毛的模仿,能够从深度上接受他的影响,也许反而是可喜的吧。”①从这段体悟中我们可以洞察出戴望舒对于法国象征派至深的眷恋情结。

三　创作完善:世界文学多种技艺的吸纳

1. 纪德等的发现:诗歌美学的呼应

戴望舒的带有象征主义色彩的诗歌创作无疑更多的是一种个性诗情的流露与表达,但戴望舒又绝不是一个逃离现实沉浸在个人世界中的狭隘的个人主义者。纵览戴望舒的一生,我们不难发现戴望舒一直心系现实与政治,1923 年在上海读书时,戴望舒就表现活跃,关心社会,而非死读书与读死书。1925 年上海发生了“五卅”惨案,戴望舒曾参加过游行示威②,1926 年后的戴望舒社会活动更加频繁,他加入了共青团并担任了支部负责人,“接受了革命的第一次洗礼,奠定了他终生对革命事业的同情和支持的基本政治态度。”③随后,戴望舒因政治表现积极而被学校开除,并曾被捕入狱,这使戴望舒深刻认识到“政治不是浪漫的行动,而是实实在在的艰苦、乃至流血的斗争。”④而且 20 年代末戴望舒、施蛰存、杜衡等与冯雪峰在文学的交往中成了朋友,而冯雪峰“是当时有系统地介绍苏联文艺的功臣。他的工作,对我们起了相当的影响,使我们开始注意苏联文学。”⑤可见,无产阶级及无产阶级文

---

①　戴望舒:《译后记》,见《戴望舒译诗集》,长沙:湖南人民出版社,1983 年,第 154 页。
②　罗大冈:《望舒剪影》,《中国作家》,1987 年第 3 期。
③　王文彬:《雨巷中走出的诗人——戴望舒传论》,北京:商务印书馆,2006 年,第 351 页。
④　王文彬:《雨巷中走出的诗人——戴望舒传论》,北京:商务印书馆,2006 年,第 47 页。
⑤　施蛰存:《最后一个老朋友——冯雪峰》,《新文学史料》,1983 年第 2 期。

学很早就已经影响到戴望舒诗情的表达,这样我们就很能理解为什么在戴望舒 20 年代末、30 年代初期的作品中会出现如《断指》、《我们的小母亲》及《流水》等的诗作,这些诗歌中所表达的诗意与戴望舒惯于表达的抑郁与哀怨在风格上差异性是很大的:

> 在寂寞的黄昏里,/我听见流水嘹亮的言语:
>
> 穿过暗黑的,暗黑的林,/流到那过去! /到升出赤色的太
>
> 阳的海去!
>
> ……
>
> 在一个寂寂的黄昏里,/我看见一切的流水,/在同一个方
>
> 向中,/奔流到太阳的家乡去。(《流水》)

20 年代末、30 年代初,戴望舒思想提升很快,他曾加入了左联,成为了左联第一批盟员,并开始编译一些普罗文学的理论著作,如《苏联文坛的风波》(1930)、《英国无产阶级文学运动》(1930)等等。但这时候的戴望舒并没有直接放弃自己一贯的对于诗艺的追求而走向无产阶级文学,他感觉到了文学与诗艺的矛盾:"一方面是革命文学的吸引,一方面是象征主义诗学的日积月累的营造,这是两种不同的艺术的思想,望舒为此感到深深的矛盾。"①但最终戴望舒虽然同情且向往革命,但是戴望舒还是在政治与诗艺之间选择了一条自由主义的创作道路,对此施蛰存的回忆是很能解释这一切的:

> 雪峰曾希望我们恢复党的关系,但我们自从四·一二事变以后,知道革命不是浪漫主义的行动。我们三人都是独子,多少还有些封建主义的家庭顾虑。再说,在文艺活动方面,也还想保留一些自由主义,不愿受被动的政治约束。雪峰很了解我们的思想情况,他把我们看作政治上的同路人,私交上的朋友。②

所以,"政治上左翼,艺术上自由主义"③就是成了这之后戴望舒主

---

① 王文彬:《雨巷中走出的诗人——戴望舒传论》,北京:商务印书馆,2006 年,第 77 页。
② 施蛰存:《最后一个老朋友——冯雪峰》,《新文学史料》,1983 年第 2 期。
③ 施蛰存:《为中国文坛擦亮"现代"的火花》,见《沙上的脚印》,沈阳:辽宁教育出版社,1995 年,第 181 页。

要的写作姿态。1932 年戴望舒去国留学,在法国的一系列经历则使他的这种创作姿态愈发显得坚定与执著。这其中,一个作家的影响是不容忽视的,那就是纪德。正如戴望舒的研究者王文彬所说:

> 在戴望舒研究中有一个绕不开的问题,就是他与法国作家安德烈·纪德(Andre Gide,1867 年—1951 年)的关系。二十世纪三十年代中期,戴望舒吸纳纪德的艺术经验,融会于自己诗学思想的构建和创作之中,同期,纪德出版富有挑战性的有争议的著作《从苏联回来》(1936 年 11 月),戴望舒很快推出该书的两种中文译本(1937 年 5 月—7 月)以呼应,而这一切又发生在纪德的所谓两次"转向"之际。两位作家的文学因缘,值得发掘、梳理和评析。[①]

纪德一生主要从事小说与游记等创作,在他的作品中处处充满着抗争精神,譬如《地粮》、《窄门》、《伪币制造者》等等,对家庭、社会乃至宗教的批判鲜明且深刻,而纪德也正由于其作品中所表现出的"对真理的大无畏的热爱和敏锐的心理洞察力,表现了人类的种种问题和处境"[②]而在 1947 年获得了诺贝尔文学奖。戴望舒到法国后的 1933 年应邀参加了法国革命文艺家协会召开的大会,在那次大会上,他第一次目睹到了纪德的风采并深切感受到了纪德犀利的思想。随后在 1933 年第 3 卷《现代》杂志上戴望舒全文翻译了纪德在大会上的发言,对于纪德的反法西斯思想表达了自己的敬佩之意。纪德痛恨德国的法西斯政策,向往苏联社会的构想,他说:"我在德国的恐怖政策中,见到了最可叹最可憎的过去的再演,在苏联社会的创设中,我却见到一个未来的无限的允约。"因此纪德对于未来寄寓了充分的信心:"人类的历史是一切当初被羁囚的人们的迟缓而苦痛的向光明前进的历史。虽则是暂时地迟缓了一点,但是这向解放的进行,总还是不可免的,而且任何帝国主义也都没有阻止它的能力的。"因此他呼吁被压迫者联合起来共同抵御

---

① 王文彬:《戴望舒和纪德的文学因缘》,《新文学史料》,2003 年第 2 期。
② 毛信德等:《20 世纪诺贝尔文学奖颁奖演说词全编》,南昌:百花洲文艺出版社,2001 年,第 359 页。

压迫!① 纪德的这些思想对戴望舒是有着一定的影响的。因而在法期间戴望舒的政治活动表现积极而热情，这也是他后来诗歌创作转向的动因之一。戴望舒对纪德敢于直视现实的勇气与敢于批判的精神充满了景仰，否则他也就不会在 1937 年翻译介绍了纪德充满争议的具有犀利批判锋芒的游记《访苏联归来》。

纪德除了在思想与精神力量方面吸引戴望舒之外，他吸引戴望舒的还有一个重要因素就是他的艺术主张，在戴望舒看来，纪德不是一个为了思想可以放弃艺术的人，戴望舒说：

> 在法国文坛中，我们可以说纪德是"第三种人"。虽然去年有说纪德曾加入过共产党的这个谣言，其实，自从他在一八九一年发表他的第一部名著《安德列·华尔持的手记》(Cahiersd' Andre' Walter)起，一直到现在为止，他始终是一个忠实于他的艺术的人。然而，忠实于自己的艺术的作者，不一定就是资产阶级的"帮闲者"。②

纪德的忠于艺术表现的思想其实就是戴望舒所一直追求与固守的，戴望舒曾在自己的《望舒诗论》(1932)与《诗论零扎》(1944)里两次提到纪德，对纪德的艺术表现心向往之。在《诗论零扎》中，戴望舒说道：

> 诗的韵律不应只有浮浅的存在。它不应存在于文字的音韵抑扬这表面，而应存在于诗情的抑扬顿挫这内里。
>
> 在这一方面，昂德莱·纪德提出过更正确的意见："语辞的韵律不应是表面的，矫饰的，只在于铿锵的语言的继承；它应该随着那由一种微妙的起承转合所按拍着的，思想的曲线

---

① 戴望舒：《法国通信》，见《戴望舒全集·散文卷》，王文彬、金石主编，北京：中国青年出版社，1999 年，第 133 页。

② 戴望舒：《法国通信》，见《戴望舒全集·散文卷》，王文彬、金石主编，北京：中国青年出版社，1999 年，第 42 页。

而波动着。"①

可见纪德对于他的印象是多么深刻,在法期间,戴望舒曾四处搜买《纪德全集》,②表现出了对于纪德文学创作的极大兴趣。纪德文学创作其实也是受法国象征派影响的,他的小说"具有着散文诗化的特点"③,而且"他多次使用从音乐中借鉴来的比喻手法"④,从而使"音乐构成了他的风格的重要因素"⑤。在戴望舒看来,这种音乐的风格就是指的是一种语辞的韵律,是一种情绪流的体现,而这显然也正是戴望舒所追求的,"与他三十年代前期对韵律一概排斥的主张相比,这时他不再笼统地排斥韵律,而要求诗情与韵律的统一。"⑥所以在戴望舒收自1934 年 5 月至 1945 年 5 月间诗作的诗集《灾难的岁月》里,这方面的艺术追求特征尤为鲜明。我们且看戴望舒作于 1940 年的《白蝴蝶》:

　　给什么智慧给我,/小小的白蝴蝶,/翻开了空白之页,/合
上了空白之页?

　　翻开的书页:/寂寞;/合上的书页:/寂寞。

这首短短的小诗,没有一些外在的矫饰,看起来非常平淡,但里面那微妙的情绪却表达得灵动鲜活,那就是企望——感受——失望的内在的情绪节奏,缓慢且低沉。作者那无法凭依的生存的孤独与寂寞就在这书页的一开一合之间、在情绪的一放一收之间幽怨展现,诗情与韵律很好地结合在了一起。

30 年代后的戴望舒对于社会与政治的关注热情与日俱增,诗的境界也日见开阔,但这却并没有使戴望舒放弃对于诗歌创作艺术性的追

---

　　①　戴望舒:《诗论零扎》,见《戴望舒全集·散文卷》,王文彬、金石主编,北京:中国青年出版社,1999 年,第 188 页。

　　②　戴望舒:《巴黎的书摊》,见《戴望舒全集·散文卷》,王文彬、金石主编,北京:中国青年出版社,1999 年,第 42 页。

　　③　郑克鲁:《法国文学史》,上海:上海外语教育出版社,2003 年,第 1148 页。

　　④　万德化:《安德列·纪德〈伪币制造者〉一书中的纹心结构》,转引自《当纪德进入中国》,刘东著,《读书》,2008 年第 3 期。

　　⑤　王文彬:《戴望舒和纪德的文学因缘》,《新文学史料》,2003 年第 2 期。

　　⑥　潘颂德:《中国现代新诗理论批评史》,上海:学林出版社,2002 年,第 291 页。

求,这其中纪德的影响力自然是存在的。1937 年戴望舒在谈到当下流行的国防诗歌的创作时曾说:"诗中是可能有国防的意识情绪的存在的,一首有国防意识情绪的诗可能是一首好诗,唯一的条件是它本身是诗。"①对于戴望舒来说,诗歌创作虽然内容大于形式,但无论如何,诗之所以为诗的本质却是不能失去的。

2. 洛尔迦等的启发:诗歌美学的发展

在戴望舒的诗歌创作历程中,无产阶级文艺理论与无产阶级诗歌运动对其诗歌创作的影响是显著地存在着的,上文中我们已经提到过戴望舒是一直心向进步的,并还曾写下过一些带有进步色彩的社会诗篇,譬如《断指》一诗就曾涉及革命的主题,但这类诗歌在戴望舒去国前的作品中并不多见。1932 年戴望舒的留学法国,却使他的这股潜在的社会政治热情被毫无遮拦地激发起来了,"到法国游学期间,正值世界反法西斯斗争高涨时期,因而他的政治立场更为触目。"②这其中有纪德的影响,也更有着洛尔迦等的启发。

在法留学期间,1934 年 8 月 22 日戴望舒开始前往西班牙旅行,并写下了系列《西班牙旅行记》,作者对西班牙充满了浓郁的兴趣,他走访于西班牙,发现西班牙"它过着一个寒伧、静默、坚忍而安命的生活,但是它却具有怎样的使人充塞了深深的爱的魅力啊。"③而对于西班牙文学,戴望舒也颇为倾心,特别是西班牙青年诗人洛尔迦,戴望舒就曾说过"我所爱的西班牙现代诗人是洛尔迦和沙里纳思"④。洛尔迦是西班牙著名的诗人、剧作家,一生积极关注社会政治,并参加了马德里的知识分子反法西斯联盟,1936 年西班牙内战爆发,洛尔迦惨遭枪杀。戴望舒感动于洛尔迦的言行诗篇,开始翻译介绍他的作品。戴望舒先后

---

　　① 戴望舒:《关于国防诗歌》,见《戴望舒全集·散文卷》,王文彬、金石主编,北京:中国青年出版社,1999 年,第 175 页。

　　② 王文彬:《雨巷中走出的诗人——戴望舒传论》,北京:商务印书馆,2006 年,第 146 页。

　　③ 戴望舒:《在一个边境的站上》,见《戴望舒全集·散文卷》,王文彬、金石主编,北京:中国青年出版社,1999 年,第 20 页。

　　④ 戴望舒:《记诗人许拜维艾尔》,见《戴望舒全集·散文卷》,王文彬、金石主编,北京:中国青年出版社,1999 年,第 31—3237 页。

翻译了洛尔迦早期诗集《诗篇》(1921)和《歌集》(1924)中的某些诗篇，以及洛尔迦最具独特风格的诗集《吉普赛谣曲集》(1927)与《深歌诗集》(1931)中的部分篇章。洛尔迦创作诗篇，常常"把他的诗与西班牙民间歌谣创造性地结合起来，创造出了一种全新的诗体：节奏优美哀婉，形式多样，词句形象，想象丰富，民间色彩浓郁，易于吟唱，同时又显出超凡的诗艺。"①洛尔迦用动人的旋律歌唱爱情、关注人性与社会，他的诗歌具有动人的魅力，像一首首歌触动着你的心灵。他的诗歌有时充满着忧郁："精光的山头 /一片骷髅场。/绿水清又清 /百年的橄榄树成行。路上行人都裹着大氅，/高楼顶上，/风旗猎转回往。/永远地，猎转回往，/啊，悲哀的安达路西亚 /没落的村庄！"(《村庄》)有时又充满着愤慨：揭露西班牙宪警们"他们随心所欲地走过，/头脑里藏着 /一管无形手枪的 /不测风云。……这个被惊慌赶空的城市 /打开了无数门户。/四十名宪警 /进去大肆劫掠。"(《西班牙宪警谣》)有时又充满着悲伤的欢乐：他歌颂斗牛士拼搏的精神——"我歌唱你。/我要追颂你的形象和你的优雅风度，/你的著名的纯熟的技能. 你对死的意欲，你对它的唇吻的渴想，以及你的勇猛的喜悦底下隐藏着的悲。/哀我们将等待好久，才能产生，如果能产生的话，/一个这样纯洁，这样富于遭际的安达路西亚人。/我用颤抖的声音歌唱他的优雅，/我还记住橄榄树林里的一阵悲风。"(《伊涅修·桑契斯·梅希亚思挽歌》)

　　对于诗歌创作，洛尔迦这样说："看。我把火拿在手中。我懂得它，又用了它完美地工作。"②洛尔迦的这种思想锋芒与诗艺技巧并重地对于诗歌创作的理解是深得戴望舒共鸣的。40 年代，戴望舒还翻译了《西班牙抗战谣曲集》，高度肯定了西班牙抗战谣曲的战斗性，并充分认可它的音乐性，"它体裁简易，而它的韵律又极适合人民的思想和音乐的水准。"③总体而言，正如施蛰存所言："翻译西班牙抗战谣曲，表达对

---

　　① 马岱良、董继平：《作者简介》，见《洛尔迦诗歌精选》，洛尔迦著，重庆：重庆出版社，2004 年，卷首页。

　　② 戴望舒：《关于迦尔西亚·洛尔迦》，见《戴望舒全集·诗歌卷》，王文彬、金石主编，北京：中国青年出版社，1999 年，第 556 页。

　　③ 戴望舒：《跋〈西班牙抗战谣曲集〉》，《华侨日报》，1948 年 12 月 12 日。

国难的忧愤。后期的译诗,以西班牙的反法西斯诗人为主,尤其热爱洛尔迦的谣曲,我们也可以在《灾难的岁月》中,看到某些诗篇具有西班牙诗人的情绪和气质。"①而戴望舒40年代在香港创作了四首抗日民谣更可看是洛尔迦等的影响的最直接体现。

可以说,洛尔迦与《西班牙抗战谣曲集》的翻译对于戴望舒的创作有着深刻的影响,尤其是在思想质感方面尤为突出。洛尔迦的那拿在手中的火与西班牙抗战谣曲中的那狂热奔腾的心给了戴望舒前行的力的感召。戴望舒1935年回国后不久抗战就爆发了,戴望舒带着从国外积聚而回的能量迅速投入到了现实政治斗争的最前线,戴望舒的诗歌创作因之也发生了明显的变化。那就是他的创作视野愈来愈辽阔,他开始从象征主义诗歌的情境中走了出来,开始从个人情怀的集中表达而转向集中思考这样的核心问题:即"在创作中如何表现诗人主体与民族(社会)的关系"②。所以纵览戴望舒"灾难的岁月"时期的诗歌不难发现,这一时期戴望舒虽然也重视诗歌诗艺的表达,他的很多诗歌显然仍存在某种象征主义的笔法,虽然还重视着对于诗歌韵律的运用,但无论如何,这一时期戴望舒对诗歌内质的强调已远远超越于戴望舒之前的任何时期的创作。戴望舒在1936年评林庚的诗歌以及在1944年发表诗论时说得就很透彻:

> 现代的诗歌之所以与旧诗词不同者,是在于它们的形式,更在于它们的内容。③

> 诗也是如此,它的佳劣不在形式而在内容。有"诗"的诗,虽以佶屈聱牙的文字写来也是诗;没有"诗"的诗,虽韵律齐整音节铿锵,仍然不是诗。只有乡愚才会把穿了彩衣的丑妇当

---

① 施蛰存:《〈戴望舒诗全编〉小引》,见《戴望舒诗全编》,梁仁编,杭州:浙江文艺出版社,1989年,第6页。

② 王文彬:《雨巷中走出的诗人——戴望舒传论》,北京:商务印书馆,2006年,第328页。

③ 戴望舒:《谈林庚的诗见和"四行诗"》,见《戴望舒诗全编》,梁仁编,杭州:浙江文艺出版社,1989年,第695—696页。

作美人。①

　　也因之戴望舒的诗歌创作开始呈现出另一种风貌,特别是在香港沦陷后期和抗战胜利之际,正如艾青所说:"望舒是一个具有丰富才能的诗人,他从纯粹属于个人的低声哀叹开始,几经变革,终于发出战斗的呼号。"②施蛰存也说:"望舒在香港,在一个文化人的岗位上,做了不少反帝、反法西斯、反侵略的文化工作。他翻译了西班牙诗人的抗战谣曲,法国诗人的抵抗运动诗歌。他自己的创作,虽然艺术手法还是他的本色,但在题材内容方面,却不再歌咏个人的悲欢离合,而唱出了民族的觉醒,群众的感情,尤其是当他被敌人逮捕,投入牢狱之后,他的诗所表现的已是整个中华民族的爱国主义和民族气节了。"③所以在戴望舒"灾难的岁月"时期的诗歌中我们便看到了很多明朗的意象,如"灯"(《灯》)、"萤火"(《致萤火》)、"晴天"(《在天晴了得时候》);我们还看到了与现实抗争的决心:"只有起来打击敌人,/自由和幸福才会降临"(《心愿》);以及对于未来的信心:"苦难的岁月不会再迟延,/解放的好日子就快到"(《口号》):

　　　　新的年岁带给我们新的希望。/祝福! 我们的土地,/血染的土地,焦裂的土地,/更坚强的生命将从而滋长。

　　　　新的年岁带给我们新的力量。/祝福! 我们的人民,/坚苦的人民,英勇的人民,/苦难会带来自由解放。(《元日祝福》)

　　面对战争的入侵,戴望舒从我们这块土地上、从英勇的人民身上感受到了一种希望与力量的存在! 这恰如他在西班牙抗战谣曲中所感受到的"人民的声音是不会绝灭的,……爱自由的西班牙民众总有一天会

---

　　①　戴望舒:《诗论零扎》,见《戴望舒诗全编》,梁仁编,杭州:浙江文艺出版社,1989年,第701页。
　　②　艾青:《望舒的诗》,《诗刊》,1957年2月。
　　③　施蛰存:《〈戴望舒诗全编〉小引》,见《戴望舒诗全编》,梁仁编,杭州:浙江文艺出版社,1989年,第3—4页。

再起来的。"①在"灾难的岁月"时期的诗作中,戴望舒最动人的情怀的展现便是他对于祖国的无限的爱意与忠诚:

> 如果我死在这里,/朋友啊,不要悲伤,/我会永远地生存/在你们的心上。……把他的白骨放在山峰,/曝着太阳,沐着飘风,/在那暗黑潮湿的土牢,/这曾是他唯一的美梦。(《狱中题壁》)

> 我用残损的手掌/摸索这广大的土地:/……无形的手掌掠过无限的江山,/手指沾了血和灰,手掌粘了阴暗,/只有那辽远的一角依然完整,/温暖,明朗,坚固而蓬勃生春。/在那上面,我用残损的手掌轻抚,/像恋人的柔发,婴孩手中乳。/我把全部的力量运在手掌/贴在上面,寄与爱和一切希望,/因为只有那里是太阳,是春,/将驱逐阴暗,带来苏生,/因为只有那里我们不像牲口一样活,/蝼蚁一样死……那里,永恒的中国!(《我用残损的手掌》)

这些明朗的诗意与爱国主义激情的抒发使戴望舒后期的诗作生发出深邃的内蕴,质感坚硬,意义甚广,反响深远。

但同时,戴望舒后期这些诗歌创作的成功还得益于他对超现实主义手法的借鉴运用,这也体现出在注重诗歌思想表达的前提之下,戴望舒对于诗艺的进一步经营。施蛰存曾说:"在《灾难的岁月》里,我们还可以看到,像《我用残损的手掌》、《等待》这些诗,很有些阿拉贡、爱吕雅的影响。法国诗人说:这是为革命服务的超现实主义。"②戴望舒在法国留学期间曾会见了法国超现实主义诗人许拜维艾尔,表达了他对于诗人的热爱:"就在相遇的一瞬间,许拜维艾尔已和我成为很熟稔的了,好像我们曾在什么地方相识过——一样,好像有什么东西曾把我们系

---

① 戴望舒:《跋〈西班牙抗战谣曲选〉》,见《戴望舒全集·诗歌卷》,王文彬、金石主编,北京:中国青年出版社,1999年,第592页。

② 施蛰存:《〈戴望舒诗全编〉小引》,见《戴望舒诗全编》,梁仁编,杭州:浙江文艺出版社,1989年,第4页。

在一起过一样。"①在征得诗人认可的前提之下，戴望舒向国内的读者翻译介绍了许拜维艾尔的八首诗歌，自己的创作也受之影响。戴望舒借鉴超现实主义手法而写成的诗篇有《狱中题壁》、《偶成》、《我用残损的手掌》、《等待(二)》等，戴望舒这一类诗歌的特点正如研究者所说的："消融了内心和外物的界限，幻觉和实景叠印，现实和超现实相互贯通，使诗由平面走向立体。"②孙玉石称这些诗歌为"抗战诗中不朽的名篇"，"在这些诗中看到一种特别的信息，种种形态的现代主义方法，一旦被注入大宇宙的现实感情之后，会闪放出怎样的艺术光彩。他们探索本身已经暗示一个现代派诗时期的结束和一个新的现代派诗创作时期的到来。"③卞之琳也说《我用残损的手掌》"应算是戴望舒生平各时期所写的十来首最好的诗篇之一，即使是单从艺术上看他也是如此。"④显然戴望舒在世界文学的进一步地滋养之中使自己的诗歌美学生发出了崭新的发展与跃进。

戴望舒一生的诗歌创作从浪漫到象征，从现实到超现实，从理想到政治，从感性到理性，他的诗歌创作发生着太多的裂变，他的诗歌创作与世界文学之间发生着太多的联系，展现出诗人一路走来的摇曳风姿。以戴望舒为代表的现代诗派"政治上左翼，文艺上自由主义"的诗歌创作特色无疑是我国诗歌发展史上最亮丽的一抹色彩之一，且难以超越。

---

① 戴望舒：《记诗人许拜维艾尔》，见《戴望舒全集·散文卷》，王文彬、金石主编，北京：中国青年出版社，1999年，第31—32页。

② 王文彬：《雨巷中走出的诗人——戴望舒传论》，北京：商务印书馆，2006年，第330页。

③ 孙玉石：《中国现代主义诗潮史论》。北京：北京大学出版社，1993年，第278页。

④ 卞之琳：《戴望舒诗集·序》，成都：四川人民出版社，1981年，第8页。

第七章 艾青的诗歌创作与世界文学

艾青显然是 20 世纪中国现代诗坛的灵魂人物,艾青的一生,用他那"嘶哑的喉咙"为他立足的大地与世界上一切受难的人们动情地歌唱,诗篇中流露出的"些许的温暖"感动了无数读者。正如智利著名诗人巴勃罗·聂鲁达所说,艾青是迷人的,是中国诗坛的泰斗。[①]

在艾青近 70 年的创作生涯中,他与世界文学关联密切。艾青曾说:"我所受的文艺教育,几乎完全是'五四'以来的中国新文艺和外国文艺。……对于过去的我来说,莎士比亚、歌德、普希金是比李白、杜甫、白居易要稍稍熟识一些。"[②]艾青最初的喜欢文学就是受了屠格涅夫的吸引,在杭州国立艺术院读书期间,艾青"开始读了屠格涅夫,而且也爱上了屠格涅夫。"[③]而"正是这种对屠格涅夫作品的沉迷,使艾青亲近了艺术中最大一个门类——文学,特别是诗。"[④]之后艾青的留学法国则更是为他打开了世界文学的绚丽之门,他贪婪地汲取着世界文学的滋养,艾青自己曾如此说道:

> 19 世纪俄罗斯旧现实主义的大师们揭开了我对现实社
> 会认识的帷幕。从诗上说,我是喜欢过惠特曼、凡尔哈仑,和
> 苏联十月革命时期的大诗人马雅可夫斯基、勃洛克的作品的;
> 由于出生在农村,甚至也欢喜过对旧式农村表示怀念的叶赛
> 宁。法国诗人,我比较欢喜兰布。我是欢喜比较接近我们自
> 己时代的诗人们的。[⑤]

---

① 转引自杨匡汉、杨匡满:《艾青传论》,上海:上海文艺出版社,1984 年,第 215 页。
② 艾青:《谈大众化和旧形式》,见《艾青论创作》,上海:上海文艺出版社,1985 年,第 470 页。
③ 艾青:《忆杭州》,见《艾青说 诗意人生》,北京:中国青年出版社,2007 年,第 6 页。
④ 骆寒超:《艾青评传》,重庆:重庆出版社,2000 年,第 15 页。
⑤ 艾青:《艾青选集·自序》,见《艾青论创作》,上海:上海文艺出版社,1985 年,第 49—50 页。

　　面对纷繁复杂的世界文学,艾青积极吸纳着有益于自己创作的因子,从而使自己的创作具有着开阔宏大的视野与胸襟。在被影响与接受的同时,艾青渐成并铸造了自己的文学风格与博大深邃的文学世界,并且在世界文学范围内产生了广泛的影响。

　　在国外,艾青是享有崇高国际声誉的中国诗人,他的诗歌曾被翻译成了十几种文字在域外传播,"艾青热"80 年代在海外经久不衰。美国学者罗伯特·C·弗兰德曾把艾青和希客梅特、聂鲁达并列为现代世界三位最伟大的人民诗人。[①] 1985 年艾青被法国政府授予法国文化艺术最高勋章;1988 年艾青还被中外很多作家学者联名提名角逐诺贝尔文学奖[②],可见艾青的世界影响力不同凡响,正如法籍艾青研究者所说,"艾青的伟大超越了国界,艾青是大家的,是全人类的。"[③]

　　毫无疑问,世界文学影响并丰富了艾青的创作,而艾青的创作则丰富并影响了世界文学。

一　彩色芦笛:世界文学的影响与被影响

　　1929 年的春天,持有不一般的绘画才能的艾青受了校长林风眠的鼓励,在杭州的国立艺术院只读了半年便与友人一起扬帆出海,前往法国学习绘画。艾青前来法国是学画的,但后来却成为了诗人,艾青曾风趣解释为什么母鸡下了鸭蛋:"决定我从绘画转变到诗,使母鸡下起鸭蛋的关键,是监狱生活。"[④]应该说监狱生活是艾青由画而诗的一个契机而已,在这母鸡下了鸭蛋的背后显然是受了外力的孵化而成的,对于年轻好学的艾青来说,这外力显然是世界文学的熏染。在留学巴黎学

---

　　① 　罗伯特·C·弗兰德:《从沉默中走出来——评现代诗人艾青》,《华侨日报》,1979 年 4 月 6 日—9 日。

　　② 　骆寒超:《艾青评传》,重庆:重庆出版社,2000 年,第 428 页。

　　③ 　转引自周红兴:《艾青传》,北京:作家出版社,1993 年,第 565 页。

　　④ 　艾青:《母鸡为什么下鸭蛋》,见《艾青论创作》,上海:上海文艺出版社,1985 年,第 23 页。

画的日子,艾青一边在美术小厂打工,一边广泛地涉猎着西方广博的文学与文化。这一期间艾青阅读到了俄罗斯的文学,如果戈理、屠格涅夫、陀思妥耶夫斯基等的作品,还有一些法文翻译的布洛克、马雅可夫斯基、叶赛宁的诗集,以及一些法文诗如《法国现代诗选》与阿波里内尔的《酒精》等等。① 面对这些璀璨的世界文学,艾青曾说:

> 我的心却被更丰富的世界惊醒了。我对生活,对人世都很倔强地思考着,紧随着我的思考,我在我的画本和速写簿上记下了我的生活的警句——这些警句,产生于一个纯真的灵魂之对于世界提出责难的时候,应该是最纯真的诗的语言。②

这是艾青诗意最早的有意识的萌发。阅读的积淀与由此而来的思考为艾青入狱时期诗兴的大发显然储备了丰厚的思想与灵感。但世界文学之于艾青的影响及艾青与世界文学间的关联还不仅仅在于世界文学为他启开了走向缪斯神殿的大门,还在于他之于世界文学的多重的观察、思考与创造。

1. 精神旨归:对自由的向往

艾青诞生于一个追求民主和科学的时代,"五四"运动开始的时候,他已经9岁。早慧的艾青如饥似渴地接受新思想的影响,中学时代的一篇《一个时代有一个时代的文学》的作文表露出了艾青与时俱进的成长姿态。沐浴在时代风雨中的诗人秉有的"少年人的幻想和热情,/常常鼓动我离开家庭",③到更远更大的世界去接受洗礼与熏陶,"去孤独地漂泊,/去自由地流浪!"(《我的父亲》)怀着追求自由的浪漫思想的艾青来到了法国,面对一个迥异于自己故土的斑斓的世界,他欣喜地接受着一切外来的影响:"噫! 这片土地于我是何等舒适! /……我过着彩色而明朗的时日。"(《画者的行吟》)显然,相对于国内传统积习仍很滞

---

① 艾青:《母鸡为什么下鸭蛋》,见《艾青论创作》,上海:上海文艺出版社,1985年,第21页。

② 艾青:《我怎样写诗的?》,见《艾青论创作》,上海:上海文艺出版社,1985年,第13页。

③ 艾青:《我的父亲》,见《艾青选集》(第1卷),成都:四川文艺出版社,1986年,第440页。(本文艾青诗作的引用除注明外均引自《艾青选集》,不再一一标注)

重的氛围,巴金对资产阶级文化充满了向往,追求个性自由、独立、平等的巴金似乎找到了他理想中的圣地。在巴黎艾青"度过了精神上自由、物质上贫困的三年",[①]这一时期他自由地阅读,自由地思考,把此地当作了理想中的流浪王国,并希望"但愿在色彩的领域里/不要有家邦和种族的嗤笑。"(《画者的行吟》)然而随着时间的流逝,随着对资本主义文化了解的走向深入,艾青就断然发现理想王国的不复存在,善于思考的他发现了资本主义文化的种种阴暗面,诗人充满了失望与沮丧。艾青后来的回忆之作《巴黎》就充分表露出了诗人对资本主义文化的种种发现与思考乃至痛斥,诗人在巴黎繁华物质表象背后觉察出了巴黎的怪诞与暧昧、诱惑与疯狂,面对巴黎"这淫荡的/淫荡的/妖艳的姑娘",诗人说"巴黎,/我恨你像爱你似的坚强。"(《巴黎》)面对同样让人眼花缭乱的马赛,艾青也不由咒骂:"在你这陌生的城市里,/我的快乐和悲哀,/都同样地感到单调而又孤独!""你是财富和贫穷的锁孔,/你是掠夺和剥削的赃库。/马赛啊/你这盗匪的故乡/可怕的城市!"(《马赛》)孤独而又愤激的艾青不由感叹:"在地球的另一块地方,也并不见得比畈田蒋好得多,照样是人剥削人,人欺凌人的不公道的世界"。[②] 为排遣激愤和孤独之情,艾青于是常常参加巴黎的"左倾"集会。1932年艾青作为诗人的正式发表的第一篇作品《会合》就是一次集会后的昂扬情绪的激情流露,在巴黎这死寂的夜里,艾青那颗虔爱着自由的心在燃烧。可以这样说,西方复杂的文化现象、作为东方人在西方滋生的独特的文化感悟等这一切都使惯于思考和忧郁的艾青走向了情感的倾诉与表达,从而使他写下了他这些早期诗作的先声之作,如《会合》,《当黎明穿上了白衣》,《阳光在远处》等。

　　1932年,旅欧归国的艾青已不复是当初怀揣理想之梦的单纯青年了,三年异域文化的熏陶使艾青更加明晰了自己的思想追求,对自由有了更坚定的理解。艾青曾说:"我爱的是自由的、艺术的、有着《马赛曲》

---

　　① 艾青:《在汽笛的长鸣声中》,见《艾青论创作》,上海:上海文艺出版社,1985年,第56页。

　　② 转引自骆寒超:《艾青评传》,重庆:重庆出版社,2000年,第36页。

光荣历史的欧罗巴,反对和否定的是帝国主义的欧罗巴。"①显然自由的有着光荣历史的伟大的欧罗巴更加坚定了艾青追求自由的思想,"我耽爱着你的欧罗巴啊,/波特莱尔和兰布的欧罗巴。在那里,我曾饿着肚子/把芦笛自矜的吹"(《芦笛》),那些伟大的世界前驱者追求自由的身影无不深深激励着诗人追求自由的步伐。归国后的艾青积极行走在时代的暴风雨中,他先后参加了中国左翼美术家联盟,和几个革命的美术青年举办了"春地画会",并因此被捕入狱。在狱中,艾青和绘画断了联系,他于是开始了阅读与思考,这时《圣经》、《兰波诗选》,以及诗人凡尔哈仑的作品进入了他的阅读视野,艾青在阅读中领悟,在思考中积聚自己的能量,这些作家作品深刻影响了他的思想与诗情的勃发。艾青说在那个时期他"思考得更多、回忆得更多、议论得更多。"②他"借诗思考,回忆,控诉,抗议,……诗成了我的信念、我的鼓舞力量、我的世界观的直率的回声……"③在那不自由的监牢里艾青借诗来自由地思想,一些优秀的诗作如《大堰河,我的保姆》、《透明的夜》、《芦笛》、《巴黎》、《马赛》等相继问世,诗人开始了他对于这个世界的揭示与诉说。

显然彩色的欧罗巴对艾青作为诗人的歌唱有着明显的影响与驱动,对于此艾青曾动情地说道:"我从你彩色的欧罗巴/带回了一支芦笛"(《芦笛》)。这芦笛显然就是自由的象征,艾青说过:"芦笛的意思,是我看中了自由,看中了艺术。"④艾青如他所喜欢的法国诗人兰波一样,"疯狂地迷恋着自由的自由",⑤艾青由画而诗,借芦笛开始吹奏他强烈而倔强的对于现世界的反叛之音,展露了他作为诗人自由飞翔的姿态:

> 人们嘲笑我的姿态,/因为那是我的姿态呀!/人们听不

---

① 转引自杨匡汉、杨匡满:《艾青传论》,上海:上海文艺出版社,1984 年,第 66 页。

② 艾青:《母鸡为什么下鸭蛋》,见《艾青论创作》,上海:上海文艺出版社,1985 年,第 22 页。

③ 艾青:《母鸡为什么下鸭蛋》,见《艾青论创作》,上海:上海文艺出版社,1985 年,第 23 页。

④ 转引自杨匡汉、杨匡满:《艾青传论》,上海:上海文艺出版社,1984 年,第 66 页。

⑤ 兰波:《兰波作品全集》,王以培译,北京:东方出版社,2000 年,第 326 页。

惯我的歌,/因为那是我的歌呀!……但我要发誓——对于芦
笛,/为了它是在痛苦的被辱着,我将像一七八九年似的/向灼
肉的火焰里伸进我的手去!/在它出来的日子,将吹送出对于
凌侮过它的世界的/毁灭的咒诅的歌。(《芦笛》)

如同法国诗人鲍狄埃把自己比作一支乡野贱民的芦笛:"我是一支
芦笛!/芦笛哟,芦笛!……/谦卑而又忠实的芦笛,/奏出我思想的新
鲜气息"①一样,艾青在祖国依然呻吟在屈辱中的生存境遇下,大胆地
揭示着苦难,展示着黑暗,抒写着内心的愤懑与控诉!艾青非常崇尚法
国诗人阿波里内尔的"当年我有一支芦笛,拿法国大元帅的节杖我也不
换"(《芦笛》)的自由战斗精神,将芦笛高高地举起,在黑暗的中国大地
吹奏出悲壮的生存与希望之歌。从监牢到战场,从抗日战争到解放战
争,从延安时期到新时期,艾青几十年如一日地不倦地歌唱,"在不自由
的岁月里我歌唱自由/我是被压迫的民族,我歌唱解放/在这个茫茫的
世界上/为被凌辱的人们歌唱/为受欺压的人们歌唱/我歌唱抗争,歌唱
革命/在黑夜把希望寄托给黎明/在胜利的欢欣中歌唱太阳"。(《光的
赞歌》)因为艾青明白,世界需要自由,"旧世界的最主要的是发言的自
由,——而这些常常得不到,因为任何暴君都知道:一个自由发言的,比
一千个群众还可怕。"②中国更需要自由,"诗与自由,是我们生命的两
种最可贵的东西,只有今日的中国诗人最能了解它们的价值。"③

艾青手执从世界文化中寻觅而来的彩色的芦笛,开始了他自由且
深沉地吟唱,艾青曾说:"我一生坎坷,但是我的信念从未动摇过。我始
终和人民在一起,为在人类的心灵里播撒对自由的渴望与坚信的种子
而歌唱。"④艾青希望用他的诗作为"自由的使者,永远忠实地给人类以
慰勉。"⑤"因为我,自从我知道了/在这世界上有更好的理想,/我要效

---

① 转引自杨匡汉、杨匡满:《艾青传论》,上海:上海文艺出版社,1984年,第65页。
② 艾青:《诗人论》,见《艾青论创作》,上海:上海文艺出版社,1985年,第423页。
③ 艾青:《诗与宣传》,见《艾青论创作》,上海:上海文艺出版社,1985年,第377页。
④ 艾青:《致柳晟俊》,见《艾青全集》(第4卷),石家庄:花山文艺出版社,1991年,第
747页。
⑤ 艾青:《诗论》,见《艾青论创作》,上海:上海文艺出版社,1985年,第383页。

忠的不是我自己的家,/而是那属于万人的/一个神圣的信仰。"(《我的父亲》)艾青深信:"诗的声音,就是自由的声音;诗的笑,就是自由的笑。"①

艾青自由地歌唱,歌唱自由,这就是艾青所追寻的诗人信念。但艾青作为诗人自由歌唱的内涵到底是什么呢?对于此,艾青曾在《诗论·出发》中说道:

> 真、善、美,是统一在先进人类共同意志里的三种表现,诗必须是它们之间最好的联系。
>
> 真是我们对于世界的认识。它给予我们对于未来的信赖。善是社会的功利性,善的批判以人民的利益为准则。没有离开特定范畴的人性的美。美是依附在先进人类向上的生活的外形。
>
> 我们的诗神是驾着纯金的三轮马车,在生活的旷野上驰骋的。这三个轮子闪射着同等的光芒,以同样庄严的隆隆声震响着,就是真、善、美。②

也就是说,在艾青的诗歌创作体系中,真、善、美是其基石、是核心,是他关于诗歌创作最崇高的自由精神指向。艾青一生就驾驶着他的这真善美的三轮马车行驰在中国苦难的土地上,思虑着人类的生存,趁生命之火没有熄灭为着他的祖国、为着他向往的自由理想不倦地歌唱,处处流露出他对真善美的自由生活的热忱向往。"为什么我的眼里常含泪水?/因为我对这土地爱得深沉……"(《我爱这土地》)这是诗人赤诚之心的真实流露,是诗人人格魅力的生动显现。

2. 人道情怀:对世界的关注

作为诗人,艾青的人格魅力显然不仅体现在对于本民族人民痛苦的关注上,还表现在诗人有着一颗博大的关怀人类苍生的人道主义精神,譬如艾青对巴黎的关注与表达就贯穿了其一生的创作,从早期的

---

① 同②。
② 艾青:《诗论》,见《艾青论创作》,上海:上海文艺出版社,1985年,第379—380页。

《巴黎》、《马赛》到后来的《欧罗巴》、《哀巴黎》、《悼罗曼·罗兰》再到新时期的《巴黎》、《香榭丽舍》、《红色磨坊》、《巴黎·我心中的城》、《敬礼·法兰西》等,对异域的执著关注显现了艾青创作中朴素而动人的另一面。艾青曾在诗歌《黎明的通知》中说道:"我从东方来/从汹涌着波涛的海上来/我将带光明给世界/又将带温暖给人类"。(《黎明的通知》)确是如此,在现代中国诗坛,如艾青般关注世界人类生存状况而写下大量国际题材诗作的诗人是不多见的,这也正是艾青与世界文学关系的另一体现。艾青从欧罗巴带回了一支彩色的芦笛,而他却奉送了世界更为多彩的诗篇。

艾青一生几度出国,巴黎、马赛、南美洲、美国、新加坡等地都留下了他的足迹与歌唱。在艾青一生创作生涯中,国际题材的诗作占了一定的比例与位置,这些诗歌中不乏名篇,深刻展示出了艾青心怀天下的高大人格与宽广心胸。艾青曾说:

> 世界上的六大洲我已去过五大洲,跑的地方太多了,还有好多东西没有很好地去写,其实我的国际题材作品的主题只有一个,就是歌颂友谊,反对法西斯强盗的战争。①

歌颂和平,反对战争,应该是艾青系列国际题材诗歌的重要主线。艾青最早写于法国的《会合》就通过书写来自日本、安南(今越南)、中国青年的聚会,表露了艾青"虔爱着自由,恨战争"(《会合》)的燃烧着的心。艾青一生向往和平,面对法西斯的暴行,他痛恨并诅咒,在《欧罗巴》、《哀巴黎》等诗中痛快淋漓地揭示了入侵者的罪行,并坚信"法兰西人民将更坚强起来,/……为了抵抗自己的敌人/将有第二公社的诞生!"(《哀巴黎》)面对侵华战争,艾青悲愤难抑,眼见战争给彼此带来的灾难与伤痛,他大声疾呼:"起来,全日本的人民,/向侵华战争的主使者扑击!/反对出征,怠工,叛乱啊!/处死法西斯的强盗们!/把国家的

---

① 李小雨:《还是那支芦笛,还是那颗心——访法国文学艺术最高勋章获得者艾青》,《诗刊》,1985 年 6 月。

命运,夺回给日本人民!"①伟大而感人的人道情怀充溢字里行间!面对虚伪平静的大西洋,艾青清醒地揭示:"多少年来,大西洋啊,/成了大海盗的渊薮,/殖民主义的发祥地,/世界大战的温床!……我们的意志坚如磐石:/我们不要战争。/和平与友谊好象一辆列车,/带着轰鸣与欢笑向前直奔……"(《大西洋》)。人类需要和平,"和平是你的也是我的是我们大家的",②只有战争的永远消失,真正的和平世界的到来才不会是遥远的神话。

然而美好世界的诞生路途还是有些遥远,除了战争之外,全人类还深处于种种痛苦与黑暗中,艾青还用他那如椽之笔鞭挞了人类不幸的种种,如阶级的对立与种族的不平等(《一个黑人姑娘在歌唱》),奴隶主的思想统治(《古罗马的大斗技场》),还有那资本主义世界存在的失去同情心的时代(《罗马大旅馆》),以及那些蛊惑人心的燃烧着野心的城市《蒙特卡罗》、笼罩在金碧辉煌的欺骗中的巴黎的《红色磨坊》、蒸发着肉欲的气息的《纽约》和为金钱而疲于奔命的《香港》等等。人类世界将会有一日到达新的理想,那就是屠杀与战争的消灭,和平与幸福的来临,但"如今这个世界/富的太富,穷的太穷/喂不饱的贪欲/填不满的沟壑/数不尽的讹诈/使不完的欺骗"(《面向海洋》),面对如此,诗人高呼要"英勇地和丑恶与黑暗、无耻与暴虐、疯狂与兽性作斗争!"③"我们不幻想豺狼会有仁慈,/我们也不向强盗乞求怜悯,/千百次的经验向我们证实:/要取得胜利只有经过斗争。"(《大西洋》)

世界是充满了失望与阴暗的,但人与人之间的温暖情怀与人格光辉却正如那暗夜里的点点星火给了这世界很多希望与光亮。在很多诗作中,艾青用温柔的胸怀张扬这种力量与美的存在。譬如位《古宅的造访》写的就是对一位曾经教过诗人法语的波兰籍女教师怀念;而《致亡友丹娜之灵》则更是对友谊的颂赞等。在与世界名人及友人的神交与实际交往中,艾青珍惜与他们的每一次相遇,竭力铺写他们高尚人格所

---

① 艾青:《时候到了》,见《艾青诗库》(第2卷),刘士杰编,北京:中国青年出版社,2000年,第147页。

② 转引自张永健:《艾青的艺术世界》,武汉:华中师范大学出版社,1998年,第5页。

③ 艾青:《诗与宣传》,见《艾青论创作》,上海:上海文艺出版社,1985年,第378页。

辐射而来的影响力与感染力,为此他写下了《芦笛》、《马雅可夫斯基》、《悼罗曼·罗兰》等充满张力的诗篇。譬如艾青在与智利诗人聂鲁达的交往过程中,为聂鲁达的"用矿山里带来的语言/向整个旧世界宣战"(《在智利的海岬上》)的精神所吸引并感动,人格相近的两位诗人共同谱写了动人的友谊。面对聂鲁达,艾青发出了真诚的歌唱:

> 你生长在太平洋/和安第斯山之间的/窄长的地带里,/——你是山岳与海洋的儿子。
>
> 安第斯山有 7035 公尺高,/你比安第斯山高得多,/看见安第斯山的人很少,/看见你的人却很多;
>
> 太平洋的波浪,/千万年来都一样,/而你的歌声,/是我们这时代的波浪。
>
> 你生活在人群里,/行走在大街上,/和劳动者打着招呼,/你笑着象农民一样……
>
> 风浪与阳光的朋友,/歌唱斗争,歌唱自由,/你的诗篇象无数花束,/散遍了整个地球。(《给巴勃罗·聂鲁达》)

艾青秉着人道主义的情怀,打破国家、地域及民族的界限而放眼世界,鞭挞阴暗颂扬光明,诗人说:"我们来自许多国家/包括许多民族/有着不同的语言/但我们是最好的兄弟"(《在智利的海岬上》),"让我们大家在同一的阳光下/在芬芳的空气里唱起歌来"(《赠印度人民》)。"亚、非、欧三大洲/无论是白种人、黑种人、黄种人/流出的血都是红的/每个人都有朋友、亲人/全世界的人民团结起来/争取友谊与和平。"(《四海之内皆兄弟》)正是由于艾青诗中这种博大的爱心与力量,他的诗作才会在海外广受欢迎,他的诗作才因此成为世界文学中不可忽视的部分而为世界上很多国家和地区的读者所关注,新西兰诗人路易·艾黎在《赠艾青》曾如此评说艾青:

> 感谢您的诗使我深受教育,/如同它感动过读者万千,/一位诗人能够闻名天下,/只因为他写下了不朽的诗篇。①

---

① 转引自周红兴:《艾青传》,北京:作家出版社,1993 年,第 532 页。

艾青正如他歌咏的聂鲁达一样,他们同样是歌唱斗争与自由,他们的诗作同样遍布了整个地球。艾青的诗歌很久以前就已跨出了国界,他的诗歌先后被译成俄语、英语、法语、德语、意大利语、西班牙语、希腊语、日语和马来语等,正如俄国著名的汉学家切尔卡斯基所说,艾青的作品已成为世界文化的不可分割的一部分。①

二 瑰丽诗艺:现代主义技法的撷取

艾青诗歌是来自心底的对真善美的歌咏,但这绝不意味着艾青只注重精神的倾诉而忽略艺术的表达。艾青一贯是注重诗歌表达的艺术的,艾青就曾批评说没有技巧的诗人好比是"没有翅膀的鸟"与"没有轮子的车辆"。② 艾青的诗歌创作始发于国外,因而在诗歌创作中适当汲取别国诗歌发展的表达技巧对艾青来说是必需的,艾青曾说:"我们的新诗,从它诞生的时候起,就深受外国诗歌的影响,这种影响使我们的文学艺术更加丰富,更加发达。"③

艾青诗歌中外来文学技艺的影响是留下了一些很深的印记的。譬如莎士比亚的影响,艾青曾说:"我欢喜莎士比亚。……莎士比亚的联想的丰富,生活的哲学的渊博,智慧光芒的闪烁,充满机智的语言,天才的戏谑……我没有在他以后的诗人中发现过。"④显然莎士比亚的丰富的联想、渊博的哲学、机智的语言成了艾青倾慕与崇尚的完美技巧,而这些我们也都能够在艾青的作品中找到相应的探索与体现,艾青曾说:"有了联想与想象,诗才不致窒死在狭窄的空间与局促的时间里。"⑤且认为"哲学抽象地思考着世界;诗则是具体地表现着世界——目的都是

---

① 切尔卡斯基:《艾青:太阳的使者》,宋绍香译,北京:中国文史出版社,2007 年,第 283 页。

② 艾青:《诗论》,见《艾青论创作》,上海:上海文艺出版社,1985 年,第 398 页。

③ 艾青:《新加坡聚会》,见《艾青谈诗》,广州:花城出版社,1983 年,第 122 页。

④ 艾青:《我怎样写诗的?》,见《艾青论创作》,上海:上海文艺出版社,1985 年,第 15 页。

⑤ 艾青:《诗论》,见《艾青论创作》,上海:上海文艺出版社,1985 年,第 405 页。

为了改造世界。"①又说"诗人必须有鉴别语言的能力：诙谐的，反拨的，暗射的，直率的，以及善意的和恶意的，……一如画家之鉴别唤起各种不同的反应的色彩一样；语言丰富的人，能以准确而调和的色彩描画生活"②等。艾青对于这些诗艺的思考不仅限于理论上的总结与发现，而且力图在诗歌中展现出来。在艾青的创作中哲理诗的创作就很好地体现了艾青在这方面的实践，譬如《雨花石》与《礁石》等，机智简洁的语言蕴藏着博大的张力与自由联想的空间。

在世界文学的影响中，艾青对法国文学情有独钟。记得80年代艾青代表画家吴作人等四位中国人在接受法国文化艺术勋章致答时说道："无论我写诗，还是他作画，都共同感到法国的存在。……在我们钢笔和画笔的笔尖上，也散发出来自法兰西文学艺术之花的阵阵芳香。"③具体说来，法国文学对艾青的影响主要体现在现代主义方面，最典型的莫过于法国的象征主义诗歌。

艾青曾明确说过："我不隐讳我是受了象征主义的影响。"④留法时期艾青喜欢并深受影响的象征主义作家有如法国的魏尔伦、阿波里内尔，比利时的凡尔哈仑，俄国诗人勃洛克等等，这些象征主义诗人的诗作和主张对艾青的诗歌创作影响很大，在艾青的早期诗歌创作中这种影响的痕迹尤为明显。但在这些象征主义诗人中，艾青对法国的波特莱尔和兰波显然尤为钟爱与欣赏，譬如在《芦笛》一诗中，艾青就曾深情感叹："我耽爱着你的欧罗巴啊，/波特莱尔和兰布的欧罗巴。"（《芦笛》）

象征主义是19世纪法国重要的艺术流派，象征主义的概念始于1886年9月15日巴黎《费加罗报》刊载的文章《象征主义宣言》，但象征主义的创作活动却早在几十年前就已经在波特莱尔等人的作品中出现了。波特莱尔可谓是象征主义的鼻祖，1857年他的《恶之花》的发表其实就已经宣告了一种新的诗歌创作流派的诞生。把丑和恶作为诗歌

---

① 艾青：《诗论》，见《艾青论创作》，上海：上海文艺出版社，1985年，第380页。
② 艾青：《诗论》，见《艾青论创作》，上海：上海文艺出版社，1985年，第409页。
③ 艾青：《在授勋仪式上的答词》，见《艾青全集》（第5卷），石家庄：花山文艺出版社，1991年，第306页。
④ 艾青：《为了胜利》，见《艾青论创作》，上海：上海文艺出版社，1985年，第8页。

的审美范畴,这种刻意展示病态美的倾向在诗歌写作中无疑是新颖而大胆的,波特莱尔认为,"艺术有一个神奇的本领:可怕的东西用艺术表现出来就变为了美;痛苦伴随上音律节奏就使人心神充满了静谧的喜悦。"①兰波也同样是一个不忌讳展示丑恶的诗人,譬如他的《吊死鬼舞会》与《捉虱的姐妹》就很让人震撼。但波特莱尔这种从恶中发掘美的审美倾向在象征主义作家更具典型性意义。波特莱尔在《恶之花》的扉页上曾写下这样的题词:"我怀着无比谦恭的心情/把这些病态的花献给/法国文学完美的魔术师/无可挑剔的诗人/老师和朋友/泰奥菲尔·戈蒂耶。"②这"病态的花"正是"从恶中发掘美"的结果。

波特莱尔的《恶之花》根据内容和主题分属六个诗组,无论是《忧郁和理想》、《巴黎风貌》、《酒》还是《恶之花》、《反抗》和《死亡》,忧郁、丑恶、变态、骷髅、幽灵、黑暗、寂寞、魔鬼、吸血鬼、死亡等充斥其间,那是一个阴暗惨淡的世界,阳光下腐尸像花朵一样地开放,让人昏厥(《腐尸》),而自己的命运就如同那一座忧凄难测的地窖(《一个幽灵》),"我的心是被人群践踏的宫殿;/他们酗酒、残杀、揪住头发厮打!"③这是一个《乌云密布的天空》,没有月亮,没有光明,一切都是《不可救药》的,"在这些苍白的玫瑰花中,/没有一朵像我那红色的理想。"④"——送葬的长列,无鼓声也无音乐,/在我的灵魂里缓缓行进,希望/被打败,在哭泣,而暴虐的焦灼/在我低垂的头顶把黑旗插上。"⑤纵然如此,波特莱尔没有以赏玩的态度对待那些阴暗,而是力图在恶中发掘美,渴望《精神的黎明》,在地狱中向往天堂,"这地方令人厌倦,哦死亡!开航!/如果说天空和海洋漆黑如墨,/你知道我们的心却充满阳光!/倒出你的毒药,激励我们远航!/只要这火还灼着头脑,我们必/深入渊底,地狱

① 刘自强:《恶之花(中译本序)》,北京:外国文学出版社,1980年,第7页。

② 波特莱尔:《恶之花·巴黎的忧郁》,上海:上海人民出版社,2008年,第2页。

③ 波特莱尔:《倾谈》,见《恶之花·巴黎的忧郁》,上海:上海人民出版社,2008年,第132页。

④ 波特莱尔:《理想》,见《恶之花·巴黎的忧郁》,上海:上海人民出版社,2008年,第47页。

⑤ 波特莱尔:《忧郁之四》,见《恶之花·巴黎的忧郁》,上海:上海人民出版社,2008年,第181页。

天堂又有何妨？／到未知世界之底去发现新奇！"①

波特莱尔的这种伴随着反抗与揭示的审丑意识对艾青的影响无疑是明确的。譬如在艾青的早期创作《病监》中，艾青写肺结核发高烧咯血的情景，他把高烧的肺喻为暖花房，把血痰写成从紫丁香的肺叶吐出了艳凄的红花，这种直视现实嘲讽现状的生存姿态让人震撼。再有如《巴黎》与《马赛》中对资本主义阴暗面的揭示也是满目皆是，那里充斥着淫荡、春药、酒精、叫嚣、奇瑰、暧昧、怪诞、傲慢与无情，作者不由感叹："巴黎，／你患了歇斯底里的美丽的妓女！……你——／庞大的都会啊／却是这样的一个／铁石心肠的生物！"（《巴黎》）蕴藏着作者深沉的悲哀与悲愤；而《马赛》也是到处充斥着咒骂、欺瞒、酒毒、混沌、忧郁、狂笑、污血、颓败、饕餮和掠夺。发展到后来的《人皮》，艾青对丑恶的描写则更让人触目惊心的：

> 在一棵小树上／在闪着灰光的叶子的树枝上／倒悬着一张破烂的人皮／涂满了污血的人皮／这人皮／像一件血染的破衣／向这荒凉的土地／披露着无比深长的痛苦……
>
> 　　……
>
> 无数的苍蝇／就在这人皮上麇集／人皮的下面／是腐烂发臭的一堆／血、肉、泥土，已混合在一起……／而挟着灰色尘埃的风／在把这腐臭的气息／吹送到遥远的、遥远的四方去……
>
> （《人皮》）

惯于忧郁与思考的艾青，不满足于现世界现存的一切，他深知黑暗笼罩大地，光明还在远处。他如波特莱尔一样，能在繁华的背后发掘病态与污浊，能在黑暗的世界揭示悲苦与不幸，并用愤怒而奇幻的文字展现出来，字里行间充溢着诗人的忧郁之思，跌宕着诗人诅咒与反抗的激情。

面对疯狂凄苦的世界，波特莱尔常通过自我放逐、追求死亡、以恶

---

①　波特莱尔：《远行——给马克西姆·杜刚》，见《恶之花：巴黎的忧郁》，上海：上海人民出版社，2008年，第319—320页。

抗恶的方式表达着他对世界的反抗,譬如他在《穷人之死》中写道:"死亡给人慰籍,唉！又使人生活;/这是生命的目的,惟一的希望,/像琼浆一样,使我们沉醉,振作,/给我们勇气直走到天色昏黄。……这是穷人的钱袋,古老的家乡,/这是通往那陌生天国的大门!"[1]这自然不免带上了些消极与无奈的色彩。而艾青展示丑恶只为正视与面对,而不是戏谑与逃避,更不会坠入绝望的深渊以求在天国中去寻求解脱。正如艾青在《巴黎》中所言:"我们都要/在远离着你的地方/——经历些时日吧/以磨练我们的筋骨/等时间到了/就整饬着队伍/兴兵而来! /那时啊/我们将是攻打你的先锋。"面对暴行与阴暗,艾青认为我们必须正视且记住这一切,复活那战斗者的新鲜的血液:

> 中国人啊,/今天你必须把这人皮当作旗帜,/悬挂着/悬挂着/永远地在你最鲜明的记忆里/让它唤醒你——/你必须记住这是中国的土地/这是中国人用憎与爱,/血与泪,生存与死亡所垦殖着的土地;/你更须记住日本军队/法西斯强盗曾在这里经过,/曾占领过这片土地/曾在这土地上/给中国人民以亘古未有的/劫掠,焚烧,奸淫与杀戮!(《人皮》)

艾青期待苦难的民众能"从几十年的屈辱里/从敌人为他掘好的深坑旁边"站立起来,呼吁民众"必须从敌人的死亡/夺回来自己的生存。"(《他起来了》)

艾青对现代主义的借鉴除了审美倾向上的相似之外,象征主义某些手法在诗作中的广泛运用则更使艾青的诗呈现出强烈的现代主义色彩,譬如意象的组合、象征、比喻、通感、意识流等表现技巧的大量使用等,艾青一度时间也因此被称为是象征主义诗人。在艾青早期的诗歌创作中,像《我的季候》《雨的街》等诗,全篇意象的流动,时空的切换,光与影的运用等都带上了浓烈的象征主义意味。这显然来自于他对象征主义的某些借鉴,关于这艾青曾说:"受人影响可以是他的一首诗,还

---

[1]　波特莱尔:《穷人之死》,见《恶之花:巴黎的忧郁》,上海:上海人民出版社,2008 年,第303—304 页。

可以是他的一句话。我没有深入研究过波特莱尔、兰波和阿波里奈尔，但我的确从《恶之花》，从《醉舟》，从《醇缪集》中把握到一些现代诗的艺术规律，这种艺术思维规律对发展我们民族诗歌传统是很有启示性的。"①

在法国象征主义诗人中，波特莱尔是一个非常注重诗歌表达技巧的诗人，在他的笔下大自然就是一个象征的森林，其中的一切都互相感应，诗人只要与之融合，就可以从声音中看到颜色，从颜色中嗅到香味，从香味中听到声音，他的十四行诗《感应》就很好地诠释了他的这一感应理论。而兰波同样是一个特别注重于诗歌写作技巧的诗人，艾青曾直言对于兰波的喜爱："法国诗人，我比较欢喜兰布。"②兰波这个只活了 37 个春秋的天才诗人，对现代诗艺的追求大胆且热烈，他曾说："必须使各种感觉经历长期的、广泛的、有意识的错轨，各种形式的情爱、痛苦和疯狂，诗人才能成为一个通灵者。"③在兰波的诗中，由于他运用大量意象、比喻、幻觉、想象、象征、通感等等手法，常常使他的诗歌能从有限的现象走向无限丰富的内心世界。譬如艾青喜欢的《醉舟》，这首诗"时间观念和空间观念都不复存在，有的只是梦境似的光怪陆离的幻象，"④绮丽浪漫，幻美绝伦！展现出了诗人飘忽而又深邃的思绪，完成了诗人追求绝对自由的自我的象征。

如同波特莱尔与兰波一样，艾青显然也是注重现代诗艺探讨的诗家，他曾说："诗人的脑子对世界永远发生一种磁力：它不息地把许多事物的意象、想象、象征、联想……集中起来，组织起来。"⑤在艾青的诗中，他尤为注意意象的提炼与构设的。譬如艾青成名作《大堰河一我的保姆》，诗人就是通过一系列意象的流动和闪现来抒情达意的。纵观艾青的诗作，诗中的意象频繁构筑和组接，但艾青的诗又绝不像象征主义

---

① 转引自范兰德：《艾青诗歌创世象征历程——论象征主义对艾青诗歌的影响》，《华中师范大学学报》，2007 年第 1 期，第 111 页。

② 艾青：《艾青选集·自序》，见《艾青论创作》，上海：上海文艺出版社，1985 年，第 50 页。

③ 兰波：《兰波作品全集》，王以培译，北京：东方出版社，2000 年，第 330 页。

④ 龚翰熊：《现代西方文学思潮》，成都：四川大学出版社，1987 年，第 69 页。

⑤ 艾青：《诗论》，见《艾青论创作》，上海：上海文艺出版社，1985 年，第 404 页。

诗歌那样怪诞与飘忽,让人难以把握,这是他超越象征主义的地方。艾青曾说:"我并不欢喜象征主义。尤其是梅特林克的那种精神境界……"①显然艾青对象征主义的借鉴主要倾向于审美倾向与一些表现技巧,而不是精神境界的全盘移植,他厌弃的是象征主义诗歌中的一些悲观颓废、神秘而又无常的元素。艾青在《诗论》中说道:"我所努力的对诗的要求是四个方面:朴素,有意识地避免用华丽词藻来掩盖空虚;单纯,以一个意象来表明一个感觉和观念;集中,以全部力量去完成自己所选择的主题;明快,不含糊其词,不写为人费解的思想。决不让读者误解和坠入云里雾中。"②所以艾青诗作的诗意常是清晰而明了的。艾青非常欣赏象征主义诗人们的以物达情、以物寓理,但在艾青看来这些意象与物象都必须是可感的,而不是晦涩难懂与扑朔迷离的。艾青说"意象是从感觉到感觉的一些蜕化","意象是纯感官的,意象是具体化了的感觉","意象是诗人从感觉向他所采取的材料的拥抱,是诗人使人唤醒感官向题材的迫近。"③艾青的这种提倡显然与兰波有着相似之处,兰波曾说:"诗人是真正的盗火者。他担负着人类,甚至动物的使命;他应当让人能都感受、触摸并听见他的创造。"④艾青诗中的一切意象设置均是可感可触的,他意欲超越象征主义的晦涩与朦胧,"用可感触的意象去消泯朦胧暗晦的隐喻。诗的生命在真实性之成了美的凝结,有重量与硬度的体质。无论是梦是幻想,必须是固体。"⑤

艾青诗歌的意象群落强大而深邃,一般说来,他的意象可分为两大系统,一是自然系统,一是社会系统。自然系统包括日月风雨、江河湖海以及延伸物,社会系统包括城市与乡村中存在的一切可感之物。在艾青所有意象的表达中,艾青建构了最为突出的三大意象体系:土地、河海、太阳,它们间存在着不断向上的渐进力量。土地代表着苦难与贫

---

① 艾青:《为了胜利》,见《艾青论创作》,上海:上海文艺出版社,1985年,第8页。
② 艾青:《诗论》,北京:人民文学出版社,1983年,第15—16页。
③ 艾青:《诗论》,见《艾青论创作》,上海:上海文艺出版社,1985年,第404页。
④ 兰波:《兰波作品全集》,王以培译,北京:东方出版社,2000年,第330页。
⑤ 艾青:《诗论掇拾(二)》,见《艾青论创作》,上海:上海文艺出版社,1985年,第358—359页。

穷,就像艾青在《死地》中所说的:

> 大地已死了! /——躺开着的那万顷的荒原/是它的尸
> 体……

> 看见的到处是:/像被火烧过的/焦黑的麦穗/与枯黄的麦
> 秆/与龟裂了的土地……

> 可怜的"地之子"们啊/终于从泥土的滋味/尝到大地母亲
> 蕴藏着的/千载的痛苦……

因此艾青书写了很多在土地上生存的苦难与忧郁,譬如贫瘠的村庄、荒芜的田地、孤苦的农夫等,表达了对中国农村苦难的强烈关注。而河海则代表着抗争,"你奔跑着又跳跃着/越过莽野又跌下崖壁/从不休息也不畏惧"(《河·一》),"大海是精力充沛的/不知疲倦地翻腾/起伏不平的波浪/鼓荡着永恒的矛盾"(《面向海洋》),它们是力的象征,流淌着,奋斗着,然后"经过广大的黑暗的地域/一直奔向黎明。"(《河·二》)显然"太阳"意象在艾青诗中的出现代表着人们生活的终极追求。从《太阳》《向太阳》再到《太阳》《给太阳》《太阳的话》乃至《光的赞歌》,对光明的讴歌与赞颂一直是艾青行走在苦难中的力量源泉:

> 假如没有你,太阳,/一切生命将匍匐在阴暗里,/即使有
> 翅膀,也只能像蝙蝠/在永恒的黑夜里飞翔。

> 我爱你像人们爱他们的母亲,/你用光热哺育我的观念和
> 思想——/使我热情地生活,为理想而痛苦,/直到我的生命被
> 死亡带走。(《给太阳》)

这些意象的出现使艾青诗歌创作具有着强烈浪漫而辽阔深远的抒情空间,使诗歌焕发出它多彩的艺术张力。

在艾青的诗歌创作中,艾青是为表现而技巧的,而不是为技巧而表现的;艾青认为诗人的最高要求就在如何能更真实地反映出今日中国的黑暗现实,他反对"从这历史的苦闷里闪避过去,专心致志于一切奇瑰的形式之制造和外国的技巧的移植上。"[①]所以对于他受惠良多的象

---

① 艾青:《诗与时代》,见《艾青论创作》,上海:上海文艺出版社,1985年,第371页。

征主义,艾青说道:"有的说我的诗是象征主义的,有人说我的诗是现实主义的,我自己承认我是现实主义的。采用一点象征的手法,并不就是象征主义的。"①显然对于象征主义的艺术借鉴,艾青是基于他现实主义表达的需要,并不是一味地模仿与人云亦云。譬如他的《Orance》明显存有兰波《元音》中声音、色彩与意象相融影响的痕迹,但绝不是简单的复制,因为作为曾经学画的艾青对色彩、颜色本就很敏感,本就有着自己的认识体会,在《诗人论》中艾青曾明确提倡诗人创作时应"给思想以翅膀,给情感以衣裳,给声音以彩色,给颜色以声音,使流逝幻变者凝形。"②显然艾青的借鉴是与理解认同并行的,是与他自己的经验体会息息相关的。

　　法国另一位象征主义诗人阿波里内尔也是艾青极为推崇的诗人,艾青在法国时期就曾开始阅读他的作品,"我也读了一些法文诗:《法国现代诗选》、阿波里内尔的《酒精》等",③监狱时期与他相伴的也有阿波里内尔的诗集。去法国学画的艾青对阿波里内尔的力求把诗与绘画结合的艺术异常青睐,而且赞赏其诗歌中具有强烈的现实性。他早期的代表作《芦笛》就是为了纪念阿波里内尔而写的,在诗首艾青引用了阿波里内尔的诗句"当年我有一支芦笛,/拿法国大元帅的节杖我也不换"(《芦笛》)来表达自己的现实斗争性,可见阿波里内尔对他影响至深。

　　此外,在欧洲现代主义艺术中,法国后期印象画派对艾青的影响也是不可忽视的。艾青曾说:"我爱上'后期印象派'莫内、马内、雷诺尔、德加、莫第格里阿尼、丢飞、毕加索、尤脱里俄等等。强烈排斥'学院派'的思想和反封建、反保守的意识结合起来了。"④这些后期印象派画家们因都主张艺术应更接近生活远离旧的传统而受到艾青的青睐,充分体现了艾青的艺术反叛精神。艾青集画家、作家、诗人于一身,"他的

---

　　①　艾青:《艾青谈诗及写长篇小说的新计划》,见《艾青全集》(第3卷),石家庄:花山文艺出版社,1991年,第416页。

　　②　艾青:《诗人论》,见《艾青论创作》,上海:上海文艺出版社,1985年,第434页。

　　③　艾青:《母鸡为什么下鸭蛋》,见《艾青论创作》,上海:上海文艺出版社,1985年,第21页。

　　④　艾青:《母鸡为什么下鸭蛋》,见《艾青论创作》,上海:上海文艺出版社,1985年,第20页。

诗,诗中有画,画中含情,绘景、绘形、绘声、绘色,栩栩如生,呼之欲出。"①所以艾青非常注重在诗中运用进绘画的元素,艾青曾说:"绘画应该是彩色的诗;诗应该是文字的绘画。"②早在艾青诗歌的初期他就开始尝试着"学习用语言捕捉美的光,美的色彩,美的形态,美的运动⋯⋯"③譬如他的早期诗作《当黎明穿上了白衣》就是一幅生动而清新的油画,"紫蓝"、"青灰"、"绿"、"微黄"等色彩随着乳液般的青烟在缓缓流转,当黎明穿上白衣的时候,大地如此新鲜,诗人在轻巧的勾勒中再现了自己欣喜而清新的崭新意识。艾青在此后的诗歌创作中一直注意色彩与光影的体验与运用,他的诗就是一幅幅寓意深刻的画卷,譬如中期的《青色的池沼》与后期的《一个黑人姑娘在歌唱》等诗的色彩的流动与突出无疑强化了内容的表达。据说"艾青特别喜欢凡谷和高更,常常对我讲起他们的生平以及他们的创作风格。他喜欢凡谷画面上火焰一样燃烧的强烈的色彩。"④再加之艾青本人就是学画出身,因而寓画于诗成了他创作的独有特色。

三　直面现实:凡尔哈伦的启悟

在艾青所受到的外来作家的影响中,凡尔哈伦显然是最为突出的一位。艾青曾说:"我最喜欢、受影响较深的是比利时大诗人凡尔哈伦(此为艾青译名)的诗。"⑤"我的一些诗,就是读了他的作品,受了他的

---

① 张永健:《艾青的艺术世界》,武汉:华中师范大学出版社,1998年,第5页。

② 艾青:《母鸡为什么下鸭蛋》,见《艾青论创作》,上海:上海文艺出版社,1985年,第25页。

③ 艾青:《母鸡为什么下鸭蛋》,见《艾青论创作》,上海:上海文艺出版社,1985年,第21页。

④ 黎央:《艾青与欧美近代文学和美术》,见《艾青专集》,南京:江苏人民出版社,1982年,第647页。

⑤ 艾青:《在汽笛的长鸣声中》,见《艾青论创作》,上海:上海文艺出版社,1985年,第56页。

思想的启迪写成的。"①艾青曾三番五次地盛赞凡尔哈伦："凡尔哈仑是我所热爱的。他的诗，辉耀着对于近代的社会的丰富的知识，和一个近代人的明彻的理智与比一切时代更强烈、更复杂的情感。"②"他的诗比马雅可夫斯基、惠特曼深刻多了"，"凡尔哈仑是个了不起的大诗人，可以说近代诗人中没有超过他的。他的诗更接近于现实主义"。③ 出于对凡尔哈伦的喜爱与景仰，艾青在狱中曾翻译了凡尔哈伦的 9 首诗，它们分别是：《原野》、《城市》、《群众》、《穷人们》、《来客》、《惊醒的时间》、《寒冷》、《风》、《小处女》等，后来取名为《原野与城市》，1948 年由上海新群出版社出版，这个译著是我国最早的凡尔哈伦诗选的中文译本。艾青的翻译显然是自己的心灵与诗人心灵交汇与碰撞的结果，难怪何其芳曾如此高度评赞艾青的翻译水平："翻译莎士比亚需要卞之琳，翻译凡尔哈仑则需要艾青。"④在艾青的诗中我们能找到明显的凡尔哈伦的印记，艾青的一些诗作无论是从诗名、情景还是表达、意象等方面都与凡尔哈伦存在太多的相似之处。譬如艾青的《树》与凡尔哈伦的《树》、艾青的《旷野》和凡尔哈伦的《原野》、艾青的《冬天的池沼》和凡尔哈伦的《穷人》等，还有艾青《芝加哥》中写城市"象章鱼伸出了吸盘／把财富集中起来"(《芝加哥》)与凡尔哈伦的城市描写："伸出黑色的吸盘吞吐红色的气息，／吸引着平原上的人梦想非非，／这便是扑朔迷离的夜色照耀着的城市，／这便是石膏、水磨石、木头、铁、黄金筑成的城市，／——章鱼般扩张的城市"⑤，以及艾青《雪落在中国的土地上》与凡尔哈伦《风》中相似的一唱三叹的咏唱方式等等，可见凡尔哈伦对艾青影响之深。

爱弥尔·凡尔哈伦(1855—1916)，是比利时著名的法语诗人，19世纪末 20 世纪初的诗坛巨人，在法国诗坛被誉为"诗歌王子"，在比利

① 周红兴:《艾青研究与访问记》,转引自《艾青评传》,骆寒超著,重庆:重庆出版社,2000年,第69页。
② 艾青:《我怎样写诗的?》,见《艾青论创作》,上海:上海文艺出版社,1985 年,第 15页。
③④ 同②。
⑤ 爱弥尔·凡尔哈伦:《背井离乡》,见《弗朗德勒女人》,郑州:河南人民出版社,2002年,第 36 页。(下文凡诗的引用均出自此集,不再一一作注)

时被称为"民族抒情诗人"。凡尔哈伦一生作品风格多变,1883年凡尔哈伦以带有纯朴乡土气息的诗作《弗朗德勒女人》登上诗坛引起轰动。"《弗朗德勒女人》就是一幅幅写实的弗朗德勒风俗画和风景画,不论是写景还是写人,都显得形象逼真,栩栩如生"①,洋溢着虎虎生气和灿烂霞光,凡尔哈伦也因此被誉为"佛兰德风土诗人",在欧洲诗坛崭露头角。但是后来随着认识现实的深入,凡尔哈伦经历了思想上和宗教信仰上的深刻危机,发现了社会丑恶狰狞的另一面,于是走上了悲观的象征主义诗歌创作道路,写出了著名的具有反叛精神的"黑暗三部曲":《黄昏集》(1887)、《土崩瓦解》(1888)和《黑色的火炬》(1890)等,在作品中凡尔哈伦常常通过一些阴冷的技巧来表达他对这个冰冷世界的认识与体会。"19世纪末20世纪初,凡尔哈伦受到社会主义思想的影响,开始参加工人运动。"②1891年,他发表诗集《我的道路上出现的事物》,世界观开始转变,并参加了社会主义团体的一些活动,关心人民生活,写下了带有浓厚现实主义色彩的"社会三部曲":《恍惚的农村》(1893)、《章鱼城市》(1895)、《幻想的村庄》(1895)等,影响深远。纵观凡尔哈伦的一生,无论是带有乡土色彩的初期创作,还是采用了象征主义表现技巧的现代诗歌创作,以及后期的带有社会主义色彩的作品,直面现实是他诗歌创作的总体特色,随着把握与认识现实的走向纵深,其诗所体现出的现实性与批判性愈来愈强烈。

凡尔哈伦的吸引艾青首先就在于他作品所流露出的强烈的直指现实的力量。艾青曾说凡尔哈伦的诗"它深刻地揭示了资本主义世界的大都市的无限扩张和广大农村濒于破灭的景象。"③而且直言"我的诗里有些手法显然是对于凡尔哈伦的学习——这位诗人如此深刻而广阔地描写了近代的欧罗巴的全貌,以《神曲》似的巨构,刻画了城里与乡村

---

① 杨松河:《弗朗德勒女人·译后记》,见《弗朗德勒女人》,爱弥尔·凡尔哈伦著,郑州:河南人民出版社,2002年,第198页。

② 杨松河:《弗朗德勒女人·译后记》,见《弗朗德勒女人》,爱弥尔·凡尔哈伦著,郑州:河南人民出版社,2002年,第200页。

③ 艾青:《在汽笛的长鸣声中》,见《艾青论创作》,上海:上海文艺出版社,1985年,第56页。

的兴衰的诸面相,我始终致以最高的敬仰的。"①显然,带给艾青至深震撼的是凡尔哈伦关注社会现实的厚重创作。从 1887 年开始,凡尔哈伦的诗歌创作发生转向,作品一改生气明朗的情调而开始飘荡起深沉的《悲歌》,这时的诗人觉察出无论在农村还是城市总是充满那愁云惨淡与痛苦不堪的一切,而这带给人们的永远是浓重的失望与悲愤。

通过凡尔哈伦的视角,我们看到了许多农村的不幸:在冬天无边无际的旷野,一群群疲惫而忧伤的叫花子们在艰难地乞讨,"他们的讨饭棍就是棒槌/打在贫困的钟上/把大地的丧钟敲响。"(《乞丐》)还有那一群群拖着沉重步履为了生计被迫背井离乡的人们,他们"为了活下去,只有一个招:/苦水肚里咽,愤怒不开口;/脚板磨掉皮,心头尽酸楚,/本地人哟,/背井离乡,/今晚,上了路,前途茫茫。"(《离乡背井》)农村到处都生活着这样一些苍白、痛苦、劳累而又悲伤的穷人,他们"一举一动萎靡不振,/贫困对他们作威作福,/沿着大地平原横铺。"(《穷人》)他们在承受着无穷无尽的《灾难》,广阔无边的《原野》遍地充满着《寒冷》的气息:"那里只游荡着惶恐和苦难/……/这里的太阳饿白了脸,/这里孤寂的河流在转弯/大地的古老心脏,在淤泥中腐烂。"(《原野》)

通过凡尔哈伦的视角,我们还看到了那扑朔迷离的如章鱼般扩张的城市,它们:

> 充满着欲望,繁华,来来往往;/它的光明闪闪四射直照天幕,/它的煤气无穷无尽金色的火焰越燃越旺,/它那条条铁轨都是野心勃勃的道路,/通向虚假的幸福,/伴随着财产和力量;/它那一道道围墙犹如一支军伍,/从它身上散发出来的还是烟和雾,/飘向农村发出巨大的声响。
>
> 这便是向四面八方伸触手的城市,/是好动的章鱼是一堆死尸,/是庄严的骨头架势。(《城市》)

城市正在侵吞与剥削着农村,正在滋生着种种罪恶。为了细致铺写城市的罪恶,凡尔哈伦还写到了城市里林立的轰鸣着无情与冷酷的

---

① 艾青:《为了胜利》,见《艾青论创作》,上海:上海文艺出版社,1985 年,第 8 页。

《工厂》、翻腾着欲望与野心的喧闹的《交易所》、欲壑难填的阴险的《银行家》、那能够构筑与颠覆一切的罪恶的《黄金》，以及能够把人变成机器的《机器》等等。

凡尔哈伦笔下描述的一切震撼与激励了艾青的写作诗情，艾青说道："凡尔哈伦写农村的破落与城市的触角，启发了我写中国黄河流域日益增长的苦难。"①在贴近民族与时代抒写诗篇这点上艾青与凡尔哈伦可谓心心相印。别林斯基曾说："任何伟大的诗人之所以伟大，是因为他的痛苦与欢乐深深地植根于社会与历史的土壤里，他从而成为社会、时代和人类的代表与喉舌。"②伟大的凡尔哈伦曾在诗篇中如此表达自己对故土的情感："以前，我爱你怀着如此深沉的感情/以至于我不信它有一天还能加深。/但我今天懂得了无尽的热情，/它陪伴着你，弗朗德勒哟，在垂危中，/照料你并跟随你直到死亡逼近。/甚至，在一些如痴如狂的日子/我的心希望你更加不幸，/但求一死以爱你更深一层。"（《祖国的碎片》）因此面对强权的入侵，凡尔哈伦愤慨谴责："你罪大恶极，德意志，/残暴地扼杀/思想。"③并先后写下了《德国的罪行》、《浴血的比利时》和《战争的红翅膀》等战斗诗篇，甚至想直接走上前线去抗击侵略者。

艾青生活在一个多苦多难的时代，现实的黑暗与战争的残酷无法让他对这一切闭目塞听，艾青说作为一个诗人，如果他生活在中国，"如果他有眼睛，他会看见发生在他的国家里的和平的刽子手的一切暴行；他有耳朵，他会听见没有一刻不在震响的被难者的哀号与反抗者的呼啸；他有鼻子，他会闻到牺牲者的尸体的腐臭与浓重的硝烟气息……"④因此，艾青深觉"最伟大的诗人，永远是他所生活的时代的最忠实的代言人；最高的艺术品，永远是产生它的时代的情感、风尚、趣味

---

① 转引自杨匡汉、杨匡满：《艾青传论》，上海：上海文艺出版社，1984年，第92页。

② 转引自高永年：《试论凡尔哈伦对艾青的影响》，《南京师大学报》（社会科学版），1989年第4期。

③ 爱弥尔·凡尔哈伦：《在德意志帝国国会》，见《弗朗德勒女人》，郑州：河南人民出版社，2002年，第180页。

④ 艾青：《诗与时代》，见《艾青论创作》，上海：上海文艺出版社，1985年，第368页。

等等之最真实的记录。"①且又说:"我是欢喜比较接近我们自己时代的诗人们的。"②因此面对着"抗日时期中国受压迫,北方受苦难,我当然要为被压迫、受苦难的人民发言。"③并且在诗中直陈心意:"我忠实于时代,献身于时代。"(《时代》)

与此同时,艾青出生于地主家庭却生长在农人家的经历让他具有了书写时代的条件与能力。艾青曾听说自己的乳母大堰河(即大叶荷)为了能哺育自己,被迫把刚生下来的女孩投到尿桶里溺死了,"自从听了这件事之后,我的内心常常引起一种深沉的愧疚;我觉得我的生命,是从另外的一个生命那里夺过来的。这种愧疚,促使我长久地成了一个人道主义者。"④艾青"在一个贫苦农妇家里抚养到五岁,感染了农民的忧郁。"⑤对于中国农村与农民,艾青开始有了深切的认识与体会,"在大堰河家里的五年,使我对中国农民有了一种朦胧的初步印象"⑥;"整整五年,我吸吮着大堰河的乳汁,和大堰河家穷苦的兄弟们一起土里滚、泥里爬,与中国的穷苦农民结下了不解之缘。"⑦因着这些积淀,因着自己深挚的故土情怀,艾青开始了他深沉博大的心灵诉说。

透过艾青充满忧郁色调的书写,我们看到了在中国古老的大地上生存着的含辛茹苦的农妇《大堰河——我的保姆》,那伸着永不缩回的手的《乞丐》,那坐在扬起沙土的路旁无声替行人补袜子的无家可归的可怜的《补衣妇》,那永远在困苦与渺茫中旅行的《船夫与船》,以及阴郁的《农夫》,孤独的劳累的《刈草的孩子》,还有在土地上困苦劳作的驼背的《老人》和无休止的流浪的卖艺者等等,无论他们中的哪一个都有着

---

①　艾青:《诗与时代》,见《艾青论创作》,上海:上海文艺出版社,1985年,第370页。

②　艾青:《艾青选集·自序》,见《艾青论创作》,上海:上海文艺出版社,1985年,第50页。

③　转引自杨匡汉、杨匡满:《艾青传论》,上海:上海文艺出版社,1984年,第92页。

④　艾青:《赎罪的话——为了儿童节写》,见《艾青全集》(第5卷),石家庄:花山文艺出版社,1991年,第47页。

⑤　艾青:《艾青选集·自序》,见《艾青论创作》,上海:上海文艺出版社,1985年,第48页。

⑥　叶锦:《艾青谈他的两首旧诗》,见《艾青专集》,南京:江苏人民出版社,1982年,第63页。

⑦　转引自张永健:《艾青的艺术世界》,武汉:华中师范大学出版社,1998年,第48页。

一部悲伤的历史;在那贫瘠的《村庄》,我们还能随处所见在闪着灰光叶子的树枝上倒悬着一张张破烂的《人皮》,那迷蒙着薄雾的悲哀且寒冷的贫困的《旷野》,那倾泻着灾难与不幸的《北方》,以及死寂而慵懒的《山城》,枯干的《冬天的池沼》与沉默负重的《骆驼》等等,中国的农村到处流淌着荒芜的气息:"中国的苦难与灾难/像这雪夜一样广阔而又漫长呀!/雪落在中国的土地上/寒冷在封锁着中国呀……"(《雪落在中国的土地上》)在艾青的笔下常常充溢着满腔的忧郁,目睹中国无穷无尽的灾难,艾青也曾像凡尔哈伦一样对故土有着深沉的表白:"为什么我的眼里常含泪水?/因为我对这土地爱得深沉……"(《我爱这土地》)

面对贫瘠的乡村,艾青不同于凡尔哈伦的是他的情感除了沉痛、忧郁与悲愤之外,还有一种恨铁不成钢的厌弃与责难。譬如在《少年行》中艾青说道:"我不欢喜那个村庄——/它像一株榕树似的平凡,/也像一头水牛似的愚笨,/我在那里渡过了我的童年。"(《少年行》)而且还说:"自从我看见了城市的风景画片,/我就不再爱那鄙陋的村庄了。"(《村庄》)为什么如此呢?就是因为中国农村的痛苦与不幸除了外力侵掠的因素外,还存有中国农民自身的因素,那就是短时期内很难改变的积习与心理:"愚蠢与迷信啊,/就在那些小屋里/强硬地盘踞着……"(《旷野》)"你们的愚蠢,固执与不驯服/更像土地呵"(《农夫》)。因此对中国农村的描绘艾青显然没有停留在表象痛苦的揭示上,而是把批判的笔力深入到了我们民族灵魂的深处与痛处。

中国的农村是贫瘠的,是刺痛人心的,那么艾青眼中的都市呢?对待都市,艾青的情感也是复杂的,爱恨交织的,譬如对待巴黎艾青不就曾说过"巴黎,/我恨你像爱你似的坚强"吗?(《巴黎》)他喜欢巴黎因为那里是自由的天堂,他恨巴黎因为那又是堕落的地狱。也许是受了凡尔哈伦的影响,艾青在诗歌中过多展现的是那令人厌恶的像章鱼般扩张的张牙舞爪的现代化的都市,那里充斥着腐朽、堕落、冷漠等等,丑恶是无处不在的。《巴黎》与《马赛》就充分揭示了在高度物质文明发达的背后那无尽的阴暗的存在。再如新时期的《芝加哥》、《纽约》、《香港》等诗,艾青一如既往地感叹都市"日日夜夜/蒸发着肉欲的气息……千百种的奇思怪想/都在这里出现了/物欲世界的峰顶"(《纽约》),它们"喧闹得令人不安/拥挤得出奇！……为了夸耀自己的财富/把欲望伸向海底。"(《香港》)而且城市也像凡尔哈伦笔下的城市一样,正在愈来愈严重地侵吞着农村:"它们吞蚀着:钢铁,木材,食粮,燃料/和成千上万的劳动者的健康;/千万个村庄从千万条路向它们输送给养……"(《村庄》)人创造了城市,城市又创造了城市人,在艾青的诗篇中,我们还能看见生活在这城市里的人们,他们是"浮夸的,狡黠的/刁恶的,势利的/生活在欺诈与阴谋里的……豪奢的,矜持的/自满的,惟利是图的/生活在无餍足与贪婪里的……荒唐的/险恶的/不可猜测的/生活在投机与冒险里的/……淫荡的,妖冶的/卖弄风情的泼辣的/生活在肉欲与放纵里的……"(《城市人》)到处都是堕落的城市与堕落的城市人,城市也是如同乡村一样四处飘荡着让人绝望的阴霾。

面对如此,我们只能束手就擒,或痛苦或堕落或死去？不！我们的诗人们并没有止于揭示与悲痛,他们同时呼喊着那力的反叛！凡尔哈伦被艾青所追随,除了他诗歌中博大的现实主义光辉之外,正如艾青所说凡尔哈伦的"那种对于未来世界的向慕与人类幸福彼岸之指望,更是应该被这艰苦的世纪的诗人们公认为先知者的声音的。"[①]凡尔哈伦素有"力的诗人"的美称,他崇拜力量。面对无尽的不幸与苦难,凡尔哈伦有自己的《理想国》,那就是"我自然而然地感到我自己/就是我全部存在世界的主人和皇帝！"(《创造的时刻》)乡村不被痛苦主宰,城市不被金钱主宰,我们每个人都能主宰自己的一切！生活充满着美妙,"心里激荡着爱情"(《弗朗德勒女人·创造的时刻》)。因此凡尔哈伦呼唤"人民和他们的呼声以及他们崭新的力量,/惟有人民的崭新力量/汇合成永恒的力量/去攻占生活的阵地击溃死亡。……让人各有志的全体人民/走上,和平谐调的道路,/……通往幸福欢乐的鲜花之路。"(《理想国》)如此我们方能抵达我们的理想国。因此凡尔哈伦不遗余力地讴歌力量,先后写下了如《亚马孙女杰》、《铁匠》、《科学》、《树》、《力量》、《创造的时刻》、《理想国》、《烈日英雄们》等呼唤力、颂扬力的诗篇,积极歌咏《喧嚣的力量》,譬如《铁匠》中那让人惊心动魄的力量,《船工》中船工

---

① 艾青:《为了胜利》,见《艾青论创作》,上海:上海文艺出版社,1985年,第8页。

那坚忍不拔的力量,《树》中那坚实厚重的力量等等。因而从总体上说凡尔哈伦的诗歌带给读者的是希望与激励,而不是颓靡与绝望,凡尔哈伦与他的诗歌一起呐喊呼号,反叛抗争,正如他自己所说:

> 我的欢乐,带着何等激烈的冲动,/呐喊呼号,反叛抗争,涕泪纵横,已经在/骄傲的战斗中冲锋陷阵将痛苦置之度外,/为的是从中提炼出爱,就像在战斗中获胜。

> 我爱我热情奔放的眼睛,我的头脑和神经,/我鲜血哺育着的心脏,我心脏跳动着的胸膛;/我爱世人,我爱世界,我钟爱力量,/我的力量来自人和世界又献给世界和人。(《一天晚上》)

凡尔哈伦意欲"在我的激越诗章中掀起暴风雷霆"(《我的诗集》),而艾青的诗歌如同他倾慕的凡尔哈伦一样,也着力在忧郁与悲哀的背后张扬一种力!艾青的诗歌过多地书写了大地上的苦难而被人称为是悲观主义诗人,对于自己诗歌中流淌着的忧郁的气质,艾青曾说:

> 叫一个生活在这年代的忠实的灵魂不忧郁,这有如叫一个辗转在泥色的梦里的农夫不忧郁,是一样的属于天真的一种奢望。

> 把忧郁和悲哀,看成一种力!把弥漫在广大的土地上的渴望、不平、愤懑……集合拢来,浓密如乌云,沉重地移行在地面上……伫望暴风雨来卷带了这一切,扫荡这整个古老的世界吧![1]

忧郁催生反抗,悲哀激励奋发,艾青的忧郁是始终伴随着力的呼唤的。在艾青最早的处女作《会合》中我们分明能感受到流淌在房间里、激荡在每个人脸上与心里的温热!那为同一的火焰燃烧着的心!那就是一种力!还有《透明的夜》洋溢出的"痛苦,愤怒和仇恨的力。"(《透明的夜》)艾青曾说这首诗"写在看守所里,……我写《透明的夜》,不是赞扬贼,赞美强盗,而是歌颂一群人的力量,歌颂他们在黑夜中粗暴的、反

---

[1]　艾青:《诗论》,见《艾青论创作》,上海:上海文艺出版社,1985年,第414页。

抗的力量。这和后来在《强盗和诗人》那首诗里所表现的,是同一种思想。"①再如《死地》中作者期待点燃的那饥饿之火,"这一结尾,我是冒险而写的。我渴望有人点燃起愤怒的大火,烧亮当时的中国。"②黑暗如磐的中国需要力,艾青的这些洋溢着反叛激情的诗篇在当时社会上引起了强烈的震撼!著名诗人牛汉曾在评价《透明的夜》时说这首诗"骚动着热烈的气势,对于当年苍茫而寂静的诗歌领域无疑是一次猛力的冲击。这样鲜活的诗,连同它的题目,在中国都是第一次出现,它为中国的新诗带来了纯新而健康的生气,它是向中国如磐的黑夜投射出的一个响箭般的信号。"③而当时中国现实中的力量也在急剧地增长,1937年至1940年,是中华民族遭受苦难最深重最残酷,又是反抗战斗最激烈最悲壮的年代,艾青曾说:"芦沟桥的反抗的枪声叫出了全中国人民的复仇的欢快。……我到了北方。在风沙吹刮着的地域我看见了中国的深厚的力量,……我更看见了民众的力量在无限止地生长,扩大到任何一个角落。"(《为了胜利》)这一时期,艾青一方面接触到了社会底层人民苦难的现实,另一方面更深刻地体察到了中华民族所蕴涵着的伟大的精神和力量。现实的情形与现实的需要都要求我们的诗人在诗中发出那力的呼喊:

> 我们的肉体是生铁,/痛苦呀,疾病呀,不自由的岁月呀,/
> 不住地打击在我们的身上,/我们的诗,就是铁与铁的抨击/
> 所发出的铿锵……④

相对于凡尔哈伦略显空洞的呐喊与呼号,艾青的这力的呼唤却有着明确的指向,一是伟大人格的提倡。譬如《一个拿撒勒人的死》这首诗,艾青以耶稣被叛徒犹大出卖的场面与壮烈牺牲的情景,歌颂了一种为真理和正义而献身的伟大人格。谈起这首诗,艾青曾说:"事情写得

---

① 转引自杨匡汉、杨匡满:《艾青传论》,上海:上海文艺出版社,1984年,第57页。
② 转引自杨匡汉、杨匡满:《艾青传论》,上海:上海文艺出版社,1984年,第81页。
③ 牛汉等:《艾青名作欣赏》,北京:中国和平出版社,1993年,第12页。
④ 艾青:《诗人论》,见《艾青论创作》,上海:上海文艺出版社,1985年,第423页。

很具体,写的是耶稣出卖的经过,主题是'如今要救人的却不能救自己了。'"①还有如《鲁迅》、《播种者》中对鲁迅人格的褒扬:"思想如烈火,情感如狂焰/自私,卑怯,虚伪化烬在它们的前面;/抨击如铁锤,讽刺如利刃/诡计与阴谋在它下面分裂支解……"(《鲁迅》)等。二是直接行动的倡导。对现实的反叛还需体现在具体的抗争行动中,因此艾青在《他起来了》中明确提倡一种直接的战斗精神:"必须从敌人的死亡/夺回来自己的生存。"(《他起来了》)与黑暗的较量是你死我活的,我们必须发出自己最强有力的战斗的呐喊。在人民的力的抗争中,我们的乡村那曾经死了的大地,在明朗的天空下必将会复活:"——苦难也已成为记忆,/在它温热的胸膛里/重新漩流着的/将是战斗者的血液。"(《复活的土地》)三是城乡新生的期待。艾青期待文明的气息能吹进我们的乡村,我们可怜的村庄在不被侵占的郁绿的杉木林中也能建造起自己的小小的工厂,"机轮的齐匀的鸣响混在秋虫的歌声一起"(《村庄》);村庄对都市不再怀着嫉妒与仇恨,都市对村庄也不再怀着鄙夷与嫌恶,它们都一样以自己的智力为人类创造幸福,人们都穿得干净,吃得饱,脸上含着微笑。而我们的城市也能真正回到人民自己的手里,那将是"人民的城,/美丽的城,/幸福的城,/光荣的城,/人民的手建造的,/人民的血解放的,/人民的生命保卫的,/和平的城!"(《人民的城》)那将是一座座《新的城市》,"新的城市就是这样成长——/根据自己的爱好和希望,/用自己的手创造自己的天堂。"(《新的城市》)中国的城市在人民的手里应绽放着属于自己的新的色彩,譬如艾青创作于后期的城市篇章《钢都赞》、《大上海》、《北京的早晨》等,那就是作者期望着的正在崛起的中国的文明城市。

凡尔哈伦的创作深深影响了艾青的作为诗人的灵感,但凡尔哈伦在表达城市与乡村的痛苦与希望方面显然没有艾青走得远,而且他也没有看到那复活的土地与新生的城市;艾青的诗作无疑比凡尔哈伦的诗作更具有博大的内涵与力量。无论是对土地悲叹的吟咏,还是对高

---

① 艾青:《谈叙事诗》,见《艾青全集》(第3卷),石家庄:花山文艺出版社,1991年,第581页。

度城市化城市的厌弃,以及对人民新城市殷切的期望与歌唱,艾青作为诗人的表达都蕴藏着激动人心的力量,正如邵荃麟所说:"他的诗会从优美而忧郁的情调中带给你一种温暖的热情,给你鼓舞和感动。"①

四 开阔诗境:惠特曼与马雅可夫斯基境界的追随

在艾青所受到的来自外来作家的影响中,有三个诗人屡次被他提及,可见影响之深远,那就是凡尔哈伦、惠特曼与马雅可夫斯基。艾青曾说:"从诗上说,我是喜欢过惠特曼、凡尔哈伦,和苏联'十月革命'时期的大诗人马雅可夫斯基……"②在《诗的散文美》中他感叹说:"我们喜欢惠特曼,凡尔哈伦,和其他许多现代诗人,我们喜爱《穿裤子的云》的作者(指马雅可夫斯基),最大的原因是由于他们把诗带到更新的领域,更高的境地。"③在《开展街头诗运动》中又说:"从惠特曼、凡尔哈伦,以及马雅可夫斯基所带给诗上的革命,我们必须努力贯彻。我们必须把诗成为足够适应新的时代的新的需要的东西,……用任何新的形式去迎合新的时代的新的需要。"④很显然这三位诗人作品中的时代性、革命性以及对于未来的指向性是吸引艾青的所在,艾青在凡尔哈伦的启悟下敢于直面艰难的现实并发出了反叛的力的呼喊,而惠特曼与马雅可夫斯基所给予艾青的就是更为明朗与彻底的对光明与革命的向往与追求,他们赋予了艾青诗歌更为开阔的诗情与激情,更新更高的境界,正如艾青诗中所咏唱的:"早上的风吹动树枝/树上群鸟正在歌唱/我们走上我们的路/我们的路又宽又长。"⑤

① 邵荃麟:《艾青的〈北方〉》,转引自《艾青评传》,骆寒超著,重庆:重庆出版社,2000年,第118页。
② 艾青:《艾青选集·自序》,见《艾青论创作》,上海:上海文艺出版社,1985年,第49—50页。
③ 艾青:《诗的散文美》,见《艾青论创作》,上海:上海文艺出版社,1985年,第363页。
④ 艾青:《开展街头诗运动》,见《艾青论创作》,上海:上海文艺出版社,1985年,第441页。
⑤ 艾青:《青年之歌》,转引自《艾青评传》,骆寒超著,重庆:重庆出版社,2000年,第229页。

艾青是景仰惠特曼的,1946 年,艾青曾对美国驻华大使馆新闻处处长费正清说道:"希望美国给我们送来惠特曼,而不要派来马歇尔!"①而且,1952 年艾青曾在致聂鲁达的信中说:"没有人会忘记美利坚的为争取独立和自由的战争;没有人会忘记林肯——伐木者出身的人的宽阔的胸襟;没有人会忘记惠特曼象一株巨大的橡树,纯朴地站在大地上,日夜发出巨大的响声……"②可见惠特曼对于诗人的吸引力非同一般。

华尔特·惠特曼(1819—1892),美国 19 世纪伟大的民主诗人。他一生的作品都汇集在《草叶集》中,他的《草叶集》因为深刻地反映出了他的国家和时代的风貌而被称为是 19 世纪美国的史诗。惠特曼的诗歌思想博大宽广,包罗万象,里面虽然渗透着泛神论、宗教色彩甚至神秘主义等等思想,然而为时代为祖国而歌唱的现实主义精神却是鲜明而突出的。惠特曼在《过去历程的回顾》(1888)中谈到,他酝酿写作《草叶集》时期经常考虑的一个问题:"我怎样才能最好地表现我自己的特殊的时代、环境、美国和民主?"③因此他在《草叶集》初版序言中说道:"对于一个想成为最伟大诗人的人,直接的考验就是今天。如果他不能以当今的时代精神犹如以浩大的海潮那样来冲刷自己……如果他不能将他的国家从灵魂到身体全部吸引住,以无比的爱紧紧地缠住它,……如果他并非自己即是理想化了的时代……那就让他沉没于一般的航程之中去等待自己的发迹吧。"④由此可见,"时代,国家,这始终是诗人在无限时空中游泳的精神依托。他紧紧拥抱着它们,才得以腾踔于浪峰之上。"⑤正如惠特曼自己所言:

　　我深深知道,我的《草叶集》是不可能从任何别的时代、别

---

①　艾青:《艾青谈诗》,广州:花城出版社,1982 年,第 182 页。

②　艾青:《和平书简——致巴勃罗·聂鲁达》,见《艾青论创作》,上海:上海文艺出版社,1985 年,第 227 页。

③　惠特曼:《过去历程的回顾》,见《惠特曼精选集》,李野光编选,济南:山东文艺出版社,1997 年,第 713 页。

④　惠特曼:《〈草叶集〉初版序言》,见《惠特曼精选集》,李野光编选,济南:山东文艺出版社,1997 年,第 650—651 页。

⑤　李野光:《惠特曼研究》,上海:上海外语教育出版社,2003 年,第 73 页。

的国家,而只能从十九世纪后半叶,从民主的美国,以及从全国联邦武装的绝对胜利中产生、形成和完整起来。①

在惠特曼的诗歌中自然洋溢着高昂的爱国激情:"啊,国土,对我全是那么可爱———任你是谁,(无论是什么,)我随意将它纳入这些歌中,我成为它的一部分,无论是何物。"他要高唱着"关于我的永远团结的国土的歌。"(《我们的古老文化》)"美国,/……我歌唱你,永远歌唱你。"(《展览会之歌》)

在诗歌中惠特曼常以奔放热情的诗句呼唤民主的到来:"来,我创造不可分离的大陆,/我要创造太阳所照耀过的最光辉的种族,/我要创造神圣的磁性的国土,以伙伴之爱,/以伙伴之间终生不渝的爱。……/我为你付出这些,啊,民主,为你服务,……/为你,为你,我在震颤着唱这些歌。"(《为了你,啊,民主》)

在诗歌中惠特曼还积极地鼓动人们去开拓西部未来:"来呀,我的那些晒黑了脸的孩子们,/排好队,把你们的武器准备好,/……直到喇叭吹响了,/黎明在很远很远的地方召唤———听呀!我听见它吹得高昂而清亮,/快!走到队伍的前头!———快!站到你的位置上,/开拓者!啊,开拓者!"(《开拓者!啊,开拓者!》)

在惠特曼的诗歌中我们能随处可闻那激越的反抗之声:"走呀,携带着力量、自由、大地和风雨雷电,/携带着健康、反抗、欢乐、自尊和好奇心;/走呀!告别一切的公式!/……为了让灵魂前进,所有的一切都让开,/……永远生气勃勃,永远前进,/……我的号召是战斗的号召,我培养积极的反抗,/……走呀!大陆就在我们面前!"(《大陆之歌》)

在诗歌中惠特曼还不遗余力地歌咏欢乐,那是一种征服后的欢乐,那是光明的所在:"兴高采烈、欢欣鼓舞、登峰造极的歌哟,/你的曲调中有一种比大地更强的活力,/胜利的进行曲———解放了的人类———最后的征服者,/宇宙的人献歌宇宙的神的赞歌———多么欢乐!/……战争、悲哀、痛苦都过去了———腥臭的地球净化了———/只剩下欢乐了!/海

---

① 惠特曼:《过去历程的回顾》,见《惠特曼精选集》,李野光编选,济南:山东文艺出版社,1997年,第709页。(下文惠特曼作品的引用均出自《惠特曼精选集》,不再一一标注)

洋充满着欢乐——大气中全是欢乐！/欢乐！欢乐！在自由、崇敬和爱之中！欢乐，在生命/的狂喜中！/只要活着就够了！只要呼吸就够了！/欢乐！欢乐！到处是欢乐！"(《神秘的号手》)

惠特曼作为一个爱国者他深爱着他的祖国；作为一个倡导个性的诗人他又把自己融于全体之中，如他在《我歌唱一个人的自身》里所歌唱的一样，惠特曼曾说："我艰苦奋斗，我置身于人民群众中而不是生活在小圈子里。我一直同普通人民密无间。是的，我不仅在这当中受教育，而且在这当中成长。"①作为一个为民主自由平等而战的勇士，诗人以极大的战斗热情支持废奴战争，为北方联军的胜利呐喊，如《敲吧，敲吧，鼓啊！》；作为一个向往光明的斗士他在他诸多大气磅礴的诗篇中鼓动开拓与进取，他用他那欢乐的歌喉唱着《各行各业的歌》，如《我听见美州在歌唱》通过各种劳动者唱着自己愉快而强壮的歌，写出了劳动的美和劳动者的美，并《向世界致敬！》，期望他的诗歌最终能飞遍整个世界。虽然惠特曼的爱国主义思想中包含着民族扩张主义的因素，虽然诗作中也偶尔流露出对生命流逝的忧伤，如《父亲，从田里上来》，但这些毕竟掩盖不了惠特曼诗中那激情似火的对于自由与平等、光明与欢乐的庄严美妙的高呼！而惠特曼的这种酣畅淋漓的精神气质与中国"五四"时代狂飙突进的精神十分合拍，因此惠特曼就像是一道奇异的闪电照彻了很多中国诗人的探索之路。

在艾青的创作中惠特曼对于他的影响是鲜明而易见的，正如论者所言："艾青写大路，写海洋，写它们的宽阔和坦荡，使我们想起惠特曼；有时为了容纳自己滔滔不绝地涌来的诗情也选用惠特曼式的长句。"②艾青认为："在近代，以写'自由诗'而博得声誉的，是合众国民主诗人惠特曼。当时的合众国，是以一个年轻的、充满朝气的、纯朴人的姿态出现在世界上的。惠特曼成了这个新兴的国家的代言人。"③显然惠特曼诗中那时代的、光明的开阔诗情给艾青留下了强烈而深刻的印记。艾

---

① 转引自杜宗义：《世界文学名著评选》，南昌：江西人民出版社，1979年，第205页。
② 黎央：《艾青与欧美近代文学和美术》，《红岩》，1981年第2期。
③ 艾青：《自由诗与格律诗问题》，见《艾青选集》(第3卷)，成都：四川文艺出版社，1986年，第266页。

青曾用诗歌来颂赞惠特曼:"惠特曼/从太阳得到启示/用海洋一样开阔的胸襟/写出海洋一样开阔的诗篇"。(《向太阳》)

艾青曾是一个在作品中惯于表达忧郁的诗人,面对中国深重的灾难,艾青无法规避那悲惨暗淡的一切,书写了很多直面现实的忧郁的诗篇,展现了中国人民悲苦的生活与民族命运。然而艾青却说:"我实在不欢喜'忧郁'啊,愿它早些终结吧!"(《为了胜利》)因此为了将来的胜利,为了改变这一切,正如鲁迅常在文章的结尾处给读者留出一些光亮表达对于绝望的反抗与希望的期待一样,艾青也并不止于在诗篇中揭示苦难。在苦难中呼唤光明,在黑夜中展现曙光,这是艾青诗歌创作的最难能可贵之处。艾青曾说:"我从不悲观。我写了许多诗,歌颂太阳、春天。《向太阳》、《火把》、《黎明》都是歌颂光明的。甚至在我最艰苦的岁月里,我都反复吟诵白居易的诗句,那诗的意思是说:即使我的一生再怎么艰苦,我也是这里的一个人。"①而且又道"我相信,我是渴求光明甚于一切的。"(《为了胜利》)而惠特曼的出现则更是给了他书写开阔的光明诗情的激励。

艾青的开阔诗情首先就体现在他对火把、黎明、与太阳的歌咏上。用火把照亮与驱赶黑夜,如从早期的《煤的对话》到抗战时期的《火把》等;而黎明是希望的到来,如《当黎明穿上了白衣》、《黎明》、《黎明的通知》等;相对于火把与黎明,太阳就是未来与光明的所在。在艾青一生的诗作中,写太阳是最多的,从 1932 年最早的《阳光在远处》到抗战前的《太阳》,从抗战后的《向太阳》、《太阳》、《给太阳》、《太阳的话》到新时期的《太阳岛》与《光的赞歌》,总共有 20 多首,难怪有论者说我们的"诗人简直成了中国神话中那位逐日的夸父",②太阳意象在艾青诗中显然是醒目而突出的。

艾青对这些光明意象的书写是伴随着自己诗歌的始终的。譬如在早期的诗作《当黎明穿上了白衣》中,艾青就表露出对黎明到来的欣喜:"啊,当黎明穿上了白衣的时候,/田野是多么新鲜!"(《当黎明穿上了白

---

① 转引自杨匡汉、杨匡满:《艾青传论》,上海:上海文艺出版社,1984 年,第 263—264 页。
② 汪亚明:《土地与太阳:艾青的世界》,天津:天津人民出版社,1999 年,第 180 页。

衣》)现生活虽是暗淡的,但《阳光在远处》,那是温暖与光明的所在,一切都是有希望的。而艾青的狱中之作《灯》则更是表达了他对于光明与自由的追寻之心"盼望着能到天边/去那盏灯的下面——"(《灯》),因为那盏灯就是光明的所在。出狱之后的艾青奔走在中国苦难的大地上,诗人面对很多革命者与劳苦大众摧毁旧世界的种种努力与斗争,艾青分明感受到了一种历史前行的态势:"太阳向我滚来……/于是我的心胸/被火焰之手撕开/陈腐的灵魂/搁弃在河畔/我乃有对于人类再生之确信"(《太阳》)。抗日战争爆发后,诗人辗转各地,他分明感受到了中国大地上那燃起的希望之火。长诗《向太阳》就充分表达出了诗人渴望祖国从苦难中再生的欢欣与激动,并且表示为了这期望已久的光明的到来,他愿意心甘情愿地献出自己的生命:"太阳在我的头上/用不能再比这更强烈的光芒/燃灼着我的肉体/……这时候/我对我所看见 所听见/感到了从未有过的宽怀与热爱/我甚至想在这光明的际会中死去……"(《向太阳》)

而诗人延安的经历就更使他对光明的诗篇越发偏爱起来。抗日战争爆发后,诗人"满怀热情从中国东部到中部,从中部到北部,从北部到南部,又从南部到西北部———延安,才算真正看见了光明。"[1]艾青曾说:"延安时期的确有很多值得歌颂的东西。我歌颂也是真心诚意的,说的是真话。"[2]因此写下了如《秋天的早晨》、《给太阳》、《太阳的话》、《野火》、《黎明的通知》等热情洋溢的诗篇。在黑暗中歌唱太阳,在阳光下高赞光明,诗人到了新时期,有感于时代前进的力量与光明的伟大,仍然高赞《光的赞歌》,激励自己,告诫世人,我们不要停止前进的脚步,我们要和全国乃至全世界的人们一起,为人类的新的光明的到来而高歌而欢呼:

> 只是因为有了光/我们的大千世界/才显得绚丽多彩/人间也显得可爱……

---

① 艾青:《〈艾青选集〉自序》,见《艾青选集》(第3卷),成都:四川文艺出版社,1986年,第205—206页。

② 转引自杨匡汉、杨匡满:《艾青传论》,上海:上海文艺出版社,1984年,第157页。

光荣属于奋不顾身的人/光荣属于前仆后继的人……

和光在一起前进/和光在一起胜利/胜利是属于人民的/

和人民在一起所向无敌……

让我们从地球出发/飞向太阳……(《光的赞歌》)

艾青的开阔诗情还体现在对不屈不挠的时代革命精神的讴歌中。光明不会从天而降,光明的诞生需要与黑暗的搏斗。这种诗情的流露除了惠特曼的影响之外,还有着马雅可夫斯基的吸引。从对革命斗争性的倡导上,我们能鲜明看出马雅可夫斯基对于艾青的感召。艾青曾说:"马雅可夫斯基从未来主义的一群中走出来,大声疾呼地奔向革命,写了大量的歌颂无产阶级胜利的诗篇,他的诗是不朽的。"[1]显然,马雅可夫斯基影响艾青最深的就是他那鲜明的革命精神以及诗篇中所洋溢出来的革命力量。艾青曾在诗篇《马雅可夫斯基》中对这位无产阶级诗人给予了很高的赞颂:

马雅可夫斯基/永远是/不可比拟的/新人类的代言者,/站立在/智慧的高峰向全世界播送/革命的语言/钢铁的语言;/不灭的/辉煌的诗章,/带来了/世纪的骚音;/永远是/不可比拟的/马雅可夫斯基:意象——新鲜如云霞,旋律——吹刮如旋风,音节——响亮如雷霆,思想——宽阔如海洋。(《马雅可夫斯基》)

马雅可夫斯基(1893—1930),苏联无产阶级革命诗人,"十月革命"和社会主义的歌手。马雅可夫斯基曾在《人民演员先生》中说:"歌和诗——是炸弹和旗帜,/歌手的声音/能够使阶级振奋。"[2]在战争年代,马雅可夫斯基的这种主张深深影响了几代中国诗人。在马雅可夫斯基看来,诗人就是呐喊者和鼓动家,正如他在《放开喉咙歌唱》中评说自己:"请听听吧,/后代同志们,/听听这个头号呐喊者,/这个鼓动家……我的诗会越过世纪的高峰,/越过诗人们/和一个个政府的头顶/凌

---

① 艾青:《关于叶赛宁》,见《艾青论创作》,上海:上海文艺出版社,1985年,第244页。

② 马雅可夫斯基:《人民演员先生》,见《马雅可夫斯基诗选》,北京:人民文学出版社,1998年,第271页。(下文马雅可夫斯基的引用均出自《马雅可夫斯基诗选》,不再一一标注)

空而至。"(《放开喉咙歌唱》)马雅可夫斯基热烈颂扬革命,他说:"啊,愿你四倍地受人赞颂,无限美好的革命!"(《革命颂》)马雅可夫斯基讴歌反叛,他说:"建设着,破坏着,剪裁着,撕毁着,静息一忽儿,/精神奋发,/生气蓬勃,喧嚷着,沉默着,叙说着,吼叫着,/这是青年的大军:列宁主义着。"(《共青团之歌》)马雅可夫斯基还愿意与中国人民一起反抗侵略:"千千万万的/工人的中国,/伸出/手来,/让我们的友谊地久天长!/中国人,快快奋起! /让我们和中国/一齐跟帝国主义着算账! 但是——/中国,不要以为他们用威胁便能吓到我们。"(《致中国的照会》)艾青欣赏的是马雅可夫斯基作品中所渗透出的这种强烈的革命精神,但他并不盲目认可马雅可夫斯基全部作品,他说:"关于马雅可夫斯基,我只欢喜他的《穿裤子的云》这一长诗。他的其他的诗,虽然充满激情,却常常由于铺张而显露了思想的架空。"①

显然,艾青汲取名家的影响是在与自己心心相契的基础上的,而不是简单地模仿。对于革命艾青早先就有了接触与了解的基础,还在中学时期艾青在家乡就曾经感受过山雨欲来风满楼的革命气息,而且那时"不知哪儿来的一本油印的《唯物史观浅说》,使我第一次获得了马克思主义阶级斗争的观念——这个观念终于和我的命运结合起来,构成了我一生的悲欢离合。"②在中国的实践与斗争中艾青认识与理解了战争,他深刻感到《我们需要战争呵——直到我们自由了》,并且说;"一切的束缚,无止的愚蠢与贫困,频连的灾难和饥荒,必须通过这酷烈的斗争才能解除。"③因此"我们写诗,是作为一个悲苦的种族争取解放、摆脱枷锁的歌手而写诗。"④"诗人和革命者,同样是悲天悯人者,而且他们又同样是把这种悲天悯人的思想化为行动的人———每个大时代来临的时候,他们必携手如兄弟。"⑤所以,对于革命的提倡与讴歌,艾青

---

① 艾青:《我怎样写诗的?》,见《艾青论创作》,上海:上海文艺出版社,1985年,第15页。
② 艾青:《在汽笛的长鸣声中》,见《艾青论创作》,上海:上海文艺出版社,1985年,第56页。
③ 艾青:《诗与时代》,见《艾青论创作》,上海:上海文艺出版社,1985年,第368页。
④ 艾青:《诗与宣传》,见《艾青论创作》,上海:上海文艺出版社,1985年,第377页。
⑤ 海涛、金汉:《中国当代文学研究资料:艾青专集》,南京:江苏人民出版社,1982版,第138页。

有着他置身于时代与社会的真切思考,艾青的对革命激情的歌颂通常是结合在具体的时代事件上的。置身于一个到处都充满着昂扬奋斗精神的时代,艾青被这蓬勃的时代精神与民族精神所激励并感动,先后写下了很多激动人心的诗篇,如《他死在第二次》、《给太阳》、《吹号者》、《野火》、《风的歌》、《雪里钻》、《时代》、《光的赞歌》等。艾青曾在谈《时代》这首诗的创作时说道:"这首诗作于一九四一年十二月十六日的清早。我的真实思想,是希望把自己全心全意的献给这个伟大的时代。在我的想象中,时代好象远方的火车,朝我们轰隆隆地驶来了。我歌唱的是我们为之战斗、为之献身的时代。"[①]臧克家曾经如此评价艾青:"在抗战初期收获较大,成绩最好的是艾青。他连续发表了许多优秀的诗篇,发生了很大的影响。这些诗,歌颂了中国士兵的英勇的大无畏精神,但不是概念化的或口号的而是通过了具体的人物形象的描写,在这具体描写里,沁透着诗人的真实的爱国主义的思想和感情。"[②]这是艾青不同于马雅可夫斯基之处。

譬如《他死在第二次》就是对一名无名士兵的祭歌,作者通过一个普通士兵在抗日战争中从受伤到第二次奔赴前线战死的经过,讴歌了中华大地上无数这样士兵的前仆后继与悲壮献身:

> 大家都以仅有的生命/为了抵挡敌人的进攻/迎接了酷烈的射击——/我们都曾把自己的血/流洒在我们所守卫的地方啊……

> 挺进啊,勇敢啊/上起刺刀吧,兄弟们/把千万颗心紧束在/同一的意志里:/为祖国的解放而斗争呀!……我们要从敌人的手里/夺回祖国的命运/只有这神圣的战争/能带给我们自由与幸福……(《他死在第二次》)

还有如《吹号者》,诗人通过抒写号手的悲壮命运歌颂了那伟大的为民族献身的革命精神,那号角映射出闪闪的太阳光芒,那号角依样在

---

① 杨匡汉、杨匡满:《艾青传论》,上海:上海文艺出版社,1984 年,第 159 页。
② 臧克家:《"五四"以来新诗发展的一个轮廓》,见《艾青专集》,南京:江苏人民出版社,1982 年,第 468 页。

响,在激励着这个民族奋勇前进:

> 他以对于丰美的黎明的倾慕/吹起了起身号/那声响流荡
> 得多么辽远啊……/世界上的一切,/充溢着欢愉/承受了这号
> 角的召唤……(《吹号者》)

正如诗人在《煤的对话》中所言的"请给我以火,给我以火!"(《煤的对话》)在当时很多处于黑暗中的中国人都渴望"给我一个火把"照亮他们前行的路,"照亮我们的群众",让我们的火把"把黑夜摇坍下来"(《火把》)。在当时生活的处处都绽放着这样昂扬的时代革命精神,连风也在唱着《风的歌》,和人们一起"带着温暖和燕子、欢快和花朵/唱着白云的柔美的歌/为金色的阳光所护送/向初醒的大地飞奔……"(《风的歌》)我们的民族与时代需要这种革命精神,无论是身处黑暗之中,还是生活在阳光之下,革命意味着反抗,革命意味着创造,革命指向的是更新更光明的未来,正如惠特曼在《大陆之歌》中所展示的反抗与革新精神一样,艾青在《光的赞歌》中仍然坚定地激情四射地为这种大无畏的精神、为这种把每个日子都当做新的起点的革命精神而呐喊:

> 我们在自己的时代/应该象节日的焰火/带着欢呼射向高
> 空/然后进发出璀灿的光……

> 让我们以最高的速度飞翔吧/让我们以大无畏的精神飞
> 翔吧/让我们从今天出发飞向明天/让我们把每个日子都当做
> 新的起点

> 或许有一天,总有一天/我们这个古老的民族/我们最勇
> 敢的阶级/将接受光的邀请/去叩开千万重紧闭的大门/访问
> 我们所有的芳邻……(《光的赞歌》)

面对艾青始终如一的歌唱光明与革命,美国学者罗伯特·C·弗兰德发出这样的感叹:"他的歌喉像金光闪闪的号角,号召人们要有毅力、有勇气、有激情、有热爱地生活;始终如一,为共同的目的——为了

211

光明灿烂的新世界的实现。"①

　　此外,在对于自由诗的创作形式方面,艾青也深受惠特曼与马雅可夫斯基的影响。惠特曼是世界上有史以来最彻底的诗体革新家和自由诗的真正创始人,对于惠特曼,艾青曾说:"自由体的诗带有新世界的倾向。在上个世纪,新大陆产生了《草叶集》的作者惠特曼。"②言谈中体现了对惠特曼自由诗体的推崇。而马雅可夫斯基的关于诗歌的理论主张也深得艾青欣赏,艾青说:"一九四一年秋天,我曾看过马雅可夫斯基的《我自己》的中文本,他的自传式的论文对我坚持自由诗的创作倒起过作用;因此我对自己的观点起了变化——真实的、不是虚夸的理论多少会有用处。"③我们能从艾青诗歌中的长句、口语化大众化的语言风格以及偶见的楼梯式的结构等方面都能找寻到一些惠特曼与马雅可夫斯基影响的痕迹。

　　在艾青一生的创作中,世界文学之于艾青的影响是很复杂的,在艾青的一些留存下来的记载中,我们发现像普希金、雨果、叶赛宁、勃洛克、罗曼·罗兰等对艾青的创作都有着或多或少的启发与影响,另外还有西方的宗教思想也在艾青的诗作中播下了它们的某些印记。艾青自己也曾说:"我是在一种缺乏指导与帮助的情况下,进行自由阅读的,因此,所受的影响也是复杂的。"④即便如此,艾青常能从自己的创作实践出发,依凭自己的兴趣与气质吸纳自己需要吸纳的,剔除自己所厌恶的,"我总是把他们的东西消化了,成为自己的东西,而不是照抄。"⑤譬如对于象征、浪漫与自然主义,艾青曾说:"我并不欢喜象征主义。尤其是梅特林克的那种精神境界,……我厌恶浪漫主义,但我也厌恶自然主

---

　　① 罗伯特·C·弗兰德:《从沉默中走出来——评现代诗人艾青》,《华侨日报》,1979年4月6日—9日。

　　② 艾青:《和诗歌爱好者谈诗》,见《艾青论创作》,上海:上海文艺出版社,1985年,第548页。

　　③ 艾青:《艾青论创作·序》,见《艾青论创作》,上海:上海文艺出版社,1985年,第3页。

　　④ 艾青:《艾青选集·自序》,见《艾青论创作》,上海:上海文艺出版社,1985年,第49页。

　　⑤ 周红兴:《就当前诗歌问题访艾青》,见《艾青专集》,南京:江苏人民出版社,1982年,第411页。

义——它们同样是萎谢了的风格。"①艾青敢于思考与否定、吸纳与创造,于纷繁中形成了自己坚实的风格特色。

对于中国作家与世界文学的关系,艾青曾说:"我们不是生活在星球上,而是生活在和整个世界发生联系的地球上,外国的文化(对于我们来说,尤其是文学艺术)正纷至沓来地给我们以影响,要排拒这些影响不但不可能,而且也是错误的;我们要有很高的鉴别能力来吸收外国文学中精粹的部分。"②艾青无疑用自己的创作实践给他的这番言论做出了最生动的阐释,而这也是我们面对世界文学最理性的态度。

---

① 艾青:《为了胜利》,见《艾青论创作》,上海:上海文艺出版社,1985年,第8页。
② 艾青:《谈大众化和旧形式》,见《艾青论创作》,上海:上海文艺出版社,1985年,第479页。

第八章　穆旦的诗歌创作与世界文学

　　穆旦,原名查良铮,是 20 世纪 40 年代出现的一位重要的现代派诗人,九叶诗派的代表诗人。在中国现代新诗的创作中,穆旦的诗歌创作受外来影响尤为显著与深刻,同样是现代派诗人,我们从戴望舒身上还能感受到一定的中国传统文化影响的痕迹,但是穆旦却是一位相当欧化的现代派诗人,他的诗歌创作向来具有浓郁的外来特色,其中中国传统文化的诗意是很少见的。穆旦对于中国传统文化有种偏执的排斥,对于世界文学却有种天然的亲近:

　　　　我长大在古诗词的山水里,我们的太阳也是太古老了,/没有气流的激变,没有山海的倒转,人在单调疲倦中死去。(《玫瑰之歌》)①

　　　　总的说来,我写的东西自己觉得不够诗意。即传统的诗意很少。这在自己心中有时产生了怀疑。有时觉得抽象而枯燥,有时又觉得这正是我所要的:要排除传统的陈词滥调和模糊不清的浪漫诗意,给诗以 Hard and Clear Front。②

　　　　我觉得西洋诗里有许多东西还值得介绍进。……是可以模仿的。③

　　　　我倒有个想法,文艺上要复兴,要从学外国入手,外国作品是可以译出变为中国作品……,同时又训练了读者,开了眼

---

　　① 穆旦:《玫瑰之歌》,见《穆旦诗全集》,李方编,北京:中国文学出版社,1996 年,第 70 页。(本文所选穆旦诗歌均出自《穆旦诗全集》,不再一一标注)
　　② 穆旦:《致杜运燮六封》,见《穆旦精选集》,北京:北京燕山出版社,2006 年,第 191 页。
　　③ 穆旦:《给郭保卫》,见《穆旦精选集》,北京:北京燕山出版社,2006 年,第 211 页。

界,知道诗是可以这么写的……①

　　我相信中国的新诗如不接受外国影响则弄不出有意思的结果。②

　　在40年代的诗坛,穆旦诗歌外来影响的因素是突出而鲜明的,他的同窗好友英国文学研究专家王佐良也曾说:"穆旦的胜利在于他对古代经典的彻底的无知。甚至于他的奇幻都是新式的。"③作为同学兼亲戚的英美文学专家周珏良对穆旦同样非常了解,他说穆旦的诗"受西方诗传统的影响大大超过了中国旧诗词的影响。"④而与穆旦同时代的评论家袁可嘉则更是断言"穆旦是站在40年代新诗潮的前列,他是名副其实的旗手之一。在抒情方式和语言艺术'现代化'的问题上,他比谁都做得彻底。"⑤可见穆旦的诗歌与世界文学间的关系密不可分,可以说没有对于世界文学的借鉴就没有穆旦作为现代诗人瞩目的成就,因为穆旦的诗歌"在思维方式、句式和语言上都有明显欧化倾向。"⑥研究穆旦的诗歌创作与世界文学间的关系是读懂穆旦诗歌的最为紧要的切入口。

　　穆旦的诗歌创作起于他的中学时代,即20世纪30年代中期,兴盛于40年代,并延续到了建国之后。新中国成立后的穆旦一面从事外国文学的翻译工作,一面仍坚持诗歌创作。虽然穆旦在翻译领域里的成就也是引人注目的,但在中国现代文学史上穆旦的存在意义还是在于他带有极度现代意味的现代诗的写作。穆旦作为诗人的成就主要在于其现代期的诗歌探索。40年代穆旦曾出版了《探险队》(1945)、《穆旦

---

　　①　穆旦:《给郭保卫》,见《穆旦精选集》,北京:北京燕山出版社,2006年,第241页。

　　②　穆旦:《致杜运燮六封》,见《穆旦精选集》,北京:北京燕山出版社,2006年,第193页。

　　③　王佐良:《一个中国诗人》,见《穆旦诗集·附录》,北京:人民文学出版社,2001年,第122页。

　　④　周珏良:《穆旦的诗和译诗》,见《一个民族已经起来——怀念诗人、翻译家穆旦》,杜运燮等编,南京:江苏人民出版社,1987年,第20页。

　　⑤　袁可嘉:《诗人穆旦的位置——纪念穆旦逝世十周年》,见《一个民族已经起来——怀念诗人、翻译家穆旦》,杜运燮等编,南京:江苏人民出版社,1987年,第17页。

　　⑥　蓝棣之:《现代诗的情感与形式》,北京:人民文学出版社,2002年,第126页。

诗集(1939－1945)》(1947)、《旗》(1948)等诗集。穆旦个性化的独特诗风、他的致力于中国新诗现代化的探索等对中国现代新诗的发展来说都是一份不可多得的珍贵记忆。

一　浪漫诗情：英国浪漫主义诗歌的契合

在九叶诗派诗人中,穆旦应该说是一个最为典型的代表人物,他的诗歌创作最能体现出九叶诗派诗歌创作的整体特色——具有极为浓郁的现代主义风貌。但是穆旦的诗歌创作并非一开始就自觉呈现鲜明的现代主义特色,纵览穆旦的诗歌创作,无论在诗意的表达还是技巧的运用之上显然有一个渐进成熟的过程:那就是从浪漫到现代。

在穆旦还没有具体接触到西方文学影响之时,穆旦的诗歌创作就已经开始倾向于浪漫诗情的抒发,显示出作者浓郁的青春情怀。1935年穆旦曾在《南开高中生》上发文强调说"文学是必须带有情感的。没有情感的东西就不是文学。"[①]在南开读中学时,穆旦开始发表诗作,在诗歌中大胆展现自己那敢于直视现实的高扬诗情。这里有寻觅人生出路的执著:"天涯的什么地方？／没有目的。"(《流浪人》)有对现实辛辣的斥责:"生活？简直把人磨成了烂泥!"(《两个世界》)这里更多的是前行的无畏:

> 不要想,/黑暗中会有什么平坦,/什么融和;脚下荆棘/扎得你还不够痛?——/我只记着那一把火,/那无尽处的一盏灯,/就是飘摇的野火也好;/这时,我将/永远凝视着目标/追求,前进——/拿生命铺平这无边的路途,/我知道,虽然总有一天/血会干,身体要累倒!(《前夕》)

虽然这一时期诗人的思想还不够成熟与深邃,诗人有时也还流露出一定的忧伤,但长于抒情的特点还是很鲜明的。1935年9月,穆旦

---

① 穆旦:《〈诗经〉六十篇之文学评鉴》,《南开高中生》,1935年秋季第3期。

考入清华大学外国语文学系,比较全面而系统地接触到了西方文学的滋养,他的诗歌创作之路得以继续拓展,抒情的诗风也愈发浓烈起来,王佐良回忆说:

> 原先在清华园的时候,他写雪莱式的抒情诗。①

> 我们是同班。从南方去的我,注意到这位瘦瘦的北方青年——其实他的祖籍是浙江海宁——在写诗,雪莱似的浪漫派的诗有着强烈的抒情气质,但也发泄着对现实的不满。②

1937年10月抗战爆发后,清华大学与北京大学、南开大学南迁到湖南长沙组建国立长沙临时大学,简称"临大"。在临大外文系,穆旦他们遇到了一位叫威廉·燕卜荪(William Empson)的英国教师,从而激发了他们对于英国文学,特别是英国诗歌的浓郁兴趣。燕卜荪是一位来自英国的青年教师,本身即是个"有着数学头脑的'超前式'的现代诗人,也是一位锐利的批评家,称得上是一位奇才,更是一个左派。"③他在临大开设了《莎士比亚》和《英国诗》两门课程,"几乎是所有外文系的同学都听了,而且得益匪浅。"④燕卜荪的诗歌传授对穆旦有着深刻的影响。一直以来穆旦长于抒情的诗风在英国浪漫派这里找到了最为直接的呼应,因此穆旦对英国浪漫派诗人充满了兴趣,而作为老师的燕卜荪也"特别推崇威廉·布莱克,常说布莱克是继莎士比亚、米尔顿之后英国最伟大的诗人。因此,穆旦除了喜欢拜伦、雪莱、叶芝之外,也特别喜欢布莱克的诗,常在课余跟同学们谈论布莱克。"⑤穆旦写于这一时期的诗歌《野兽》就颇得布莱克《老虎》的神韵。布莱克在《老虎》中赞美老虎那火似的充满力的精神:"老虎! 老虎! 你金色辉煌,/火似地照亮

---

① 王佐良:《谈穆旦的诗》,见《丰富和丰富的痛苦——穆旦逝世二十周年纪念文集》,北京:北京师范大学出版社,1997年,第1页。

② 王佐良:《穆旦:由来与归宿》,见《一个民族已经起来——怀念诗人、翻译家穆旦》,杜运燮等编,南京:江苏人民出版社,1987年,第1页。

③ 陈伯良:《穆旦传》,北京:世界知识出版社,2006年,第29页。

④ 同②。

⑤ 陈伯良:《穆旦传》,北京:世界知识出版社,2006年,第30页。

黑夜的林莽,/什么样超凡的手和眼睛/能塑造你这可怕的匀称?"①而穆旦在诗中同样彰显出的是野兽身上那如火焰般燃烧的力的反叛,情感抒发得比布莱克还要猛烈:

> 然而,那是一团猛烈的火焰,/是对死亡蕴积的野性的凶残,/在狂暴的原野和荆棘的山谷里,/像一阵怒涛绞着无边的海浪,/它拧起全身的力。/在暗黑中,随着一声凄厉的号叫,/它是以如星的锐利的眼睛,/射出那可怕的复仇的光芒。(《野兽》)

我们从穆旦这一时期的一些诗作里分明可以寻觅到穆旦对于英国浪漫派诗歌的借鉴的痕迹。浪漫主义文学是兴盛于19世纪上半叶的一种文学思潮,风靡欧洲,这种文学思潮体现在诗歌创作中就是强调情感表达的重要性,譬如英国浪漫主义诗人华兹华斯在《抒情歌谣集》1800年版《序言》中几次强调"一切好诗都是强烈情感的自然流露"②,突出的抒情性应该说是英国浪漫主义诗歌给予穆旦最直接的诗歌创作影响,穆旦曾说"在抒情诗的领域里,雪莱一直被公认是英国最伟大的抒情诗人之一。"③这一时期,穆旦诗歌中也弥散着强烈的情感,譬如对爱情的礼赞(《玫瑰的故事》),还有那心怀天下的忧郁:

> 把天边的黑夜抛在身后,/一双脚步又走向幽暗的三更天,/期望日出如同期望无尽的路,/鸡鸣时他才能找寻着梦。(《更夫》)

为了更为激越地抒情,穆旦这一时期甚至在诗歌中直接运用英语"O"来表情达意,譬如《我看》:

> 去吧,去吧,O生命的飞奔,/叫天风挽你坦荡地漫游,/像鸟的歌唱,云的流盼,树的摇曳;/O,让我的呼吸与自然合

---

① 布莱克:《老虎》,见《布莱克诗选》,袁可嘉等译,北京:人民文学出版社,1957年,第74页。

② 华兹华斯:《〈抒情歌谣集〉序言》,见《西方文论选》(下卷),伍蠡甫选编,上海:上海译文出版社,1979年,第6页。

③ 查良铮:《译本序》,见《雪莱抒情诗选》,北京:人民文学出版社,1958年,第14页。

流！/让欢笑和哀愁洒向我心里,/像季节燃起花朵又把它
吹熄。

这首诗同时也体现出了浪漫派诗人钟爱自然的思想对穆旦的影
响,但这一时期穆旦对英国浪漫派的喜爱更多的还是感受着他们诗歌
中那激越的自由气象与反叛精神,这种喜爱与感受可以说一直伴随着
穆旦的诗歌创作。虽然他不久以后便开始转向极为现代的现代派诗歌
创作,但在其诗歌中这种精神内核一直存在着且固化起来成为了诗人
自己内在的一种精神需求,并深刻影响着他之后的诗歌创作风貌。譬
如在 50 年代翻译的《雪莱抒情诗选》中,穆旦还曾这样介绍雪莱与
拜伦：

> 英国十九世纪诗坛上的两颗巨星——雪莱与拜伦,是我
> 国读者久已熟悉的了。他们在热情的诗歌中发出革命的号
> 召,不知感动了多少心灵。要用一句话来概括他们的诗歌活
> 动的话:可以说,他们是革命浪漫主义者。①

对于雪莱,穆旦又说:“在我们看来,诗人爱憎分明,他全力歌颂光
明和未来,又全力痛斥剥削、伪善和一切恶势力,这正是他的诗的真实
的优点。……‘请把我枯死的思想向世界吹落,/让它像枯叶一样促成
新的生命!’这岂不正是诗人给自己一生留下的最正确的写照吗?”②对
于拜伦,穆旦也说:“他自早年就看到这个社会整个统治阶层的顽固、虚
伪、邪恶及偏见,他的诗一直是对这一切的抗议。”③这一时期穆旦诗歌
中的反叛与自由之象自然是很醒目的。我们前面提到的《野兽》就是一
首充满反叛意味的战歌,而同样写于此时的《古墙》也渗透出浓浓的精
神象征：

> 古墙施出了顽固的抵抗,/暴风冲过它的残阙! /苍老的
> 腰身痛楚地倾斜,/它的颈项用力伸直,瞭望着夕阳。

---

① 查良铮:《译本序》,见《雪莱抒情诗选》,北京:人民文学出版社,1958 年,第 1 页。
② 查良铮:《译本序》,见《雪莱抒情诗选》,北京:人民文学出版社,1958 年,第 12 页。
③ 穆旦:《拜伦小传》,见《穆旦译文集》(第 3 卷),北京:人民文学出版社,2005 年,第 5 页。

晚霞在紫色里无声地死亡,/黑暗击杀了最后的光辉,/当一切伏身于残暴和淫威,/矗立在原野的是坚忍的古墙。

这显然是一种坚韧的民族意象!一种力的颂歌!虽然生活是暗淡无光的,但作者寻梦的理想却并未曾消失,而是通过浓郁的诗情渲染而出,再如《更夫》等。

可以说去西南联大之前的穆旦创作诗歌大多倾向的是英国浪漫主义诗歌。早期的穆旦对英国浪漫派印象深刻,这种记忆一直延续到了50年代。50年代穆旦致力于诗歌翻译时也多以英国浪漫主义诗人的诗作为翻译对象,譬如布莱克、雪莱、济慈、拜伦等,穆旦曾先后出版翻译作品集有《拜伦抒情诗选》(1955)、《布莱克诗选》(1957)、《济慈诗选》(1958)、《云雀》(雪莱著,1958)、《雪莱抒情诗选》(1958)、《唐璜》(拜伦著,1980)、《拜伦诗选》(1982)、《英国现代诗选》(1985)、《爱的哲学》(雪莱著,1987)等等,表现出了对于英国浪漫派诗人的执著钟爱。

二 现代诗味:艾略特影响的转化

穆旦创作风格的逐渐转变是在去西南联大之后,王佐良也印证说:"后来到了昆明,我发现良铮的诗风变了。"①抗战爆发之后的1938年2月,北大、清华、南开三校临时组成西南联大迁往昆明,穆旦与学校300多名师生组成步行团,历经68天,于4月终于到达昆明。穆旦还是就读于外文系,他的阅读与接收视野较之前有很大拓展,他的眼光已不仅仅局限于浪漫派,这时他对英美现代派文学产生了浓厚的兴趣,对此周珏良在《穆旦的诗和译诗》一文中这样记录他与穆旦当时的接受与学习:

在西南联大受到英国燕卜荪先生的教导,接触到现代派的诗人如叶芝、艾略特、奥登乃至更年轻的狄兰·托马斯等人

---

① 王佐良:《穆旦:由来与归宿》,见《一个民族已经起来——怀念诗人、翻译家穆旦》,杜运燮等编,南京:江苏人民出版社,1987年,第1页。

的作品和近代西方文论。………我们从燕卜荪先生处借到威尔逊(Edmud Wilson)的《爱克斯尔的城堡》和艾略特的文集《圣木》(The Sacred Wood)，才知道什么叫现代派，大开眼界，时常一起谈论。他特别对艾略特著名文章《传统和个人才能》有兴趣，很推崇里面表现的思想。当时他的诗创作已表现出现代派的影响。①

而王佐良在《英国浪漫主义诗歌史》中也提到这样的往事：

> 三十年代后期，在昆明西南联大，一群文学青年醉心于西方现代主义，对于英国浪漫诗歌则颇有反感。我们甚至于相约不去上一位教授讲司各特的课。……当时我们当中不少人也写诗，而一写就觉得非写艾略特和奥登那路的诗不可，只有他们才有现代敏感和与之相应的现代手法。②

> 这一切肇源于燕卜荪，我们(穆旦及同学)都喜欢艾略特——除了《荒原》等诗，他的文论和他主编的《标准》季刊也对我们有影响。③

历史的现场被真实地还原，事实证明在西南联大期间，穆旦已从倾向于喜爱浪漫主义表现的诗人开始追求诗歌的现代派意味了，正如他在这一时期诗中所吟唱的那样，他要开始寻找新的诗歌之旅了：

> 当我踏出这芜杂的门径，/关在里面的是过去的日子，/青草样的忧郁，红花样的青春。(《园》)

托马斯·艾略特(1888—1965)是英国20世纪影响深远的诗人与评论家，西方现代派诗歌的代表诗人，他的诗论与诗歌在世界广为流传，他的长诗《荒原》被誉为西方现代派诗歌史上具有里程碑意义的作

---

① 周钰良：《穆旦的诗和译诗》，见《一个民族已经起来——怀念诗人、翻译家穆旦》，杜运燮等编，南京：江苏人民出版社，1987年，第20页。
② 王佐良：《序》，见《英国浪漫主义诗歌史》，北京：人民文学出版社，1991年，第1页。
③ 王佐良：《穆旦：由来与归宿》，见《一个民族已经起来》，杜运燮等编，南京：江苏人民出版社，1987年，第2页。

品。1948年，艾略特因为"对当代诗歌的开拓性的卓越贡献"①而荣获了诺贝尔文学奖。在艾略特诗歌理论主张中最为著名的就是他的知性诗学主张，艾略特在《传统与个人才能》中标举："诗歌不是感情的放纵，而是感情的脱离；诗歌不是个性的表现，而是个性的脱离。"②"艾略特的'非个性化'理论提出了新的诗歌主张，即诗是一种经验，一种集中。这一主张有力地扭转了浪漫主义、维多利亚时期和乔治王朝时代'主情'的诗歌倾向。"③艾略特的这种诗学理论主张在欧美诗坛带来影响自然是深远的，正如穆旦所说的："在二十世纪的英美诗坛上，自从为艾略特(T. S. Eliot)所带来的，一阵十七、十八世纪的风吹掠过以后，仿佛以机智(wit)来写诗的风气就特别盛行起来。脑神经的运用代替了血液的激荡，拜伦和雪莱的诗今日不但没有人模仿着写，而且没有人再肯以他们的诗当鉴赏的标准了。"④这种诗歌创作理论对中国30、40年代的诗坛也不无影响。

穆旦在昆明联大之后创作出来的诗歌开始注重在情感里渗透很多理性的色彩，正如蓝棣之所言："他的诗有一种明显的客观性，有通常浪漫主义诗人没有的那种对生活的观察和理性，对现实人生失望和嘲讽，而又处处都有痛苦和挣扎。"⑤当然穆旦随之变化的还有他的诗风，他的"诗风不再是过分的抒情、柔美纤细或浪漫幻想，而变得更为硬朗凝练、坚实，乃至神秘、晦涩。"⑥对此，周钰良曾回忆说："(穆旦)有许多作品就明显地有艾略特的影响。40年代末期，他曾把自己的诗若干首译成英文。当时一位美国诗人看到了，说其中有几首风格象艾略特，这很

---

①　毛信德等译：《20世纪诺贝尔文学奖颁奖演说词全编》，南昌：百花洲文艺出版社，2001年，第366页。

②　艾略特：《传统与个人才能》，见《艾略特文学论文集》，李赋宁译注，南昌：百花洲文艺出版社，1994年，第11页。

③　高秀芹、徐立钱：《穆旦 苦难与忧思铸就的诗魂》，北京：北京出版社等，2007年，第53页。

④　穆旦：《〈慰劳信集〉——从〈鱼目集〉说起》，见《穆旦精选集》，北京：北京燕山出版社，2006年，第96页。

⑤　蓝棣之：《现代诗的情感与形式》，北京：人民文学出版社，2002年，第120页。

⑥　刘燕：《穆旦诗歌中的"T. S.艾略特传统"》，《外国文学评论》，2003年第2期。

可说明他给我国新诗引进了新风格。"①

作为艾略特的追随者,艾略特的知性诗歌创作理念给了穆旦一定的启发,但穆旦并没有盲目借鉴模仿艾略特的诗歌创作模式,也没有完全抛弃之前的浪漫主义抒情风格,而是把他们与中国社会实际相结合,进行转化吸收,再形成自己的创作理念——那就是"新的抒情"的创作思想。穆旦生存的时代正值国难深重,作为一个有良知的知识分子,穆旦并没有沉浸在个人的小天地里自怨自艾,而是提倡在黑暗的中国旷野歌唱光明的到来,但这歌唱又不是一时激情的呈现,而是应带有着一定理性思考的吟唱,是一种由"自我"扩散出的"新的抒情":

> 这新的抒情应该是,有理性地鼓舞着人们去争取那个光明的一种东西。我着重在"有理性地"一词,因为在我们今日的诗坛上,有过多的热情的诗行,在理智深处没有任何基点,似乎只出于作者一时的歇斯底里,不但不能够在读者中间引起共鸣来,反而会使一般人觉得,诗人对事物的反映毕竟是和他们相左的。②

在穆旦看来,无论是面对脆弱的个体,还是面对黑暗的社会,乃至虚无的宇宙,我们不需要颓伤绝望,同样,我们也不需要廉价的乐观,我们需要的是面对一切的理性的审视,乃至在此基础之上的理性的抒情。因此,穆旦的这种诗歌创作思想虽来自于艾略特,但又与艾略特等西方现代派相异,那就是:穆旦的诗歌创作"少有西方现代主义诗人普遍的虚妄和幻灭感,而更多拥有中国现代主义诗人坚韧、清醒的生命博求意识。"③在穆旦的这一时期的诗歌中,理性地思考与抒情是其创作最突出的变化,具体表现在:

一是对自我的反思。香港学者梁秉钧曾这样评说穆旦:"穆旦与前

---

① 周珏良:《序言》,见《英国现代诗选》,查良铮译,长沙:湖南人民出版社,1985年,第1—2页。

② 穆旦:《慰劳信集——从〈鱼目集〉说起》,见《穆旦精选集》,北京:北京燕山出版社,2006年,第97页。

③ 萧映:《苍凉时代的灵魂之舞——20世纪40年代中国现代主义诗歌研究》,北京:北京师范大学出版社,2008年,第99页。

辈诗人不同的地方,也是他的现代性所在,正在他更自觉也更复杂地试验诗中的'我'。"①诗人唐湜也说:"我们必须从'我'这个起点再开始,其实这个起点原是他全部诗作的起点:这个'我'是一个'残缺的部分',永远在期待着一个完整的'我'的完成。"②穆旦写过很多带有强烈自我色彩的诗作,譬如《我》、《蛇的诱惑》、《我向自己说》、《我想要走》等等,穆旦的自我反思带有着深刻的内省精神。这里有自我寻觅的努力:"呵,谁知道我曾怎样寻找/我的一些可怜的化身,/当一阵狂涛涌来了/扑打我,流卷我,淹没我,/从东北到西南我不能/支持了。"(《从充实到空虚》)这里有生存困境的叩问:"呵,我觉得自己在两条鞭子的夹击中,/我将承受哪个?阴暗的生的命题……"(《蛇的诱惑》)但这里更有着指向未来的反抗:"一个圆,多少年的人工,/我们的绝望将使它完整。/毁坏它,朋友!让我们自己/就是它的残缺,比平庸更坏……"(《被围者》)这是一种自我的搏斗与反抗,自我的挣扎与新生。显然穆旦诗歌中对自我的反思,带有着对一代知识分子的生存思考以及与命运的抗击,它不是狭隘与片面的,而是具有一定的启迪意义。正如有的研究者所说的,穆旦"这种对主体性危机的体悟和思考是穆旦诗歌最具创新精神的部分,也是中国现代文学史上少有的一次现代主义诗歌审美危机的自觉。"③这种反思带有着一定的理性审视深度。

二是对社会的反思。面对 30、40 年代中国社会的动荡与黑暗,执着于探索的穆旦对社会也有着如艾略特的荒原意识。"荒原"意识的原创显然来自于艾略特,孙玉石曾说:"所谓'荒原'意识,就是在艾略特《荒原》的影响下,一部分现代派诗人头脑中产生的对整体人类悲剧命运的现代性关照,和对于充满极荒谬与黑暗的现实社会的批判意识。"④在艾略特的诗歌里,"整个西方文明社会是病态的世界,就连黄

---

① 梁秉钧:《穆旦与现代的"我"》,见《一个民族已经起来——怀念诗人、翻译家穆旦》,杜运燮等编,南京:江苏人民出版社,1987 年,第 47 页。
② 唐湜:《博求者穆旦》,见《新意度集》,北京:三联书店,1990 年,第 94 页。
③ 萧映:《苍凉时代的灵魂之舞——20 世纪 40 年代中国现代主义诗歌研究》,北京:北京师范大学出版社,2008 年,第 87 页。
④ 孙玉石:《中国现代主义诗潮史论》,北京:北京大学出版社,1999 年,第 200 页。

昏也'好似病人在麻醉手术台上。'这个世界既非黑夜,又非白昼。"①艾略特对于世界的悲观性感知给了穆旦认识世界的新的视角,在穆旦的诗歌世界里不乏艾略特般的荒谬感与生存危机:

> 从子宫割裂,失去了温暖,/是残缺的部分渴望着救援,/
> 永远是自己,锁在荒野里,
>
> ......
>
> 幻化的形象,是更深的绝望,/永远是自己,锁在荒野里,/
> 仇恨着母亲给分出了梦境。(《我》)

诸如此类的荒原意识在穆旦的作品中是很多的:"没有气流的激变,没有山海的倒转,人在单调疲倦中死去。"(《玫瑰之歌》)在我们的周围充斥着《漫漫长夜》,到处都是《不幸的人们》,在《寒冷的腊月的夜里》,诗人不禁要"《控诉》《中国在哪里》"。虽然荒原是存在的,但在穆旦的诗歌中我们同时却又分明看到了他比艾略特更为积极的生存姿态。相比于艾略特倾向于在宗教中寻求解脱,穆旦更倾向于在荒原中抗击,也就是说身陷荒原,我们不是束手就擒,被动承受,而是正如穆旦在《饥饿的中国》中所说的:"今天是混乱,疯狂,自渎,白白的死去——/然而我们要活着",因为诗人分明"看见一片新绿从大地的旧根里熊熊燃烧,/我要赶到车站搭一九四〇年的车开向最炽热的熔炉里。"(《玫瑰之歌》)荒原虽然存在,但希望已然生长:

> 现在野花从心底荒原里生长,/坟墓里再不是牢固的梦乡,/因为沉默和恐惧底季节已经过去,/所有凝固的岁月已经飘扬,/虽然这里,它留下了无边的空壳,/无边的天空和无尽的旋转;/过去底回忆已是悲哀底遗忘,/而金盅里装满了燕子底呢喃......(《春底降临》)

此外,穆旦的诗歌中还存在着他对于宇宙的拷问,譬如《我看》、《自然底梦》、《海恋》等等,渗透着作者深邃的理性思考与发现,这一切都使他的

---

① 高秀芹、徐立钱:《穆旦 苦难与忧思铸就的诗魂》,北京:北京出版社等,2007年,第66页。

诗歌显得博大而厚重。

可见,艾略特诗学理论的引导使穆旦的诗歌创作发生了蜕变,他的诗歌由单纯开始变为凝重,由激情开始变为深邃,但这变化之中,显然还有来自艾略特的诗歌技巧的启发。正如有的论者所指出的"一个诗人对另一个诗人的影响最终都要归结到诗歌技巧的借鉴上。对于真正的诗人而言,'怎么写'的话题永远比'写什么'更有吸引力。……艾略特之所以能够对包括穆旦在内的中国诗人影响巨大是与他高超的艺术技巧分不开的。"①虽然穆旦自己没有明确的语言表述他的技巧运用与艾略特有关,但我们在他以后的诗艺探讨中能找到他与艾略特之间的相似之处,这种相似对于特别喜爱艾略特的诗人来说,很难说没有被影响的因素。

具体说来,穆旦与艾略特在诗歌技巧表现上的相似之处主要体现在两者对于诗歌客观对应物的渴求。艾略特曾说:"用艺术形式表现情感的唯一方法是寻找一个'客观对应物';换句话说,是用一系列实物、场景,一连串事件来表现某种特定的情感;要做到最终形式必然是感觉经验的外部事实一旦出现,便能立刻唤起那种情感。"②穆旦一贯对诗歌的艺术技巧充满幻想,他在 20 世纪 70 年代还对此念念不忘,1975年 9 月 19 日他在给北京的一位青年诗友郭保卫写信探讨现代诗的创作问题时,曾承认自己早年作品《还原作品》"这首诗是仿外国现代派写成的",而且又说:

> 现在我们要求诗要明白无误地表现较深的思想,而且还得用形象和感觉表现出来,使其不是论文,而是简短的诗,这就使现代派的诗技巧成为可贵的东西。我上面引的,不见得是好诗,但是它是一种冲破旧套的新表现方式,你看了不知有什么意见和感想?③

在穆旦看来,诗歌创作要突破旧套,就必须尝试新的现代派技巧,因

---

① 高秀芹、徐立钱:《穆旦 苦难与忧思铸就的诗魂》,北京:北京出版社等,2007 年,第 69 页。
② 艾略特:《哈姆雷特》,见《艾略特诗学文集》,王恩衷编译,北京:国际文化出版公司,1989 年,第 13 页。
③ 穆旦:《给郭保卫》,见《穆旦精选集》,北京:北京燕山出版社,2006 年,第 211 页。

此,对于艾略特诗歌创作中所提倡的"客观对应物",穆旦显然不可能不认同,因为这是现代派诗人常用的技法,而且在 70 年代他还向郭保卫介绍这一现代诗歌创作技法,虽然他没有明确说这就是"客观对应物"的作法,但他的这段话"显然是对艾略特'客观对应物'理论的形象解说"①:

> 你看,如果要形容一个久病将亡的人,是用"我难受呵"、"我快死啦"这样的句子,可以使人体会到他的苦境呢,还是说:他身上没有一个亲友,需要的药已没钱去买,吃的东西也已经光了,房子很破旧,冷风吹着房梁上的尘灰,医生很多天都不来……你说,这两种写法,哪一种能使你体会到一点悲惨的境况呢?②

可见,穆旦对于这种技法是熟稔于心的,而且在穆旦的诗歌中,我们也常见这种诗歌技法的运用,穆旦常常通过现实生活中的实物、场景、一连串的事件等在有限有形的客观物来寄予自己无限的情感。譬如表达在那个年代对于中国民族命运的思考,穆旦没有简单地抒情,而是展现了在寒冷的腊月的夜里,中国北方的土地上所呈现的一些景象,通过对这些景象的叠加,深刻展现出了穆旦对于中国现状的忧虑与哀思,情感凝重而深沉:

> 在寒冷的腊月的夜里,风扫着北方的平原,/北方的田野是枯干的,大麦和谷子已经推进了村庄,/岁月尽竭了,牲口憩息了,村外的小河冻结了,/在古老的路上,在田野的纵横里闪着一盏灯光,/一副厚重的,多纹的脸,/他想什么? 他做什么?/在这亲切的,为吱哑的轮子压死的路上。……在我们没有安慰的梦里,在他们走来又走去以后,/在门口,那些用旧了的镰刀,/锄头,牛钤,石磨,大车,/静静地,正承接着雪花的飘落。(《在寒冷的腊月的夜里》)

---

① 高秀芹、徐立钱:《穆旦　苦难与忧思铸就的诗魂》,北京:北京出版社等,2007 年,第 71 页。

② 郭保卫:《书信今犹在,诗人何处寻》,见《一个民族已经起来——怀念诗人、翻译家穆旦》,杜运燮等编,南京:江苏人民出版社,1987 年,第 170 页。

再如对未来梦想的书写,穆旦也没有停留在情感的直接表达上,而是把它转换成了一个个鲜明可感的存在:

> 我已经疲倦了,我要去寻找异方的梦。/那儿有碧绿的大野,有成熟的果子.有晴朗的天空,/大野里永远散发着日炙的气息,使季节滋长,/那时候我得以自由,我要在蔚蓝的天空下酣睡。……

> O让我离去,既然这儿一切都是枉然,/我要去寻找异方的梦,我要走出凡是落絮飞扬的地方,/因为我的心里常常下着初春的梅雨,现在就要放晴,/在云雾的裂纹里,我看见了一片腾起的,像梦。(《玫瑰之歌》)

这种诗人情感的外化手法在穆旦诗歌中不胜枚举,再如《防空洞里的抒情》、《童年》、《蛇的诱惑》、《窗》、《智慧的来临》、《中国在哪里》、《小镇一日》、《云》等等。这种手法的运用,有时是片段式的,有的是全篇式的,有时展现的是社会事物,有时展现的是自然景观,但无论展现什么,都使穆旦的诗歌变得含蕴深厚,从而荡涤出浓郁的现代派的意味,没有了那种直白的清浅。

综上所述,艾略特对穆旦诗歌创作的影响改变了穆旦诗歌创作的风貌,而且这种影响又不是生搬硬套的,而是融汇了穆旦自己的创作考察与体会,进而形成了自己的具有个性化的创作特色。艾略特的影响对于穆旦来说是显性存在的,新中国成立后,穆旦还选择性地翻译了艾略特的 11 首诗歌,即便是到了晚年,穆旦还在给诗友的信中念念不忘艾略特对于中国诗歌创作的意义,穆旦说:

> 从目前情况来看,如何从普希金和艾略特的风格中各取所长,揉合成有机的一体,这未必不能成为今后中国新诗的一条探索之路。①

---

① 孙志鸣:《诗田里的一位辛勤耕耘者——我所了解的查良铮先生》,见《一个民族已经起来——怀念诗人、翻译家穆旦》,杜运燮等编,南京:江苏人民出版社,1987 年,第 187 页。

三　博大诗意：奥登创作的延伸

在穆旦所受的外来影响中，除了艾略特之外，我们不能忽略掉的还有另一位作家的身影，那就是奥登。对此，王佐良的记忆是值得信赖的，他说：

> 当时我们都喜欢艾略特——除了《荒原》等诗，他的文论和他所主编的《标准》季刊也对我们有影响。但是我们更喜欢奥登。原因是他的诗更好懂，他的那些掺和了大学才气和当代敏感的警句更容易欣赏，何况我们又知道，他在政治上不同于艾略特，是一个左派，曾在西班牙内战战场上开过救护车，还来过中国抗日战场，写下了若干首颇令我们心折的十四行诗。这一切肇源于燕卜荪。是他第一个让我们读《西班牙，1937》这首诗的。穆旦的诗里有明显的奥登的影响。①

对于奥登的喜爱可以说几乎伴随了穆旦的大半生，70 年代穆旦在给杜运燮的信中说："写诗必须多读诗，否则没有营养，诗思就枯干。……我也在忙于读诗，Auden 仍是我最喜爱的。"②周珏良也回忆 70 年代遇到穆旦，穆旦还念念不忘奥登，他说："我特别记得 1977 年春节是在天津看见他。他向我说他又细读了奥登的诗，自信颇有体会，并且在翻译。"③建国后穆旦先后翻译了奥登的 55 首诗歌。

奥登（W. H. Auden, 1907－1973），是继艾略特之后英国诗坛最重要的诗人，20 世纪 30 年代英国新诗的代表人物，奥登前期还曾是英国左翼青年作家的领袖。1937 奥登曾赴马德里支援西班牙人民反法西

---

① 王佐良：《穆旦：由来与归宿》，见《一个民族已经起来——怀念诗人、翻译家穆旦》，杜运燮等编，南京：江苏人民出版社，1987 年，第 2 页。

② 穆旦：《致杜运燮六封》，见《穆旦精选集》，北京：北京燕山出版社，2006 年，第 190 页。

③ 周珏良：《序言》，见《英国现代诗选》，查良铮译，长沙：湖南人民出版社，1985 年，第 2 页。

斯斗争,1938 年还曾来到战乱的中国访问,对中国所遭遇的战争充满同情。奥登著名的代表作品有《诗集》、《雄辩家》、《看,陌生人》、《西班牙,1937》、《在战时》等,奥登后期的作品中带有浓厚的宗教色彩,晚年移居美国。穆旦所欣赏的奥登当然是前期的奥登,即那个勇赴西班牙与中国战场的奥登,而且穆旦对奥登写于这一时期的诗歌也是倍加欣赏,譬如奥登描写中国士兵的诗歌《一个士兵的死》。同时我们在两人诗作中也能找到很多相似的地方,譬如对士兵的描写,对战争中普通人命运的关注以及对正义的呼喊等等,这显然就是一种影响与被影响的存在。

作为一个怀有深重民族忧患意识与责任感的诗人,穆旦对奥登有种天然的亲近心理,同时在这方面前期的奥登显然以一个前驱者的影响给了穆旦前行的力量与诗意提升的借鉴。当穆旦还是学生之时,他曾随着临大的步行团从长沙步行到昆明,这一路的行走使穆旦"看到了中国内地的真相,这就比我们另外一些走海道的同学更有现实感。他的诗里有了一点泥土气,语言也硬朗起来。"(王佐良《穆旦:由来与归宿》)而大学毕业之后,穆旦放弃平静生活,投笔从戎,他说:"国难日亟国亡无日,不抗战无法解决问题,不打日本鬼子无法消除心头之恨。"①随后穆旦以一个随军翻译的身份出征缅甸抗日战场,亲自体验到了战争与生活的艰辛与苦涩。如此的生活历练使穆旦诗歌创作的内涵愈发凝重而深刻起来,对于社会与战争的苦难认识自然比一般人更为深刻。穆旦曾说:"诗是来自看法的新颖,没有这新颖处,你就不会有劲头。有话不得不说,才写。这是一类诗,象 Auden 的即是。"②当然,这新颖不是标新立异,也不是奇思怪想,而是应与变化的时代与社会紧密相连的思想与认识,穆旦显然从奥登的诗中领悟到了他那博大而新颖的诗意的震撼。穆旦在 70 年代还曾对郭保卫说奥登的诗歌一定要看,"不一定要学他,但看看有这种写法,他的艺术可以参考。写诗,重要的当然是内容,而内容又来自对生活的体会深刻(不一般化)。但深刻的生活

---

① 陈伯良:《穆旦传》,北京:世界知识出版社,2006 年,第 79 页。
② 穆旦:《致运燮六封》,见《穆旦精选集》,北京:北京燕山出版社,2006 年,第 192 页。

体会,不能总用风花雪月这类形象表现出来。他的那些内容就无法如此表达。"①因此关于诗歌创作,穆旦非常强调内容的博大与深刻,他说:"我是特别主张要写出有时代意义的内容。问题是,首先要把自己扩充到时代那么大,然后再写自我,这样的作品,就成了时代的作品,这作品和恩格斯所批评的'时代的传声筒'不同,因为它是具体的,有血有肉了。"②而要写出有时代意义的作品,具体说来就是要注重发掘那来自生活的"发现的惊异",穆旦说:

> 奥登说他要写他那一代人的历史经验,就是前人所未遇到过的独特经验(由抄去的那点诗里你可略见他指的什么经验)。我由此引申一下,就是,诗应该写出"发现的惊异"。你对生活有特别的发现,这发现使你大吃一惊(因为不同于一般流行的看法,或出乎自己过去的意料之外),于是你把这种惊异之处写出来,其中或痛苦或喜悦,但写出之后,你心中如释重负,摆脱了生活给你的重压之感。这样,你就写成了一首有血肉的诗,而不是一首不关痛痒的、人云亦云的诗。所以,在搜求诗的内容时,必须追究自己的生活,看其中有什么特别尖锐的感觉,一吐为快的。然后还得给它以适当的形象,不能抽象说出来。当然,这适当的形象往往随着内容成形,但往往诗人也得加把想像力,给它穿上好衣裳。所以,最重要的还是内容。注意:别找那种十年以后看来就会过时的内容。这在现在印出来的诗中很明显,一瞬即逝的内容很多;可是奥登写的中国抗战时期的某些诗(如《一个士兵的死》),也是有时间性的,但由于除了表面一层意思外,还有深一层的内容,这深一层的内容至今还能感动我们,所以逃过了题材的时间局限性。③

穆旦的这一番话道出了他喜爱奥登的缘由,也标明了自己诗歌创

---

①　穆旦:《给郭保卫》,见《穆旦精选集》,北京:北京燕山出版社,2006年,第210页。

②　穆旦:《给郭保卫》,1975年9月9日见《穆旦精选集》,北京:北京燕山出版社,2006年,第97页。

③　穆旦:《给郭保卫》,见《穆旦精选集》,北京:北京燕山出版社,2006年,第212页。

作以来所追求的所在,那就是内容的独特——"发现的惊异"与诗意的博大幽远。在这方面,奥登显然为穆旦竖立了一座前行的坐标。

谢冕曾说穆旦是"一位天才的诗人,他的心灵承载着整个民族的忧患。""他的敏感使它超前地感到了深远的痛苦","仿佛整个二十世纪的苦难和忧患都压到了他的身上。"①在穆旦的诗歌创作中,深刻地瞩目社会、深入地挖掘博大的诗意可以说成为了他始终执著的追求。有论者在论及中国现代主义诗人们的创作时指出"此前的中国象征派、现代派并非没有指示思想,但更多的是抒情,乃至滥情,匮乏有硬度和质地的内涵,最优秀者如戴望舒可以达到情绪的幽深,而九叶诗人则追求诗情的深沉与诗思的深邃。"②在这方面九叶诗人当中的穆旦成绩可谓是最为显著的。穆旦的诗歌创作并没有完全沉浸在个人的世界里苦思冥想,他的很多诗歌写得相当中国化,恰如有的研究者指出的:"'穆旦'是一个完成,他完成了现代诗的本土化问题,他把李金发、戴望舒的现代命题继续探讨下去,改变了现代诗的肌质——中国肌质。"③也就是说穆旦用现代的外衣表达的是有关中国社会、现实与历史的沉重思考。因此在他的诗歌中,我们看到了中国悲凉的一切(《在寒冷的腊月的夜里》、《荒村》)、战争的残酷(《森林之魅——祭胡康河谷上的白骨》):"在旷野上,在无边的肃杀里,/谁知道暖风和花草飘向何方,/残酷的春天使它们伸展又伸展,/用了碧洁的泉水和崇高的阳光,/挽来绝望的彩色和无助的天亡。"(《在旷野上》)同时,在他的诗歌中我们还体察到了他忧虑民心的涣散(《防空洞里的抒情诗》)、人的异化(《还原作用》):"灯下,有谁听见在周身起伏的/那痛苦的,人世的喧声?"(《童年》)在他的诗中我们还把摸到诗人祭奠朋友的殉国(《祭》)、寻觅自己人生的出路(《蛇的诱惑》)的种种思考与努力,此外,我们还能感受到诗人关注《洗衣妇》、《报贩》等很多《不幸的人们》的赤诚心怀,以及鞭挞《通货膨胀》、《城市的舞》时的激愤,如此等等,穆旦的诗歌充满着来自于生活的"丰

---

① 谢冕:《一颗星亮在天边》,见《丰富和丰富的痛苦——穆旦逝世二十周年纪念文集》,北京:北京师范大学出版社,1997年,第13-19页。
② 龙泉明:《中国新诗流变论》,北京:人民文学出版社,1999年,第532页。
③ 高秀芹、徐立钱:《穆旦 苦难与忧思铸就的诗魂》,北京:北京出版社,2007年,第9页。

富,和丰富的痛苦"(《出发》),浓郁而凝重的悲伤与忧患常常扑面而来。

在诗歌创作的博大精深方面,穆旦还很欣赏艾青,他曾感慨从艾青的诗歌中"我们可以窥见那是怎样一种博大深厚的感情,怎样一颗火热的心在消融着牺牲和痛苦的经验,而维系着诗人的向上的力量。"①这句话用来评价穆旦自己的诗作同样适合。社会是悲怆的,生活到处充满了灰色,痛苦、挣扎无处不在,但是我们不能过度沉浸在悲哀与绝望里,穆旦认为"为了表现社会或个人在历史一定发展下普遍地朝着光明面的转进,为了使诗和这时代成为一个感情的大谐和,我们需要'新的抒情'。"那么如何进行"新的抒情"呢?诗人说:

> "新的抒情"应该遵守的,不是几个意象的范围,而是诗人生活所给的范围。他可以应用任何他所熟悉的事物,田野、码头、机器,或者花草;而着重点在:从这些意象中,是否他充足地表现出了战斗的中国,充足地表现出了她在新生中的蓬勃、痛苦、和欢快的激动来了呢? 对于每一首刻画了光明的诗,我们所希望的,正是这样一种"新的抒情"。因为如果它不能带给我们以朝向光明的激动,它的价值是很容易趋向于相反一面去的。强烈的律动,洪大的节奏,欢快的调子,——新生的中国是如此,"新的抒情"自然也该如此。②

这里新的抒情其实就是生活的抒情,正如奥登的诗作来源于生活,来源于战争一样,穆旦也提倡诗情的生活化,而且再进一步发展,即提倡诗情要希望化与光明化。穆旦曾这样反思中国新诗的发展:"是否要以风花雪月为诗? 现代生活能否成为诗歌形象的来源? 西洋诗在二十世纪来一个大转变,就是使诗的形象现代生活化,这在中国诗里还是看不到的(即使写的现代生活,也是奉风花雪月为诗之必有的色彩)。"③在诗人看来,诗歌不能仅限于风花雪月,它要真实地生长在中国的现实

---

① 穆旦:《他死在第二次》,见《穆旦精选集》,北京:北京燕山出版社,2006年,第92页。
② 穆旦:《慰劳信集——从〈鱼目集〉说起》,见《穆旦精选集》,北京:北京燕山出版社,2006年,第97页。
③ 穆旦:《给郭保卫》,见《穆旦精选集》,北京:北京燕山出版社,2006年,第211页。

的生活中,而现实生活中固然充满了苦难与迷茫,但追求与希望也同样存在:"我们不能抗拒/那曾在无数代祖先心中燃烧着的希望。/这不可测知的希望是多么固执而悠久,/中国的道路又是多么自由而辽远呵……"(《原野上走路》)作为诗人,穆旦显然要把这种来自生活中的"发现的惊异"表达出来,"我们必需扶助母亲的生长"(《中国在哪里》),因此,他在诗中动情地歌唱:

> 我要以一切拥抱你,你,/我到处看见的人民呵,/在耻辱里生活的人民,佝偻的人民,/我要以带血的手和你们一一拥抱。/因为一个民族已经起来。……
>
> 当我走过,站在路上踟蹰,/我踟蹰着为了多年耻辱的历史/仍在这广大的山河中等待,/等待着,我们无言的痛苦是太多了,/然而一个民族已经起来,然而一个民族已经起来。(《赞美》)

于是在穆旦的诗歌中,我们能随处可见那追求的执著:"我有过多的无法表现的情感,一颗充满着熔岩的心/期待深沉明晰的固定。一颗冬日的种子期待着新生。"(《玫瑰之歌》)还有那年轻的生命所渴望着的新生:

> 绿色的火焰在草上摇曳,/他渴求着拥抱你,花朵。/反抗着土地,花朵伸出来,/当暖风吹来烦恼,或者欢乐。/如果你是醒了,推开窗子,/看这满园的欲望多么美丽。
>
> 蓝天下,为永远的谜迷惑着的/是我们二十岁的紧闭的肉体,/一如那泥土做成的鸟的歌,/你们被点燃,却无处归依。/呵,光,影,声,色,都已经赤裸/痛苦着,等待伸入新的组合。(《春》)

总之希望终究是存在的,一个民族在灾难深重的年代没有颓然倒下,而是慢慢站立起来,穆旦用他的诗歌见证了这一切,并记录着这一切。所以他诗歌中所洋溢出的博大诗意是很让读者怦然心动的,正如诗人郑敏所说穆旦的诗"体现了第二次世界大战期间人们对暴力的反抗精神,对黑暗腐败的愤怒,和对未来带着困惑的执着追求。……穆旦的诗充满了他的时代,主要是40年代,一个有良心的知识分子所尝到的各种矛盾和苦恼的滋味,惆怅和迷惘,感情的繁复和强烈形成诗的语言的缠扭,紧结。"①当然在穆旦的诗中还有一类诗写得比较抽象,带有着某种玄妙的意境与陌生化的感觉,但里面所写的却也是我们在日常生活中可见可闻的意象,譬如子宫、死亡、诞生、梦幻、肉体、爱情等等,穆旦赋予它们一定的蕴藉,从而使他的诗歌带有着一定的隐喻的象征意味,内涵丰沛。最典型的莫过于他的《诗八首》了,表达出作者对于人类生存困境的思考,以及有限企图超越无限的努力。

综上所述,奥登对于穆旦的影响主要体现在他们之间思想火花的碰撞上,但除此之外,奥登对于穆旦的诗作影响还表现在一些创作手法上的被借鉴,如意象的生活化、嘲讽的政治笔触、奥登式的设喻、戏剧化的结构等等,穆旦诗歌这些形式上的丰富与内容上的博大共同铸造了穆旦诗歌深刻的内蕴与表现。

对于穆旦来说诗歌创作就是他的生命,穆旦曾说:"我总想在诗歌上贡献点什么,这是我的人生意义。"又说:"一个人到世界上来总要留下足迹的。"②而事实上,在中国诗歌史上穆旦的诗歌也绝对是独一无二的,他的对于诗歌创作外来经验的转化借鉴,他的对于诗歌创作的执著探索,无疑都是值得关注与研究的,正如蓝棣之所说的:"穆旦诗正是在现代主义精神和现代派艺术手法方面,给中国新诗带来了比闻一多、李金发、戴望舒更新的东西,并且也区别于冯至和卞之琳,从而给后世以启发。他的理性,他的刻露,他的抽象,他的复杂的艺术想象,都是如此。"③但同时,穆旦的诗作从浪漫派起始,到有意识地借鉴于英美现代派,他的艺术思维和表现方式虽然受外来影响很深,"但他诗作中的感情,无疑是中国的,是中国现代人的。"④他的诗歌有着动人的艺术感染力,正如诗人唐湜在诗中所吟唱的:

---

① 郑敏:《诗人与矛盾》,见《一个民族已经起来——怀念诗人、翻译家穆旦》,杜运燮等编,南京:江苏人民出版社,1987 年,第30—32 页。

② 陈伯良:《穆旦传》,北京:世界知识出版社,2006 年,第 195 页。

③ 蓝棣之:《现代诗的情感与形式》,北京:华夏出版社,1994 年,第 103 页。

④ 邵燕翔:《重新发现穆旦》,见《丰富和丰富的痛苦——穆旦逝世二十周年纪念文集》,北京:北京师范大学出版社,1997 年,第 34 页。

呵,穆旦,我在呼唤/你雄浑的气魄,沸腾的心,/我要跟着你上帕米尔高原,/倾听那峰顶上静穆的歌音;

以海波样的激情拥抱神州,/我要跟着你去大声欢唱,/拿钢铁把亚洲的海棠铸就,/跟天穹下野性燃烧的海洋!……

呵,穆旦,我在谛听/你伟大的爱,对人民的爱,/你那么深沉地爱着人民/预言了这民族已经起来……①

---

① 唐湜:《穆旦赞(十四行四章)——纪念他的逝世 20 周年》,见《丰富和丰富的痛苦——穆旦逝世二十周年纪念文集》,北京:北京师范大学出版社,1997 年,第 144—145 页。

第九章　夏衍的戏剧创作与世界文学

作为中国新文学运动的推波助澜式的人物,夏衍对于世界文学感情颇深,他的个人成长与文学发展都离不开世界文学的熏陶,夏衍曾说:

> 十九岁那一年碰上了"五四"运动,来了一个"全盘西化",于是,我就泡在十九世纪的欧洲和俄罗斯文学的"染缸"里去了。这一点,我没有反悔,因为,这一泡使我得到了欧洲和俄国文学的粗浅知识。正由于这样,我对本国文学的传统,包括从《诗经》起到唐诗、宋词、元曲以及作为一个文艺工作者必不可少的本国文学的理论,如诗论、文论、剧论等等,在新中国成立前,几乎是一无所知。[①]

世界文学的浸染慢慢使本来学工的夏衍开始对文学发生了一定的兴趣。随后夏衍留学日本(1920—1927),虽然专攻工科,但他的文学兴趣却日渐深浓,那一时期他比较钟情于英国的浪漫主义,他曾说:

> 对英国文学发生兴趣,特别是史蒂文生的散文和小说。……喜欢史蒂文生,除了他的文笔清新流利之外,主要是对他的浪漫主义色彩和人道主义精神有好感,特别是他为了同情麻风病人,举家远离故园,到英国放逐麻风病人的南太平洋上的一个小岛西萨莫亚去定居那一壮举。[②]

史蒂文生的人道主义思想对于夏衍日后的创作也不无影响。但在这一时期,除了史蒂文生,夏衍还广为涉猎了其他世界文学,这是他敞开心门,畅快接收世界文学滋养的大爆发时期:

---

① 夏衍:《中国文学艺术工作者第四次代表大会闭幕词》,见《夏衍论创作》,上海:上海文艺出版社,1982年,第210页。

② 夏衍:《懒寻旧梦录》,见《夏衍全集》(卷15),周巍峙主编,杭州:浙江文艺出版社,2005年,第40页。

　　回想起来,1922 年和 1923 年,主要读的是文学书,如狄
更斯、莫泊桑、左拉等,后来又读了屠格涅夫、契诃夫,最后高
尔基、托尔斯泰,说老实话,这时候只是"不求甚解"的浏览,自
己觉得看懂了就算,更谈不上研究,但的确也花了不少时间,
读的数量也很不少。①

　　这些阅读无疑拓展了夏衍的视野,也为他日后的话剧创作奠定了
基础,正如夏衍后来所说的:"我读了那些书,也不能说对我的写作没有
影响。"②因为众所周知,中国的话剧艺术就是一种舶来品,它就是在借
鉴和吸收世界文学的基础上逐渐发展起来的。

　　在中国现代话剧发展史上,夏衍的出现意义非凡,夏衍以他自己的
探索把中国现代话剧创作推向了深入。夏衍的话剧创作虽然起步较
晚,但成绩卓著。1935 年 12 月夏衍发表了他的第一部话剧作品《都会
的一角》,由于他广博的阅读与知识积淀,他的创作在一开始便自然而
然地与世界文学生发了密切的关联。譬如他 1936 年 4 月发表的《赛金
花》,"除去内容不同,表现方式几乎完全依照作者一年之前所译的《两
个伊凡的吵架》。"③而在夏衍其后的很多剧作中,人们也总能发掘出它
们与世界文学之间或多或少的某种联系,譬如他的《上海屋檐下》与西方
喜剧《巴黎屋檐下》,《秋瑾传》与德国倍倍尔的《妇女与社会主义》,《心防》
与美国剧作家约翰·斯坦培克的剧本《人鼠之间》,《法西斯细菌》与美国
孜塞教授的著作《老鼠·虱子与历史》,而他的《复活》就改编自托尔斯泰
的《复活》等等。所以我们可以说夏衍就是在学习、借鉴外来优秀作品的
基础上逐步成就自己的辉煌的,他的很多剧作都存在着一定的被影响的
痕迹。对世界文学的多方位的借鉴,可以说是夏衍成为一名大师级剧作
家的原因之一。所以在他的剧作里我们既能发现狄更斯的印记,也能找
到日本普罗剧作家藤森成吉的影响痕迹,还能细察出他与契诃夫之间的

---

① 夏衍:《懒寻旧梦录》,见《夏衍全集》(卷 15),周巍峙主编,杭州:浙江文艺出版社,2005
年,第 40 页。

② 夏衍:《我与外国文学》,《外国文学评论》,1990 年第 3 期。

③ 刘西渭:《上海屋檐下》,见《夏衍戏剧研究资料》(下),北京:中国戏剧出版社,1980 年,
第 87 页。

似与不似,更能看出高尔基对其剧作思想的引导等。夏衍的话剧创作很好地阐释了中国文学与世界文学之间的密切关联。

一　关注底层:狄更斯的领悟

在谈到自己剧作所受的外来影响时,夏衍曾这样说:

> 假如一定要问,我在外国作品中受到过什么人的影响,那么我说,迭更司对我的影响要多一点,大一些。[①]

人们在谈到夏衍与狄更斯之间的关系时,通常会举出这样几个例子来说明狄更斯对夏衍的影响,那就是在剧中人物设置上的最为直接的借鉴——夏衍对于狄更斯笔下的乐天派人物的喜爱,这方面有两个突出的例子。一是在处女作《都会的一角》中人物的设置中,夏衍这样定义人物:"邻居——小学教员,Micawber(米考伯,狄更斯《大卫·考柏菲尔》中的人物)型的乐天主义者,阅报狂,四十岁以上。"[②]二是在《上海屋檐下》中,夏衍设置了赵振宇这个人物,这个人物的灵感显然来自于狄更斯,这是夏衍自己的阐释:"像赵振宇这个人物,我请同志们看看狄更斯的名著《大卫·考柏斐尔特》(《块肉余生》),其中有这样一个角色,名叫米考巴(Micawber),这是一个典型,在外国,这种典型的人一般就叫作 Micawberist。这是所谓乐天派,我喜欢这种人。有人问,对这个人是肯定呢或者否定? 我说,我欢喜他。但,既不想捧他,也不想打他。他并不是'值得模仿的人物',但是,人生里面我们常常遇到这种人,那就让他和观众见见面吧。"[③]

但是这些只是一种表面的关联,其实在夏衍与狄更斯之间,还存在

---

①　夏衍:《关于〈法西斯细菌〉》,见《夏衍剧作集》(第 2 卷),会林等编,北京:中国戏剧出版社,1984 年,第 205 页。

②　夏衍:《都会的一角》,见《夏衍全集》(第 1 卷),周魏峙主编,杭州:浙江文艺出版社,2005 年,第 3 页。

③　夏衍:《谈〈上海屋檐下〉的创作》,见《夏衍剧作集》(第 1 卷),会林等编,北京:中国戏剧出版社,1984 年,第 264 页。

着更为深入的联系。狄更斯之所以吸引夏衍,主要在于两人之间相似的身世经历及由此而形成的相类似的对于人物的审美观照。

查尔斯·狄更斯(1812－1870),19 世纪英国最受欢迎的现实主义小说家。狄更斯出生于小职员家庭,后来父亲因负债而被捕入狱,家境开始陷入困顿之中。狄更斯小时曾居住在"伦敦郊区最穷困的一条街",生活的困顿日胜一日,饥饿与贫穷压抑着他,疾病与悲观困扰着他,后来"家里的东西几乎变卖典当一空"①。为了生活,狄更斯不得不到作坊去当童工,狄更斯说:"使我感到惊讶的是自从我们来到伦敦以后,我受到屈辱,一直做着别人不屑干的苦差使,竟然没有任何人对我表示同情——对我这样一个有着特殊才能,敏捷,热心,纤弱,身体和精神容易受到损伤的孩子。……我灵魂中秘密的痛苦是没法可以用语言来形容的。我当时那种完全被人遗忘和没有希望的感觉……"②童年与少年时期的不幸遭遇对于狄更斯后来的创作有着深远的影响,德国著名的马克思主义历史学家弗兰茨·梅林曾这样评说狄更斯所生活的环境对于他创作的影响:"这座大都市的令人神经错乱的生活,曾是他文学创作原有的生命力。他熟悉城市的底细。他善于以极其敏锐的目光去理解它的各种社会典型并使之体现于生龙活虎的人物形象之中,其中许多形象直到今天在英国,甚至在国外,仍为人们所喜爱。"③英国小说家安东尼·特罗洛普所也说:"狄更斯在创作他最好作品的时候,总是和他的角色同呼吸,共命运。"④

夏衍在阅读外国文学的过程中,相近的身世与经历使他对于狄更斯有着心心相契的感动与亲近,因为对于夏衍来说,生活艰辛的体验显然也要比一般人更为刻骨铭心。夏衍出生在杭州的一个没落的地主家

---

① 约翰·福斯特:《查尔斯·狄更斯传(片段)》,见《狄更斯评论集》,罗经国编选,上海:上海译文出版社,1981 年,第 305－311 页。

② 转引自约翰·福斯特:《查尔斯·狄更斯传(片段)》,见《狄更斯评论集》,罗经国编选,上海:上海译文出版社,1981 年,第 315－316 页。

③ 弗兰茨·梅林:《查尔斯·狄更斯》,见《狄更斯评论集》,罗经国编选,上海:上海译文出版社,1981 年,第 94 页。

④ 安东尼·特罗洛普:《查尔斯·狄更斯》,见《狄更斯评论集》,罗经国编选,上海:上海译文出版社,1981 年,第 50 页。

庭里,家境贫寒,三岁丧父,家庭重担仅凭母亲一人苦撑,生活窘迫,常靠典当与亲戚接济度日,日子可谓是穷困潦倒,"穷,已经到了几乎断炊的程度,连母亲的几件'出客'衣服和一床备用的丝绵被也当掉了。……小学一起毕业的同学,大部分都进了中学,而我,却因为交不起学费而一直蹲在家里。"①因此为了活下去,为了减轻母亲的重担,夏衍在15岁那年瞒着母亲出门去找工作,在一个染坊店里当了学徒,"在染坊当学徒的时间很短,但是染坊工人的生活、劳动,特别是练工们手掌上的蜂窝跰,却一直凝记在我的心中。"②这种经历与狄更斯是何等相似啊!这种出身贫寒的经历对于夏衍日后的创作产生了深远的影响,也是他对于狄更斯发生兴趣的重要内因。

纵览狄更斯与夏衍的剧作,不难发现两人的最相似之处便是对平凡普通人生活的观照,这就是影响与被影响的体现。对于狄更斯来说,自己童年艰辛的经历使他在创作之初便把目光聚焦到自己所熟悉的生活与人物身上,在英国文坛开始走着一条属于自己的独特的创作道路。法国文史学家卡扎明在论及狄更斯时曾这样说:

> 在狄更斯以前,没有任何一个作家曾经象他那样宽宏大量地和真诚地对待过中产阶级的下层。他在考察他们的时候,并不采取一个疏远的、高踞于他们之上的旁观者的姿态,而是把自己看作是他们中间的一个成员。因此,他总是对他们怀着一种同情,一种脉息相通的共同的感觉——一种出于本性的兄弟情意。狄更斯总是把他自己的注意力,也把读者的注意力,集中在平凡的生活上面。不管作品的基调是悲怆还是幽默,这种平凡的生活似乎天生就具有艺术的真正价值。这就是狄更斯现实主义的永久的基础。③

---

① 夏衍:《懒寻旧梦录》,见《夏衍全集》(第15卷),周魏峙主编,杭州:浙江文艺出版社,2005年,第12页。
② 夏衍:《懒寻旧梦录》,见《夏衍全集》(第15卷),周魏峙主编,杭州:浙江文艺出版社,2005年,第14页。
③ 卡扎明:《理想主义的反应》,见《狄更斯评论集》,罗经国编选,上海:上海译文出版社,1981年,第107页。

　　因此我们能在狄更斯的小说中看到很多动人的不朽的艺术形象，如《雾都孤儿》中的奥利弗、《老古玩店》中的小耐儿、《钟声》里的特洛特、《大卫·科波菲尔》中的大卫、《艰难时世》中的工人斯蒂芬、《小杜丽》中的小杜丽、《远大前程》中的孤儿匹普与姐姐等等，这一长串塑造成功的人物，他们一般都来自社会的下层，是社会弱势群体的代表，他们悲惨不幸的生活遭遇让人悲叹，如《老古玩店》中的小耐儿；而他们那努力改变自己生存处境的渴望与努力又是那么打动人心！如《大卫·科波菲尔》中的大卫。狄更斯通过对这些人物的观照揭示出英国社会的病症，表达着自己对于社会底层人民的同情以及希望改变他们生活的良好愿望，渗透出作者浓郁的人道主义情怀。同时在塑造这些人物形象时，狄更斯也体现出了自己在驾驭这些人物时的卓越才华。艾略特也曾感叹："狄更斯塑造人物特别出色。他所塑造的人物比人们本身更为深刻。……狄更斯的人物逼真，因为他们独一无二。"① 显然没有来自于对社会的深刻体验与认知，是很难达到如此境界的。

　　而夏衍剧作中的人物形象如狄更斯小说中所主要描写的一样，也多是些平凡普通的人群，对此，唐弢曾说夏衍剧作中的"这些平凡人的形象，不是以他们常见的外形，而是以他们突出的性格，通过各种方式在那位英国小说家的作品里同样出现过。"② 夏衍的剧作除极少数的以历史人物为写作对象外，如《赛金花》(1936.4)、《秋瑾传》(1936.12)，大多数剧作一般都以现实生活中的普通人为主要写作对象，因为夏衍自己就是来自于社会底层，所以对这类人的生活非常熟悉，他说"这种生活我比较熟悉，我在这种屋檐下生活了十年，各种各样的小人物我都看到过。……在那种社会里面，想挣脱出来，很困难，是可悯而值得同情的人，他们被时代的车轮所压到。"③ 譬如《都会的一角》(1935.12)是夏

---

　　① 托·斯·艾略特：《威尔克·柯林斯和狄更斯》，见《狄更斯评论集》，罗经国编选，上海：上海译文出版社，1981年，第105页。

　　② 唐弢：《〈夏衍剧作集〉序》，见《夏衍剧作集》(第1卷)，会林等编，北京：中国戏剧出版社，1984年，第8页。

　　③ 夏衍：《谈〈上海屋檐下〉的创作》，见《夏衍全集》(第1卷)，周巍峙主编，杭州：浙江文艺出版社，2005年，第230页。

衍最早发表的一部剧作,主人公就是舞女与失业的知识分子,作者揭示了他们麻木而又悲怆的生存困境;《中秋月》(1936)是以小市民为写作中心,剧中舞女李曼娜与女仆她们都是属于社会的最底层民众,她们的生活显然是毫无希望可言的。即便是历史剧《赛金花》(1936.4)中的赛金花,原本不是一个平常女子,但作者也是将这个清末名妓"写成一个当时乃至现在中国习见的包藏着一切女性所通有的弱点的平常的女性。"①在夏衍的剧作中,夏衍对于这些普通人的塑造一般集中在两种人身上:一种是小市民,譬如《上海屋檐下》中的众生相,夏衍描写上海这个畸形社会中的一群小人物,表现他们的喜怒哀乐,对于这些"被时代的车轮所压到"②的人寄予了深切的同情。另一种是知识分子,譬如《法西斯细菌》中的主人公是一个不问政治、潜心从事科学研究的医学博士俞实夫,剧作中俞实夫的不幸遭际"在观众和读者的心头勾起了他们同时代人所遭际的悲苦与欢欣。"③显然夏衍对于这些平凡普通人的描写充满了同情与悲悯:

> 在抗战中,这些小人物都还活着,面且,在一个不很短的时期之内他们都还要照着他们自己的方式生活下去,一种压榨到快要失去弹性的古旧的意识,已经在他们心里抬起头来,这就是他们的民族感情。但是从他们祖先时代就束缚了他们的生活样式,思想方法,是如何的难以摆脱啊! 我不想凭借自己的主观和过切的期望去勉强他们的生活! 我把他们放在一个可能改变、必须改变,但是一定要从苦难的实生活里才能改变的环境里面。我想残酷地压抑他们,鞭挞他们,甚至于碰伤他们,而使他们转弯抹角地经过各种样式的路,而到达他们必须到达的境地。……抗战里面需要新的英雄,需要奇峰突起、进步得一日千里的人物;但是我想,不足道的大多数,进步迁

---

① 夏衍:《〈赛金花〉余谈》,见《夏衍全集》(第1卷),周巍峙主编,杭州:浙江文艺出版社,2005年,第86页。

② 同②。

③ 夏衍:《公式·符咒与"批评"——〈法西斯细菌〉代跋之三》,见《夏衍全集》(第1卷),周巍峙主编,杭州:浙江文艺出版社,2005年,第637页。

缓而又偏偏具有成见的人,也未始不是应该争取的一面。要争取他们,单单打骂和嘲笑是不中用的,这里需要同情,而我终于怜悯了他们。①

这种创作态度显然是与狄更斯相近似的,那就是对于社会普通人物的热忱与同情,苏联剧作家卢那察尔斯基曾这样评说狄更斯的创作态度:

> 狄更斯还有个特点,对我们也非常珍贵。他是怀着极大的热忱写小说的。我们可以感觉到,他时时刻刻都在爱和憎。作者一分钟也没有离开我们,我们仿佛听到他的心在跳动。作者这份同情、这种响亮的笑声、他的眼泪、他的愤怒,以及他把每行字都当作亲骨肉,把每个典型都当作他个人的朋友或仇敌来对待的态度,给他的小说燃起了异乎寻常的热情。在全部世界文学中还很难找到这样一件化合物,其中既有客观的丰富的世态描写,又有这支缭绕不绝的、总是为狄更斯的生活图景伴奏着的抒情乐曲。②

夏衍与狄更斯虽然在作品人物的观照上存在着很多类似,但是在整个作品的色调上两人之间还是存在着一定的差异性的。德国著名的马克思主义历史学家弗兰茨·梅林说狄更斯不是一个社会主义者,"他的政治信念却成为这样的:必须改善英国机关中的不良情况,但不是以新的取而代之。"③确实如此,狄更斯不满意英国的现状,他渴求光明,但又唯恐下层阶级任何形式的暴力反抗,他不是一个真正的激进主义者或革命者。在狄更斯的很多小说中缺乏的是作者对于社会制度的犀利批判,以及对于任何变革与反抗的拥戴,所以在狄更斯很多小说的结尾我们不难发现,要不就是《荒凉山庄》依旧荒凉,《艰难时世》也仍旧艰

---

① 夏衍:《关于〈一年间〉》,见《夏衍全集》(第1卷),周巍峙主编,杭州:浙江文艺出版社,2005年,第312—313页。

② 卢那察尔斯基:《狄更斯》,见《狄更斯评论集》,罗经国编选,上海:上海译文出版社,1981年,第128—129页。

③ 弗兰茨·梅林:《查尔斯·狄更斯》,见《狄更斯评论集》,罗经国编选,上海:上海译文出版社,1981年,第98页。

难；要不就是他刻意为小说人物按上一个亮丽的圆满结局，譬如《奥列佛·退斯特》中的奥列佛·退斯特；或者要寄托也只能寄托在宗教或者爱的世界里，譬如《双城记》中的卡尔登。在这点上夏衍显然要比狄更斯激越一些。在夏衍的作品中，作者并没有耽于忧伤与绝望，他的作品总是会给人带来一些希望，夏衍通常在一些灰色人群里寄寓着新生的希望的。譬如在说起《上海屋檐下》的创作时夏衍曾说：

> 剧中没有英雄人物，几个人物身上都带有缺点，带有阶级的烙印。葆珍、阿牛几个小孩子希望最大，他们历史负担少，包袱少，将希望寄托在他们身上。我们这辈人，有着历史包袱，下辈子的人会好起来，在最后的唱歌里面，我写到：不要怕，胆子越来越大。①

确实在《上海屋檐下》第三幕中，作者写到在孩子们的歌唱声中，"林志成和杨彩玉憬然地听着她们的歌，抬起头来。赵振宇趁着妻子不见，蹑手蹑脚地重新进来，听着孩子们的唱。"那歌声里无疑寄托着他们明天的希望："好！我们都是勇敢的小娃娃，大家联合起来救国家！救国家！"在创作思想上夏衍显然要比他所喜欢的狄更斯走得更远些。

当然，狄更斯对于夏衍剧作的影响不仅仅体现在作品观照对象的类似，还体现在一些具体的创作方法的运用上，譬如对于落后人物的讽刺等，也能见到狄更斯的影子，狄更斯也是惯于运用这类手法的。

二　思想提升：红色文艺的指引

夏衍在作品创作时之所以在思想上要比狄更斯走得更远，是因为夏衍是一位马克思主义者，一位坚定的社会活动家，他不是如狄更斯那般的温情脉脉的改良派。也就是说，在夏衍的剧作中有深厚的进步思

---

① 夏衍：《谈〈上海屋檐下〉的创作》，见《夏衍剧作集》（第1卷），会林等编，北京：中国戏剧出版社，1984年，第263页。

想的体现,而这思想来自于马克思主义的启发与引导。

在夏衍个人及剧作的发展路途中,马克思主义对其的引导显得意义非凡。当然这种引导并非是一种人云亦云的盲从与附和,而是与夏衍自己的切身经历不无关联。也就是说夏衍对于马克思主义的接近是有着自己内在的思想需求的,夏衍一生心向进步,贫寒的家庭,受人欺侮的经历,这些经历对于一个早熟青年的影响是根深蒂固的:

> 从小吃过苦,亲身经历过农村破产的悲剧,也饱受过有钱人的欺侮和奚落,因此,对旧社会制度的不满和反抗,可以说在少年时代就在心里扎下了根子。①

但这种对于社会的反抗还处在一个本能的阶段,如何提升自己对于社会的认识一直是夏衍关注的。在浙江省立甲种工业学校读书的时候(1915-1920),夏衍深受新思想的影响,可以说新文化运动期间夏衍思想进步很快,但更深层次的自觉还是得益于世界进步文学的引导,对此夏衍曾说:

> 1919 年到 1920 年,是一个新旧决裂和分化的时刻,我当年十九岁,血气方刚,受到一些新文化影响之后,就一直在思索今后的出路。有一次孙敬文介绍我去见沈弦庐,他送给我一本小册子,是克鲁泡特金的《告青年》,这本书在我思想上引起了很大的震动。在当时,我只是对现状不满,自己穷,又不想向有钱人低头,但根本想不出也找不到改变这种现状的出路,而这本小册子,才使我想到,问题的症结就在于改造社会。②

但是如何改造社会,走向革命,此时的夏衍还是不甚明了,因此他需要从书籍中汲取知识与能源,当时的夏衍对于一些进步书籍求之若渴,他急迫地吸收来自国外的一切新知识。1920 年夏衍抱着"实业救

---

① 夏衍:《走过来的道路》,见《夏衍杂文随笔集》,北京:三联书店,1980 年,第 564-565页。
② 夏衍:《懒寻旧梦录》,见《夏衍全集》(第 15 卷),周巍峙主编,杭州:浙江文艺出版社,2005 年,第 21 页。

国"的信念留学日本,在日本,夏衍虽然读的是工科,但热心阅读的却是哲学和文学著作。1923年,在日本进步同学的推荐下,夏衍开始接触到了马克思主义的系列书籍,夏衍说:"自从读了马克思主义的书之后,'实业救国'的念头渐渐消失了,毕业回国当工程师也觉得不值得羡慕了。"①因此在日本明治专门学校读书时,夏衍便开始参与一些进步的社会活动,他参加了"社会科学研究会",在小仓大街上与群众一起游行示威,并且和日本的进步人士有了密切来往,在阅读方面开始读一个求进步的中国人应该读的书,这时的夏衍感觉自己"总算认识了一个方向,就是人类社会向前发展的大方向。"②此后,在大量阅读进步理论书籍之时,夏衍文学的兴趣也相伴而起,因为很多文学作品承载的都是夏衍所渴望接近的理论思想。这时苏俄文学的出现对夏衍来说无疑非常及时且意义深远:

> 那时候我以一个工科大学生的身份,在日本九州著名的八幡制铁厂实习,在隆隆的发电机旁边,我耽读了契诃夫、托尔斯泰和屠格涅夫的作品。一个暑假之后,我对于那些软弱、懒散,而又充满了哀愁的人物,渐渐的感到厌倦了。当时我开始知道了一些苏联大革命中的英勇出奇的英雄,于是我很想追觅一些介在这两个时代之间的俄罗斯人民的典型与性格,我找到了高尔基,读了《夜店》,读了《太阳儿》,终于读完《母亲》而深深地感动了。一年半之后我被逐归国,在简单的行囊中我把村田的日译本《母亲》带回来了。③

高尔基的作品中所展现的新气象、新主题与新人物使夏衍"从中获得了革命的勇气和力量,激励着他怀着更加高昂的热情,投身于现实的革命斗争之中。"④归国后的夏衍进步更快,因为20、30年代俄苏文学

---

　　① 夏衍:《懒寻旧梦录》,见《夏衍全集》(第15卷),周巍峙主编,杭州:浙江文艺出版社,2005年,第45页。

　　② 同③。

　　③ 夏衍:《〈母亲〉在中国的命运——纪念革命大文豪高尔基七十八岁诞辰》,见《夏衍杂文随笔集》,北京:三联书店,1980年,第423页。

　　④ 周斌:《夏衍剧作艺术论》,上海:学林出版社,1997年,第226页。

在中国的译介可谓盛极一时,极尽繁荣,夏衍沐浴其中深受影响,并开始着手对包括苏俄文学在内的世界进步文学进行译介。从 1928 到 1934 年,夏衍共陆续翻译了 20 多种世界文学、理论及社会科学著作,但其中以苏俄文学与理论论著为最多,譬如高尔基的小说《母亲》和《奸细》,柯根的论著《新兴文学论》和《伟大的十年间文学》,以及柯伦泰的《恋爱之路》与台米陀伊基的《乱婚裁判》,等等,这些译作在当时都产生了一定的影响,特别是高尔基的《母亲》。在与"左倾"文人的交往过程中,在翻译无产阶级文学著作的进程中,在对苏俄文学理论著作的大量接触与阅读中,夏衍的思想愈发成熟起来。1930 年他积极参加筹备组织"左联"、"剧联"等工作,对于中国左翼文学运动的发展起着一定的积极推动作用,所以有些论者这样评论夏衍:"他首先是一个革命家,然后才是一名文艺家。文艺,是他从事革命工作的一部分。"①

在苏俄文学中,高尔基对夏衍的影响是众所周知的,夏衍曾说高尔基"代表了无产阶级和进步人类的良心"②,一生对高尔基充满崇敬之心,高尔基对他的引导作用是不言自明的。30 年代夏衍曾翻译过高尔基的小说《母亲》、《奸细》以及剧本《底层》、《太阳儿》、《敌人》等;不仅如此,夏衍先后还写过有关高尔基的诸多文章,如《高尔基传》、《高尔基的时代》、《高尔基年谱》、《〈母亲〉在中国的命运——纪念革命大文豪高尔基 78 岁诞辰》、《真正的无产阶级斗士——纪念高尔基诞生九十周年》、《高尔基的伟大之处》、《乳母与教师——关于苏联文学》、《高尔基城的回忆》等等。夏衍视苏联文学为"乳母与教师",盛赞高尔基"教育了整整一个时代的中国文艺工作者,我们这一辈人,应该说没有一个不受过他的哺育和影响的。"③此外他充分褒扬高尔基《母亲》在中国的影响力:"有一句话我可以傲言,要从这十五年间的中国青年人心里除掉这

---

① 周斌:《融合中的创造——夏衍与中外文化》,上海:复旦大学出版社,2003 年,第 37 页。

② 夏衍:《真正的无产阶级的斗士——纪念高尔基诞生九十周年》,见《夏衍杂文随笔集》,北京:三联书店,1980 年,第 622 页。

③ 夏衍:《高尔基城的回忆》,见《夏衍杂文随笔集》,北京:三联书店,1980 年,第 592 页。

本书的影响,却已经是绝对不可能了。好的书会永远活在人民的心中,《母亲》就是这样的一本书,它鼓舞了我们中国人,它已经成为禁不绝分不开的中国人民血肉心灵中的构成部分了。"①50 年代夏衍还走访了高尔基的故乡——伏尔加河畔的高尔基城,从那里带回了很多温暖而生动的记忆。对夏衍来说,高尔基对于他的影响不仅使他提升了自己的思想,同时也体现在他日后的创作中。

高尔基对夏衍的最明显的指引应该是对作品思想性要旨的重视。马克西姆·高尔基(1868—1936),伟大的无产阶级作家,苏联社会主义文学的奠基人。高尔基的创作,无论是小说还是戏剧,思想性是其首要的追求,他很多作品洋溢着时代的崇高激情与理想,反映着人民的呼声。在高尔基看来,文学是一种战斗的事业,为了给敌人以狠狠的打击,您必须磨快您的武器,它将是柔韧的,锋利的,杀伤性很大的。② 文学在社会革命斗争中"应该起自己伟大的真理火炬的作用"。同时文学"也应该是——朴素的,严肃的,同生活接近的。"③在高尔基看来,文学它来源于生活,必须要对人民产生深刻的思想影响。所以我们综观高尔基的作品,无论是带有浪漫主义特色的《海燕》,还是带有现实主义特色的《母亲》;无论是其小说创作,还是其戏剧创作,他的作品一般注重写人的觉醒与反抗,洋溢出强烈的思想光芒,启发与引导了很多人。

对高尔基作品熟稔于心的夏衍在一开始创作剧作时显然也是注重作品的思想性传达的,他说他一开始的几个戏"主要是宣传,和在那种政治环境下表达一点自己对政治的看法。写《赛金花》,是为了骂国民党的媚外求和,写《秋瑾传》,也不过是所谓'忧时愤世'。"④确实如此,譬如夏衍的《秋瑾传》就是颂扬妇女反抗的一曲颂歌,作品主题是激进而鲜明的,但秋瑾形象的塑造还是略显概念化了一些。虽然不久以后

---

①　夏衍:《〈母亲〉在中国的命运——纪念革命大文豪高尔基七十八岁诞辰》,见《夏衍杂文随笔集》,北京:三联书店,1980 年,第 423 页。

②　高尔基:《文学的本质》,见《高尔基论文学》,林焕平编,南宁:广西人民出版社,1980年,第 4—5 页。

③　高尔基:《文学书简》(上),北京:人民文学出版社,1962 年,第 327 页。

④　夏衍:《谈〈上海屋檐下〉的创作》,见《夏衍剧作集》(第 1 卷),会林等编,北京:中国戏剧出版社,1984 年,第 260 页。

夏衍认识到了创作的方法与艺术性的重要,但其作品犀利的批判锋芒却一直未曾改变,可见高尔基对其思想的影响已经融汇到他灵魂的深处。譬如夏衍40年代创作的《法西斯细菌》(1942)就是通过医学博士俞实夫的经历说明反法西斯侵略战争的重要性,并号召大家"在大家共同的立场上,为我们的国家,为人类,尽一点力量。"①夏衍创作这部剧作的视角比较独特,他在被人忽视的领域里最初提出了"科学与法西斯不两立"的口号,暴露了法西斯对于社会的无孔不入的残虐与暴戾,夏衍说:"作为一个中国人,我对人类敌人的法西斯主义投掷了最大限度的出自衷心的憎恨与愤怒。"②思想激进的锋芒一如从前,所不同的是在这里夏衍注意到了创作方法的问题,所以在《法西斯细菌》里人物形象塑造是非常成功的,描写的生活也是非常深入的。夏衍的这种改变始自《上海屋檐下》(1937),那时在写了几个剧本之后,善于探索与吸纳的夏衍逐渐发现了自己的不足,他这样反思自己之前的几个剧作:

> 没有认真地、用严谨的现实主义去写,许多地方兴之所至,就不免有些'曲笔'和游戏之作。人物刻画当然不够。后来很有所感,认识到戏要感染人,要使演员和导演能有所发挥,必须写人物、性格、环境……只让人物在舞台上讲几句慷慨激昂的话是不能感人的。写《上海屋檐下》我才开始注意及此。③

> 《上海屋檐下》则大约写了两个月,在我说来,是写作方面的一个转变,注意了人物性格的刻画、内心活动,将当时的时代特征反映到剧中人物的身上。④

那么如何才能完善自己的艺术呢,显然高尔基在这方面仍然具有

---

① 夏衍:《法西斯细菌》,见《夏衍全集》(第1卷),周巍峙主编,杭州:浙江文艺出版社,2005年,第629页。

② 夏衍:《公式·符咒与"批评"——〈法西斯细菌〉代跋之三》,见《夏衍全集》(第1卷),周巍峙主编,杭州:浙江文艺出版社,2005年,第637页。

③ 夏衍:《谈〈上海屋檐下〉的创作》,见《夏衍剧作集》(第1卷),会林等编,北京:中国戏剧出版社,1984年,第260页。

④ 夏衍:《谈〈上海屋檐下〉的创作》,见《夏衍全集》(第1卷),周巍峙主编,杭州:浙江文艺出版社,2005年,第228页。

引导的作用,高尔基一方面固然强调作品的思想性,但是他并没有忽略作品的艺术性。高尔基曾说"文学就是用语言来创造形象、典型和性格,用语言来反映现实事件、自然景象和思维过程。"[①]因此,高尔基非常强调文学创作的形象塑造、语言表现以及情节构设等等,他强调"文学是社会诸阶级和集团的意识形态,——感情、意见、企图和希望——之形象化的表现。……文学使思想充满血和肉,它比哲学或科学更能给予思想以巨大的明确性和巨大的说服力。文学比哲学是更多被人阅读的,而且因其生动性而更能说服人,因而文学是阶级倾向的最普及、方便、简单而常胜的宣传手段。"[②]所以文学不是机械而简单的政治和思想的传声筒,它有着复杂的创作方法的制约,艺术性、生动性与典型性是其最基本的要求。如何才能创作出优秀的无产阶级文学呢?高尔基提出了一个全新的方法,那就是社会主义现实主义。社会主义现实主义创作方法作为苏俄无产阶级文学主流的创作方法确立于1934年,那么什么是社会主义现实主义呢? 高尔基认为它"是那些改变和改造世界的人的现实主义,是以社会主义经验为基础的现实主义的形象思维。"[⑤]为了更好地创作出社会主义现实主义的文艺,高尔基强调参与现实生活斗争的重要性,他说:"文学总是跟着生活走的,它'确证事实',用艺术手法来概括事实,作出综合的结论,而且从来没有人要求文学家说:你要做一个先知,预言未来! 我们今天提出了艺术必须和现实更密切地结合的问题,文学应该积极地深入当代生活的问题,而当代的主要内容便是社会革命。"[⑥]"由高尔基奠定基础的新的现实主义创作方法(即社会主义现实主义创作方法),也使夏衍获益匪浅。"[⑦]在这种方法的引导之下,夏衍认识到创作仅凭先进的思想不深入斗争生活,还

---

① 高尔基:《文学的本质》,见《高尔基论文学》,林焕平编,南宁:广西人民出版社,1980年,第8页。

② 高尔基:《文学的本质》,见《高尔基论文学》,林焕平编,南宁:广西人民出版社,1980年,第10页。

⑤ 高尔基:《创作方法》,见《高尔基论文学》,林焕平编,南宁:广西人民出版社,1980年,第113页。

⑥ 高尔基:《创作方法》,见《高尔基论文学》,林焕平编,南宁:广西人民出版社,1980年,第116页。

⑦ 周斌:《融合中的创造——夏衍与中外文化》,上海:复旦大学出版社,2003年,第96页。

是不能写出优秀的感人的作品的,社会主义现实主义固然强调的是作品意义的启蒙性与斗争性,然而它还强调作品的真实性与生动性,强调从现实革命的发展中去真实地、历史地、具体地去描写现实。这个对夏衍是有着一定的启示意义的,40 年代夏衍在《乐水——文艺工作者与社会》一文中就曾如此感慨:

> 新时代的文艺工作者要扬弃一切过去文人蔑视现实,逃避现实的性癖,勇敢地参加社会生活,参加政治斗争,这样才能从斗争中教育自己,丰富自己,而使自己成为一个有实行力的作者和斗士。……把自己限于士大夫的小天地里面,而将文艺当作雕虫小技的时代,已经过去了。新的时代需要有着新的文艺工作者,新的文艺工作者一定要生根在斗争着、发展着的社会中间。我们要深入社会,不仅如水银一般的无孔不入,而且要像水一般的无孔亦入。[①]

在这种文艺思想的指导之下,夏衍创作出了有较高认识价值与审美价值的话剧作品如《上海屋檐下》、《法西斯细菌》、《芳草天涯》等。虽然有时因为多跑腿多参与现实斗争而少写了剧作,但夏衍确实在一步一步扎扎实实地写着坚实的作品,正如夏衍在《心防》后记中所说的他要求的是自己"忠实地去刻画人生的严肃。"[②]

此外,高尔基对于夏衍的引导还体现在作品中新型人物的塑造上。高尔基曾经说过:"您要知道,一个诚实而又大胆的鼓手宣告新人的来临——宣告新的心理类型的诞生——它是来创造新生活的,这个鼓手的职责是一种光荣的职责!"[③]譬如高尔基在《母亲》中对母亲形象的塑造就具有一定的代表性。夏衍在自己的创作中也非常注重对于新人形象的塑造,因为他们是中国的未来与希望之所在,譬如《上海屋檐下》中的匡复、《赎罪》中的梁明、《一年间》中的阿澍、《心防》中的刘浩如和杨爱棠等。

---

① 夏衍:《乐水——文艺工作者与社会》,见《夏衍杂文随笔集》,北京:三联书店,1980年,第 115－118 页。

② 夏衍:《〈心防〉后记》,见《夏衍全集》(第 1 卷),周巍峙主编,杭州:浙江文艺出版社,2005 年,第 479 页。

③ 高尔基:《文学的本质》,见《高尔基论文学》,林焕平编,南宁:广西人民出版社,1980年,第 4 页。

三　剧艺探索：契诃夫的影响

一部好的剧作除了有好的思想之外，必须还要有支撑这思想的好的剧艺，夏衍在他的话剧创作中也开始了他的剧艺探讨，而在这剧艺的探讨之中我们难以忽略一位前驱者的身影——契诃夫，他对于夏衍的影响是显在的。夏衍曾经写过好几篇关于契诃夫的文章，如《乳母与教师——关于俄罗斯文学》、《柴霍夫为什么讨厌留声机》、《从〈樱桃园〉想起》等。关于夏衍受到契诃夫的影响，夏衍自己曾有过三次不同的表述。

一是夏衍在《懒寻旧梦录》中说道：

> 到 1923 年，当我沉溺在图书馆里看文学名著的时候，却意外地被易卜生、沁狐、契诃夫的剧本迷住了。[①]

这可能是夏衍初次读到契诃夫，入迷说明夏衍是很欣赏他们的作品的，很认可他们的剧作。

二是 1954 年夏衍在回顾自己创作《法西斯细菌》时这样说道：

> 有些朋友说我受契诃夫的影响很大，我自己说，我热爱契诃夫的作品，但不一定受到很大的影响。契诃夫看人看事是那样冷静，我是很主观，很不冷静——我的心是很不平静的，这，也许是我三十年来一直卷进在政治斗争中的缘故。[②]

不一定受到很大的影响并不意味着没有受到影响，因为夏衍明确承认他热爱契诃夫的作品，有了热爱，有了阅读，那么潜移默化的影响与自然而然的借鉴应该是情理之中的，何况契诃夫本身就是一位剧作家。

三是夏衍在 1957 年写作的《上海屋檐下》后记中提到：

---

① 夏衍：《懒寻旧梦录》，见《夏衍全集》（第 15 卷），周魏峙主编，杭州：浙江文艺出版社，2005 年，第 85 页。

② 夏衍：《关于〈法西斯细菌〉》，见《夏衍剧作集》（第 2 卷），会林等编，北京：中国戏剧出版社，1984 年，第 205 页。

此剧作于 1937 年春,这是我写的第五个剧本,但也可以说这是我写的第一个剧本。因为,在这个剧本中,我开始了现实主义创作方法的摸索。在这之前,我很简单地把艺术看作宣传的手段。引起我这种写作方法和写作态度之转变的,是因为读了曹禺同志的《雷雨》和《原野》。①

而在中国现代话剧史上,曹禺的剧作所受契诃夫的影响之深是众所周知的,他是中国第一个有意识地在剧作中借鉴契诃夫戏剧美学的人。夏衍的创作受曹禺影响也就等于间接地接受了契诃夫的影响。而实际上,在中国现代话剧的发展史上,夏衍自己本就有"中国的契诃夫"之称,因为其剧作的美学风格酷似契诃夫,他的剧作与契诃夫之间存在着很多相似的创作倾向性。

夏衍与契诃夫最大的相似之处在于他们坚守艺术的真实,从平凡的题材中挖掘深意。正如夏衍研究专家陈坚所说夏衍与契诃夫"他们本来就不屑于以出奇的情节来笼络观众,不追求人为的戏剧冲突。"②

安东·巴甫洛维奇·契诃夫(1860—1904),俄国 19 世纪著名的小说家与戏剧家。契诃夫的戏剧创作通常被称为"新型的戏剧艺术",它不仅革新了欧洲传统的戏剧观念,而且在世界范围内也影响深远。契诃夫戏剧方面的主要代表作有《伊凡诺夫》、《海鸥》、《万尼亚舅舅》、《三姊妹》、《樱桃园》等。关于契诃夫的剧作特色,我国著名戏剧理论家焦菊隐曾生动概括道:"通过艺术的真实,表现生活的真实,这是契诃夫夫剧本最突出的特点。"③契诃夫的戏剧创作观就其本质来说就是一种现实主义创作观,而且是一种强调"戏剧创作现实主义的独特客观性"④的现实主义创作观。契诃夫认为艺术应该"按照生活的本来面目描写

---

①　夏衍:《〈上海屋檐下〉后记》,见《夏衍全集》(第 1 卷),周巍峙主编,杭州:浙江文艺出版社,2005 年,第 232 页。

②　陈坚:《平凡下边沸腾着现实的伟力——夏衍和契诃夫剧旅的比较思考》,《中国现代文学研究丛刊》,1990 年第 2 期。

③　焦菊隐:《契诃夫和莫斯科艺术剧院与斯坦尼斯拉夫斯基》,见《焦菊隐戏剧论文集》,上海:上海文艺出版社,1979 年,第 409 页。

④　朱栋霖:《论中国话剧艺术对契诃夫的选择》,《戏剧艺术》,1988 年第 1 期。

生活"①，他强调一个作家"必须写出这样的剧本来，在那里，人们来来去去，吃饭、谈天气、打牌一律不是作家需要这样写，而是因为现实生活里本来就是这样。"②所以在戏剧创作中，契诃夫强调的是戏剧创作的绝对的真实，正如丹钦科所说："他剧中的人物，都是照着他从现实生活中所观察到的人物写的。他无法使他的人物脱离开自己所生活着的环境：那玫瑰色的晨曦，或是蔚蓝的黄昏；那些声音、颜色、雨、风下战栗着的百叶窗、灯、火炉、铜茶壶、钢琴、风琴、烟草；那姊妹、亲戚、邻居；那歌、酒；那每日的生活和给予生活温暖的无限平庸琐事。"③所以契诃夫的剧作可以称作为生活琐事的悲剧，苏联学者 Ｔ·Ａ·别亚留依认为，契诃夫创作的独特贡献在于他"创造了描绘最平凡的事情的现实主义。这种现实主义能够从最平凡的现象中揭示出生活的本质。"④譬如契诃夫的剧作《三姐妹》，该剧没有绝对的主角，没有尖锐的矛盾冲突，没有复杂的事件，作者叙述的全是日常生活中的琐事，在日常真实的生活中来挖掘人物内心的真实世界，来揭示现实的历史性变动以及对人们心理的影响，这种方式最为简单但也最为打动人心，因为它是生动的鲜活的，不是概念的教条的。对于契诃夫这种现实主义技法的认识，对于《三姐妹》的读后感，曹禺的话也许具有一定的代表意义：

　　我记起几年前着了迷，沉醉于契诃夫深邃艰深的艺术里，一颗沉重的心怎样为他的戏感动着。读毕了《三姊妹》，我合上眼，眼前展开那一幅秋天的忧郁，玛夏（Masha），哀林戈那（Irina），阿尔加（Olga）那三个有大眼睛的姐妹悲哀地倚在一起，眼里浮起湿润的忧愁，静静地听着窗外远远奏着欢乐的进行曲，那充满了欢欣的生命的愉快的军乐渐远渐微，也消失在空虚里。静默中，仿佛年长的姐姐阿尔加喃喃地低述她们生活的抑郁，希望的渺茫，徒然地工作，徒然地生存着，我的眼渐

　　① 契诃夫：《契诃夫论文学》，汝龙译，北京：人民文学出版社，1959 年，第 217 页。
　　② 契诃夫：《契诃夫论文学》，汝龙译，北京：人民文学出版社，1959 年，第 67 页。
　　③ 丹钦科：《文艺、戏剧、生活》，焦菊隐译，北京：中国戏剧出版社，1982 年，第 19 页。
　　④ Ｔ·Ａ·别亚留依：《契诃夫和俄国的现实主义》，见《契诃夫研究》，徐祖武主编，开封：河南大学出版社，1987 年，第 342 页。

为浮起的泪水模糊起来成了一片,再也抬不起头来。然而在这出伟大的戏里没有一点张牙舞爪的穿插,走进走出,是活人,有灵魂的活人。不见一段惊心动魄场面。结构很平淡,剧情人物也没有什么起伏生展,却那样抓牢了我的魂魄,我几乎停住了气息,一直沉醉在那悲哀的氛围里。①

可见,契诃夫的这种现实主义革新戏剧,他的追求生活真实与内心真实的戏剧观念,对 20 世纪 30、40 年代的中国话剧产生了深远的影响,夏衍当然是其中之一。

夏衍自从读了曹禺的剧作后开始致力于话剧剧艺的探索,这是一种外因的推动;但其实在 1937 年开始写作《上海屋檐下》时,夏衍自己也有了剧艺探索的内在需求,他说:

> 而自己,对于年来剧作界风靡着的所谓"情节戏"、"服装戏",又深深地怀抱着不服和反感,加上《赛金花》而后,我在写作上有了一种痛切的反省,我要改变那种'戏作'的态度,而更沉潜地学习更写实的方法。②

现实主义创作方法的更为深入的探讨应该说是夏衍内心自发的创作需求,夏衍说:"从我写的东西到我的为人,一点浪漫主义都没有。让我写浪漫主义的东西就不行。"③而且又说:"写作品一定要有真实的感情。作家塑造人物一定要描写得合情合理。"④夏衍早期饱经沧桑的生活历练使夏衍形成了踏实务实的为人为文的风格,体现在创作中便是坚守现实主义的创作路线,便是注重于描写社会中的普通平凡人的生活,甚至是卑微的生活,这便又与契诃夫不谋而合了。

具体到夏衍的创作中来,我们便更能发现在夏衍与契诃夫之间的

---

① 曹禺:《跋》,见《日出(四幕话剧)》,北京:中国戏剧出版社,1957 年,第 208—209 页。

② 夏衍:《〈上海屋檐下〉自序》,见《夏衍全集》(第 1 卷),周巍峙主编,杭州:浙江文艺出版社,2005 年,第 225 页。

③ 夏衍:《在电影导演会议上的讲话》,见《夏衍近作》,成都:四川人民出版社,1980 年,第 87 页。

④ 夏衍:《生活、题材、创作》,见《夏衍杂文随笔集》,北京:三联书店,1980 年,第 662 页。

相似之处。我们看《上海屋檐下》这部剧作,通篇也是没有任何突出而显性的主角,没有尖锐激烈的戏剧冲突,作者无非写的是在一个黄梅季节上海几户底层民众的生活图景,这里有的是买菜、上班、洗衣妇、夫妻之间的口角、小孩子们之间的游戏等等日常写照,真实而琐细,细小且卑微,看起来很散乱,然而却又很集中地揭示出了在当时中国社会中民众那苦苦挣扎的悲惨生活。夏衍曾说:"我们不能单看浪潮的顶点。有些地方有些人,受到的怕只是这时代巨浪所能辗转传到的一线涟漪,一脉微动。但,谁能说微动就等于静止?"①正是如此,正是在这细微与卑下之中体现着时代的历史变动性,蕴藏着那来自现实的最真实的现实主义的思想力量,《上海屋檐下》的创作与《三姐妹》是具有同样的真实的艺术感染力的。除了这生活的真实之外,夏衍还如契诃夫一样,重在发掘人内心的真实,譬如作者写当匡复与林志成的再次相遇时,面对自己的朋友与自己的妻子重组家庭这一事实,作者从人性的角度写出了匡复复杂的内心世界,从这种内心世界的变动之中可以窥见时代的痕迹,到处充满着矛盾与哀伤,但温暖没有绝迹,希望仍然存在,这一切是那么真实而有力量。因此,夏衍的《上海屋檐下》曾被认为是"契诃夫式生活戏剧的一部典范",甚至比曹禺的《北京人》"有着更多些的契诃夫情味"。② 再譬如在《法西斯细菌》中,法西斯战争被放置到背景的位置,作者所要重点揭示的是法西斯战争给人们造成的伤害,因此夏衍主要通过医学博士俞实夫、随波逐流的赵安涛、落后知识分子秦正谊、爱国青年钱裕在战争背景之下的生活,来揭示战争对于人们造成的影响,夏衍曾说那个时候"整个世界在流血,在流泪,……不论你躲在什么地方,走一步路,吃一顿饭,买一件日用品,也都和战争发生关联,也都受着法西斯的威胁了。"③所以揭示法西斯战争的残酷不一定需要展现悲壮与惨烈,在那平凡与普通之中就有着最深切的渗透,正如契诃夫所说的:"舞台上发生的一切,都应该像生活一样复杂,也像生活一样简单。

---

① 夏衍:《从迷雾中看一面镜子——几个现代剧中所反映的妇女问题》,见《夏衍论创作》,上海:上海文艺出版社,1982 年,第 528 页。
② 孙庆升:《中国现代戏剧思潮史》,北京:北京大学出版社,1994 年,第 265 页。
③ 夏衍:《真实的关心》,见《夏衍论创作》,上海:上海文艺出版社,1982 年,第 135 页。

人们在吃饭，但就是在他们吃饭的当口，他们的命运决定了，他们的生活被毁坏了。"①而夏衍的《一年间》、《心防》、《愁城记》、《芳草天涯》等其他剧作也都是以社会与家庭生活中的平凡关系为中心来展开戏剧情节的，所以夏衍很多话剧的"这种现实主义风格，颇似契诃夫的剧作，平凡而深远，素淡而隽永。"②

正如契诃夫在剧作中塑造了一个个成功的真实的人物形象，夏衍从《社会屋檐下》也开始非常注重人物形象的塑造。在夏衍之后的创作中我们很难再看到那些很有些概念化与脸谱化的人物，"不是运用简单化的、脸谱式的办法，而是按照这群小人物自身的生活发展轨道和思想演变规律来描写他们，这很重要。它关系到能否反映出时代、生活乃至人物的真实性问题。"③《上海屋檐下》中的人物塑造无疑是很成功的，譬如同是知识分子，明哲保身、乐天知命的小学教员赵振宇与进步青年匡复等人，个性都很鲜明，都是当时社会上一类人的真实写照。同是女性形象，平庸的小市民赵妻与忍辱负重的桂芬之间也是具有一定的差异性的，更不用说曾经向上的进步女性杨彩玉与不堪堕落的施小宝了，个个都真实地生活在我们中间，真实得不能再真实。再如同是向往进步的女青年，《上海屋檐下》中的杨彩玉、《心防》中的杨爱棠、《芳草天涯》中的石咏芬，她们之间的性格差异体现了夏衍对人物的真实描写与驾驭能力的提升。而就进步青年匡复来说，夏衍作为一个社会活动家来写进步青年，也没有落入到当时高昂的战斗激情里，没有把这个人物脸谱化，这个人物虽然是进步青年，但由于遭遇到了一系列挫折，在他的身上也已经存有了很多弱点，正如他自己所说的："我坦白地承认我已经变啦，你瞧我的身体，这几年的生活，毁坏了我的健康，沮丧了我的勇气，对于生活，我已经失掉了自信。……你看，像我这样的一个残兵

---

①　契诃夫：《契诃夫与艺术剧院》，见《西方古典作家谈文艺创作》，段宝林编，沈阳：春风文艺出版社，1980年，第102页。

②　陈瘦竹：《左联时期的戏剧》，见《夏衍戏剧研究资料》(下册)，会林、绍武编，北京：中国戏剧出版社，1980年，第42页。

③　陆荣椿：《夏衍创作简论》，重庆：重庆出版社，1984年，第107页。

败卒,还有使人幸福的资格吗?"①而不是如我们概念中的完美无缺,这样的人物血肉丰满,贴近现实。

在对真实的把握之上,夏衍与契诃夫确实存有很大的共识,然而除此之外,他们也都还重视剧作的抒情气氛的表达,但同中有异。契诃夫的剧作常流露出于丑恶中对于未来美好生活的渴望与热情,但这渴望难以实现时,他的剧作又时常洋溢出一种浓重的忧郁的格调,正如陈坚所说的"契诃夫由于时代和思想的局限,不能使他的人物显现出更多的亮色,然而他剧中抑郁、哀愁的情绪是极其深沉的,其中渗透着他对俄罗斯传统文化极度的热爱和极度的憎恶这一深刻的矛盾。"②譬如在《樱桃园》的结尾部分,契诃夫这样写道:

> 他们都下去了,舞台上空无一人,只听见外边一道道的门在陆续下锁的声音,接着,马车赶着走远的声音,一片寂静。在这种寂静中,响起斧子砍到树上的沉闷的声音。凄凉、悲怆。……远处,仿佛从天边传来了一种琴弦绷断似的声音,忧郁而缥缈地消逝了。又是一片寂静。打破这个静寂的,只有园子的远处,斧子在砍伐树木的声音。③

浓密的忧伤扑面而来,邈远而又难以驱散。夏衍的作品也是非常注重抒情气氛的表达,譬如我们从他剧作的名字当中可以窥见一二,如《中秋月》、《冬夜》、《水乡吟》等,然而正如朱栋霖所说的"夏衍首先看重创作的社会性内涵,这与契诃夫戏剧不同,契诃夫从审美层次上描写人性、思考人生。"④所以体现在戏剧情致上,夏衍剧作所表达的当然要比契诃夫的来得明朗。夏衍自己也曾在文章中这样评说契诃夫的《樱桃园》:

---

① 夏衍:《上海屋檐下》,见《夏衍全集》(第1卷),周巍峙主编,杭州:浙江文艺出版社,2005年,第203页。

② 陈坚:《平凡下边沸腾着现实的伟力——夏衍和契诃夫剧旅的比较思考》,《中国现代文学研究丛刊》,1990年第2期。

③ 契诃夫:《樱桃园》,见《契诃夫戏剧集》,焦菊隐译,上海:上海译文出版社,1980年,第416页。

④ 朱栋霖:《论中国话剧艺术对契诃夫的选择》,《戏剧艺术》,1988年第1期。

契诃夫是优美而洗练的,所以当他看明白了安德列维娜们的命定了的不可抗拒的没落的时候,他只能"哀愁","感叹",支配着这位作家的是一种难以排解的凄绝之情。……

在中国,历史之神过去似乎千百年来走得太徐缓,而这几年却似乎走得太迅速了,她大踏步的跨过了"樱桃园"的时代,当我们的知识分子还在低徊咀嚼那《樱桃园》的哀愁和寂寞的时候,这样一个历史的阶段已经悄悄地溜走了。中国的"樱桃园"决不可能像契诃夫笔下所写一般的优美,中国的新时代登场者也决不可能像陆伯兴一样的谦恭了,他们更加粗暴,更加鲁莽,他们不是"陆伯兴",而是"老百姓",只因为,他们的受难太久远太深重,他们的仇恨太深沉太苛烈了。……

在《樱桃园》的时代,贵族地主阶级的挽歌是斤斤的伐木声音,而今天中国知识分子所听到的,恐怕已经不是一首优婉寂寞的哀诗,而只是惊天动地的一声雷响了吧。这是历史的残酷,这是一个阶级几千年间积累下来的血债的偿付,咬紧牙齿吧,这又是一次知识分子脱胎换骨的试炼。①

所以,在夏衍的剧作中我们经常能看到很多浓郁的抒情,低沉但不消沉,譬如《中秋月》中故事就发生在中秋节这天,天上的圆月亮反衬着人间的污浊与黑暗,而剧作结尾作者写李曼娜推开窗子,一轮皓月可见,她不由说道:"真好月亮!明天总该是好天气吧!"这时,"舞台黑暗,窗外月光愈显明亮。"②表达出一个舞女对明天的无奈而又空洞的遥想,从而揭示出处于社会底层的人们生活的悲怆!再如《上海屋檐下》里那反复出现的黄梅天气,夏衍说:"剧本中我写了黄梅天气,这暗示着雷雨就要来了,天气影射当时的政治空气,黄梅天使人不能喘气。……坏天气总有一天要过去的,在剧本中用赵振宇讲的话暗示出来:将来好

---

① 夏衍:《从〈樱桃园〉说起》,见《夏衍选集》(第4卷),成都:四川文艺出版社,1988年,第238—243页。

② 夏衍:《中秋月》,见《夏衍全集》(第1卷),周巍峙主编,杭州:浙江文艺出版社,2005年,第26页。

的天气总会来的，一阵大雷大雨，爽朗的天气就要来了。"①如此等等，不一而足。夏衍的很多剧作正如夏衍自己所说的是"从小人物的生活中反映了这个大的时代，让当时的观众听到些将要到来的时代的脚步声音。"②他确实做到了。

当然，在剧艺的其他方面，夏衍剧作中也有契诃夫的影响体现，譬如语言的简洁与抒情、悲喜交织手法的运用等等。但总的说来，夏衍的借鉴绝不是机械地模仿，对此他自己已经作出明确的分辩了。

在中国现代话剧的创作过程中，夏衍的话剧创作与世界文学联系密切，但这并不意味着夏衍对于中国民族文化传统的忽视与扬弃，夏衍曾说：

> 我是中国人，我写的东西是给中国人看的，所以尽管"五四"之后我有很长一段时期不读线装书；二、三十年代读过不少洋书，吸收过外国文学的营养，但是民族文化的传统，还是要想割也是割不断的。我没有写过诗，但是我喜欢李商隐、刘禹锡，也喜欢陆游，辛弃疾。我写的作品主要是话剧和电影剧本，因此主体上受元曲和明清传奇的影响，创作方法上受元人乔梦符和清人李笠翁的影响，也是无法否认的。③

只不过外来因素的影响在夏衍剧作中占了显性的因素，对于民族传统文化，夏衍显然一直是重视的，而他的博采众长的目的就是为了发展我国的剧艺。

---

① 夏衍：《谈〈上海屋檐下〉的创作》，见《夏衍全集》（第一卷），周巍峙主编，杭州：浙江文艺出版社，2005年，第229页。
② 同②。
③ 夏衍：《我与外国文学》，《外国文学评论》，1990年第3期。

参考文献

1. 浙江省文学志编纂委员会：《浙江省文学志》，北京：中华书局，2001 年。

2. 俞元桂：《中国现代散文史》，济南：山东文艺出版社，1997 年。

3. 周红莉：《中国现代散文理论经典》，苏州：苏州大学出版社，2008 年。

4. 柳鸣九：《二十世纪现实主义》，北京：中国社会科学出版社，1992 年。

5. 陈国恩：《浪漫主义与 20 世纪中国文学》，合肥：安徽教育出版社，2000 年。

6. 徐行言、程金城：《表现主义与 20 世纪中国文学》，合肥：安徽教育出版社，
   2000 年。

7. 周作人：《周作人自编文集》，止庵校订，石家庄：河北教育出版社，2002 年。

8. 周作人：《知堂回想录》，合肥：安徽教育出版社，2008 年。

9. 刘绪源：《解读周作人》，上海：上海书店出版社，2008 年。

10. 周作人：《苦雨斋序跋文》，上海：天马书店，1934 年。

11. 周作人：《周作人散文选集》，张菊香编，天津：百花文艺出版社，1987 年。

12. 周作人：《周作人文类编》，钟叔河编，长沙：湖南文艺出版社，1998 年。

13. 胡辉杰：《周作人中庸思想研究》，长沙：湖南大学出版社，2010 年。

14. 钱理群：《周作人研究二十一讲》，北京：中华书局，2004 年。

15. 丰子恺：《丰子恺文集》，杭州：浙江文艺出版社等，1990 年。

16. 丰子恺：《丰子恺散文选集》，葛乃福编，天津：百花文艺出版社，1991 年。

17. 丰子恺：《丰子恺思想小品》，陈梦熊编，上海：上海社会科学院出版社，
    1997 年。

18. 丰子恺：《禅外阅世》，西安：陕西师范大学出版社，2008 年。

19. 丰子恺：《丰子恺论艺术》，丰华瞻、戚志蓉编，上海：复旦大学出版社，1985 年。

20. 丰子恺：《文坛画缘》，陈青生主编，哈尔滨：黑龙江人民出版社，1999年。

21. 丰子恺：《缘缘堂 车厢社会》，北京：当代世界出版社，2002年。

22. 余连祥：《丰子恺的审美世界》，上海：学林出版社，2005年。

23. 厨川白村：《苦闷的象征》，鲁迅译，北京：人民文学出版社，2007年。

24. 陈星：《艺术人生——走近大师·丰子恺》，杭州：西泠印社出版社，2004年。

25. 曾逸：《走向世界文学：中国现代作家与外国文学》，长沙：湖南文艺出版社，
    1986年。

26. 夏目漱石：《十夜之梦——夏目漱石随笔集》，李正伦、李华译，上海：华东师范
    大学出版社，2008年。

27. 李光贞：《夏目漱石小说研究》，北京：外语教学与研究出版社，2007年。

28. 何乃英：《夏目漱石和他的小说》，北京：北京出版社，1985年。

29. 梁实秋：《梁实秋文集》(15卷本)，《梁实秋文集》编辑委员会，厦门：鹭江出版
    社，2002年。

30. 梁实秋：《雅舍忆旧》，天津：天津教育出版社，2006年。

31. 梁实秋：《雅舍谈书》，陈子善编，济南：山东画报出版社，2006年。

32. 梁实秋：《雅舍杂文》，天津：天津教育出版社，2006年。

33. 梁实秋：《雅舍小品》，北京：解放军文艺出版社，2000年。

34. 梁实秋：《梁实秋雅舍菁华》，厦门：鹭江出版社，2002年。

35. 梁实秋：《浪漫的与古典的·文学的纪律》，北京：人民文学出版社，1988年。

36. 梁实秋：《现代中国文学之浪漫趋势》，北京：人民文学出版社，1988年。

37. 高旭东：《梁实秋 在古典与浪漫之间》，北京：北京出版社出版集团、文津出版
    社，2005年。

38. 高旭东：《梁实秋与中西文化》，北京：中华书局，2007年。

39. 马玉红：《梁实秋人文主义人生艺术追求与实践》，北京：民族出版社，2006年。

40. 刘炎生：《潇洒才子梁实秋》，武汉：湖北人民出版社，2006年。

41. 段怀青编：《新人文主义思潮——白璧德在中国》，南昌：江西高校出版社，
    2009年。

42. 郑万鹏：《中国现代文学史》，北京：华夏出版社，2007年。

43. 徐志摩：《徐志摩散文全编》，韩石山编，天津：天津人民出版社，2005年。

44. 徐志摩:《徐志摩英文书信集》,梁锡华编,台湾:台湾联经出版事业公司, 1979年。

45. 徐志摩:《徐志摩诗全集》,顾永棣编注,上海:学林出版社,1997年。

46. 徐志摩:《爱眉小扎》,北京:经济日报出版社,2000年。

47. 赵遐秋:《徐志摩传》,北京:中国人民大学出版社,1999年。

48. 韩石山、伍渔:《徐志摩评说八十年》,北京:文化艺术出版社,2008年。

49. 王钦峰:《拜伦雪莱诗歌精选评析》,开封:河南大学出版社,2006年。

50. 华兹华斯:《华兹华斯诗选》,杨德豫译,桂林:广西师范大学出版社,2009年。

51. 泰戈尔:《泰戈尔散文诗全集》,华宇清编,杭州:浙江文艺出版社,1990年。

52. 王佐良:《英国诗史》,南京:译林出版社,1997年。

53. 颜学军:《哈代诗歌研究》,北京:人民文学出版社,2006年。

54. 刘介民:《类同研究的再发现》,北京:中国社会科学出版社,2003年。

55. 戴望舒:《戴望舒全集》,王文彬、金石主编,北京:中国青年出版社,1999年。

56. 戴望舒:《戴望舒诗全集》,梁仁编,杭州:浙江文艺出版社,1989年。

57. 戴望舒:《戴望舒译诗集》,长沙:湖南人民出版社,1983年。

58. 王文彬:《雨巷中走出的诗人——戴望舒传论》,北京:商务印书馆,2006年。

59. 郑克鲁:《法国诗歌史》,上海:上海外语教育出版社,1996年。

60. 郑克鲁:《法国文学史》,上海:上海外语教育出版社,2003年。

61. 拉马丁:《拉马丁诗选》,张秋红译,上海:上海译文出版社,1994年。

62. 缪塞:《缪塞诗选》,北京:人民文学出版社,1960年。

63. 魏尔伦:《魏尔伦诗选》,罗洛译,桂林:漓江出版社,1987年。

64. 许霆编:《中国现代诗歌理论经典》,苏州:苏州大学出版社,2008年。

65. 潘颂德:《中国现代新诗理论批评史》,上海:学林出版社,2002年。

66. 孙玉石:《中国现代主义诗潮史论》,北京:北京大学出版社,1993年。

67. 艾青:《艾青全集》,石家庄:花山文艺出版社,1991年。

68. 艾青:《艾青选集》,成都:四川文艺出版社,1986年。

69. 艾青:《诗论》,北京:人民文学出版社,1983年。

70. 艾青:《艾青论创作》,上海:上海文艺出版社,1985年。

71. 艾青:《艾青说 诗意人生》,北京:中国青年出版社,2007年。

72. 周红兴：《艾青传》，北京：作家出版社，1993年。

73. 艾青：《艾青谈诗》，广州：花城出版社，1983年。

74. 骆寒超：《艾青评传》，重庆：重庆出版社，2000年。

75. 杨匡汉、杨匡满：《艾青传论》，上海：上海文艺出版社，1984年。

76. 张永健：《艾青的艺术世界》，武汉：华中师范大学出版社，1998年。

77. 牛汉等：《艾青名作欣赏》，北京：中国和平出版社，1993年。

78. 惠特曼：《惠特曼名作欣赏》，李野光主编，北京：中国和平出版社，1995年。

79. 惠特曼：《惠特曼精选集》，李野光编选，济南：山东文艺出版社，1997年。

80. 李野光：《惠特曼研究》，上海：上海外语教育出版社，2003年。

81. 兰波：《兰波作品全集》，王以培译，北京：东方出版社，2000年。

82. 波特莱尔：《恶之花·巴黎的忧郁》，郭宏安译，上海：上海人民出版社，2008年。

83. 爱弥尔·凡尔哈伦：《弗朗德勒女人·译后记》，杨松河译，郑州：河南人民出版社，2002年。

84. 马雅可夫斯基：《马雅可夫斯基诗选》，北京：人民文学出版社，1998年。

85. 穆旦：《穆旦诗全集》，李方编，北京：中国文学出版社，1996年。

86. 穆旦：《穆旦精选集》，北京：北京燕山出版社，2006年。

87. 穆旦：《穆旦译文集》，北京：人民文学出版社，2005年。

88. 陈伯良：《穆旦传》，北京：世界知识出版社，2006年。

89. 杜运燮等：《一个民族已经起来——怀念诗人、翻译家穆旦》，南京：江苏人民出版社，1987年。

90. 杜运燮等：《丰富和丰富的痛苦——穆旦逝世二十周年纪念文集》，北京：北京师范大学出版社，1997年。

91. 高秀芹、徐立钱：《穆旦 苦难与忧思铸就的诗魂》，北京：北京出版社等，2007年。

92. 蓝棣之：《现代诗的情感与形式》，北京：人民文学出版社，2002年。

93. 萧映：《苍凉时代的灵魂之舞——20世纪40年代中国现代主义诗歌研究》，北京：北京师范大学出版社，2008年。

94. 孙玉石：《中国现代主义诗潮史论》，北京：北京大学出版社，1999年。

95. 龙泉明：《中国新诗流变论》，北京：人民文学出版社，1999年。

96. 夏衍:《夏衍论创作》,上海:上海文艺出版社,1982年。

97. 夏衍:《夏衍全集》,周巍峙主编,杭州:浙江文艺出版社,2005年。

98. 夏衍:《夏衍剧作集》(第2卷),会林等编,北京:中国戏剧出版社,1984年。

99. 夏衍:《夏衍杂文随笔集》,北京:三联书店,1980年。

100. 周斌:《夏衍剧作艺术论》,上海:学林出版社,1997年。

101. 周斌:《融合中的创造——夏衍与中外文化》,上海:复旦大学出版社,2003年。

102. 会林、绍武:《夏衍戏剧研究资料》,北京:中国戏剧出版社,1980年。

103. 孙庆升:《中国现代戏剧思潮史》,北京:北京大学出版社,1994年。

104. 约翰·福斯特:《狄更斯评论集》,罗经国编选,上海:上海译文出版社,1981年。

105. 高尔基:《高尔基论文学》,林焕平编,南宁:广西人民出版社,1980年。

106. 高尔基:《文学书简》,北京:人民文学出版社,1962年。

107. 契诃夫:《契诃夫论文学》,汝龙译,北京:人民文学出版社,1959年。

后 记

在 20 世纪中国文学现代化的发展历程中,外援已经成为中国现代文学发展必不可少的重要条件,一直在影响着中国现代文学的发展走势。在中国文学与世界文学之间,我们该站在什么样的文化立场与视角来与世界文学进行交流沟通,从而逐步完成与完善中国文学的现代转型,在这方面,浙籍作家的探索无疑为我们提供了鲜活的考量的范本。在中国现代文学的各个发展领域,无论是小说与散文,还是诗歌与戏剧,浙籍作家的探索都有着标杆性的引导意义;无论是向外看,还是向内转,以及走出去,浙籍文人都用他们的理论指导与创作实践为我们很好地阐释了中国文学与世界文学影响互见的关系,所以研究世界文学视野中的浙江文学这个课题,在当今全球化的文学发展语境中,显得很有价值,且意义深远。

这本书是浙江工业大学人文学院王福和教授主持的浙江省社科规划重点项目——浙江文化研究工程项目"世界文学视野中的浙江文学研究"的结题成果之一。当然只谈浙江的散文、诗歌与戏剧创作,本书是很难自成体系的,因为浙江的小说创作是浙江文学成就最为突出的文类,它也是我们这个课题的研究内容之一,它将与本书一起共同完成对浙江现代文学与世界文学关系的系列解读。

《世界文学与浙江散文诗歌戏剧创作》选取考察了在中国新文学诗歌、散文、戏剧文体建设中做出积极贡献的八位浙江作家,描述了他们在走向世界的文学创作进程中,从外国文学中汲取营养,进而形成自己创作风格的轨迹。当然浙籍作家在诗歌、散文与戏剧领域的领衔价值并不仅仅限于这八个作家,但由于本书篇幅与体例所限,很多其他的浙籍作家无法一一探讨,譬如诗歌领域里的陈梦家、孙大雨、邵洵美等,散文领域里的鲁迅、夏丏尊、施蛰存、徐訏等,还有戏剧领域里的沈雁冰、陈大悲、宋春舫等,这一大批浙籍作家在不同的领域、在对世界文学的译介与借鉴中为中国文学的现代化均做出了不同的业绩,对此我们实在有着一定的遗珠之憾,只能期待日后的逐步深入与完善了。此外,浙籍作家有很多在现代文学发展的很多领域均有建树,但从整个课题的研究内容的分配来说,我们只能有所偏重,如鲁迅、茅盾、郁达夫等已在小说专题里作了专章分析,这里就只好忍痛割爱了。

在这部书稿即将付梓之际,衷心感谢王福和教授,没有他的支持与监督,书稿是难以完成的;同时我还要感谢李标晶教授,在课题的写作过程中他给我提供了很多有益的思路与资料。在本书的写作过程中,我也曾受益于很多专家学者著述的启迪,在此一并向他们致谢并致敬。

由于才疏学浅,我知道我的研究离完善还存在相当远的距离,但我愿把这本书作为自己再次前行的激励,希望自己能渐有更新的思考与创见,同时也衷心欢迎同行专家不吝指教。

方爱武

2011 年盛夏于杭州

图书在版编目(CIP)数据

世界文学与浙江散文诗歌戏剧创作 / 方爱武著.—
杭州：浙江大学出版社，2012.12
ISBN 978-7-308-10140-0

Ⅰ.①世… Ⅱ.①方… Ⅲ.①文学研究－浙江省－当
代 Ⅳ.①I206.7

中国版本图书馆 CIP 数据核字(2012)第 137136 号

世界文学与浙江散文诗歌戏剧创作

方爱武　著

责任编辑	张作梅
文字编辑	殷　尧
封面设计	张作梅
出版发行	浙江大学出版社
	（杭州市天目山路 148 号　邮政编码 310007）
	（网址：http://www.zjupress.com）
排　版	浙江时代出版服务有限公司
印　刷	杭州杭新印务有限公司
开　本	710mm×1000mm　1/16
印　张	17.75
字　数	264 千
版印次	2012 年 12 月第 1 版　2012 年 12 月第 1 次印刷
书　号	ISBN 978-7-308-10140-0
定　价	52.00 元